BESTSELLER

Biblioteca
PRESTON & CHILD

El laberinto azul

Traducción de
Jofre Homedes Beutnagel

DEBOLS!LLO

Título original: *Blue Labyrinth*

Primera edición en Debolsillo: noviembre, 2016
Primera reimpresión: noviembre, 2016

© 2014, Splendide Mendax, Inc. y Lincoln Child
Edición publicada por acuerdo con Grand Central Publishing,
New York, Estados Unidos. Todos los derechos reservados.
© 2015, Penguin Random House Grupo Editorial, S. A. U.
Travessera de Gràcia, 47-49. 08021 Barcelona
© 2015, Jofre Homedes Beutnagel, por la traducción

Printed in Spain – Impreso en España

ISBN: 978-84-663-3489-1 (vol. 361/21)
Depósito legal: B-17.436-2016

Compuesto en La Nueva Edimac, S. L.

Impreso en Novoprint
Sant Andreu de la Barca (Barcelona)

P 334891

Penguin
Random House
Grupo Editorial

Agradecimientos

Queremos agradecer a las siguientes personas el apoyo y la ayuda que nos han prestado en todo momento: Mitch Hoffman, Lindsey Rose, Jamie Raab, Kallie Shimek, Eric Simonoff, Claudia Rülke y Nadine Waddell. Gracias también al doctor Edmund Kwan por su asesoramiento.

1

La majestuosa mansión de estilo Beaux-Arts de Riverside Drive, entre las calles Ciento treinta y siete y Ciento treinta y ocho, a pesar de estar muy cuidada y en perfecto estado de conservación, parecía deshabitada. En aquella tarde tormentosa de junio no se recortaban siluetas en el mirador que daba al río Hudson, ni se filtraban resplandores amarillos en las galerías; la única luz visible era la de la entrada principal, que iluminaba la vía de acceso bajo el pórtico.

Las apariencias, sin embargo, pueden ser engañosas, y en ocasiones estaban hechas a propósito. En el número 891 de Riverside Drive tenía en realidad su domicilio el agente especial del FBI Aloysius Pendergast, un hombre cuyo más preciado bien era la intimidad.

Pendergast estaba sentado en un sillón orejero de piel, en la elegante biblioteca de la mansión. Aunque hubiera empezado el verano, la noche era fría y borrascosa, y en la chimenea ardía un pequeño fuego. El agente hojeaba un ejemplar del *Manyōshū*, una antigua y famosa antología de la lírica japonesa que databa del año 750. En la mesa más cercana había un pequeño *tetsubin*, o tetera de hierro colado, y una taza de porcelana con té verde hasta la mitad. Nada entorpecía la concentración de Pendergast. Solo se oía, muy de vez en cuando, el chisporroteo de las brasas al moverse y el rumor de los truenos al otro lado de las persianas cerradas.

Llegó del vestíbulo un eco de pasos y, enmarcada en la puerta de la biblioteca, apareció Constance Greene con un sencillo vestido de noche. Sus ojos de color violeta y su media melena negra, con un corte clásico, resaltaban la palidez de su piel. Llevaba un puñado de cartas en la mano.

—El correo —dijo.

Pendergast inclinó la cabeza y dejó el libro.

Constance tomó asiento a su lado y reparó en que, desde el regreso de la llamada «aventura en Colorado», Pendergast empezaba a ser por fin el de antes. Desde los terribles acontecimientos del año anterior, el estado de ánimo del agente había sido para Constance una fuente de inquietud.

Empezó a clasificar las cartas apartando las que carecían de interés. A Pendergast no le gustaba dedicarse a las labores cotidianas. Para las facturas, y para la gestión de una parte de sus ingresos (inusitadamente sustanciosos), recurría a un viejo y discreto bufete de Nueva Orleans, del mismo modo que confiaba la administración de sus inversiones, fideicomisos y bienes inmobiliarios a un banco neoyorquino tan vetusto como el bufete. Para el correo usaba un apartado de correos; Proctor, su chófer, guardaespaldas y factótum, lo recogía cada cierto tiempo. En ese momento Proctor se disponía a visitar a unos parientes en Alsacia, y por eso Constance se había ocupado de las tareas epistolares.

—Aquí hay una nota de Corrie Swanson.

—Ábrela, por favor.

—Adjunta una fotocopia de una carta de John Jay. Su tesis ha ganado el Premio Rosewell.

—Así es. Estuve presente en la ceremonia.

—Seguro que Corrie se alegró.

—Pocas veces ocurre que una ceremonia de entrega de títulos brinde algo más que una ristra soporífera de banalidades y mentiras al cansino compás de *Pompa y circunstancia*. —Pendergast bebió un poco de té mientras lo recordaba—. Pero en este caso fue diferente.

Constance siguió clasificando el correo.

—Y aquí hay una carta de Vincent D'Agosta y Laura Hayward.

Con un gesto de la cabeza, el agente le indicó que la leyese.

—Te agradecen el regalo de bodas y reiteran su gratitud por la cena.

Pendergast inclinó la cabeza mientras Constance dejaba la carta a un lado. El mes anterior, en vísperas de la boda de D'Agosta, Pendergast había agasajado a la pareja con una cena íntima; él mismo había preparado los platos, maridados con vinos excepcionales de su bodega, gesto que había convencido a Constance, más que cualquier otro hecho, de que el agente se había recuperado de su reciente trauma emocional.

Tras leer algunas cartas más, Constance apartó las que resultaban de interés y arrojó el resto a la chimenea.

—¿Cómo va el proyecto, Constance? —preguntó el agente al tiempo que se servía otra taza de té.

—Muy bien. Ayer mismo recibí un paquete de Francia, del Bureau Ancestre du Dijon. Ahora estoy intentando relacionar la información que tengo con la que ya había recopilado en Venecia y Luisiana. Cuando tengas tiempo, me gustaría hacerte unas preguntas sobre Augustus Robespierre St. Cyr Pendergast.

—Casi todo lo que sé procede de la historia familiar transmitida oralmente: anécdotas descabelladas, leyendas y algunos relatos de terror susurrados en voz baja. Estaré encantado de contarte la mayoría de ellos.

—¿La mayoría? Tenía la esperanza de que me los contases todos.

—Por desgracia, en el armario familiar de los Pendergast hay esqueletos, tanto en el sentido figurado como literal, que ni siquiera a ti te puedo revelar.

Constance suspiró, se levantó y, mientras Pendergast retomaba sus lecturas poéticas, salió al vestíbulo, que estaba bordeado por vitrinas llenas de curiosidades. Después cruzó una puerta y accedió a un espacio alargado y poco iluminado, cuyo revestimiento de roble se había oscurecido con el tiempo. Lo dominaba una mesa de madera de refectorio casi tan larga como la propia estancia; en uno de sus extremos, el tablero estaba cubierta de periódicos, cartas viejas, páginas censales, fotografías y grabados amarillentos, transcripciones judiciales, memorias, microfichas de revistas y otros documentos, todos ordenados en pilas. A estos archivos se sumaba un ordenador portátil cuya pantalla arrojaba una luz incongruente en la penumbra de la sala. Hacía ya unos meses que Constance había emprendido la tarea de elaborar un árbol genealógico de la familia Pendergast, tanto para satisfacer su propia curiosidad como para ayudar al agente del FBI a salir de su ensimismamiento. Era una labor de una complejidad inverosímil, a la vez exasperante y de una fascinación inagotable.

En la otra punta de la larga sala, más allá de un arco, se encontraba el vestíbulo por el que se accedía a la puerta principal de la mansión. Justo cuando Constance se disponía a tomar asiento ante la mesa, sonó un fuerte golpe.

Se quedó en suspenso, ceñuda. Rara vez llegaban visitas al número 891 de Riverside Drive y jamás sin previo aviso.

Pum. Había sido el eco de otro golpe acompañado esta vez por el grave retumbar de un trueno.

Se alisó el vestido y recorrió la sala más allá del arco, hasta llegar al vestíbulo. La puerta principal era maciza, sin ojo de pez en la mirilla. Vaciló un momento, pero, como no se oían más golpes, abrió ambas cerraduras, la de arriba y la de abajo, y tiró despacio.

La luz de la puerta cochera recortaba la silueta de un hombre joven, con el pelo rubio mojado y pegado a la cabeza. Sus facciones, salpicadas por la lluvia, eran muy refinadas, bastante nórdicas, con la frente alta y los labios perfilados. Llevaba un traje de lino empapado que se le adhería al cuerpo.

Y estaba atado con varias sogas.

Constance, boquiabierta, empezó a tender los brazos hacia él pero los ojos saltones del joven se mantuvieron fijos, sin parpadear, ajenos a su gesto.

Por unos instantes él se quedó de pie, balanceándose un poco a la luz de los relámpagos. A partir de un momento empezó a inclinarse como un árbol, cada vez más deprisa, hasta que se estampó de bruces contra la entrada.

Constance gritó y dio un paso atrás. Pendergast, que acababa de llegar corriendo, seguido de Proctor, la apartó y se arrodilló inmediatamente junto al joven. Agarró su cuerpo por el hombro y lo giró; le retiró el pelo de los ojos y buscó el pulso, inexistente a todas luces bajo la fría carne del cuello.

—Está muerto —dijo en voz baja, con una compostura anómala.

—Dios mío —exclamó Constance con una voz rota—. Es tu hijo, Tristram.

—No —dijo Pendergast—, es Alban, su hermano gemelo.

Se quedó unos instantes más arrodillado junto al cuerpo, hasta que dio un salto y con celeridad felina desapareció en medio del temporal.

2

Pendergast corrió hasta Riverside Drive y miró a ambos lados de la ancha avenida. Había empezado a diluviar. El tráfico era escaso, y no se veían peatones. Se fijó en el coche más cercano, a unas tres manzanas al sur: un Lincoln Town Car negro, último modelo, como muchos de los que se veían en las calles de Manhattan. La luz de la matrícula, del estado de Nueva York, estaba apagada, cosa que impedía distinguir el número de registro.

Corrió hacia el coche.

En vez de acelerar, el Lincoln avanzó tranquilamente y aumentó la distancia que los separaba tras cruzar varios semáforos en verde. En un momento dado se topó primero con una luz en ámbar y más adelante en rojo, pero el turismo, en vez de frenar, se saltó ambos semáforos sin reducir en absoluto la velocidad.

Pendergast sacó su móvil y marcó al mismo tiempo que corría.

—Proctor, trae el coche. Voy hacia el sur por Riverside.

Ahora solo se veían las luces traseras del Lincoln, tenues y borrosas bajo el chaparrón, e incluso estas desaparecieron finalmente tras la suave curva de Riverside con la calle Ciento veintiséis.

Pendergast corría con todas sus fuerzas, levantando los faldones de su americana negra, con el rostro acribillado por la lluvia. Después de unas manzanas volvió a ver el Lincoln detenido en un semáforo, detrás de otros dos coches. También esta vez sacó el teléfono y marcó un número.

—Comisaría del distrito 26 —contestaron—. Aquí el agente Powell.

—Soy el agente especial Pendergast, del FBI. Estoy siguiendo un Lincoln negro con matrícula de Nueva York sin identificar. Se dirige al sur por Riverside a la altura de la calle Ciento veinticuatro. El conductor es sospechoso de homicidio. Necesito ayuda para detener el vehículo.

—Diez cuatro —dijo el de la centralita. Unos segundos después añadió—: En esa zona tenemos una unidad a dos manzanas. Manténganos informados sobre la localización.

—También necesitaré apoyo aéreo —comentó Pendergast, que seguía corriendo sin descanso.

—Señor, si el conductor es solo un sospechoso...

—Se trata de un objetivo prioritario para el FBI —aseguró Pendergast—. Repito: objetivo prioritario.

Hubo una breve pausa.

—Haremos despegar a algún helicóptero.

Justo cuando Pendergast se guardaba el teléfono, el Lincoln esquivó los coches que esperaban ante el semáforo en rojo. Después subió al bordillo, cruzó la acera, atravesó a toda prisa —levantando barro— unos macizos de flores en Riverside Park y se metió en dirección contraria por la salida de la autopista Henry Hudson.

Pendergast volvió a llamar a la comisaría y actualizó la ubicación del coche. Después de otra llamada a Proctor, cruzó el parque, saltó una valla baja y corrió por entre varios macizos de tulipas sin apartar la vista de las luces traseras del coche. El Lincoln bajaba a gran velocidad, con un chirrido de neumáticos que llegó hasta los oídos del agente.

Saltó por encima del murito de piedra al final del camino y, en un intento de interceptar el vehículo, se deslizó cuesta abajo por el terraplén, desparramando basura y trozos de cristal. Dio algunas vueltas por el suelo y se levantó. Sin aliento, empapado por la lluvia, con la camisa blanca pegada al pecho, vio que el Lincoln efectuaba un giro de ciento ochenta grados y se lanzaba hacia él. Cuando quiso sacar la Les Baer, sus dedos se encontraron con una funda vacía. Miró deprisa el terraplén oscuro. Justo entonces se proyectó una luz a su lado, que le obligó a tirarse al suelo. Después de que pasara el coche, se levantó y siguió con la mirada como se incorporaba al tráfico.

Enseguida se acercó un Rolls-Royce, que frenó rápidamente en el bordillo. Pendergast abrió la puerta trasera y subió sin perder ni un segundo.

—Sigue al Lincoln —le dijo a Proctor mientras se abrochaba el cinturón.

El Rolls aceleró sin sobresaltos. Pendergast oía a sus espaldas un lejano ruido de sirenas, pero la policía estaba demasiado rezagada y sin duda se vería entorpecida por el tráfico. Sacó una radio de un compartimento lateral. La persecución se aceleró a medida que el Lincoln cambiaba de carril y adelantaba a los coches a más de ciento sesenta kilómetros por hora. Habían entrado en una zona en obras, con barreras de cemento en los arcenes.

Por la radio se oían muchas voces, pero los que estaban más cerca del objetivo eran ellos; en cuanto al helicóptero, brillaba por su ausencia.

De repente brotaron unos fogonazos entre los coches que estaban delante, seguidos de inmediato por detonaciones.

—¡Están disparando! —dijo Pendergast por el canal abierto.

Enseguida comprendió lo que pasaba. Los coches se apartaron bruscamente hacia ambos lados, en una reacción de pánico originada por los nuevos destellos de las balas. A continuación se oyó el ruido de varios automóviles que chocaban a gran velocidad, y la carretera no tardó en llenarse de humeantes jirones de metal. En un alarde de pericia, Proctor pisó el freno del Rolls y forzó un derrape lateral cuyo objetivo era esquivar la concatenación de choques. El Rolls colisionó con una barrera de cemento y, después de rebotar hacia el carril, fue golpeado por detrás por un conductor que se sumó al impacto múltiple de vehículos con un ruido ensordecedor de metal. Pendergast fue arrojado hacia delante, pero le retuvo con fuerza el cinturón de seguridad, que le hizo chocar con el respaldo del asiento. Algo aturdido, oyó un siseo de vapor, voces, gritos, frenazos y nuevos impactos de coches que seguían estampándose unos contra otros en medio de un *crescendo* de sirenas y de un batir, por fin, de palas de helicóptero.

Tras quitarse de encima una capa de cristales rotos, hizo un esfuerzo de concentración y se desabrochó el cinturón para inclinarse hacia Proctor y examinarle.

Estaba inconsciente y tenía sangre en la cabeza. Buscó a tientas la radio para pedir ayuda, pero justo en ese momento se abrieron las puertas e irrumpió el personal sanitario.

—Quítenme las manos de encima —dijo Pendergast—. Céntrense en él.

Se soltó y salió del vehículo; cayeron más trozos de cristal al suelo. Bajo la fuerte lluvia, la mirada del agente se clavó en la impenetrable masa de coches y en el mar de luces intermitentes, a la vez que llegaban a sus oídos los gritos de los paramédicos y la policía, y el golpeteo del helicóptero que sobrevolaba inútilmente la escena.

Ya hacía tiempo que había desaparecido el Lincoln.

3

Licenciado en Filología Clásica por la Universidad de Brown y antiguo activista por el medio ambiente, el teniente Peter Angler no respondía a los tópicos del policía neoyorquino, pero sí compartía ciertos rasgos con sus compañeros: le gustaba que sus casos se resolvieran con limpieza y rapidez, y ver entre barrotes a los delincuentes. La determinación que le había impulsado a traducir la *Historia de la Guerra del Peloponeso* de Tucídides en 1992, durante su último año de universidad, y la acción de clavar unos clavos a unas antiguas secuoyas para disuadir a quienes pretendían talarlas con sus motosierras, explicaba también su ascenso a teniente y jefe de brigada con solo treinta y seis años. Organizaba sus investigaciones a modo de campañas militares y hacía lo posible para que los detectives bajo sus órdenes cumplieran con su labor de forma exhaustiva y precisa. Los resultados obtenidos con tal estrategia constituían para él una fuente de orgullo duradero.

Justamente por eso le daba tan mala espina la investigación que tenía entre manos.

De todos modos había que reconocer que aún no habían pasado veinticuatro horas y que no se podía culpar a su brigada de la falta de progresos. Las ordenanzas habían sido cumplidas al pie de la letra. Los primeros en llegar habían precintado el lugar de los hechos y, después de tomar declaración a los testigos, los habían retenido hasta la llegada de los técnicos, los cuales, a su vez, lo habían peinado todo escrupulosamente en busca de pruebas. La colaboración con la policía científica, los expertos en huellas dactilares, los fotógrafos y el médico forense había sido irreprochable.

La insatisfacción de Angler no se debía a nada de eso, sino a la singularidad del crimen en sí y, de forma irónica, al carácter del padre del difunto, un agente especial del FBI. La declaración de este, que Angler había leído transcrita, destacaba por su brevedad y por la falta de datos útiles. No es que el agente pusiera trabas a los de criminalística, pero sorprendía que se mostrase tan poco dispuesto a abrir las puertas de su domicilio más allá de la zona precintada, hasta el punto de que le había negado el uso del baño a un policía. Aunque el propio FBI no participaba oficialmente en la investigación, en caso de que el superagente hubiera deseado conocer la documentación del caso, Angler no habría dudado en facilitársela, pero este no la había pedido. Casi parecía que el tal Pendergast no quisiera que pillasen al asesino de su hijo. Pero claro que eso era imposible.

De ahí que hubiera decidido hablar personalmente con él, dentro de… Miró su reloj: un minuto exacto.

Transcurrido ese minuto, ni un segundo más, hicieron pasar al agente Pendergast a su despacho. Le traía el sargento Loomis Slade, ayudante de campo, asistente personal y a menudo consejero de Angler. El ojo avezado del teniente captó los principales rasgos de su visitante: alto, delgado, de un rubio casi blanco y con los ojos azul claro. La ascética estampa se completaba con un traje negro y una corbata oscura con un severo estampado. No encajaba con el estereotipo del agente del FBI. Claro que, teniendo en cuenta dónde vivía (en un apartamento del Dakota y en un verdadero caserón en Riverside Drive, donde habían dejado el cadáver), tampoco era, pensó Angler, como para sorprenderse… Tras ofrecerle asiento, se sentó de nuevo al otro lado de la mesa. El sargento Slade lo hizo en un rincón, detrás de Pendergast.

—Agente Pendergast —dijo Angler—, gracias por venir.

El hombre del traje negro inclinó la cabeza.

—Antes que nada, me gustaría darle el pésame.

El hombre no contestó. De hecho, no se le veía exactamente desolado. En realidad, no delataba la menor emoción. Su cara era un libro cerrado.

El despacho de Angler no se parecía mucho a los de la mayoría de los tenientes de la policía de Nueva York. Había expedientes, por supuesto, y montañas de informes, pero en las paredes, en vez de medallas y fotos con los altos mandos, colgaba una docena de mapas antiguos enmarcados. Angler era un ávido coleccionista de cartografía. Normalmente lo que primero llamaba la atención de quien entraba en el despacho era la página del *Atlas francés* de Leclerc, de 1631; o la lámina 58 del *Atlas de Britannia* de Ogilby, que representaba el camino de Bristol a Exeter; o bien el gran orgullo de Angler, un fragmento amarillento y quebradizo de una copia de la *Tabula Peutingeriana* de Abraham Ortelius. En cambio, Pendergast no dedicó ni una mirada a la colección.

—Si no le importa, me gustaría ahondar un poco en su declaración inicial. Le diré antes que nada que me veo en la obligación de hacerle unas cuantas preguntas incómodas, por las que me disculpo de antemano. Dada su experiencia en las fuerzas del orden, no dudo que lo comprenderá.

—Naturalmente —contestó el agente con un dulce acento sureño que, sin embargo, escondía un deje duro y metálico.

—Este crimen presenta una serie de aspectos que me desconciertan, con franqueza. Según su declaración y la de su... —Echó una rápida mirada al informe de la mesa—. Su pupila, la señorita Greene, anoche, sobre las 9.20, llamaron a la puerta de su domicilio y, cuando acudió la señorita Greene, se encontró en el umbral a su hijo atado con gruesas cuerdas. Tras comprobar que estaba muerto, usted salió a la calle y empezó a perseguir a un Lincoln negro por Riverside Drive en dirección sur, al mismo tiempo que llamaba a la comisaría del distrito. ¿Correcto?

El agente Pendergast asintió.

—¿Qué le hizo pensar, al menos al principio, que a bordo de aquel coche iba el asesino?

—Era el único vehículo en movimiento. No se veían transeúntes.

—¿No se le ocurrió pensar que el culpable podía haberse escondido en la finca y escapado por alguna otra vía?

—El automóvil se saltó varios semáforos, subió a la acera, atravesó unos macizos de flores, entró a la autopista en dirección contraria y efectuó un giro ilegal de ciento ochenta grados. Mostró, por decirlo de otro modo, indicios bastante convincentes de querer escapar de una persecución.

El laconismo algo irónico de sus palabras irritó a Angler. Pendergast continuó:

—¿Podría decirme, si es tan amable, por qué se demoró tanto el helicóptero?

La irritación de Angler seguía creciendo.

—No lo hizo. Llegó cinco minutos después de la llamada, lo cual está bastante bien.

—Pero no lo suficiente.

El tono de Angler adquirió una dureza involuntaria, fruto de su deseo de retomar el control de la entrevista.

—Volvamos a hablar del crimen. Pese a haber peinado las inmediaciones, mi brigada no ha encontrado testigos, aparte de los que vieron el Lincoln en la West Side Highway. El organismo de su hijo no presentaba señales de violencia, drogas o alcohol. Murió por una fractura de cuello aproximadamente cinco horas antes de que ustedes le encontrasen. Al menos es la valoración preliminar, antes de la autopsia. Según su propio testimonio, la señorita Greene tardó unos quince segundos en abrir la puerta. Tenemos, pues, a uno o varios asesinos que acabaron con la vida de su hijo, le ataron (no necesariamente en ese orden), le apoyaron en la puerta de la casa en estado de *rigor mortis*, llamaron al timbre, volvieron al Lincoln y consiguieron alejarse varias manzanas antes de que usted pudiera salir en su persecución. ¿Cómo pudo, o pudieron, ser tan rápidos?

—Fue un crimen planificado y ejecutado de forma impecable.

—Bueno, no se lo discuto, pero ¿no existe también la posibilidad de que usted, en estado de shock (muy comprensible, dadas las circunstancias), no reaccionase tan deprisa como lo indica en su declaración?

—No.

La escueta respuesta dejó pensativo a Angler, que, tras lanzar una mirada al sargento Slade, silencioso cual Buda, como de costumbre, volvió a fijarse en Pendergast.

—Además, debemos tener en cuenta el... dramatismo del asesinato en sí. Atar a su hijo con cuerdas, dejárselo en la puerta... En algunos aspectos parece un crimen de la mafia, lo cual me lleva de nuevo, y vuelvo a pedirle disculpas, a una pregunta indiscreta e incluso ofensiva: ¿participaba su hijo en alguna actividad mafiosa?

El agente Pendergast sostuvo la mirada de Angler con la misma expresión neutra e imperturbable que había mostrado hasta entonces.

—No tengo la menor idea de los asuntos en los que participaba mi hijo. Como ya he indicado en mi declaración, no teníamos una relación cercana.

Angler pasó una página del informe.

—Tanto los de criminalística como los detectives de mi brigada examinaron con sumo cuidado el lugar del crimen, y lo que más llamaba la atención era la falta de pruebas. No había huellas dactilares enteras o parciales, salvo las de su hijo; y tampoco había cabellos o fibras, con la excepción, también en este caso, de los de la víctima. La ropa que llevaba era nueva y bastante convencional. Por si fuera poco, el cuerpo del difunto estaba lavado y vestido a conciencia. No encontramos casquillos de bala en la carretera. Los disparos debieron de hacerse desde dentro del coche. Los culpables, en resumen, conocían las técnicas de la policía científica y tuvieron un cuidado especial en no dejar ninguna pista. Sabían muy bien lo que hacían. Tengo curiosidad, agente Pendergast. Usted, como profesional, ¿cómo lo explicaría?

—Me limitaría a repetir, una vez más, que se trata de un crimen meticulosamente planificado.

—El hecho de que dejasen el cadáver en la puerta de su casa parece remitir a algún tipo de mensaje por parte de los asesinos. ¿Tiene usted alguna idea de cuál podría ser?

—No estoy dispuesto a hacer ninguna conjetura.

«Ninguna conjetura.» Angler sometió al agente Pendergast a una mirada más inquisitiva. Había hablado con infinidad de padres destrozados por la muerte de un hijo y, por lo general, se encontraban en estado de shock y aturdimiento. A menudo contestaban las preguntas del teniente de forma entrecortada, desorganizada e incompleta, mientras que a Pendergast se le veía en plena posesión de sus facultades. Era como si no quisiera o no le interesara colaborar.

—Hablemos de la… misteriosa filiación entre ustedes —dijo Angler—. La única prueba de que la víctima es su hijo es que usted así lo ha declarado. Esta información no figura en ninguna de las bases de datos policiales que hemos consultado: ni en el CODIS, ni en el IAFIS, ni en el NCIC. El joven que ha fallecido carece de partida de nacimiento, permiso de conducción, número de la Seguridad Social, pasaporte, expediente educativo o visado de entrada en el país. Tampoco llevaba nada en los bolsillos. Por lo que hemos averiguado, y en espera del cotejo de su ADN con nuestra base de datos, parece, en resumidas cuentas, que su hijo nunca haya existido. Usted, en su declaración, afirma que nació en Brasil y no era ciudadano estadounidense, pero tampoco es brasileño y no hay ningún registro suyo en ese país. La localidad en la que indica usted que transcurrió su infancia parece que no existe, al menos oficialmente. No se tiene constancia de que saliera de Brasil o entrase en Estados Unidos. ¿Cómo explica usted todo esto?

El agente Pendergast cruzó una pierna sobre la otra.

—No puedo responder a su pregunta. Como ya mencioné en mi testimonio, no tuve conocimiento de la existencia de mi hijo, ni siquiera del hecho de tener descendencia, hasta hace unos dieciocho meses.

—¿Le vio entonces?

—Sí.

—¿Dónde?

—En la selva brasileña.

—¿Y desde entonces?

—No volví a verle ni me comuniqué con él.

—¿Por qué no? ¿Por qué no le buscó?

—Ya se lo he dicho: no tenemos…, no teníamos ninguna relación.

—¿Por qué motivo?

—Nuestras personalidades eran incompatibles.

—¿Puede decirme algo sobre la personalidad de su hijo?

—Apenas le conocía. Disfrutaba con juegos malévolos y era un experto en la burla y la mortificación.

Angler respiró profundamente. Tanta imprecisión le estaba poniendo de los nervios.

—¿Y su madre?

—Verá usted en mi declaración que falleció poco después de dar a luz, en África.

—Ah, sí, el accidente de caza. —También era un poco raro, pero Angler no podía tratar con dos situaciones absurdas a la vez—. ¿Es posible que su hijo se hubiera metido en problemas?

—No tengo la menor duda.

—¿Problemas de qué tipo?

—Lo ignoro. Estaba bien capacitado para salir indemne de cualquier dificultad.

—¿Cómo puede saber que tenía problemas si desconoce en qué andaba metido?

—Porque tenía tendencias criminales muy acentuadas.

Se limitaban a dar vueltas y vueltas a lo mismo. Angler tuvo la clara sensación de que a Pendergast no solo no le interesaba ayudar a la policía a encontrar al asesino de su hijo, sino que probablemente se guardaba información. Pero ¿por qué? Ni siquiera existía la certeza de que el cadáver fuera de un hijo suyo. El parecido era considerable, sí, pero no le había identificado nadie, salvo el propio Pendergast. Sería interesante comprobar si el ADN de la víctima figuraba en la base de datos policial. Por otra parte, lo más fácil era cotejarlo con el de Pendergast, que ya estaba registrado, por su condición de agente del FBI.

—Agente Pendergast —dijo Angler con frialdad—, tengo que volver a preguntárselo: ¿tiene alguna idea, sospecha o indicio de quién mató a su hijo? ¿Algún tipo de información sobre las circunstancias que pudieron desembocar en su muerte? ¿Alguna pista de por qué depositaron el cadáver en la puerta de su casa?

—No puedo desarrollar más ningún punto de mi testimonio.

Angler deslizó el informe sobre la mesa. Solo era el primer asalto. De ninguna manera había acabado con aquel individuo.

—No sé qué es más raro, los pormenores del asesinato, su falta de reacción o que no exista un solo dato acerca de su hijo.

La expresión de Pendergast se mantuvo completamente neutra.

—«¡Oh, espléndido mundo nuevo —dijo— que tales gentes produce!»

—«Nuevo, en efecto, es para ti» —replicó Angler.

Al oírlo, Pendergast mostró las primeras señales de interés de toda la conversación; sus ojos se abrieron un poco, y hubo algo parecido a la curiosidad en su forma de mirar al teniente.

Angler se inclinó y puso los codos en la mesa.

—Creo que de momento hemos terminado, agente Pendergast. Si me lo permite, añadiré solo una cosa: tal vez usted no quiera que se resuelva el caso, pero se resolverá, y seré yo quien lo haga. Iré hasta donde sea necesario, incluido, si es necesario, el «umbral» de cierto agente del FBI que no colabora. ¿Me explico?

—No espero menos de usted.

Pendergast se levantó y, tras saludar a Slade con la cabeza mientras abría la puerta, salió del despacho sin articular una palabra más.

De regreso en la mansión de Riverside Drive, Pendergast cruzó con ímpetu el recibidor y entró en la biblioteca, donde se acercó a una de las altas estanterías, llenas de tomos encuadernados en piel. Enseguida retiró un panel de madera, tras el que se ocultaba un ordenador portátil. Un rápido tecleo, en el que introducía contraseñas cuando era necesario, le permitió acceder a los servidores de la policía de Nueva York y después a los casos de homicidio abiertos. Su siguiente destino, tras introducir una serie de números de referencia, fue la base de datos de ADN, en la que encontró rápidamente los resultados de las muestras del supuesto Asesino de los Hoteles, aquel criminal que un año y medio atrás había escandalizado a la ciudad con sus brutales asesinatos en hoteles de lujo de Manhattan.

Pese a haber ingresado como usuario autorizado, la base, bloqueada, no permitía cambios ni eliminaciones.

Contempló un momento la pantalla. Después sacó su móvil del bolsillo y marcó un número de River Pointe, Ohio. Contestaron a la segunda señal:

—Vaya —dijo una voz tenue y sin resuello—, pero si es mi agente secreto favorito.

—Hola, Mime —respondió Pendergast.

—¿En qué puedo ayudarle hoy?

—Necesito que desaparezcan una serie de entradas de una base de datos de la policía de Nueva York. Con discreción y sin dejar rastro.

—Siempre estoy encantado de hacer todo lo posible para minarles la moral a nuestros chicos de azul. Dígame una cosa: ¿tiene algo que ver con...? ¿Cómo se llamaba? La operación Wildfire.

Pendergast guardó silencio y después contestó:

—En efecto, pero no me haga más preguntas, Mime, por favor.

—No se me puede reprochar que sienta curiosidad. En fin, da igual. ¿Tiene los números de referencia necesarios?

—Avíseme cuando esté preparado y se los facilitaré.

—Ya lo estoy.

Pendergast empezó a recitar los números despacio y claramente, con la vista en la pantalla y los dedos en el panel táctil del portátil.

4

A las seis y media de la tarde sonó el teléfono móvil de Pendergast, en cuya pantalla leyó: «Número no identificado».

—¿Agente especial Pendergast?

Era una voz anónima y monótona, pero también familiar.

—Sí.

—Soy su amigo en la necesidad.

—Le escucho.

Una risa seca.

—Nos vimos una vez. Estuve en su casa y después nos dirigimos al puente George Washington para entregarle un informe.

—Por supuesto. Sobre Locke Bullard. Usted es el hombre...

Pendergast interrumpió la frase antes de mencionar el organismo donde trabajaba su interlocutor.

—Sí. Y hace usted bien en mantener las dichosas siglas gubernamentales al margen en conversaciones no protegidas por telefonía móvil.

—¿En qué puedo ayudarle? —inquirió Pendergast.

—Debería preguntar más bien qué puedo hacer yo por usted.

—¿Qué le hace pensar que necesito ayuda?

—Dos palabras: operación Wildfire.

—Comprendo. ¿Dónde quedamos?

—¿Conoce la galería de tiro del FBI en la calle Veintidós Oeste?

—Por supuesto.

—Dentro de media hora. En el puesto 16.

Se cortó la llamada.

Pendergast cruzó las puertas del edificio largo y bajo situado en la esquina de la calle Veintidós con la Octava Avenida, y mostró su placa del FBI a la vigilante. Después bajó unos cuantos escalones, volvió a enseñar la placa esta vez al encargado de la galería y, tras proveerse de varios blancos de papel y un protector para los oídos, se dirigió hacia los puestos de tiro. Durante su recorrido hasta el número 16 se cruzó con agentes, alumnos e instructores. Cada dos puestos había una pantalla insonorizada de protección. Se fijó en que los números 16 y 17 estaban desocupados. La mampara solo amortiguaba parte de las detonaciones. Sensible al ruido, como siempre, se colocó el protector en las orejas.

Mientras distribuía cuatro cargadores vacíos y una caja de munición en la pequeña repisa que tenía delante, se dio cuenta de que había entrado alguien. Era un hombre alto y delgado, de mediana edad, con un traje gris, los ojos hundidos y bastantes arrugas para su edad. Le reconoció enseguida. Quizá había perdido algo de pelo desde su último encuentro, hacía unos cuatro años. Por lo demás, se le veía igual, tan insulso como entonces y con un ligero aire de anonimato. Era una de esas personas que, cuando te la cruzas por la calle, no puedes describirla unos segundos después.

En vez de mirar a Pendergast, el hombre se sacó de la chaqueta una Sig Sauer P229 y la puso en la repisa del puesto 17. No llevaba protector de oídos. Con un gesto discreto, y mirando a otro sitio, le hizo señas al superagente para que se quitara el suyo.

—Interesante elección —dijo Pendergast observando el puesto de tiro—. Bastante menos íntimo que un coche al pie del puente George Washington.

—La falta de intimidad es justamente lo que lo hace más anónimo: dos simples agentes practicando en una galería de tiro.

Sin teléfonos que puedan pincharse ni cables con los que grabar. Además, con este ruido serían imposibles las escuchas.

—El responsable de las instalaciones se acordará de haber visto a un agente de la CIA en una galería de tiro del FBI, sobre todo porque no suelen ustedes llevar las armas escondidas.

—De identidades alternativas no ando corto. No recordará nada en concreto.

Pendergast abrió la caja de munición y empezó a llenar los cargadores.

—Me gusta su pistola modelo 1911 personalizada —dijo el hombre al ver su revólver—. ¿Una Les Baer Thunder Ranch Special? Tiene buena pinta.

—Me gustaría saber por qué estamos aquí, si no es excesiva molestia.

—Desde nuestro primer encuentro, he venido siguiéndole la pista —dijo el hombre, que continuaba sin mirar a Pendergast—. Cuando me enteré de que estaba implicado en la puesta en marcha de Wildfire, me sentí intrigado. Una operación de vigilancia de perfil bajo pero de gran intensidad, a cargo de varios integrantes del FBI y la CIA. El objetivo era localizar a un joven que podría llamarse Alban, aunque no necesariamente, y que quizá estaba escondido en Brasil o en algún país vecino, aunque tampoco era seguro; un joven que dominaba el portugués, el inglés y el alemán, y que era considerado sobre todo como una persona sumamente hábil y peligrosa.

En vez de contestar, Pendergast fijó al raíl una diana con una equis roja en el centro, accionó un botón en la mampara de la izquierda y alejó el blanco lo más lejos posible, a veinticinco metros. Su acompañante puso una diana gris en forma de botella, sin ninguna tonalidad ni marca, y la empujó hasta el final del puesto 17.

—Y justo hoy me llega un informe de la policía de Nueva York en el que usted declara que su hijo, cuyo nombre es también Alban, apareció muerto en la puerta de su casa.

—Continúe.

—No creo en las coincidencias. De ahí este encuentro.

Pendergast metió uno de los cargadores en el arma.

—Por favor, no se tome como una descortesía que le pida ir al grano.

—Puedo ayudarle. En lo de Locke Bullard, usted cumplió su palabra y me ahorró muchos problemas. Yo creo en la reciprocidad. Y ya le he dicho que venía siguiéndole. Es usted una persona bastante interesante. Tal vez en algún momento pueda ayudarme nuevamente. Podríamos definirlo como «una colaboración». A mí me gustaría poder contar con ello.

Pendergast no respondió.

—Soy de fiar, como comprenderá —dijo el hombre por encima del ruido mitigado pero omnipresente de los disparos—. Soy la viva imagen de la discreción, igual que usted. De mi boca no saldrá ninguno de los datos que me facilite, y quizá yo dispongo de determinados recursos a los que usted no tendría acceso de otro modo.

Al cabo de un rato, Pendergast asintió con un solo movimiento de la cabeza.

—Aceptaré su oferta. Por lo que respecta a los precedentes, tengo dos hijos gemelos, pero me enteré de su existencia hace un año y medio. Uno de ellos, Alban, es (o era) un asesino sociópata, de los más peligrosos que puedan existir. Se trata del llamado Asesino de los Hoteles, un caso que la policía de Nueva York no ha resuelto todavía y mantiene abierto. Deseo que el asunto siga sin resolverse y he tomado medidas para que así sea. Poco después de que me enterase de que era mi hijo, desapareció en la selva brasileña. Nadie lo había vuelto a ver ni sabía nada de él hasta anoche, cuando apareció en mi puerta. Siempre había pensado que tarde o temprano reaparecería, y que los resultados serían catastróficos. Por eso puse en marcha la operación Wildfire.

—La cual, sin embargo, no ha dado ningún fruto.

—Así es.

El personaje anónimo cargó su pistola, metió una bala en la recámara, apuntó con las dos manos y vació el cargador en la diana. Todos los disparos quedaron dentro de la botella gris. Entre las pantallas, el ruido era ensordecedor.

—Antes del crimen, ¿quién sabía que Alban era su hijo? —preguntó mientras sacaba el cargador.

—Muy poca gente, casi todos de mi familia o del servicio doméstico.

—Y aun así, alguien no solo localizó y capturó a Alban, sino que lo mató, lo dejó delante de la puerta de su casa y huyó prácticamente sin ser visto.

Pendergast asintió.

—En resumen, el culpable logró lo que ni la CIA ni el FBI habían conseguido, y mucho más.

—Exacto. Se trata de una persona muy capacitada, que bien podría formar parte de las fuerzas del orden. Por esa razón no confío en que la policía de Nueva York obtenga resultados en la investigación.

—Tengo entendido que Angler es un buen policía.

—Ese es el problema, por desgracia. Es un hombre lo bastante capaz como para constituir un gran estorbo en mis esfuerzos por hallar al asesino. Mejor sería que fuese un incompetente.

—¿Por eso colabora usted tan poco?

Pendergast no dijo nada.

—¿No tiene la menor idea de por qué le mataron ni qué mensaje querían transmitir?

—Todo me resulta horrible por mi absoluta ignorancia sobre el mensajero y el mensaje.

—¿Y su otro hijo?

—He tomado las medidas necesarias para que esté bien protegido fuera del país.

El hombre metió otro cargador en la Sig, soltó la corredera, disparó contra la diana hasta descargar la última bala y pulsó el botón para activar el raíl que le traería el blanco de vuelta.

—¿Y usted cómo lleva el asesinato de su hijo?

Pendergast tardó unos segundos en contestar:

—La respuesta más exacta, por usar la jerga actual, es que no me aclaro. Por un lado, ha muerto, lo cual es un buen desenlace. Por otro, era… mi hijo.

—¿Qué planes tiene para cuando encuentre al culpable, si es que lo logra?

En esta oportunidad, Pendergast tampoco contestó. Levantó la Les Baer con la mano derecha, se llevó la izquierda a la espalda y, de ese modo, sin apoyo, vació bruscamente el cargador en la diana, aplicándose en cada disparo. Después metió otro cargador, cambió de mano la pistola, se giró de nuevo hacia la diana y volvió a disparar las siete balas, esta vez mucho más deprisa. A continuación pulsó el botón de la mampara para recuperar el blanco.

El agente de la CIA echó un vistazo.

—Ha dejado destrozada la diana con una sola mano, nada menos. Usando tanto la derecha como la izquierda. —Hizo una pausa—. ¿Es su respuesta a mi pregunta?

—Me he limitado a aprovechar el momento para perfeccionar mis habilidades.

—No le hace falta. En cualquier caso, movilizaré de inmediato a mis contactos y, en cuanto averigüe algo, se lo haré saber.

—Gracias.

El agente de la CIA asintió, se puso el protector en la cabeza, dejó la Sig Sauer a un lado y empezó a rellenar sus cargadores.

5

El teniente Vincent D'Agosta empezó a subir por la ancha escalinata de granito del Museo de Historia Natural de Nueva York,
a la vez que levantaba la vista bajo el sol de mediodía. Se dirigía
hacia la vasta fachada de estilo Beaux-Arts que ocupaba cuatro
manzanas. El edificio destacaba por su majestuoso estilo romano.
D'Agosta guardaba muy malos recuerdos de ese lugar y parecía
un giro cruel del destino que justo en un momento así tuviera
que volver a visitarlo.

Acababa de regresar, la noche anterior, de las dos mejores
semanas de su vida: su luna de miel con Laura Hayward en el
Turtle Bay Resort de la mítica costa norte de Oahu, donde se
habían dedicado en exclusiva a tomar el sol, pasear por kilómetros de playa virgen, hacer submarinismo en Kuilima Cove y,
cómo no, conocerse de un modo aún más íntimo. Había sido
paradisíaco.

Por eso era un impacto tan desagradable ir a trabajar un domingo por la mañana y descubrir que le asignaban la investigación del asesinato de un técnico del departamento de osteología
del museo: no contentos con endosarle un caso nada más volver,
le obligaban a investigar en un edificio que había deseado vehe-
mentemente no tener que pisar nunca más.

A pesar de los pesares, estaba decidido a resolver el caso y
llevar al culpable ante la justicia. Si Nueva York tenía mala
fama, era justo por ese tipo de cosas tan absurdas: el asesinato

gratuito, sin sentido y cruel de algún pobre hombre que había tenido la mala suerte de estar en el sitio y el momento menos indicados.

Se paró a respirar. Vaya por Dios. Tendría que ponerse a régimen después de dos semanas de cerveza y platos típicos hawaianos como poi, cerdo kalua, opihi y haupia. Al momento reanudó el ascenso por la escalinata y penetró en la inmensidad de una gran rotonda, donde hizo otra parada para sacar el iPad del maletín y ponerse al día con la investigación. La víctima había sido descubierta a última hora del día anterior. Ya se habían realizado todos los estudios iniciales. El primer paso sería volver a hablar con el vigilante de seguridad que había encontrado el cadáver. Después tenía una cita con el director de relaciones públicas, el cual, por el tipo de institución que dirigía, estaría más preocupado por neutralizar la mala prensa que por resolver el crimen. La lista de personas que debía interrogar se completaba con media docena de nombres.

Enseñó su placa a uno de los vigilantes, firmó en el registro, recibió una identificación temporal y echó a caminar por el enorme y resonante museo. De la zona de los dinosaurios pasó a un nuevo puesto de control y a una puerta sin letrero, por la que accedió a un laberinto de pasillos, un trayecto que recordaba de sobra y que terminaba en la oficina central de seguridad. En la sala de espera había un vigilante uniformado que se levantó de un salto al verle entrar.

—¿Mark Whittaker? —preguntó D'Agosta.

El vigilante asintió con rapidez. Era bajo, medía un metro sesenta, y corpulento. Tenía los ojos marrones y un pelo rubio que ya empezaba a ralear.

—Teniente D'Agosta, de homicidios. Como sé que es la segunda vez que lo interrogan, procuraré no hacerle perder más tiempo del imprescindible.

Estrechó una mano fofa y sudorosa. Sabía por experiencia que los vigilantes de seguridad se dividían en dos tipos: policías frustrados, resentidos y peleones, y simples y obsequiosos porteros a quienes acobardaba e intimidaba verse en algo serio. Mark Whittaker pertenecía claramente a la segunda especie.

—¿Podríamos hablar en el lugar del crimen?

—Sí, claro.

Era obvio que deseaba complacer a D'Agosta. Iniciaron un largo recorrido que, tras abandonar las entrañas del museo, los condujo de nuevo a la zona pública. De recodo en recodo, la mirada de D'Agosta se escapaba hacia las piezas. Llevaba años sin pisar aquel sitio, que, de todos modos, tampoco había cambiado mucho. Estaban en la sala africana, de dos plantas de altura e iluminación escasa. Dejaron atrás una manada de elefantes e ingresaron en la zona de los pueblos africanos, la de México y Centroamérica, y la de América del Sur; grandes espacios repletos de vitrinas con pájaros, objetos de oro, cerámica, esculturas, tejidos, lanzas, prendas de vestir, máscaras, esqueletos, simios… Sintió que le costaba respirar y le extrañó tener que hacer un esfuerzo tan grande para seguir el ritmo de un vigilante bajo y rechoncho.

Finalmente entraron en la sala dedicada a la vida marina. Whittaker se detuvo en uno de los extremos más alejados, acordonado con cinta amarilla de la policía. Delante del cerco había otro vigilante.

—Nicho de los gasterópodos —leyó D'Agosta en la lámina de latón colgada en la pared.

Whittaker asintió con la cabeza.

D'Agosta enseñó la placa al vigilante y pasó por debajo de la cinta. Después hizo señas a Whittaker para que le siguiera. Había poca luz y un ambiente enrarecido. Las paredes alrededor del nicho estaban cubiertas de vitrinas plagadas de conchas de diferentes formas y tamaños, desde caracoles hasta buccinos, pasando por simples almejas. Aparte de las vitrinas adosadas había unas mesas acristaladas que contenían aún más conchas. D'Agosta aspiró ruidosamente por la nariz. Debía de ser la zona menos visitada de todo el museo. Su vista se posó en un caracol pala, rosado y lustroso, que por unos instantes le hizo recordar una noche en la costa norte de Hawái: Laura tumbada a su lado en la arena, aún caliente por el sol que acababa de ocultarse; la espuma lechosa de las olas enroscándose en sus pies… Suspiró e hizo un esfuerzo para volver al presente.

Observó que en el suelo, cerca de una de las mesas, había una silueta dibujada con tiza, varias etiquetas de pruebas y un reguero de sangre seca.

—¿Cuándo encontró el cadáver?

—Ayer sábado por la noche, hacia las 23.10.

—¿A qué hora empezaba su turno?

—A las ocho.

—¿Esta sala formaba parte del circuito que suele hacer normalmente?

Whittaker asintió.

—¿A qué hora cierra el museo los sábados?

—A las seis.

—Y, después de cerrar, ¿con qué frecuencia patrulla usted por esta sala?

—Depende. Las rotaciones pueden ser cada treinta o cada cuarenta y cinco minutos. Tengo que ir fichando con una tarjeta a lo largo de todo el recorrido. No les gusta que hagamos las rondas con un horario fijo.

D'Agosta sacó de su bolsillo un plano del museo que había recogido en la entrada.

—¿Podría dibujarme las rondas, o como se llamen?

—Sí, claro.

Whittaker rebuscó en un bolsillo hasta encontrar un bolígrafo, con el que trazó en el mapa una línea sinuosa que recorría gran parte de la planta. Le dio el plano a D'Agosta, que lo examinó.

—Según esto, no parece que entre muy a menudo aquí.

Whittaker tardó un poco en contestar, como si pudiera ser una pregunta trampa.

—Normalmente no. Como no hay salida, suelo pasar de largo.

—Y, anoche a las once, ¿por qué no lo hizo?

Whittaker se secó la frente.

—La sangre se había extendido hasta la parte central de la sala y, cuando moví la linterna, vi… un reflejo.

D'Agosta recordó las fotos de la policía científica. Según una reconstrucción del crimen, a la víctima, un técnico de cierta edad llamado Victor Marsala, le habían golpeado en la cabeza con un objeto contundente en un rincón apartado y después habían dejado el cadáver a los pies de la mesa acristalada, sin el reloj de pulsera, la cartera y la calderilla, que habían desaparecido.

Consultó su tableta.

—¿Ayer por la tarde había algún acto especial?

—No, ninguno.

—¿Noches en el museo? ¿Fiestas privadas? ¿Proyecciones IMAX? ¿Visitas guiadas fuera del horario habitual? ¿Algo por el estilo?

—No.

Ya conocía casi todas las respuestas, pero le gustaba repasar con los testigos el terreno conocido, por si las moscas. El informe del forense indicaba como hora aproximada de la defunción las diez y media.

—¿Algo le llamó la atención en los cuarenta minutos anteriores al descubrimiento del cadáver? ¿Algún turista que dijera que se había perdido cuando ya estaba cerrado el museo? ¿Algún empleado fuera de su zona de trabajo habitual?

—No, no vi nada raro, solo a los científicos y comisarios que suelen trabajar hasta tarde.

—¿Y en esta sala?

—Estaba vacía.

D'Agosta señaló con la cabeza una puerta en la pared del fondo, sobre la que había un letrero de SALIDA.

—¿Adónde va eso?

Whittaker se encogió de hombros.

—Abajo, al sótano.

D'Agosta reflexionó. La sala de objetos de oro sudamericanos no quedaba muy lejos, pero nadie había tocado, robado o movido ninguna pieza. Existía la posibilidad de que, al volver de algún encargo nocturno, Marsala se hubiera topado con un vagabundo que echaba una cabezada en aquel recoveco desolado del museo, aunque la realidad seguramente fuera menos pintoresca. Lo más insólito era que el asesino, a juzgar por todos los indicios, había logrado abandonar el lugar sin llamar la atención, cuando a esas horas la única salida era un control muy estricto en la planta baja. ¿Sería un empleado del museo? La lista que tenía D'Agosta de las personas que se habían quedado trabajando aquella noche sorprendía por su longitud. El museo era muy grande y tenía una plantilla de varios miles de trabajadores.

Después de unas cuantas preguntas someras le dio las gracias a Whittaker.

—Me quedo a echar un vistazo. Vuelva usted solo —dijo.

Los veinte minutos siguientes los dedicó a curiosear por el rincón donde Marsala había sido asesinado y por las zonas adyacentes, consultando cada cierto tiempo en su tableta las fotos del lugar del crimen, pero no vio ni encontró nada nuevo o que hubieran pasado por alto.

Guardó con un suspiro el iPad en el maletín y se fue hacia el departamento de relaciones públicas.

6

Observar una autopsia no figuraba entre las ocupaciones favoritas del teniente Peter Angler, aunque no tuviera problemas con ver sangre. Durante los quince años que llevaba trabajando en el cuerpo policial había visto cadáveres de sobra, personas que habían fallecido por disparos, navajazos, contusiones o ingesta de veneno; gente atropellada, borrachos muertos en la acera, cuerpos hechos pedazos en las vías del metro… Por no hablar de las heridas en los cuerpos. En realidad, Angler no era un hombre apocado. Había desenfundado la pistola una docena de veces y la había usado dos. Sabía reaccionar ante una muerte violenta. Lo que le molestaba era la manera fría, clínica y sistemática de trinchar el cadáver, órgano por órgano, y de manipularlo, fotografiarlo y dedicarle comentarios y hasta chistes. Por no hablar del olor, naturalmente. Aun así, los años le habían enseñado a tolerarlo, y abordaba la tarea con resignación estoica.

Aquella autopsia, sin embargo, tenía algo macabro. Angler había visto muchas, pero en ninguna figuraba como atento observador el padre de la víctima.

Había, al menos con vida, cinco personas en la sala: Angler; Millikin, uno de sus detectives; el patólogo forense a cargo de la autopsia; su auxiliar, un hombre bajo, arrugado y jorobado como Quasimodo, y el agente especial Aloysius Pendergast.

En esta oportunidad, este último no asistía en calidad oficial. Ante la extraña petición de presenciar la autopsia, Angler había valorado la posibilidad de negarse; a fin de cuentas, Pendergast no había mostrado disposición para colaborar en la investigación, pero, tras hacer una serie de consultas, el teniente había averiguado que el agente no solo era conocido en el FBI por la poca ortodoxia de sus métodos, sino que era muy respetado por su considerable porcentaje de éxitos. Angler nunca había visto un expediente tan lleno de elogios a la par que de reproches. Por eso había decidido que no valía la pena vetar su asistencia a la autopsia, aparte de que era el padre. Además, intuía que, dijera él lo que dijese, Pendergast habría encontrado la manera de asistir.

También el patólogo, el doctor Constantinescu, parecía conocer a Pendergast. Parecía más un médico rural viejo y bondadoso que un forense, y la presencia del agente especial le tenía fuera de quicio, tenso y nervioso como un gato en una casa nueva. Mientras murmuraba sus observaciones médicas por un micrófono de solapa, no dejaba de hacer pausas para mirar por encima del hombro a Pendergast y carraspear. Solo el examen externo ya le entretuvo una hora, lo cual tenía su mérito, vista la falta de pruebas obtenidas y etiquetadas en el lugar de los hechos. En todo lo demás (retirada de prendas, fotografías, rayos X, pesaje, pruebas de toxicidad, consignación de señas particulares…) se tomó su tiempo, como si tuviera miedo de cometer un error, por nimio que fuese, o sintiera una extraña reticencia a ponerse manos a la obra. El asistente, que no parecía estar al corriente de la historia, se mecía impaciente sobre los dos pies mientras movía el instrumental de un lado a otro. Pendergast, inmóvil y algo retirado de la escena, envuelto por la bata como por un sudario, repartía sus miradas entre Constantinescu y el cadáver de su hijo, sin decir ni expresar nada.

—A primera vista no se aprecian contusiones externas, hematomas, incisiones u otras heridas —dijo el patólogo por el micrófono—. De acuerdo con el examen externo inicial y los datos radiográficos, la causa de la muerte fue el aplastamiento de las vértebras cervicales C3 y C4, junto con una rotación lateral del cráneo que produjo una sección transversal de la médula espinal.

El doctor Constantinescu se apartó del micro y carraspeó por enésima vez.

—Estamos… a punto de empezar el examen interno, agente Pendergast.

Pero Pendergast permaneció inmóvil, salvo por una levísima inclinación de la cabeza. Estaba muy pálido, y sus facciones se habían endurecido. Angler no había visto nunca nada igual; cuanto más conocía al tal Pendergast, menos le gustaba. Era una especie de fenómeno de circo.

El teniente volvió a fijarse en el cuerpo yacente en la camilla, el de un joven con una excelente forma física. Al contemplar la elegante musculatura del cadáver y sus distinguidos rasgos incluso estando exánime, se acordó de las representaciones de Héctor y Aquiles en los vasos de cerámica atribuidos al grupo de Antíope.

«Estamos a punto de empezar el examen interno.» Pronto aquel cadáver dejaría de ser bello.

Obedeciendo a una señal de la cabeza de Constantinescu, el asistente acercó la sierra Stryker. Angler odiaba el peculiar zumbido de la hoja dentada al cortar el hueso. El patólogo puso el instrumento en marcha y lo desplazó alrededor de la cabeza de Alban. Después retiró la parte superior del cráneo, cosa que a Angler le resultó extraña, pues el cerebro solía ser el último órgano que se extraía; la mayoría de las autopsias empezaban con la incisión del tórax y el abdomen en forma de «Y». La decisión de Constantinescu tal vez guardase alguna relación con la causa de la muerte: la fractura del cuello. Sin embargo, Angler sospechó que quizá tenía que ver con la presencia de Pendergast. Miró entonces con disimulo al agente del FBI y le vio aún más pálido y hermético.

Tras extraerlo con cuidado, Constantinescu examinó el cerebro, lo depositó en una balanza y murmuró unas observaciones por el micrófono. Después recogió algunas muestras de tejidos y se las entregó a su asistente. En ese momento, aunque sin girarse, le habló a Pendergast:

—Agente Pendergast… ¿Pensaba usted dejar abierto el ataúd?

Hubo un silencio momentáneo antes de la respuesta.

—No, ni habrá funeral. En cuanto esté disponible el cadáver, efectuaré los trámites necesarios para su incineración.

Su voz era como el chirrido de una navaja en un bloque de hielo.

—Entiendo. —Constantinescu introdujo el cerebro en la cavidad craneal y titubeó—. Antes de seguir, tengo que hacerle una pregunta. Según lo visto en la radiografía, había un objeto redondeado en el... estómago del difunto. Sin embargo, el cadáver no presenta ninguna cicatriz que indique viejas heridas de bala o intervenciones quirúrgicas. ¿Tiene usted constancia de que el cuerpo pudiera contener algún tipo de implante?

—No, ninguna —dijo Pendergast.

—Muy bien. —Constantinescu asintió despacio—. Voy a proceder a la incisión en forma de «Y».

Como nadie decía nada, volvió a tomar la sierra e hizo cortes en los hombros izquierdo y derecho, hacia abajo, de manera que las hendiduras confluyesen en el esternón. Finalmente, con un escalpelo, completó la incisión: una línea recta hasta el pubis. El asistente le entregó unas tijeras, con las que completó la apertura de la cavidad del pecho; apartó las costillas y la carne seccionadas, y dejó al descubierto el corazón y los pulmones.

A espaldas de Angler, Pendergast seguía rígido. Empezó a difundirse por la sala un olor que Angler tenía tan grabado como el zumbido de la Stryker.

Constantinescu sacó el corazón y los pulmones, los examinó, los pesó en la báscula, recogió muestras de tejido, murmuró algunas observaciones a través del micro e introdujo los órganos en bolsas de plástico para que fueran devueltos al cadáver durante la última fase de la autopsia, la de reconstrucción. El mismo trato recibieron el hígado, los riñones y otros órganos importantes. Después el patólogo se concentró en las arterias centrales, que cortó e inspeccionó rápidamente. Ahora trabajaba deprisa, todo lo contrario a los preliminares, en los que había actuado con mucha parsimonia.

Finalmente le llegó el turno al estómago. Tras la inspección, el pesaje, las fotos y las muestras de tejidos, Constantinescu tomó un gran escalpelo. Era la parte que más aborrecía Angler: el examen del contenido del estómago. Se apartó un poco más de la camilla.

Inclinado sobre el cuenco de metal donde había dejado el estómago, el patólogo lo manipuló con sus guantes, alternando el uso esporádico del escalpelo con el de un fórceps, mientras el asistente observaba de cerca su trabajo. La habitación olía cada vez peor.

De pronto se oyó un ruido, el fuerte impacto de algo duro contra el recipiente de acero, y el patólogo se quedó sin respiración. Murmuró unas palabras al asistente, que le hizo entrega de otro fórceps. Después Constantinescu acercó el instrumental al cuenco metálico y cogió con las tenazas un objeto redondeado y con fluidos que le conferían una textura viscosa. Finalmente se giró hacia una pila y lo aclaró con el mayor cuidado. En el momento en el que el patólogo dio media vuelta, Angler se llevó una gran sorpresa al ver que el fórceps sujetaba una piedra de forma irregular, un poco más grande que una canica. Una piedra azul oscuro. Una piedra preciosa.

Vio de reojo que Pendergast por fin reaccionaba.

Constantinescu levantó la piedra con las pinzas y se la quedó mirando, mientras la giraba, ora hacia un lado, ora hacia el otro.

—Vaya, vaya —murmuró el médico.

La metió en una bolsa para pruebas y procedió a su cierre hermético. Angler reparó en que Pendergast se había puesto a su lado y miraba la piedra fijamente. Nada quedaba ya de su expresión distante e inescrutable, ni de su mirada ausente. Ahora sus ojos traslucían una súbita avidez, una urgencia que a punto estuvo de hacer retroceder a Angler.

—La piedra —dijo Pendergast—. La necesito.

El teniente no estuvo seguro de haber oído bien.

—¿Que la necesita? Pero si es la primera prueba tangible que encontramos.

—Exacto. Por eso es preciso que disponga de ella.

Angler se humedeció los labios.

—Mire, agente Pendergast, sé que el chico de la camilla es hijo suyo y reconozco que esta situación no es fácil para usted, pero se trata de una investigación oficial, con normas que cumplir y protocolos que seguir. Al ser tan escasos los indicios, sabrá usted sin duda que…

—Tengo información que podría ser útil. Necesito la piedra. Debo tenerla. —Pendergast se acercó un poco más, retando a Angler con la mirada—. Por favor.

El teniente tuvo que hacer un esfuerzo para no batirse en retirada ante la intensidad de la mirada de Pendergast. Algo le dijo que «Por favor» no era una frase que el superagente usase con frecuencia. Se quedó un momento callado, presa de distintas emociones, hasta que reconoció que Pendergast sí deseaba averiguar qué le había sucedido a su hijo. De pronto se compadeció de él.

—Hay que registrarla como prueba —dijo—. Fotografiarla, describirla exhaustivamente, catalogarla e introducirla en la base de datos. Entonces podrá retirarla, pero solo si se cumplen a pies juntillas los protocolos de la cadena de custodia y a condición de devolverla en un plazo máximo de veinticuatro horas.

Pendergast asintió con la cabeza.

—Gracias.

—Veinticuatro horas. Ni un minuto más.

Descubrió, sin embargo, que hablaba con la espalda de Pendergast, que se había lanzado ya hacia la puerta, seguido por los verdes faldones de la bata.

7

El departamento de osteología del Museo de Historia Natural de Nueva York parecía un laberinto infinito de salas abuhardilladas. Solo se accedía a él por una enorme doble puerta, situada al final de un largo pasillo en la cuarta planta del museo, y a través de un montacargas lento y gigantesco, con el que te topabas al cruzar la gran puerta. Cuando D'Agosta penetró en el ascensor y vio que lo acompañaba el cadáver de un mono sobre una plataforma, comprendió la razón de que el departamento estuviera tan lejos de los ámbitos públicos del museo: apestaba, como habría dicho su padre, más que una casa de putas con la marea baja.

El montacargas frenó con una sacudida y se abrieron las puertas. D'Agosta salió y se frotó impacientemente las manos mientras miraba a su alrededor. La siguiente entrevista que tenía programada era con Morris Frisby, jefe tanto del departamento de antropología como del de osteología. En realidad, no esperaba mucho de él, ya que Frisby había vuelto esa misma mañana de una conferencia en Boston y no se encontraba en el museo en el momento de la muerte del técnico. Más prometedor era el joven que se estaba aproximando, un tal Mark Sandoval, técnico osteólogo que había estado una semana de baja por un fuerte resfriado.

Sandoval cerró la puerta principal tras acceder al departamento junto con D'Agosta. Aún se le veía hecho polvo, con los ojos rojos e hinchados, la cara muy blanca y una nariz de la que nunca se alejaba mucho un pañuelo. D'Agosta pensó que al menos así se ahorraría aquella peste atroz, aunque seguro que ya estaba acostumbrado.

—Aún faltan diez minutos para mi cita con el doctor Frisby. ¿Le importaría hacerme un poco de guía? Es que quiero ver dónde trabajaba Marsala.

—Pues...

Sandoval tragó saliva y miró por encima del hombro.

—¿Algún problema? —preguntó D'Agosta.

—Es que... —Otra mirada furtiva. Sandoval bajó la voz—. Es por el doctor Frisby. Es que no le gusta mucho...

Dejó la frase a medias.

D'Agosta lo entendió enseguida. Seguro que Frisby era el típico funcionario de museo que guardaba celoso su pequeño feudo, temeroso de cualquier publicidad negativa. Se lo imaginaba con una chaqueta de tweed llena de restos de tabaco de pipa mal quemado y con una papada rojiza por el afeitado, trémula por la consternación.

—No se preocupe —dijo el agente—, no voy a citarlos por sus nombres.

Después de otro momento de vacilación, Sandoval echó a caminar por el pasillo.

—Tengo entendido que es usted quien colaboraba más estrechamente con Marsala —comentó D'Agosta.

—Supongo que lo ayudaba todo lo que se podía.

Sandoval aún parecía algo nervioso.

—¿No era una persona amigable?

Se encogió de hombros.

—No quiero hablar mal de los muertos.

D'Agosta sacó su libreta.

—Dígame lo que piensa, si no le importa.

Sandoval se secó un poco la nariz.

—Era... una persona de trato un poco difícil. Se daba ciertos aires.

—¿En qué sentido?

—Supongo que podría decirse que era un científico frustrado.

Pasaron junto a algo parecido a la puerta de un congelador gigante.

—Continúe.

—Había ido a la universidad, pero no había conseguido aprobar química orgánica, y sin eso es imposible doctorarse en Biología. Después de la universidad vino a trabajar aquí como técnico. En el tratamiento de los huesos era un hacha, pero sin titulación superior no podía hacer carrera. Era una cuestión muy delicada; no le gustaba que los científicos le diesen órdenes. En presencia de Victor, todos teníamos que ir con pies de plomo, hasta yo, que era para él lo más parecido a un amigo, lo cual es mucho decir.

Sandoval, que iba adelante, cruzó una puerta a mano izquierda. D'Agosta lo siguió y accedió a una sala llena de enormes cubas de metal. En el techo había una hilera de conductos gigantes de ventilación, pero parecía que no sirviesen para nada, porque el olor era mucho más intenso.

—Esto es la sala de maceración —dijo Sandoval.

—¿La qué?

—La sala de maceración. —Sandoval se tocó la nariz con el clínex—. Uno de los principales cometidos del departamento de osteología es recibir cadáveres y reducirlos a sus huesos.

—¿Cadáveres? ¿De humanos?

Sandoval sonrió, burlón.

—Antiguamente podían ser cuerpos humanos. Donaciones a la ciencia médica y todas esas cosas… Ahora solo se trabaja con animales. Los especímenes más grandes los ponen en estas cubas de maceración, que están llenas de agua caliente no esterilizada. Si dejas bastante tiempo un espécimen en uno de estos recipientes, se licua y, al quitar el tapón del desagüe, solo quedan los huesos. —Sandoval señaló la cuba que tenían más cerca, que parecía una sopa—. Ahora mismo en esta se está macerando un gorila.

Justo entonces entró un técnico empujando la plataforma con el mono que había visto en el montacargas.

—Y esto —comentó Sandoval— es un macaco japonés del zoo de Central Park. Tenemos un contrato. Nos envían todos los animales muertos.

D'Agosta tragó saliva, incómodo. Empezaba a afectarle el olor y no le estaban sentando del todo bien las salchichas italianas picantes que se había tomado fritas para desayunar.

—Era el principal trabajo de Marsala —dijo Sandoval—: supervisar el proceso de maceración. Eso y ocuparse de los escarabajos, claro.

—¿Escarabajos?

—Sígame.

Sandoval volvió al pasillo principal y, tras dejar atrás varias puertas, entró en otro laboratorio. A diferencia de la sala de maceración, aquel espacio estaba lleno de pequeñas bandejas de cristal que parecían acuarios. D'Agosta se acercó a una y observó una gran rata muerta, infestada de escarabajos negros que se estaban dando un atracón; de hecho, casi era capaz de oír el sonido de cómo la masticaban. Se apartó enseguida, murmurando una palabrota, y en su barriga el desayuno dio un vuelco peligroso.

—Derméstidos —puntualizó Sandoval—. Carnívoros. Es como eliminamos la carne de los huesos de los especímenes pequeños, de modo que podamos dejar muy bien articulado el esqueleto.

—¿Articulado? —preguntó D'Agosta con un nudo en la garganta.

—Quiere decir juntar los huesos y montarlos en estructuras de metal para exponerlos o examinarlos. Marsala se ocupaba de los escarabajos y supervisaba los especímenes que nos traían. También hacía el desgrasado.

Sandoval explicó de qué se trataba, aunque esta vez D'Agosta no se lo hubiera preguntado:

—Cuando de un espécimen solo quedan los huesos, se sumergen en benceno. Con un buen baño, se quedan blancos, se disuelven todos los lípidos y desaparece el olor.

Volvieron al pasillo central.

—Los principales cometidos de Marsala eran esos —concluyó Sandoval—, pero ya le he dicho que era un mago con los esqueletos, y a menudo le pedían que los articulase.

—Ya.

—De hecho, convirtió el laboratorio de articulación en su despacho.

—Camine usted primero, por favor —añadió D'Agosta.

Después de secarse otra vez la nariz, Sandoval continuó por el pasillo, que parecía infinito.

—Aquí están algunas de las colecciones de osteología —dijo, señalando varias puertas—. Como las de huesos, organizadas taxonómicamente. Y ahora entramos en las del departamento de antropología.

—¿O sea?

—Entierros, momias y «esqueletos preparados», es decir, cadáveres hallados por los antropólogos, en muchos casos en los campos de batallas de las guerras contra los indios, y traídos al museo. La verdad es que es un arte que se ha perdido. En los últimos años no hemos tenido más remedio que devolver muchas piezas a las tribus.

D'Agosta miró por una puerta abierta y divisó varios armarios de madera con vitrinas onduladas y un sinfín de bandejas extraíbles, todas con su correspondiente etiqueta.

Tras dejar atrás una docena de salas, Sandoval le hizo pasar a otro laboratorio lleno de bancos de trabajo y mesas con tablero de esteatita. Dentro no olía tan mal. Sobre los bancos se veían esqueletos de animales en armazones de metal, en distintas fases de preparación. En la pared del fondo había algunos ordenadores e instrumental diverso.

—Esa era la mesa de Marsala —dijo Sandoval señalando una.

—¿Tenía novia? —preguntó D'Agosta.

—Que yo sepa no.

—¿A qué dedicaba el tiempo libre?

Sandoval se encogió de hombros.

—No nos lo explicaba. Era bastante reservado. Este laboratorio era como su casa. Se quedaba muchas horas, y tengo la impresión de que vivía más que nada para el trabajo.

—Dice que era una persona susceptible y con la que era difícil trabajar. ¿Chocaba con alguien en especial?

—Siempre se metía en discusiones.

—¿Alguna en particular?

—Bueno... —dijo finalmente Sandoval—. Hace dos meses vino un conservador de mastozoología con una maleta llena de murciélagos, una especie muy rara, en peligro de extinción. El hombre los había traído del Himalaya. Marsala los puso en las bandejas de derméstidos y luego... lo estropeó todo. No hizo las comprobaciones necesarias y dejó a los murceguillos demasiado tiempo en las bandejas. Era un comportamiento raro en Marsala, aunque esos días daba la impresión de que tuviera la cabeza en otra parte. Si no sacas los especímenes en el momento que corresponde, pueden estropearse. Los escarabajos están tan hambrientos que roen el cartílago y, cuando se desarticulan los huesos, se los comen. Fue lo que pasó con los murciélagos. El experto que los había traído, un hombre que está un poco loco, como muchos conservadores, se puso hecho una fiera y le dijo cosas muy fuertes delante de toda la plantilla del departamento. Marsala se cabreó muchísimo, pero no podía hacer gran cosa porque la culpa era suya.

—¿Cómo se llamaba el comisario de mastozoología?

—Brixton. Richard Brixton.

D'Agosta se apuntó el nombre.

—Ha dicho que Marsala tenía la cabeza en otra parte. ¿Sabe en qué?

Sandoval pensó un momento.

—Bueno, comenzó a estar un poco distraído desde que empezó a colaborar en una investigación con un científico externo.

—¿Ese tipo de colaboración es algo raro?

—Al contrario, es de lo más habitual. —Sandoval señaló una puerta al otro lado del pasillo—. Ahí examinan los huesos los científicos externos. Vienen y van constantemente, y proceden de todas partes del mundo. Marsala no solía trabajar con ellos por lo que ya le he dicho sobre su actitud ante los demás. De hecho, fue el primer científico con quien colaboraba después de un año.

—¿Marsala le habló de la investigación?

—No, pero parecía bastante satisfecho de sí mismo, como si esperase ponerse una medalla o algo así.

—¿Se acuerda del nombre del científico?

Sandoval se rascó la cabeza.

—Creo que se llamaba Walton, aunque también podría ser Waldron. Los científicos externos, siempre que vienen a trabajar al museo, deben firmar una lista y hacerse un carnet de identificación. La lista la lleva Frisby. De esta manera podría averiguar el nombre.

D'Agosta miró la sala.

—¿Hay algo más que tenga que saber sobre Marsala? ¿Algo poco habitual o raro, impropio de él?

—No.

Sandoval se sonó la nariz con un gran bocinazo.

—El cadáver lo encontraron en el nicho de los gasterópodos, en la sala dedicada a la vida marina. ¿Se le ocurre algún motivo para que Marsala estuviera en esa zona del museo?

—Nunca iba por ahí. Solo le interesaban los huesos y este laboratorio. Esa sala ni siquiera le quedaba de paso al salir del museo.

D'Agosta hizo otra anotación.

—¿Alguna pregunta más? —dijo Sandoval.

D'Agosta miró su reloj.

—¿Dónde puedo encontrar a Frisby?

—Ahora le llevo hasta él.

Salieron al pasillo y se dirigieron a la parte más hedionda del departamento.

8

El doctor Finisterre Paden se apartó del aparato de difracción de rayos X sobre el que había estado inclinado, pero retrocedió con una brusca exclamación al divisar una especie de columna de tejido negro. Su mirada acababa de toparse con un hombre alto, enfundado en un traje negro; sin saber cómo, había aparecido a sus espaldas y debía de haber permanecido a pocos centímetros de él mientras trabajaba.

—¿Se puede saber qué es esto? —dijo enfurecido Paden, cuyo cuerpo menudo y regordete temblaba a causa de la afrenta—. ¿Quién le ha dejado entrar? ¡Es mi despacho!

El hombre, lejos de reaccionar, siguió observándole con unos ojos de color azul topacio y con un rostro tan bien modelado que podría haberlo esculpido Miguel Ángel.

—Pero ¿usted quién es? —preguntó Paden tratando de guardar la compostura—. ¡Estoy intentando hacer mi trabajo! ¡Nadie puede entrar aquí de esta manera!

—Lo siento —dijo con un tono apaciguador el hombre, que dio un paso hacia atrás.

—Pues yo también —intervino Paden, ya menos encrespado—. De todos modos, es un abuso. Por cierto, ¿dónde está su identificación de visitante?

El hombre metió la mano en el traje y sacó una cartera de cuero marrón.

—¡Esto no es ninguna identificación!

La cartera se abrió y dejó al descubierto unos brillos azules y dorados.

—Oh —exclamó Paden al mirarla de cerca—. ¿El FBI? ¡Madre de Dios!

—Me llamo Pendergast, agente especial A. X. L. Pendergast. ¿Me permite sentarme?

Paden tragó saliva.

—Supongo.

El hombre tomó asiento con un gesto elegante en la única silla que había en el despacho, a excepción de la de Paden, y cruzó las piernas como si previera quedarse mucho tiempo.

—¿Es por el asesinato? —preguntó agitado Paden—. Le advierto que cuando pasó yo ni siquiera estaba en el museo. No sé nada de nada. No conocía a la víctima y encima no tengo ningún interés por los gasterópodos. En los veinte años que llevo aquí no he pisado ni una vez aquella sala. Ni una. Vaya, que si de eso se…

Se interrumpió al ver que el hombre levantaba despacio una mano delicada.

—No es por el asesinato. ¿No preferiría sentarse, doctor Paden? Es su despacho, a fin de cuentas.

Paden tomó asiento con recelo ante su mesa de trabajo y, mientras cruzaba y extendía después los brazos, se preguntó a santo de qué venía todo aquello, por qué no le habían avisado los de seguridad y si le convenía más responder a las preguntas o llamar a un abogado, aunque no tenía ninguno.

—Mis más sinceras disculpas por esta intromisión tan repentina, doctor Paden. Tengo un problema para el que necesito su ayuda, informal, por supuesto.

—Haré lo que pueda.

El agente tendió una mano cerrada y luego la abrió lentamente, como un mago, para mostrar una piedra azul. Paden la tomó entre sus dedos y la examinó, con el alivio de saber que se trataba de un simple problema de identificación.

—Turquesa —dijo mientras la giraba—. Y ha rodado bastante. —Tomó una lupa de su mesa de trabajo y observó la piedra con mayor atención—. Parece natural, no estabilizada ni tampoco reconstituida, engrasada o encerada. Es un buen espécimen, con calidad de gema y un color y una composición poco habituales. Muy poco habituales, incluso. Yo diría que vale mucho dinero, tal vez más de mil dólares.

—¿Por qué es tan valiosa?

—Por su tono. La mayoría de las turquesas son de color azul claro; en muchos casos tienen matices verdosos, pero esta presenta un azul más oscuro de lo normal, casi dentro del espectro ultravioleta. Si lo sumamos a la matriz dorada que la rodea, vemos que es un ejemplar muy poco común.

Dejó la lupa y devolvió la piedra al agente del FBI.

—Espero haber sido de ayuda.

—No le quepa duda —contestó de una manera melosa—, pero esperaba que pudiera decirme cuál es su procedencia.

Paden volvió a tomar la piedra y la examinó con más detenimiento.

—Bueno, iraní seguro que no es. Creo que es estadounidense, del sudoeste. Un azul oscuro impresionante, con una matriz dorada en forma de telaraña. Lo más probable es que proceda de Nevada, aunque otras posibilidades serían Arizona o Colorado.

—Doctor Paden, me habían dicho que es usted uno de los mayores expertos del mundo en turquesas, y veo que no me han engañado.

Paden inclinó la cabeza, sorprendido por tanta perspicacia y caballerosidad por parte de un miembro de las fuerzas del orden.

—Pero resulta, doctor Paden, que necesito saber exactamente de qué mina salió.

El pálido agente del FBI simultaneó sus palabras con una mirada de gran intensidad. Paden se pasó la mano por la calva.

—Ah, bueno, señor... esto... Pendergast, eso ya es harina de otro costal.

—¿Por qué?

—Si no puedo reconocer la mina de origen a partir de un

examen visual inicial, y este es el caso, sería preciso someter el espécimen a una serie de pruebas. Tenga en cuenta que... —Paden se irguió un poco antes de embarcarse en su tema favorito—, la turquesa es un fosfato hidratado de cobre y aluminio que se forma a partir del filtrado del agua por una roca volcánica con muchas cavidades. Entre otras cosas, el agua transporta sulfuros de cobre y fósforo disueltos, que se precipitan en los intersticios rocosos. La turquesa del sudoeste del país se forma casi siempre donde se encuentran depósitos de sulfuro de cobre entre feldespatos de potasio, con cuerpos intrusivos porfíricos. Puede contener también limonita, piritas y otros óxidos de hierro. —Se levantó y caminó deprisa con sus cortas piernas hasta un gran armario; se agachó y sacó un cajón—. Tengo aquí una colección pequeña pero selecta de turquesas, todas procedentes de minas prehistóricas. Las usamos para ayudar a los arqueólogos a identificar el origen de los objetos prehistóricos hechos con turquesa. Venga a verlas.

Tras hacer señas al agente para que se acercase, Paden tomó de entre sus manos la piedra que Pendergast había llevado y la comparó rápidamente con las del cajón.

—No hay ninguna que coincida, pero la turquesa puede cambiar de aspecto incluso entre zonas distintas de una misma mina. La muestra, además, es muy pequeña. Fíjese, por ejemplo, en este trozo de turquesa de las minas de Cerrillos, al sur de Santa Fe. Esta pieza excepcional procede del famoso yacimiento prehistórico del monte Chalchihuitl. Es de color marfil, con una matriz lima claro y, aunque no sea de la máxima calidad, posee un gran valor histórico. Aquí tenemos varios ejemplos de turquesa prehistórica de Nevada...

—Interesantísimo —dijo Pendergast con suavidad, poniendo coto al torrente de palabras—. Ha hablado usted de pruebas. ¿Cuáles harían falta?

Paden carraspeó. Le habían comentado en más de una ocasión que tenía tendencia a explayarse en exceso.

—Tendré que analizar la piedra por varios medios. Empezaré con un análisis de emisión de rayos X inducida por protones de alta velocidad. Por suerte, en el museo tenemos un laboratorio excelente de mineralogía. ¿Le apetece verlo? —Sonrió efusivamente a Pendergast.

—No, gracias —contestó el agente—, aunque estoy encantado de que esté dispuesto a hacerlo usted mismo.

—¡Cómo no! A eso me dedico. Sobre todo para arqueólogos, claro, pero el FBI… Estoy a su servicio, señor Pendergast.

—Casi se me olvida mencionar mi pequeño problema.

—¿Cuál es?

—Lo necesito para mañana a mediodía.

—¿Qué? ¡Imposible! Tardará semanas. ¡Como poco un mes!

Una larga pausa.

—Pero ¿es físicamente posible tener el análisis para mañana?

Paden sintió un hormigueo en el cuero cabelludo. No estaba seguro de que aquel individuo fuese tan afable y complaciente como aparentaba.

—Bueno… —Carraspeó—. Supongo que es posible obtener algunos resultados preliminares en ese plazo, pero comportaría trabajar veinte horas seguidas, y aun así no es seguro que lo consiga.

—¿Por qué?

—Depende de que este tipo concreto de turquesa haya sido analizado antes y de que la entidad que haya realizado el estudio esté registrada en la base de datos. Tenga en cuenta que he hecho bastantes análisis de turquesas para arqueólogos; les ayuda a trazar las rutas comerciales y ese tipo de cosas, pero, si esta pieza procede de una mina más reciente, cabe la posibilidad de que nunca la hayamos estudiado. Cuanto más antigua sea la mina, mayores serán las probabilidades de análisis.

Hubo un silencio.

—Doctor Paden, ¿tendría usted la amabilidad de aceptar el encargo, si no es mucho pedir?

Paden volvió a pasarse la mano por la calva.

—¿Me está pidiendo que invierta veinte horas trabajando en su problema, sin dormir?

—Sí.

—¡Señor Pendergast, tengo mujer e hijos! Y hoy es domingo. Normalmente ni siquiera estaría en el museo. Por otra parte, ya no soy tan joven.

El agente pareció reflexionar acerca de sus palabras, hasta que metió una mano en el bolsillo con un gesto lánguido y sacó algo que también en este caso conservó dentro del puño. A continuación tendió el brazo y abrió la mano. Dentro había una pequeña piedra tallada, que pesaba casi un quilate y era de color marrón rojizo. Paden la tomó en sus manos, se ajustó una lupa en el ojo y giró la piedra al tiempo que la examinaba.

—Vaya por Dios. Vaya por Dios. Un mineral pleocroico...

Tomó de la mesa una pequeña lámpara de luz ultravioleta y la encendió. La piedra cambió inmediatamente de color y adoptó un vivo verde fluorescente.

Levantó la vista con los ojos muy abiertos.

—Painita.

El agente del FBI inclinó la cabeza.

—No me engañaba al considerarle un magnífico mineralogista.

—Pero ¿de dónde la ha sacado?

—El hermano de mi bisabuelo era coleccionista de curiosidades. Heredé no solo los objetos que había reunido, sino su casa. Esta piedra la he tomado de su colección, como acicate. Suya es a condición de que cumpla con el encargo.

—Pero si valdrá... Santo cielo. No me atrevo ni a ponerle precio. ¡La painita es una de las gemas más raras del mundo!

—Apreciado doctor Paden, para mí la información sobre la mina de procedencia de la turquesa tiene infinitamente más valor que esta piedra. Bueno, dígame, ¿podrá? —Y añadió con ironía—: ¿Está seguro de que no se opondrán su señora esposa ni sus hijos?

Paden, sin embargo, ya se había levantado para meter la turquesa en una bolsa hermética y estaba calculando las múltiples pruebas químicas y mineralógicas que tendría que efectuar.

—¿Oponerse? —dijo por encima del hombro, de camino ya al sanctasanctórum de su laboratorio—. ¿A quién carajo le importa?

9

Después de tres giros en falso, y de pararse dos veces para preguntar, el teniente D'Agosta logró dar al fin con la salida del laberíntico departamento de osteología y llegó a la planta baja. Cruzó despacio la gran rotonda en dirección a la salida, muy enfrascado en sus cavilaciones. La entrevista con el conservador jefe, Morris Frisby, había sido una pérdida de tiempo. Tampoco los demás interrogados habían aportado grandes datos acerca del asesinato. Por otra parte, no tenía ni idea de cómo el culpable había abandonado el lugar de los hechos.

Después de toda una mañana pateándose el museo, le dolían los pies y el coxis. El caso parecía cada vez más el típico asesinato neoyorquino, hecho al azar, sin ton ni son; por tanto, jodido de resolver. El día no había fructificado en ninguna pista útil. Todos los interrogados coincidían en que Victor Marsala había sido una persona desagradable, pero un buen trabajador. Motivos para matarle no los tenía nadie en el museo. El único sospechoso (Brixton, el experto en murciélagos, que dos meses antes se había peleado con Marsala) se encontraba fuera del país la noche del asesinato. Además, no encajaba en el perfil, por quejica. Los miembros del equipo de D'Agosta ya habían interrogado a los vecinos de Marsala en Sunnyside, Queens, y todos le habían definido como un hombre discreto, solitario y reservado. Ni novia, ni juergas, ni drogas. Tampoco tenía amigos, salvo el técnico de osteología, Sandoval. Sus padres vivían en Missouri y llevaban años sin verle. El cadáver había aparecido en una parte recóndita y poco visitada del museo, y faltaban la cartera, el reloj y la calderilla de la víctima. D'Agosta lo tenía bastante claro: era un atraco que había salido mal, uno de tantos. Marsala se había resistido, y el imbécil del atracador, llevado por el pánico, le había matado.

Para empeorar las cosas, pruebas no faltaban, sino todo lo contrario. D'Agosta y sus hombres se ahogaban en ellas: el lugar de los hechos estaba lleno de pelos, fibras y huellas dactilares. Desde la última vez que habían pasado la mopa y limpiado las vitrinas, eran miles las personas que lo habían dejado todo perdido de huellas. Un par de detectives de D'Agosta habían visto las grabaciones de seguridad del museo, pero de momento no habían encontrado nada sospechoso. La noche anterior se habían quedado a trabajar hasta tarde doscientos empleados, para poder tener los fines de semana libres. Él ya lo veía con una claridad meridiana: se iba a pasar una o dos semanas dándose de cabezazos contra la investigación y perdiendo el tiempo en pesquisas inútiles e infructuosas, hasta que archivaran el caso y este pasase a engrosar la sórdida lista de homicidios no resueltos. Varios megabytes de transcripciones de interrogatorios, fotos digitalizadas y análisis de la policía científica encharcaban la base de datos de la policía de Nueva York, como el agua sucia alrededor de un muelle, sin otra finalidad que reducir el porcentaje de casos resueltos.

Justo cuando apretaba el paso en dirección a la salida, avistó una imagen familiar: la alta silueta del agente Pendergast, que daba zancadas por el pulido mármol, seguido por un revoloteo de los faldones negros de su chaqueta.

Le sorprendió mucho verle, sobre todo en el museo. No había coincidido con él desde la cena íntima organizada el mes anterior por el agente del FBI para celebrar que D'Agosta estaba a punto de contraer matrimonio. Tanto la comida como la bebida habían sido extraordinarias. Pendergast se había ocupado personalmente de todo con la ayuda de su ama de llaves japonesa. Qué increíble cena… Al menos hasta el día siguiente, cuando Laura, la novia, analizó el menú y ambos se dieron cuenta de que, entre otras cosas, habían comido labios de pescado, sopa de intestinos (*sup bibir ikan*) y estómago de vaca guisado con beicon, coñac y vino blanco (*tripes à la mode de Caen*). De todos modos, lo mejor de la cena había sido la actitud del propio Pendergast, recuperado al fin de la tragedia acaecida dieciocho meses antes. Además, acababa de volver de una reciente visita a una estación de esquí en Colorado y se mostraba en buena forma, tanto física como emocional; estaba menos pálido y menos delgado, aunque no hubiera perdido la frialdad ni la reserva que le caracterizaban.

—¡Eh, Pendergast!

D'Agosta corrió por la gran rotonda y estrechó su mano.

—Vincent. —Los ojos claros de Pendergast se detuvieron un momento en él—. Qué alegría verle.

—Quería darle otra vez las gracias por la cena. No reparó en gastos, y para nosotros fue muy importante. Para los dos.

Pendergast asintió con aire ausente, mientras miraba la rotonda como si tuviera otra cosa en la mente.

—¿Qué hace aquí? —preguntó D'Agosta.

—Estaba… consultando a un conservador.

—Pues es curioso, porque yo acabo de hacer lo mismo. —D'Agosta se rió—. Como en los viejos tiempos, ¿verdad?

A Pendergast no le hizo gracia.

—Por cierto, quería pedirle un favor.

La petición fue recibida por una mirada vaga y evasiva. D'Agosta no se desanimó.

—Casi no he vuelto de mi luna de miel y va Singleton y me endilga un asesinato. Anoche encontraron muerto a un técnico del departamento de osteología al que asesinaron golpeándole en la cabeza, en una sala donde no pasa nunca nadie. Tiene pinta de ser un atraco que se le fue de las manos al culpable y acabó en homicidio. Con el olfato que usted tiene para estas cosas, se me acaba de ocurrir que podría darle algunos datos, a ver qué le parece…

A lo largo del pequeño discurso, Pendergast se había ido mostrando cada vez más intranquilo, hasta que miró a D'Agosta con una expresión que le hizo dejar la frase a medias.

—Lo siento, mi querido Vincent, pero me temo que en estos momentos no tengo tiempo ni interés por debatir con usted una investigación. Buenos días.

Y, tras despedirse muy escuetamente con un gesto de la cabeza, giró sobre sus talones y echó a caminar con rapidez en dirección a la salida del museo.

10

En las solemnes entrañas del Dakota, con su característico estilo renacentista alemán al final de una serie de tres apartamentos privados conectados entre sí específicamente tras una mampara corredera de madera y papel de arroz, se hallaba un *uchi-roji*, un jardín interior típico de las casas de té japonesas. Entre árboles enanos de hoja perenne discurría sinuoso un camino de piedras lisas. Flotaba en el aire un aroma de eucalipto, y se escuchaba el canto de las aves. A lo lejos se erguía la casa de té, pequeña, inmaculada y visible a duras penas en el simulacro de luz vespertina.

Esta especie de milagro (un jardín privado de exquisitas miniaturas, protegido por la enormidad de un bloque de viviendas de Manhattan) había sido diseñado por Pendergast como un espacio de meditación y rejuvenecimiento del alma. En ese momento, el agente estaba sentado en un banco tallado, de madera de *keyaki*, situado al borde del camino de piedras, frente a un pequeño estanque de carpas doradas. Contemplaba inmóvil las aguas oscuras mientras varios peces blancos y naranjas circulaban con desgana, como meras sombras.

Aquel refugio solía brindarle un descanso de las cuitas mundanas, o al menos un olvido temporal, pero la paz, aquella tarde, estaba siendo esquiva.

En el bolsillo de su americana sonó un trino. Era su teléfono móvil, cuyo número no conocían ni media docena de personas.

Al echar un vistazo a la llamada entrante, leyó «Número no identificado».

—¿Sí?

—Agente Pendergast.

Era la voz seca del hombre que trabajaba para la CIA, a quien había visto dos días antes en la galería de tiro. Hasta entonces su voz había contenido siempre un deje de ironía, como una señal de desapego respecto a la prosaica cotidianidad del mundo, pero en esta ocasión esa particular forma de hablar brillaba por su ausencia.

—¿Sí? —repitió Pendergast.

—Le llamo porque sabía que preferiría conocer cuanto antes la mala noticia.

Pendergast sujetó con algo más de fuerza su teléfono.

—Adelante.

—La mala noticia es que no tengo nada que comunicarle.

—Comprendo.

—He llevado a cabo un despliegue considerable de recursos y un gran desembolso de dinero, y he pedido favores en nuestro país y en el extranjero. He hecho que varios agentes secretos se arriesgasen a ser descubiertos a cambio de saber si determinados gobiernos ocultaban información sobre la operación Wildfire, pero le llamo con las manos vacías. No hay ningún indicio de que Alban reapareciese en Brasil o en algún otro lugar del mundo. Tampoco está documentada su entrada en Estados Unidos. He recurrido a granjas de servidores de reconocimiento facial tanto de Aduanas como de Seguridad Nacional, pero no ha habido resultados. Ningún rastro que nos indique algún destino, ni en los sistemas de las fuerzas del orden locales ni en las federales.

Pendergast le escuchó sin decir nada.

—Cabe aún la posibilidad de que aparezca algo, por supuesto; algún dato de procedencia inesperada o alguna base de datos que se nos haya pasado por alto, pero por mi parte he agotado el repertorio.

Pendergast seguía sin articular palabra.

—Lo siento —dijo el agente de la CIA—. Es… humillante, como mínimo. En mi trabajo, y con las herramientas de las que dispongo, se acostumbra uno al éxito. Siento decirle que parece que en nuestro último encuentro pequé de un exceso de confianza y le di esperanzas infundadas.

—No hay nada por lo que disculparse —puntualizó Pendergast—. Mis esperanzas no eran injustificadas. Alban era temible.

El hombre dejó pasar un breve silencio antes de seguir hablando.

—Hay algo que quizá le interese saber. El teniente Angler, que es quien dirige la investigación del homicidio de su hijo… He echado un vistazo al expediente interno, y el teniente está claramente interesado en usted.

—¿De verdad?

—La falta de colaboración y su conducta han despertado su curiosidad, así como su presencia en la autopsia, por ejemplo. Y el interés que mostró por la turquesa hallada en el estómago de su hijo. Usted se la pidió prestada a la policía y, según tengo entendido, ya debería haberla devuelto. Es posible que le esperen problemas con Angler.

—Gracias por el consejo.

—No hay de qué. Y perdone otra vez por no poder decirle nada más. Seguiré con los ojos bien abiertos. Si necesita que lo ayude en algo, llame al número principal de Langley y pregunte por el sector Y. Por mi parte, le comunicaré cualquier cambio de estatus.

Se cortó la llamada.

Pendergast permaneció inmóvil, sin apartar la vista del teléfono. Acto seguido, guardó el móvil en el bolsillo, se levantó y salió del jardín de té por el camino de piedra.

En la gran cocina del apartamento del Dakota, el ama de llaves de Pendergast, Kyoko Ishimura, cortaba escalonias. Al ver pasar al agente del FBI, la mujer levantó la vista y, con la economía de gestos de los sordos, le indicó que tenía un mensaje telefónico. Pendergast le dio las gracias con un movimiento de la cabeza y siguió por el pasillo en dirección a su despacho. Entró, cogió el teléfono y, sin sentarse a la mesa, reprodujo el mensaje.

«Mmm… Esto, señor Pendergast… —Era la voz atropellada, sin resuello, del doctor Paden, el mineralogista del museo—. He analizado la muestra que me dejó ayer con difracción de rayos X, microscopía de campo brillante, fluorescencia, polarización e iluminación diascópica y episcópica, entre otras pruebas, y no cabe la menor duda de que es una turquesa natural: una dureza de 6, un índice refractivo de 1,614 y una gravedad específica en torno a 2,87. Como ya le comenté, no se aprecian señales de estabilización o reconstitución. Ahora bien, la piedra presenta una serie de fenómenos… curiosos. El tamaño del grano se aparta mucho de lo común. Nunca había visto una matriz en forma de telaraña tan semitraslúcida. El color, por otra parte… En realidad, es un mineral que no procede de ninguna de las minas más conocidas, ni figura ningún estudio en la base de datos. Resumiendo, esto… me temo que es una muestra rara de una mina pequeña y difícil de identificar, y hace falta más tiempo del que me esperaba, tal vez mucho más, para analizarla. Por eso pensaba que si tuviera usted paciencia y no me pidiera que devuelva la turquesa…

Pendergast no se molestó en escuchar el resto del mensaje. Después presionó el botón para borrarlo y colgó, al mismo tiempo que tomaba asiento ante su mesa. Con los codos apoyados en la superficie bruñida, y las manos en la barbilla, se quedó mirando al vacío.

Sentada en la sala de música de la mansión de Riverside Drive, Constance Greene tocaba suavemente el clavicémbalo. Era un magnífico instrumento fabricado en Amberes a principios de la década de 1650 por el renombrado Andreas Ruckers II. Estaba hecho con madera de buen grano y tenía unos ribetes dorados en la caja; en la parte interior de la tapa había una escena pastoril de ninfas y sátiros que retozaban en un frondoso valle.

No era Pendergast un gran amante de la música, pero, dado que Constance exhibía grandes dotes de clavecinista (a pesar de que su gusto personal se limitase al barroco y el primer clasicismo), el agente no había tenido ningún reparo en comprarle el mejor instrumento de época que había en el mercado. Aparte del clavicémbalo, el mobiliario de la sala era sencillo y de buen gusto: dos sillones de piel gastados, situados delante de una alfombra persa y rodeados por sendas lámparas de pie Tiffany; una librería empotrada llena de partituras de compositores de los siglos XVII y XVIII, en ediciones Urtext; y, en la pared frente al clavecín, media docena de partituras manuscritas enmarcadas, hológrafos originales y descoloridos de Telemann, Scarlatti, Händel y otros.

De vez en cuando, con sigilo fantasmal, aparecía Pendergast para tomar asiento en un sillón mientras Constance tocaba. En una ocasión, al levantar la vista, ella vio al agente en el marco de la puerta y arqueó una ceja, como si quisiera preguntarle si debía dejar de tocar. Él, sin embargo, sacudió la cabeza, de modo que Constance siguió con el Preludio n.º 2 en do sostenido menor de *El clave bien temperado* de Bach. Mientras ella interpretaba sin dificultades la breve pieza, de una tremenda rapidez y basada en numerosos *ostinatos*, Pendergast no se sentó en el lugar de costumbre, sino que se paseó inquieto por la habitación, bajó un libro de partituras de la estantería y lo hojeó distraídamente. No se acercó a uno de los sillones ni tomó asiento hasta que Constance hubo terminado de tocar.

—Interpretas muy bien esta composición, Constance —dijo el agente.

—Con noventa años de práctica se tiende a mejorar la técnica —repuso ella con un leve esbozo de sonrisa—. ¿Alguna noticia de Proctor?

—Sobrevivirá. Ya ha salido de la UCI, pero tendrá que quedarse unas cuantas semanas en el hospital y luego necesitará uno o dos meses de rehabilitación.

Se hizo un breve silencio en la sala. Constance se levantó del clavicémbalo y se sentó en el sillón libre.

—Estás preocupado —aseguró.

Pendergast tardó un poco en responderle.

—Es por Alban, claro. No has dicho nada desde…, desde aquella noche. ¿Cómo lo llevas?

Pendergast siguió hojeando el libro de partituras sin salir de su mutismo. También Constance guardó silencio. Nadie sabía mejor que ella lo poco que le gustaba a Pendergast hablar sobre sus sentimientos. Al mismo tiempo, sin embargo, su intuición le decía que había venido a pedirle consejo, de modo que siguió esperando.

Finalmente Pendergast cerró el libro.

—Mis sentimientos son los que menos desearía un padre. No hay dolor. Pesar… tal vez. Y percibo asimismo cierto alivio, el de que el mundo se haya librado de Alban y su enfermedad.

—Es comprensible, pero… seguía siendo tu hijo.

De manera abrupta, Pendergast dejó a un lado el volumen y se levantó para dar vueltas por la sala.

—Pero lo que más siento es perplejidad. ¿Cómo lo hicieron? ¿Cómo le capturaron y mataron? Alban era ante todo un superviviente, y con sus dotes especiales… se necesitarían sin duda cantidades ingentes de esfuerzo, gasto y planificación para apresarle. Nunca había visto un crimen tan bien ejecutado, en el que no quedasen otras pistas que las que se querían dejar. Pero lo más desconcertante es el porqué. ¿Qué mensaje han pretendido transmitir?

—Me reconozco tan perpleja como tú. —Constance hizo una pausa—. ¿Han dado algún fruto tus pesquisas?

—La única pista digna de ese nombre, una turquesa hallada en el estómago de Alban, se resiste a la identificación. Acaba de llamarme por teléfono el doctor Paden, un mineralogista del Museo de Historia Natural, y no confía demasiado en tener éxito.

Constance observó al agente del FBI, que no había dejado de caminar de un lado a otro.

—No te atormentes —añadió en voz baja al cabo de un rato.

Él se giró e hizo un gesto despectivo con la mano.

—Deberías dedicarte de lleno a un nuevo caso. Seguro que hay muchos homicidios sin resolver que esperan que les des tu toque —sugirió Constance.

—Asesinatos anodinos los hay siempre de sobra. ¿Por qué iba a molestarme si no merecen ese grado de dedicación mental?

Constance seguía observándole.

—Plantéatelo como una distracción. A veces disfruto más interpretando una pieza sencilla escrita para principiantes. Despeja el cerebro.

Pendergast se giró de nuevo hacia ella.

—¿Por qué voy a perder el tiempo con banalidades si tengo justo en las narices el gran misterio del asesinato de Alban? Alguien de una habilidad excepcional está tratando de arrastrarme al juego malévolo que ha urdido. No sé quién es mi adversario, el nombre del juego en cuestión… e incluso las reglas.

—Por eso mismo deberías enfrascarte en algo totalmente distinto —puntualizó Constance—. En espera de que surja alguna novedad, elige algún pequeño enigma, un caso sencillo, porque, de lo contrario…, te desequilibrarás.

Pendergast se quedó quieto. Al cabo de un rato dio unos pasos, se inclinó hacia Constance, le puso una mano en la barbilla y la sorprendió con un dulce beso.

—Eres mi oráculo —murmuró.

11

Vincent D'Agosta ocupaba una mesa en una pequeña zona del Museo de Historia Natural de Nueva York que había convertido en su despacho. Había hecho falta mano dura para obtener ese espacio, dada la reticencia de la dirección del museo a ceder un cubículo vacío en las entrañas del departamento de osteología, lejos, por suerte, de las apestosas cubas de maceración.

Estaba escuchando a uno de sus hombres, el detective Jimenez, que procedía a resumir el visionado de las grabaciones de seguridad correspondientes al día del asesinato.

En una palabra, nada. Aun así, dio muestras de un gran interés. No quería darle a Jimenez la impresión de que no se valoraba su trabajo.

—Gracias, Pedro —dijo mientras cogía el informe.

—¿Y ahora? —preguntó Jimenez.

D'Agosta echó un vistazo a su reloj. Eran las cuatro y cuarto de la tarde.

—Tomaos el resto del día libre, Conklin y tú. Bebeos una buena cervecita, que os invito. Mañana a las diez de la mañana nos reuniremos en la jefatura para ponernos todos al día.

Jimenez sonrió.

—Gracias, señor.

D'Agosta le vio alejarse. Habría dado cualquier cosa por unirse a ellos, pero tenía algo que hacer. Hojeó rápidamente, con un suspiro, el que le había entregado Jimenez. Luego lo dejó a un lado, sacó la tableta del maletín y empezó a preparar el informe para el capitán Singleton.

Pese a los esfuerzos de sus hombres, y a más de cien horas de labores investigativas concentradas en dos días, seguían sin tener ni una sola pista decente sobre el asesinato de Victor Marsala. No había testigos oculares ni se observaba nada extraño en los registros de seguridad del museo. La gran pregunta era cómo demonios había salido de ahí el asesino. Contra esa pregunta se habían dado de bruces desde el primer momento.

Nada de provecho estaba derivándose de la ingente cantidad de información forense. Entre los colegas de Marsala no se observaban motivos de peso para asesinarle. Todo el que pudiera albergar la más leve sombra de resentimiento hacia la víctima tenía una coartada a prueba de bombas. La vida privada de Marsala era aburrida y respetuosa de la ley, como la de un obispo. Qué carajo. A D'Agosta le escocía como una afrenta personal que, después de tanto tiempo en el cargo, el capitán Singleton le encasquetara un caso así.

Empezó a redactar el informe provisional, en el que resumía los pasos seguidos en la investigación, las personas interrogadas, las indagaciones en el pasado de Marsala, los datos forenses y de la policía científica, el análisis de las grabaciones de seguridad del museo y las declaraciones de los vigilantes. Señalaba también que el siguiente paso, a condición de que lo autorizase Singleton, sería ampliar el proceso de entrevistas más allá del departamento de osteología. Esto suponía hablar con todo el personal del museo que hubiera salido tarde del trabajo aquella noche, así como establecer correlaciones e indagar en el pasado de cada persona. Tal vez incluso tendría que interrogar a todos los empleados, tanto si habían trabajado hasta altas horas como si no.

Ya se imaginaba que a Singleton le parecería mal. Teniendo en cuenta lo escasas que eran las probabilidades de encontrar alguna pista, comportaba un gasto excesivo de tiempo, agentes y dinero. Lo más seguro era que el capitán asignase un grupo reducido de hombres a la investigación y la dejara a fuego lento, hasta que, con el paso del tiempo, a aquellos pocos investigadores se les asignara otra tarea. Era lo que pasaba con los casos difíciles de resolver.

Una vez terminado y releído a toda prisa el informe, lo envió a Singleton y apagó el Ipad. Cuando alzó la vista, se dio cuenta con un sobresalto de que en la solitaria silla al otro lado de la mesa estaba sentado el agente Pendergast. No le había visto ni le había oído entrar.

—¡Madre mía! —exclamó. Respiró profundamente para recuperarse de la sorpresa—. Le encanta coger desprevenida a la gente, ¿verdad?

—Reconozco que me divierte. La mayoría de las personas tienen una percepción de lo que les rodea propia de un pepino de mar.

—Gracias, no esperaba menos. Bueno, ¿qué le trae por aquí?

—Usted, querido Vincent.

D'Agosta le miró con atención. Se había enterado el día antes del asesinato del hijo de Pendergast y ahora entendía muy bien lo lacónico que había estado con él en la rotonda del museo.

—Mire —empezó a decir, un poco cohibido—, lo sentí mucho cuando me enteré de lo que le había sucedido. El otro día, cuando hablé con usted de la muerte de su hijo, acababa de volver de mi luna de miel y no me había puesto al día en el trabajo...

Pendergast levantó una mano. D'Agosta se calló.

—Si alguien debe una disculpa, soy yo.

—No le dé más vueltas.

—Ahora hace falta una breve explicación, pero considero oportuno que después no abordemos más el tema.

—Dispare.

Pendergast se inclinó en su asiento.

—Como sabe, Vincent, tengo un hijo, Alban, aquejado de una grave sociopatía. Le vi por última vez hace un año y medio, cuando desapareció en la selva brasileña tras perpetrar aquí en Nueva York varios asesinatos en diferentes hoteles.

—Sí, lo recuerdo.

—Desde entonces no había reaparecido…, hasta hace cuatro noches, cuando dejaron su cadáver en la puerta de mi casa. Ignoro por completo cómo se realizó la acción y quién lo hizo. Lo está investigando un teniente cuyo nombre es Angler, y siento decir que no es la persona más indicada para ello.

—Sí, le conozco muy bien. Como detective es estupendo.

—No dudo de su competencia. Por eso le he pedido a un colaborador, un experto en informática, que borrase de los archivos de la policía de Nueva York toda la información acerca del ADN del Asesino de los Hoteles. Recordará que en su momento afirmó usted en un informe oficial que Alban y el Asesino de los Hoteles eran la misma persona. Afortunadamente para mí ese dossier no fue tomado en serio. En fin, que no habría sido de recibo que Angler cotejase el ADN de mi hijo con la base de datos y obtuviera resultados.

—Madre de Dios. No quiero saber más.

—El caso es que Angler se enfrenta con un asesino de lo más peculiar, a quien no logrará localizar. Sin embargo, todo este asunto es cosa mía, no tiene nada que ver con usted. Ahora sí podemos hablar de mi presencia aquí. La última vez que nos vimos deseaba usted pedirme consejo sobre un caso.

—Sí, pero tendrá cosas más importantes…

—Sería para mí una distracción.

D'Agosta se quedó mirando al agente del FBI. Si bien estaba tan demacrado como de costumbre, manifestaba una perfecta compostura. Sus fríos ojos sostuvieron la mirada del teniente con serenidad. D'Agosta nunca había conocido a nadie tan raro como Pendergast e ignoraba lo que se ocultaba tras la superficie.

—Bueno, vale, pero le aviso de que es una porquería de caso.

Desgranó los pormenores del crimen: el descubrimiento del cadáver, el alud de pruebas forenses, las declaraciones de los conservadores, así como de los técnicos osteólogos y los vigilantes… Pendergast atendió a sus explicaciones sin moverse, salvo algún que otro parpadeo. De pronto apareció una sombra en el cubículo, y los ojos del agente enfocaron hacia esa dirección.

Siguiendo la mirada de Pendergast, D'Agosta miró por encima de su hombro y reconoció la silueta alta y corpulenta de Morris Frisby, el jefe del departamento de osteología. Al entrevistarse con él por primera vez, le había sorprendido no encontrarse con el hombre que esperaba, un conservador caído de hombros y miope, sino con una persona influyente, temida por sus subordinados. Incluso a él le había intimidado un poco. Llevaba un traje de raya diplomática y una corbata roja, y hablaba con el pulcro acento de un neoyorquino de clase alta. Medía más de un metro ochenta, de modo que su figura dominaba aquella sala tan pequeña. Su mirada, que iba y venía de D'Agosta a Pendergast, irradiaba un gran enojo, debido a la presencia continuada de la policía en sus dominios.

—Aún está aquí —dijo Frisby.

No era tanto una pregunta como una afirmación.

—Todavía no se ha resuelto el caso —puntualizó D'Agosta.

—Difícilmente se resolverá. Fue un crimen accidental, cometido por alguien ajeno al museo. Marsala estaba en el lugar y en el momento equivocados. El asesinato no tiene nada que ver con el departamento de osteología. Tengo entendido que ha estado haciendo preguntas de forma reiterada a mi plantilla, que está muy ocupada en cosas importantes. ¿Puedo presuponer que en poco tiempo pondrá fin a su investigación y dejará que siga trabajando en paz el personal?

—¿Quién es este hombre, teniente? —preguntó sin alterarse Pendergast.

—Soy el doctor Morris Frisby —respondió el aludido a la vez que se giraba hacia el agente del FBI. Sus ojos, de color azul oscuro y saltones, se fijaban en la gente como focos—. Soy el jefe de los departamentos de osteología y antropología.

—Ah, sí. Ascendido tras la desaparición, bastante misteriosa, de Hugo Menzies, si no me equivoco.

—¿Y quién es usted? ¿Otro policía de paisano?

Pendergast introdujo lánguidamente la mano en el bolsillo y sacó la identificación para acceder al museo y su placa, que le mostró a Frisby *à la distance*.

El conservador jefe se las quedó mirando.

—¿A qué se debe que tenga jurisdicción el FBI?

—Me encuentro aquí por mera curiosidad —se apresuró a responder Pendergast.

—Vaya, que no descansa ni en vacaciones. Pues qué detalle. Quizá pueda decirle al teniente que vaya cerrando el caso y deje de interrumpir de manera inútil el trabajo de mis empleados, por no hablar del despilfarro del dinero del contribuyente y de la ocupación de nuestro espacio departamental.

Pendergast sonrió.

—Si el teniente piensa que su labor se ve estorbada por un funcionario entrometido, corto de miras y pagado de sí mismo, lo que es en mí mera curiosidad podría convertirse en algo más oficial. Por supuesto que no me refiero a usted. Generalizo.

Frisby se quedó mirando a Pendergast mientras su ancha cara adquiría vivos tonos rojos de enfado.

—Es muy grave la obstrucción a la justicia, doctor Frisby. Por eso me satisface tanto saber que le ha brindado usted al teniente su plena colaboración, y así seguirá haciéndolo.

El conservador jefe se quedó un buen rato rígido, hasta que dio media vuelta para irse.

—Ah, doctor Frisby… —añadió Pendergast con el mismo tono suave que había usado hasta entonces.

Frisby se detuvo, pero sin girarse.

—Si lo desea, puede extender su colaboración averiguando el nombre y facilitándonos la acreditación del científico externo que trabajó hace poco con Victor Marsala. Puede darle después toda la información a mi apreciado colega, aquí presente.

Esta vez sí se giró, lleno de rabia, y abrió la boca para decir algo.

Pendergast se le adelantó:

—Antes de que hable, doctor, permítame una pregunta: ¿conoce usted la denominada «teoría de juegos»?

El conservador jefe no respondió.

—De ser así, sabrá que existe entre los matemáticos y los

economistas unos juegos llamados «de suma cero». Estos giran en torno a ganancias cuya cantidad no aumenta ni disminuye, solo cambia de manos entre jugadores. Teniendo en cuenta el estado de ánimo en que se halla usted en este instante, me temo que si hablase sería para decir algo precipitado, que además me obligaría a replicarle. Como resultado de ese toma y daca, quedaría usted mortificado y humillado, lo cual, según dictan las reglas de los juegos de suma cero, incrementaría mi influencia y mi estatus a expensas de usted. Propongo, pues, como medida más prudente, que permanezca en silencio y proceda a obtener la información que le he pedido a la mayor brevedad posible.

Mientras Pendergast hablaba, fue apareciendo en la cara de Frisby una expresión que D'Agosta nunca había visto. El conservador se limitó a balancearse un poco sin hablar, como una rama acariciada por la brisa. Después de un gesto casi imperceptible que podía interpretarse como de asentimiento, desapareció tras la esquina.

—¡No sabe cuánto se lo agradezco! —dijo Pendergast inclinándose en el asiento y mirando hacia donde se había ido Frisby.

D'Agosta había presenciado la conversación sin decir una sola palabra.

—Le ha metido la bota tan a fondo en el culo que tendrá que cenar con calzador.

—Siempre puedo contar con que se le ocurra a usted una agudeza.

—Me temo que acaba de ganarse un enemigo.

—Tengo una larga experiencia en este museo. Hay un determinado grupo de conservadores que en sus pequeños dominios se comportan como unos señores feudales. Con semejantes personajes tiendo a ser severo; molesta costumbre, pero difícil de cambiar. —Pendergast se levantó de la silla—. Ahora me gustaría intercambiar unas palabras con el técnico osteólogo de quien me ha hablado, Mark Sandoval.

D'Agosta se puso en pie.

—Venga conmigo.

12

Encontraron a Sandoval en uno de los almacenes del departamento de osteología, entretenido en abrir cajones llenos de huesos para examinarlos y hacer anotaciones. Aún tenía roja la nariz e hinchados los ojos. El catarro veraniego se estaba mostrando muy tenaz.

—Le presento al agente especial Pendergast, del FBI —dijo D'Agosta—. Le gustaría hacerle unas preguntas.

Sandoval miró nervioso a su alrededor, como si temiera ser visto por alguien, probablemente Frisby.

—¿Aquí?

—Sí, aquí —afirmó Pendergast fijándose en la sala—. Simpático lugar. ¿Cuántos conjuntos de restos humanos hay en esta habitación?

—Más o menos dos mil.

—¿Y de dónde proceden?

—De Oceanía, Australia y Nueva Zelanda.

—¿De cuántos se compone la colección completa?

—De unos quince mil, sumando las colecciones de osteología y antropología.

—Señor Sandoval, tengo entendido que una de sus atribuciones consiste en ayudar a los científicos externos.

—De hecho, es mi trabajo principal. Vienen muchos.

—Pero no era, en cambio, una labor a la que se dedicase Victor Marsala, aunque fuera un técnico.

—A Vic no le iba bien ese trabajo, por su forma de ser. A veces los científicos externos pueden ser…, digamos que difíciles, en el mejor de los casos.

—¿En qué consiste la ayuda que prestan ustedes?

—Normalmente quieren investigar un espécimen o una colección en concreto, y nosotros somos como los bibliotecarios de los huesos: les buscamos los prototipos, esperamos a que los hayan examinado y los guardamos otra vez en su sitio.

—Bibliotecarios de huesos. Ajustada descripción. ¿A cuántos científicos externos ayudan en un mes, pongamos por caso?

—Depende. Entre seis y diez.

—¿De qué depende?

—De lo complicadas o amplias que sean las peticiones. Si viene un investigador con una lista de objetivos muy detallada, puede que tengas que trabajar para él en exclusiva durante varias semanas. Otras veces, en cambio, solo quieren echarle un vistazo a este fémur o a aquel cráneo.

—¿Qué requisitos se les piden a los científicos externos?

Sandoval se encogió de hombros.

—Tienen que estar adscritos a alguna institución y presentar un plan de investigación convincente.

—¿Ninguna acreditación en particular?

—Nada en concreto. Una carta de presentación, una petición formal con el membrete de una universidad, la prueba de que están adscritos a alguna facultad o alguna escuela de Medicina…

Pendergast se ajustó tranquilamente los gemelos.

—Según tengo entendido, aunque Marsala no lo hiciera con frecuencia, hace dos meses sí colaboró con un científico que venía de fuera.

Sandoval asintió con la cabeza.

—¿Le comentó a usted que tuviera especial interés en el proyecto?

—Mmm… Sí.

—¿Qué le dijo al respecto?

—Bueno, me dio a entender que el científico podía ayudarle.

—¿Trabajaba Marsala en exclusiva con ese investigador?

—Sí.

—¿De qué modo podía beneficiar el trabajo de un científico externo al señor Marsala? Aunque tenía talento para la articulación de huesos, su principal labor era supervisar las cubas de maceración y los derméstidos.

—No lo sé. Puede que el científico pensara poner a Vic de coautor en el artículo que publicase.

—¿Por qué?

—Por haberle ayudado. Ser bibliotecario de huesos no es algo que se ajuste siempre a la rutina. A veces te hacen peticiones inusuales, que no lo especifican todo, y tienes que recurrir a tus conocimientos especializados.

La perplejidad de D'Agosta fue en aumento a medida que escuchaba la conversación. Había esperado que Pendergast se lanzara de lleno a los aspectos forenses del caso, pero, como de costumbre, el agente del FBI se iba por una tangente que no mostraba ninguna relación con lo que les ocupaba.

—Señor Sandoval, ¿sabe qué especímenes pidió examinar este científico en concreto antes de marcharse?

—No.

—¿Podría averiguarlo?

—Claro que sí.

—Magnífico. —Pendergast indicó la puerta con un gesto—. Siendo así, señor Sandoval, usted primero.

A la salida del almacén, un laberinto de pasillos les llevó a lo que parecía el laboratorio principal, un espacio lleno de mesas de trabajo y cubículos con varios esqueletos a medio articular en unas bandejas con tapetes de color verde.

D'Agosta y Pendergast se inclinaron hacia Sandoval, que se había sentado frente a un ordenador para acceder a las bases de datos de los departamentos de osteología y antropología. Todo era silencio en el laboratorio, salvo el ruido de las teclas. A continuación se oyó el susurro de una impresora, de la que el técnico extrajo un papel.

—Parece que Marsala solo sacó un espécimen para el científico —dijo—. Aquí está el resumen.

D'Agosta se acercó un poco más para leer en voz alta el informe de consulta.

—Fecha del último acceso: 20 de abril. Hotentote, varón; edad aproximada: treinta y cinco años. Colonia del Cabo, antiguo Griqualand East. Estado: excelente, sin marcas desfiguradoras. Causa de la muerte: disentería durante la séptima guerra de la Frontera. Fecha: 1889. Adquirido por N. Hutchins. AR: C-31234-rn.

—Claro que esta es la ficha original —comentó Sandoval—. Hoy en día «hotentote» se considera despectivo. El término correcto es «khoikhoi».

—En esta ficha pone que el cadáver fue enviado al museo en 1889 —dijo Pendergast—, pero, si no me engaña la memoria, la séptima guerra de la Frontera terminó a finales de la década de 1840.

Sandoval carraspeó y titubeó por un momento.

—Lo más seguro es que desenterrasen el cuerpo justo antes de mandarlo al museo.

Volvió a hacerse el silencio en el laboratorio.

—Antiguamente esto se hacía mucho —añadió Sandoval—. Se abrían tumbas para conseguir el espécimen que se quisiera. Ahora ya no, claro.

Pendergast señaló el número de adquisición.

—¿Podríamos ver al khoikhoi, por favor?

Sandoval frunció el ceño.

—¿Por qué?

—Hágame usted el favor.

Otro silencio.

Pendergast inclinó la cabeza.

—Solo pretendo familiarizarme con el proceso de localización y exhibición de un espécimen.

—De acuerdo, pues vengan conmigo.

Tras garabatear el número de acceso en un papel, Sandoval los llevó otra vez al pasillo central. Fueron más lejos que antes, penetrando en el laberinto de las colecciones, que no parecía tener fin. Sandoval tardó cierto tiempo en ubicar el espécimen; tuvo que buscar por toda una serie de viejos armarios de madera con remaches de latón y puertas de cristal ondulado, pero al final se detuvo frente a uno. En el anaquel superior del armario estaba el número de acceso deseado, con una descolorida letra inglesa, fijado en un rincón a una bandeja grande. Cotejó los números y sacó la bandeja para llevarla al laboratorio. Tras depositarla en una superficie recubierta con un tapete verde, le dio unos guantes de látex a D'Agosta y Pendergast, se puso él un par y retiró la tapa que resguardaba el conjunto de restos humanos.

Dentro estaba todo revuelto: costillas, vértebras y muchos otros huesos. Se desprendía un olor extraño, que a D'Agosta le pareció de almizcle, raíces viejas y bolas de naftalina, con un ligero toque de descomposición.

—Es increíble lo limpios que están estos huesos tras haber estado casi cincuenta años enterrados —dijo.

—Antes los esqueletos que recibía el museo se limpiaban a fondo —contestó Sandoval—. En esa época aún no se habían dado cuenta de que la tierra era una parte valiosa del espécimen que había que conservar.

Tras mirar un momento la bandeja, Pendergast extrajo con cuidado el cráneo, sin mandíbula, para sostenerlo ante sí. «La viva imagen de Hamlet con el sepulcro de Yorick a sus pies», pensó D'Agosta.

—Interesante —murmuró el agente—. Sí, muy interesante. Gracias, señor Sandoval.

Acto seguido, dejó el cráneo en la bandeja y le hizo una señal con la cabeza al técnico para indicarle que había terminado la entrevista. Después de quitarse los guantes salió al pasillo con D'Agosta y le condujo de regreso al mundo de los vivos.

13

El comedor ejecutivo, más conocido como CE, estaba en la primera planta de la jefatura y era el lugar donde recibían en audiencia, a la hora de comer, al comisario, el vicecomisario y otros purpurados del departamento policial. D'Agosta solo había entrado una vez, para el almuerzo conmemorativo de su nombramiento como teniente, junto al de dos docenas más de policías. Aunque la sala pareciera una cápsula del tiempo que retrotraía al interiorismo más cursi de principios de los años sesenta, las vistas de la parte baja de Manhattan que ofrecían los grandes ventanales dejaban a todo el mundo boquiabierto.

Sin embargo, no era en las vistas en lo que pensaba D'Agosta mientras esperaba en la vasta antesala del CE. Lo que hacía era observar el desfile de caras que circulaban por ahí; buscaba entre ellas la de Glen Singleton. Era el tercer miércoles del mes, el día en que el jefe comía con todos los capitanes del departamento, y D'Agosta sabía que Singleton se encontraría entre estos últimos.

Le vio de pronto, bien vestido y cuidado, y se abrió rápidamente paso por la multitud hasta reunirse con él.

—Vinnie.

El capitán parecía sorprendido.

—Me han dicho que quería verme —dijo D'Agosta.

—Sí, es verdad, pero no hacía falta que viniera a buscarme. Tampoco corría tanta prisa.

Gracias a una consulta a la secretaria de Singleton, D'Agosta había averiguado que tenía toda la tarde ocupada.

—No pasa nada. ¿Qué ocurre?

Se habían encaminado hacia el ascensor. Singleton se detuvo.

—He leído su informe sobre el asesinato de Marsala.

—¿Ah, sí?

—Muy buen trabajo, dadas las circunstancias. He decidido poner al frente a Formosa y asignarle a usted el homicidio de la calle Setenta y tres. Se trata de una mujer degollada mientras hacía footing, al enfrentarse con su atracador. Parece un caso asequible, con varios testigos presenciales y buenos datos forenses. Puede elegir a los hombres de la investigación del museo a los que desee trasladar.

Era lo que D'Agosta esperaba oír, y por eso había ido en busca de Singleton en el CE: para darle alcance antes de que fuera demasiado tarde. Formosa... Formosa era uno de los tenientes más novatos del cuerpo y aún tenía mucho que aprender.

—Si a usted no le importa, señor —dijo—, me gustaría seguir con el caso del museo.

Singleton frunció el ceño.

—Pero si en el informe... La verdad es que no es una buena investigación. Sin pruebas tangibles ni testigos...

D'Agosta vio por encima del hombro de Singleton a su reciente esposa, Laura Hayward. Estaba saliendo del CE, y los altos ventanales del edificio Woolworth enmarcaban su buen tipo. También ella le vio y sonrió instintivamente.

Después, al acercarse, se dio cuenta de que estaba con Singleton y se contentó con guiñarle el ojo antes de dirigirse a los ascensores.

D'Agosta volvió a mirar a Singleton.

—Ya sé que es una lata de caso, señor, pero me gustaría seguir durante una semana.

Singleton se lo quedó mirando con curiosidad.

—Por si se cree que el cambio es un tirón de orejas, que sepa que no lo es en absoluto. Le estoy dando un buen caso, de perfil alto y que puede resolverse; una investigación que le favorecerá en su expediente.

—Lo sé, capitán. Cuando leí lo del asesinato de la corredora, me di cuenta enseguida de que sería un caso buenísimo.

—Pues entonces ¿por qué quiere seguir con el homicidio de Marsala?

Un día antes, D'Agosta no había estado dispuesto, sino impaciente, por endilgárselo a algún pobre desgraciado.

—No estoy seguro —contestó despacio—. Al menos no del todo. Es que me da mucha rabia dejar una investigación a medias. Y a veces tengo una especie de corazonada de que habrá novedades. Seguramente también le haya pasado, capitán.

Era, comprendió D'Agosta, un presentimiento que por casualidades de la vida se llamaba Pendergast.

Singleton le miró durante un rato largo, con suma atención, hasta que apareció en su cara un esbozo de sonrisa y asintió.

—La verdad es que sí —dijo—. Además, creo mucho en las corazonadas. De acuerdo, Vinnie, puede quedarse con el caso. Lo de la corredora se lo daré a Clayton.

D'Agosta tragó saliva con cierta, pero no mucha, dificultad.

—Gracias.

—Suerte, y téngame informado.

Singleton se despidió con un gesto de la cabeza y se volvió.

14

Cuando Pendergast entró en el despacho del museo, lleno hasta los topes, el doctor Finisterre Paden se apresuró a acompañarle hasta la silla reservada a las visitas.

—Ah, agente Pendergast. Siéntese, por favor.

Nada quedaba ya del tono inseguro de la llamada telefónica de hacía dos días. Hoy era todo sonrisas, como si estuviera satisfecho de sí mismo.

Pendergast inclinó la cabeza.

—Doctor Paden… ¿Me equivoco o tiene usted nueva información que darme?

—En efecto, en efecto. —El mineralogista se frotó las manos regordetas—. Debo confesarle, señor Pendergast, y espero que esto quede entre nosotros, que siento un poco de tristeza.

Abrió la cerradura de un cajón, metió la mano y sacó una tela blanca. Al desenvolverla, dejó la gema al descubierto y después la tocó, casi la acarició.

—Preciosa. Realmente preciosa. —Y, como si de pronto se hubiese dado cuenta de dónde estaba, se la entregó a Pendergast—. Como la piedra no me resultaba reconocible de buenas a primeras, ni figuraba en las fuentes más obvias, procedí a investigar sus propiedades, su índice de refracción y otros enfoques de la misma guisa, pero… En fin, llamemos a las cosas por su nombre… Los árboles no me dejaban ver el bosque.

—No estoy del todo seguro de entenderle, doctor Paden.

—Debería haberme centrado en el aspecto de la piedra, no en sus cualidades químicas. Ya le dije al principio que el espécimen se distinguía por su color y que lo más valioso era la matriz en forma de telaraña, pero recordará también que le advertí de que este añil tan oscuro solo se encuentra en tres estados. Cosa que es cierta, con una sola excepción.

Se acercó a la impresora láser para entregarle a Pendergast una hoja.

El agente le echó un vistazo rápido. Parecía la ficha de un catálogo de joyería o de una lista de objetos a subastar. Aparte de unos cuantos párrafos de texto descriptivo, había una foto de una piedra preciosa. Si bien era considerablemente menor que la hallada en el estómago de Alban, ambas parecían idénticas en todos los demás aspectos.

—Es la única turquesa estadounidense de color azul oscuro encontrada fuera de los tres estados —dijo Paden casi con veneración—. Y es la única turquesa azul oscuro con una matriz de telaraña dorada.

—¿De dónde procede? —preguntó Pendergast en voz muy baja.

—De una mina poco conocida de California que se llama Golden Spider. Es un yacimiento muy antiguo, que se agotó hace más de cien años y que no aparece en ninguno de los libros o catálogos más consultados. Aun así, la piedra es tan insólita que debí reconocerla, pero se trata de una mina muy pequeña, de muy baja producción. Se calcula que no rindió más de veinte o treinta kilos de turquesa de primera categoría. Lo que me despistó fue justamente eso, el ser tan poco conocida, y su ubicación en California.

—¿En qué parte de California? —inquirió Pendergast bajando aún más la voz.

—A orillas del mar de Salton, al nordeste de Anza-Borrego y al sur del Parque Nacional Joshua Tree. Una ubicación de lo más inusitada, sobre todo desde el punto de vista mineralógico, ya que solo…

Hasta ese momento Pendergast se había quedado sentado, sin moverse, pero de pronto, mediante un solo y raudo movimiento, y con un remolino de faldones negros, se levantó y salió del despacho con la hoja impresa, dejando un breve murmullo de agradecimiento que flotó hasta los oídos del asombrado conservador.

15

La sala de pruebas y efectos de la comisaría del distrito 26, más que una sala en el sentido convencional de la palabra, era un laberinto de cubículos y recovecos separado del resto del sótano por una gruesa tela metálica. Dicho sótano, perteneciente a un edificio antiguo, olía mucho a moho y nitro, y a veces el teniente Angler tenía la impresión de que si se ordenase una búsqueda se encontraría tras alguna pared el esqueleto tapiado que inspirara a Poe a escribir *El barril de amontillado*.

En la tela metálica había una gran ventana bajo el rótulo DEPÓSITO DE PRUEBAS. Allí aguardaba Angler oyendo al otro lado vagos golpes y roces. Un minuto más tarde surgió de la penumbra el sargento Mulvahill con una pequeña caja de pruebas en las manos.

—Es esto, señor —dijo.

Angler asintió con la cabeza y recorrió un pequeño trecho del pasillo para dirigirse a la sala de redacción de informes. Cerró la puerta y esperó a que Mulvahill pusiera la caja en un torno que había en una de las paredes. Firmó el resguardo y lo pasó al otro lado. Acto seguido, se llevó el contenedor de pruebas a la mesa más cercana, se sentó, levantó la tapa y miró dentro.

Nada.

Bueno, tampoco había que exagerar. Algo contenía: muestras de la ropa de Alban Pendergast, un poco de tierra del tacón de un zapato en una bolsa de plástico pequeña... También halló varias balas aplastadas, extraídas de distintas carrocerías, aunque aún no habían acabado de analizarlas en balística.

Faltaba, sin embargo, la única prueba digna de ese nombre: la turquesa. Solo un pequeño recipiente de plástico vacío, donde había estado… hasta que se la había llevado Pendergast.

Angler había tenido el presentimiento de que no encontraría la piedra, pero aun así, contra todo pronóstico, había esperado que Pendergast la hubiera devuelto. Con la vista fija en el contenedor de pruebas, sintió que se iba calentando. Pendergast había prometido devolverla en veinticuatro horas. El plazo había expirado hacía ya dos días. Había sido imposible hablar con él. Ninguna de las numerosas llamadas de Angler había recibido respuesta.

Por muy enfadado que estuviera con Pendergast, no obstante, aún lo estaba más consigo mismo. El agente del FBI prácticamente había suplicado que le dieran la turquesa durante la autopsia de su hijo y, en un momento de debilidad, sabiendo que se equivocaba, Angler había cedido. ¿Resultado? Que Pendergast había traicionado su confianza.

¿Qué narices estaba haciendo con la piedra?

En su campo visual apareció una vaga mancha negra. Al girarse, como si lo hubieran hecho aparecer sus pensamientos, vio a Pendergast en la puerta de la sala. Sin abrir la boca, el agente del FBI se aproximó, metió la mano en el bolsillo y le entregó la turquesa.

Angler la examinó de cerca. Era la misma piedra o, como mínimo, lo parecía. Abrió la bolsa de plástico, introdujo en ella la gema azul oscuro, cerró otra vez la bolsa y la metió en la caja de pruebas. A continuación volvió a mirar a Pendergast.

—¿Qué se supone que tengo que decir? —preguntó.

Pendergast sostuvo afablemente su mirada.

—Tenía la esperanza de que me diera las gracias.

—¿Las gracias? Se la ha quedado durante cuarenta y ocho horas más de lo acordado. No ha devuelto mis llamadas. Agente Pendergast, las reglas de la cadena de custodia existen para algo. Esto es muy poco profesional.

—Conozco muy bien las reglas de la cadena de custodia —dijo Pendergast—, al igual que usted; y si me permitió tomar la piedra prestada, no fue siguiendo las normas, sino a pesar de estas.

Angler respiró profundamente. Se enorgullecía de no perder jamás la calma y por nada del mundo pensaba consentir que aquella aparición como de mármol, con su traje negro, aquella esfinge, le incitase a perderla.

—Explíqueme por qué ha tenido la turquesa durante tanto tiempo.

—Estaba intentando averiguar su procedencia.

—¿Y ya la sabe?

—Los resultados todavía no son concluyentes.

«Todavía no son concluyentes.» Más imprecisa no podía ser una respuesta. Tras una breve pausa, Angler decidió cambiar de táctica.

—Estamos adoptando un nuevo enfoque en la persecución del asesino de su hijo —comentó.

—¿Ah, sí?

—Vamos a rastrear lo mejor que podamos los movimientos de Alban durante los días y las semanas previos al asesinato.

Pendergast le escuchó atentamente y, a continuación, con un pequeño encogimiento de hombros, se volvió para marcharse.

Angler sintió que, a pesar de todos los esfuerzos, su ira se desbordaba.

—¿Y reacciona así? ¿Encogiendo los hombros?

—Tengo algo de prisa, teniente. Le reitero mi agradecimiento por el favor de la turquesa. Ahora, si no le importa, debo irme.

Angler aún no había terminado. Siguió a Pendergast hacia la puerta.

—Me gustaría saber qué pasa dentro de su cabeza. ¿Cómo puede… interesarle todo tan poco, hombre? ¿No quiere saber quién mató a su hijo?

El agente, sin embargo, había desaparecido tras la esquina de la sala de redacción de informes. Angler miró con recelo la puerta vacía. Se escuchaba el eco de los pasos ligeros y rápidos de Pendergast por el pasillo de piedra, dirigiéndose hacia la escalera por la que se subía a la planta baja. Finalmente, una vez que dejó de oír las pisadas, Angler se giró, cerró la caja de pruebas, dio unos golpes en la pared para avisar a Mulvahill y volvió a meter el contenedor en el torno.

Entonces, una vez más, y muy a su pesar, dirigió de nuevo la mirada hacia la puerta vacía.

16

La atractiva mujer, de unos treinta años y con una brillante melena castaña que le llegaba hasta los hombros, se apartó del gentío que inundaba la gran rotonda del museo para subir a la primera planta por la ancha escalera principal y recorrer un vasto pasillo de mármol que la condujo a una puerta flanqueada por unos petroglifos anasazi, iluminados con buen gusto. Después de respirar profundamente, cruzó la puerta y recibió una mirada expectante del *maître* que estaba al otro lado, junto a una pequeña tarima de madera.

—Tengo una reserva para dos —dijo la mujer—. A nombre de Green. Margo Green.

El *maître* consultó su pantalla.

—Ah, sí, doctora Green. Bienvenida. Ya ha llegado la otra persona.

Margo le siguió entre las mesas, decoradas con manteles de tela, mientras miraba a su alrededor. Conocía muy bien la curiosa historia de la sala. Originalmente había sido un espacio dedicado al arte fúnebre anasazi, con decenas de momias indoamericanas que conservaban sus posturas flexionadas y una infinidad de mantas, vasijas y puntas de flechas sustraídas a finales del siglo XIX de la cueva de la Momia de Arizona y otros cementerios prehistóricos. El paso del tiempo había generado varias polémicas, y a principios de los años setenta un nutrido grupo de navajos se había desplazado a Nueva York para protestar ante el museo por lo que consideraban una profanación. A raíz de ello habían cerrado la sala con mucha discreción y habían retirado las momias. Había permanecido cerrada durante décadas, hasta que, dos años atrás, un empleado con visión de futuro se había dado cuenta de que era un espacio perfecto para un restaurante de lujo destinado a los coleccionistas, los amigos del museo y los conservadores que solían comer con invitados de postín. El local se llamaba el Chaco y conservaba los viejos y encantadores murales que habían decorado la sala original para asemejarla al interior de una *kiva* anasazi, aunque sin los restos momificados. Lo que se había eliminado era un falso muro de adobe que dividía el fondo del recinto, y gracias a esa reforma podía disfrutarse de unos enormes ventanales con vistas a Museum Drive. En ese momento entraba el sol con fuerza a través de los grandes cristales.

A Margo se le hizo grato contemplarlos.

En la mesa más cercana a ella se estaba levantando el teniente Vincent D'Agosta. Estaba casi igual que la última vez, aunque un poco más delgado, con una mejor condición física y con menos pelo. La fidelidad entre la imagen actual y el recuerdo produjo en Margo una extraña mezcla de gratitud y melancolía.

—Margo —dijo D'Agosta mientras le daba un apretón de manos que luego se convirtió en un abrazo un poco cohibido—. Me alegro de verte.

—Lo mismo digo.

—Estás guapísima. Estoy muy contento de que hayas podido venir habiéndote avisado con tan poco tiempo.

Se sentaron. D'Agosta, inopinadamente, la había llamado el día antes para pedirle que se vieran en algún sitio del museo, y Margo había propuesto el Chaco.

D'Agosta miró a su alrededor.

—Cuánto ha cambiado todo desde que nos conocimos… Por cierto, ¿cuántos años hace?

—¿De los asesinatos en el museo? —Margo pensó un poco—. Once años. No, doce.

—Increíble.

Un camarero les trajo las cartas, decoradas con una silueta de Kokopelli en relieve. D'Agosta pidió un té helado. Margo también.

—Entonces ¿a qué te has dedicado en todo este tiempo? —preguntó él.

—Ahora trabajo en una fundación médica sin ánimo de lucro del East Side: el Instituto Pearson.

—¿Ah, sí? ¿Y qué haces exactamente?

—Soy la etnofarmacóloga. Evalúo remedios botánicos indígenas en busca de posibles fármacos.

—Parece fascinante.

—Lo es.

—¿Y las clases? ¿Todavía das alguna?

—No, me harté. En la fundación puedo ayudar a miles de personas, no solo a las que están en un aula.

D'Agosta volvió a consultar la carta.

—¿Has descubierto algún fármaco milagroso?

—De momento en lo más gordo que he trabajado es en un compuesto de la corteza de la ceiba que podría paliar la epilepsia y el párkinson. Lo usan los mayas como tratamiento para la demencia en los ancianos. La pega es que desarrollar un nuevo fármaco supone una eternidad.

El camarero volvió con las bebidas. D'Agosta volvió a mirar a Margo.

—Por teléfono me comentaste que vienes a menudo al museo.

—Al menos dos o tres veces al mes.

—¿Y eso por qué?

—Es triste, pero los hábitats naturales de las plantas que estudio los están talando, quemando o arrasando a un ritmo aterrador. Vete a saber cuántas posibles curas del cáncer se han extinguido ya. El museo guarda la mejor colección etnobotánica del mundo. No es que la formaran pensando en mí, como comprenderás; solo reunían medicamentos y remedios mágicos de tribus de todo el planeta, pero se adapta como un guante a mis investigaciones. En las colecciones del museo hay plantas que ya no se encuentran en estado natural.

Margo interrumpió su explicación al acordarse de que no todo el mundo compartía su pasión por el trabajo.

D'Agosta juntó las manos.

—Pues mira, resulta que a mí me va como un guante que vengas tan a menudo.

—¿Por qué?

Se inclinó un poco.

—Habrás oído lo del homicidio, ¿no?

—¿Te refieres al asesinato de Victor Marsala? En mi época de doctoranda en el departamento de antropología trabajé con él, y era una de las pocas personas con las que me llevaba bien. —Margo sacudió la cabeza—. Me parece mentira que le hayan matado.

—Pues soy el responsable de la investigación. Y necesito que me ayudes.

Margo no contestó.

—Se ve que, poco antes de morir, Marsala trabajó con un científico externo. Le ayudó a localizar y examinar un espécimen de las colecciones de antropología: el esqueleto de un varón hotentote. El agente Pendergast me ha estado ayudando con el caso y parece interesado por el esqueleto.

—Sigue —dijo Margo.

D'Agosta vaciló.

—Es que… Bueno… Pendergast ha desaparecido. Anteanoche se marchó de la ciudad sin decir dónde se le puede localizar. Ya le conoces. Encima ayer descubrimos que la acreditación del científico que trabajó con Marsala era falsa.

—¿Falsa?

—Sí, una falsificación. Se hizo pasar por un tal doctor Jonathan Waldron, un antropólogo físico de una universidad de las afueras de Filadelfia, pero el auténtico Waldron no sabe nada. He hablado personalmente con él y ni siquiera ha estado nunca en el museo.

—¿Cómo sabes que no es el asesino y lo que dice no es una coartada?

—He enseñado su foto al personal de antropología y no se parece en nada al hombre que estuvo en el museo. Mide un palmo menos y tiene veinte años más.

—Qué raro.

—Sí. ¿Qué sentido tiene hacerse pasar por otra persona solo para ver un esqueleto?

—¿Y tú crees que a Marsala le mató ese falso científico?

—De momento no creo nada, pero la pista es buena de la hostia. La primera que tengo. Total que… —D'Agosta titubeó—. Se me había ocurrido que quizá estuvieras dispuesta a echarle un vistazo al esqueleto.

—¿Yo? —preguntó Margo—. ¿Por qué?

—Porque eres antropóloga.

—Ya, pero mi especialidad es la etnofarmacología. No he hecho antropología física desde el posgrado.

—Seguro que aún les das mil vueltas a la mayoría de los antropólogos de aquí. Además, de ti puedo fiarme. Conoces el museo, pero no eres de la plantilla.

—Estoy muy ocupada con mis investigaciones.

—Solo un vistazo. De pasada. Te agradecería mucho tu opinión, de verdad.

—Francamente no veo qué puede tener que ver un viejo esqueleto hotentote con un asesinato.

—Yo tampoco, pero de momento es mi única pista. Venga, Margo, hazlo por mí. Conocías a Marsala. Por favor, ayúdame a resolver su asesinato.

Margo suspiró.

—Dicho así, ¿cómo voy a negarme?

—Gracias. —D'Agosta sonrió—. Ah, y a la comida invito yo.

17

Con unos vaqueros desteñidos, una camisa vaquera con tachuelas y unas viejas botas camperas, el agente A. X. L. Pendergast observaba el mar de Salton desde la gruesa hierba espigona que cubría la Reserva Natural de Fauna Sonny Bono. Unos pelícanos marrones graznaban al sobrevolar en círculos el agua oscura. Eran más de las diez de la mañana, y la temperatura rondaba los cuarenta y tres grados.

El Salton no era un mar, sino un lago interior creado accidentalmente a principios del siglo XX, después de que unas lluvias torrenciales destruyesen una red mal diseñada de canales de riego e hicieran que las aguas del río Colorado inundaran la cuenca de Salton, anegaran la localidad del mismo nombre y creasen un lago de unos mil kilómetros cuadrados. Durante una época, la región se mostró fértil, y surgieron por las costas una serie de complejos hoteleros y lugares de asueto. Pero, a medida que se retiraban las aguas y se hacían más saladas, los pueblos cayeron en el abandono, los veraneantes dejaron de acudir y los hoteles o resorts quebraron. Ahora la zona, con los montes yermos, las costas cubiertas de sal, enmarcados por parques de caravanas y resorts de los cincuenta abandonados, parecía el mundo después de un holocausto nuclear. Eran tierras despobladas, infecundas y blanquecinas; un paisaje brutal en el que no había vida, salvo la de miles y miles de aves. A Pendergast le resultaba muy atractivo.

Bajó los prismáticos de alta potencia y regresó al coche, un

Cadillac DeVille color perla, de 1998. Volvió a la ruta 86 y empezó a ascender por el valle Imperial, siguiendo la orilla occidental del lago. De camino se paró en varios puestos de carretera y en tiendas tristonas de «antigüedades», donde se dedicó a examinar la mercancía y preguntar por piezas de colección y joyas originales de los indios, además de dejar su tarjeta y hacer alguna que otra compra.

Hacia las doce se metió por una carretera secundaria sin ninguna indicación y, después de unos kilómetros, aparcó al pie de los montes Scarrit, un conjunto de crestas y picos desnudos por la erosión y carentes de vida. Cogió los prismáticos que había dejado en el asiento del copiloto y salió del coche. Subió por la cuesta más cercana y redujo el paso poco antes de alcanzar la cima. Agazapado tras una roca grande, se llevó a los ojos los prismáticos y se asomó lentamente al borde.

Al este, las estribaciones se fundían con el desierto, que moría un kilómetro y medio más allá, en las desoladas costas del mar de Salton. Por las salinas circulaban remolinos que levantaban grandes masas de polvo.

A los pies de Pendergast, en la franja desértica que separaba los montes y la orilla, se erguía una extraña construcción desgastada por la intemperie y el desuso. Era una mezcla de hormigón y madera que parecía haber sido puesta allí sin orden ni concierto, y cuyos vivos colores originales se habían convertido en una pátina uniforme casi blanca, sembrada de torres, minaretes y pagodas. Era un estrafalario cruce entre un templo chino y un salón de juegos de Asbury Park. Se trataba del antiguo Salton Fontainebleau, el que fuera, sesenta años antes, el complejo hotelero más lujoso del mar de Salton, conocido como «Las Vegas del sur» y frecuentado por estrellas de cine y mafiosos. En sus playas y espaciosas verandas se había rodado una película de Elvis. En sus salones había cantado el Rat Pack, y en sus reservados habían hecho negocios personajes como Frank Costello y Moe Dalitz. A partir de un momento, sin embargo, las aguas del mar se habían apartado de los elegantes embarcaderos del hotel, y el aumento de la salinidad había acabado con los peces, amontonados en hediondos cúmulos; el complejo había quedado abandonado al sol, el viento y las aves migratorias.

Desde su escondite, Pendergast examinó el antiguo hotel con escrupulosa atención. Los elementos habían desconchado la pintura de los tablones de madera, y la mayoría de las ventanas eran simples oquedades negras. En algunos puntos se había caído el techo, y algunos espacios habían quedado al descubierto. Se veían por doquier balcones derruidos, vencidos por los años de abandono. No se apreciaba ninguna señal de actividad reciente. El Fontainebleau estaba intacto en su aislamiento, sin merecer siquiera la atención de alguna pandilla de adolescentes o algún artista del grafiti.

Enfocó los prismáticos al norte, a algo menos de un kilómetro del complejo, donde un sendero antiguo y estrecho llevaba a un hueco oscuro en las montañas, una boca irregular con una antigua puerta de madera. Era la entrada de la mina Golden Spider, el lugar del que se había extraído la turquesa hallada en el aparato digestivo de Alban. Puso suma atención en la entrada y en la vía para acceder a ella. A diferencia del Fontainebleau, el antiguo yacimiento minero delataba a las claras una actividad reciente. Vio huellas nuevas de neumáticos que subían por la vieja carretera. Delante de la mina estaba removida la corteza del suelo; las roturas dejaban ver unos tonos más claros de sal. Aunque se hubieran hecho esfuerzos por borrar tanto las huellas de los vehículos como las de los pies, desde el observatorio de las colinas se adivinaban claramente.

No era ninguna coincidencia ni nada accidental. A Alban le habían matado y le habían puesto la turquesa en el estómago con un objetivo: llevar a Pendergast a aquel lugar dejado de la mano de Dios. El gran misterio era el porqué.

Pendergast había aceptado el juego, pero no pensaba prestarse a la sorpresa.

Siguió examinando un buen rato la entrada del yacimiento, hasta que desplazó un poco más hacia el norte los prismáticos.

A unos tres kilómetros del Fontainebleau, sobre un pequeño promontorio, se veía la trama de calles, las farolas rotas y las casas abandonadas de un antiguo pueblo. Lo estudió con atención. Acto seguido, dedicó una hora a barrer el paisaje hacia el norte y el sur, en busca de cualquier otro indicio de actividad reciente.

Nada.

Bajó de la colina para regresar al coche y se dirigió hacia la urbanización abandonada. Poco antes de llegar, un cartel descolorido hasta el punto de ser casi ilegible le dio la bienvenida a la localidad de Salton Palms. La fantasmagórica ilustración que acompañaba el texto parecía representar a una mujer con biquini y esquís acuáticos que saludaba con la mano, sonriendo.

Una vez en las afueras del destartalado vecindario, aparcó el coche y entró en Salton Palms con paso desganado, haciendo un ruido hueco con las botas de vaquero en el asfalto agrietado, del que se levantaba un polvo blanco como la nieve. En otros tiempos Salton Palms había sido una modesta concentración de segundas residencias, que ahora estaban en ruinas, abrasadas por el viento, sin puertas, quemadas o derruidas. Varado a unos cientos de metros de la orilla, un puerto deportivo se pudría, torcido cada vez más en un ángulo inaudito. De la costra salina brotaba una planta rodadora, cubierta de cristales de sal, como un copo de nieve gigantesco.

Erró despacio por el caos, viendo columpios oxidados en jardines ya sin hierba, vetustas barbacoas y piscinas infantiles agrietadas. En medio de la calle había un viejo coche de juguete con pedales de los años cincuenta, volcado. A la sombra de un pasadizo cubierto, el esqueleto de un perro cubierto de sal aún conservaba el collar. No se oía nada, salvo los vagos gemidos del viento.

Lejos de los otros edificios, donde se acababa Salton Palms por el sur, había una cabaña con el techo de cartón alquitranado; era una choza precaria y escarchada de sal, confeccionada con restos de casas abandonadas. Al lado había una camioneta vieja que, pese a tener más herrumbre que metal, aún funcionaba. Pendergast se quedó mirando un buen rato la cabaña, hasta que se acercó con andares tranquilos, desgarbados.

A simple vista, aparte del vehículo, no se apreciaban señales de vida. Tampoco parecía que en la choza hubiera electricidad o agua corriente. Después de otra mirada a la redonda, dio unos golpes en la plancha de metal ondulado que hacía las veces de rudimentaria puerta y, como no contestaba nadie, volvió a llamar.

Se oyó un leve movimiento al otro lado.

—¡Váyase! —dijo una voz ronca.

—Disculpe —añadió Pendergast aún frente a la puerta y sustituyó su acento del sur por un deje gangoso de Texas—: Solo quería pedirle un minuto.

Al no obtener respuesta, sacó una tarjeta de visita de uno de los bolsillos de su camisa.

William W. Feathers
Compraventa de piezas de colección,
joyas, reliquias y mobiliario del antiguo Oeste
Especialidad en reventa por eBay

La deslizó por debajo de la plancha ondulada. Al principio la tarjeta se quedó donde estaba, pero al cabo de un rato desapareció de golpe. Después se oyó la misma voz ronca de antes.

—¿Qué quiere?

—Saber si tiene algo que vender.

—Ahora no.

—Todos dicen lo mismo. Nunca saben lo que tienen hasta que me lo muestran. Pago bien. ¿Ha visto alguna vez *Antiques Roadshow*?

Silencio.

—Seguro que algo interesante habrá trapicheado por aquí. Fijo que ha rondado por el pueblo buscando piezas de coleccionista. Quizá pueda comprarle algunas. Pero si no le interesa, iré yo mismo a buscar por entre las ruinas, porque, claro, después de haber hecho expresamente el viaje…

El silencio se alargó cerca de un minuto, hasta que la puerta se abrió con un chirrido y apareció un rostro barbudo y con arrugas que flotó en la oscuridad del interior como un globo fantasma, crispado de recelo.

Pendergast aprovechó enseguida la oportunidad para meter un pie en la cabaña y abrirse paso con un entusiasta apretón de manos, mientras se deshacía en saludos campechanos y daba todo un espectáculo de falsa camaradería, una lluvia de agradecimientos que al viejo no le permitió articular ni una sola palabra.

El ambiente de la choza era asfixiante, fétido. Se fijó en todo deprisa. En un rincón había un camastro deshecho y, al pie de la única ventana, unos fogones con una sartén de hierro colado. En vez de sillas, dos troncos cortados. Era un desorden absoluto: ropa, mantas, figuritas, latas vacías, mapas viejos de carreteras, madera de la playa, herramientas estropeadas y un sinfín de objetos dispersos por la minúscula vivienda.

Algo brillaba débilmente entre las ruinas. Pendergast dejó de zarandear la mano del viejo para inclinarse y levantar emocionado el objeto que emitía los destellos.

—¡Por eso lo decía! ¡Fíjese! ¿Qué hace esto en el suelo? ¡Debería estar en una vitrina!

Era el trozo de un collar de flores de calabaza, lleno de melladuras y arañazos, de plata barata y sin la gema. Aun así, lo sostuvo con la misma reverencia que una tabla recibida de Dios.

—¡Por algo así me saco sin problemas sesenta dólares en eBay! —alardeó—. Yo me ocupo de toda la operación. Hago la foto, pongo el texto y gestiono lo demás: el mailing, la recogida… Lo único que pido es una pequeña comisión. Le doy un poco de dinero para que empiecen a rodar las cosas por eBay y luego, si voy ganando más, me quedo el diez por ciento. ¿Sesenta, he dicho? Pues que sean setenta.

Y sin más preámbulos sacó un fajo de billetes.

Los ojos legañosos del morador de la choza dejaron de observar la cara de Pendergast para enfocarse en el grueso fajo. El agente separó siete billetes de diez para tendérselos. Después de un titubeo apenas perceptible, el viejo levantó las manos temblorosas y arrebató el dinero al agente como si los billetes pudieran salir volando. Se los guardó en los bolsillos de sus vaqueros.

Con una gran sonrisa al estilo de la gente de Texas, Pendergast se acomodó en un tronco. Lo mismo hizo su anfitrión, cuyo proyecto rostro manifestaba ciertas dudas. Era un hombre bajo y flaco, con unas largas greñas blancas y patillas, los dedos cortos y las uñas increíblemente sucias. Tenía la cara y los brazos oscurecidos por haber pasado muchos días al sol. Sus ojos conservaban un brillo de recelo, atemperado por la visión del dinero.

—¿Cómo se llama, amigo? —preguntó Pendergast sin soltar el fajo, como si no le diera importancia.

—Cayute.

—Ah, pues muy bien, señor Cayute. Me presento: Bill Feathers, para servirle. Tiene algunas cosas que no están nada mal. ¡Seguro que nos ponemos de acuerdo!

Pendergast recogió del suelo una vieja señal de tráfico de la estatal 111 apoyada en dos bloques de cemento, que servía de mesita. Era de metal, se le había saltado la pintura y estaba cubierta de perdigonadas.

—Esto mismo, por ejemplo. ¿Sabe que ahora las usan para decorar restaurantes? Están muy solicitadas. Fijo que a esta señal le saco…, pues no sé…, cincuenta pavos. ¿Qué le parece?

El brillo de los ojos del viejo se intensificó. Al cabo de un minuto, Cayute asintió con la rapidez de un hurón, y Pendergast contó y le entregó otros cinco billetes.

El anciano sonrió efusivamente.

—Señor Cayute, ya veo que es hombre de negocios. Calculo que será una relación muy pero que muy productiva para los dos.

18

En un cuarto de hora, Pendergast compró otros cinco objetos sin valor por un total de trescientos ochenta dólares, lo cual tuvo el efecto de ablandar a Cayute, muy receloso por naturaleza. Una botella de medio litro de Southern Comfort, procedente de un bolsillo trasero de los vaqueros de Pendergast, y ofrecida a manos llenas, tuvo el efecto adicional de lubricar la lengua del vejete. Durante su infancia, al parecer, había vivido un tiempo en la zona, y las vueltas de la vida, unidas a una mala racha, le habían traído de nuevo a Salton Palms cuando el pueblo ya estaba abandonado. La cabaña en la que residía sin permiso le servía como base para sus incursiones en busca de objetos que vender.

Con paciencia y tacto, Pendergast indagó en la historia de la localidad y del Salton Fontainebleau, y obtuvo como recompensa (a trancas y barrancas) una serie de anécdotas sobre el apogeo y la larga y penosa decadencia del casino. Al parecer, Cayute había sido ayudante de camarero en el restaurante más lujoso del Fontainebleau, en el cénit de su época de gloria.

—Dios mío —dijo Pendergast—. Me hubiera gustado verlo.

—Ni se lo imagina —contestó Cayute con su voz de cazalla, antes de acabarse la botella y dejarla a un lado como una pieza más de coleccionista—. Aquí venía todo el mundo. Todos los peces gordos de Hollywood. ¡Si hasta le hice de camarero a Marilyn Monroe y me firmó el puño de la camisa!

—¡No!

—Luego la lavaron sin querer —dijo Cayute con tristeza—. Imagínese lo que valdría hoy.

—Qué mala pata. —El agente hizo una pausa—. ¿Cuánto tiempo lleva cerrado el complejo?

—Unos cincuenta años.

—Pues con lo bonito que es el edificio me parece una tragedia.

—Tenían de todo. Casino, piscina, paseo marítimo, embarcadero, spa, zoo…

—¿Zoo?

—Sí, subterráneo. —Cayute recogió la botella vacía de Southern Comfort y la miró apesadumbrado antes de apoyarla otra vez en el suelo—. Aprovecharon una cavidad natural que había en el terreno, justo al lado de la coctelería. Ni una selva, oiga. Tenían leones, panteras negras y tigres siberianos. Por la tarde se reunían, alrededor de la baranda de hierro que bordeaba el agujero, todos los peces gordos con sus copas y se ponían a observar los bichos.

—Qué interesante. —Pendergast se frotó la barbilla, pensativo—. ¿Todavía queda algo de valor? Vaya, que si ha explorado usted el interior.

—Nada. Está todo vacío.

Justo en ese momento un objeto le llamó la atención, algo que asomaba bajo un catálogo de Sears, Roebuck & Company de hacía al menos medio siglo, tirado en el suelo y con el lomo roto. El superagente lo recogió y lo acercó a la ventana para verlo mejor. Era una turquesa en bruto con vetas negras.

—Qué piedra más bonita. Preciosas, las marcas. Igual con esto también puede hacerse algún negocio. —Miró a Cayute—. Tengo entendido que aquí cerca hay una mina. Golden Spider, si no me falla la memoria. ¿Es de donde la ha sacado?

El viejo sacudió su cabeza canosa.

—Allá no entro para nada.

—¿Por qué no? Parece el sitio perfecto para buscar turquesas.

—Por las historias.

—¿Las historias?

Una extraña expresión contrajo la cara de Cayute.

—Cuentan que está encantada.

—No me diga.

—El yacimiento no es muy grande, pero hay pozos bastante profundos. Y muchos rumores.

—¿Rumores? ¿Cuáles?

—Se dice que el dueño de la mina escondió en algún sitio una fortuna en turquesas. Cuando se murió, se llevó a la tumba la ubicación de ese tesoro. De vez en cuando venía gente en busca de las turquesas, pero no encontraban nada. Hace unos veinte años entró un cazador de tesoros. Al cruzar unas planchas que se habían podrido, se cayó en un pozo y se partió las dos piernas. Nadie le oyó desgañitarse, y se murió de sed y de calor, allá abajo, a oscuras.

—Qué horror.

—Dicen que si entras, aún le oyes.

—¿Oírle? ¿Quiere decir qué se escuchan pasos?

Cayute sacudió la cabeza.

—No, más bien como si el hombre se arrastrara, como si pidiera ayuda a gritos.

—Como si se arrastrara. Claro, por las piernas rotas. Qué historia más horrible.

En vez de contestar, Cayute volvió a mirar con tristeza la botella vacía.

—De todos modos, está claro que la leyenda no disuade a todo el mundo —puntualizó Pendergast.

Los ojos de Cayute le enfocaron rápidamente.

—¿Qué dice?

—No, nada, es que hace un rato me he paseado por delante de la mina y he visto huellas de neumáticos. Recientes.

La rapidez con la que había visto a Pendergast fue la misma con la que apartó la mirada.

—Yo de eso no sé nada.

Pendergast esperó a que profundizase en el tema y, al ver que no lo hacía, cambió de postura en la silla improvisada.

—¿Ah, no? Me sorprende, porque con lo bien que se ve la mina desde su casa…

Y mientras lo decía, sacó del bolsillo el fajo de billetes, como quien no quiere la cosa.

Cayute no respondió.

—Sí que me sorprende, sí… No estará ni a dos kilómetros.

Fue separando lentamente los billetes de diez, bajo los que quedaron a la vista otros de veinte y de cincuenta.

—¿Por qué le interesa tanto? —preguntó Cayute, de nuevo receloso.

—Bueno, es que una de mis especialidades es la turquesa. Y otra, por decirlo sin ambages, la caza de tesoros. Como el personaje de la historia que acaba de contar. —Pendergast se acercó con un gesto cómplice—. Si hay movimiento en Golden Spider, me interesaría saberlo.

El viejo se mostró dubitativo. Sus ojos inyectados en sangre parpadearon dos veces.

—Me han pagado para que no diga nada.

—Yo también puedo pagarle. —Pendergast cogió dos billetes de cincuenta—. Puede ganar el doble sin que se entere nadie.

Cayute lanzó una mirada ávida al dinero, pero no comentó nada. Pendergast tomó dos billetes más de cincuenta y se los tendió. El viejo tuvo otro momento de vacilación. Luego, sin pensárselo dos veces, agarró el dinero y se lo metió en el mismo bolsillo de antes.

—Fue hace unas semanas —dijo—. Vinieron con un par de camiones y toda la parafernalia. Aparcaron delante de la entrada de la mina y empezaron a sacar la maquinaria de las cajas. Me imaginé que iban a reabrir el yacimiento y me acerqué a saludar. Les pregunté si querían comprar un mapa viejo de la mina.

—¿Y?

—Muy amables no es que fueran. Dijeron que iban a inspeccionar el yacimiento por… Creo que por un tema de seguridad, para verificar la estabilidad de las instalaciones, aunque la verdad es que no tenía pinta de eso.

—¿Por qué no?

—Porque no me parecieron inspectores. Y por las máquinas que iban metiendo. Nunca he visto nada parecido. Ganchos, cuerdas y una especie de… —Cayute gesticuló con las manos—. Eso donde se meten los buzos.

—¿Una jaula de tiburones?

—Eso, sí, pero más grande. El mapa no lo quisieron. Contestaron que ya tenían uno y luego me dijeron que me ocupara de mis cosas. Me dieron un billete de cincuenta para que no soltara prenda. —El viejo estiró la manga de Pendergast—. No va a contarle a nadie lo que vi, ¿verdad?

—Pues claro que no.

—¿Me lo promete?

—Será un secreto entre los dos. —Pendergast se frotó la barbilla—. ¿Y después? ¿Qué pasó?

—Que se marcharon a las pocas horas y ayer mismo volvieron. Era tarde. Esta vez solo vino un camión con dos hombres. Aparcaron un poco más lejos.

—¿Y? —animó al viejo para que siguiera.

—Pude verlo todo con claridad porque había luna llena. Uno de los hombres pasó un rastrillo por toda la entrada y el otro barrió el polvo. Iban hacia atrás, como si limpiaran la vía de acceso desde la mina hasta el camión. Luego subieron al vehículo y se fueron.

—¿Podría darme alguna descripción? ¿Qué aspecto tenían los dos sujetos?

—Tipos duros. No los vi bien. Ya he hablado más de la cuenta. Acuérdese de su promesa.

—No tema, señor Cayute. —Por un instante fue como si Pendergast pensara en otra cosa—. ¿Qué fue lo que me dijo sobre el mapa de la mina?

Los ojos legañosos recuperaron su brillo venal, lo que moderó la agitación del viejo y su constante recelo.

—¿Qué pasa con el mapa?

—Que podría estar interesado en comprarlo.

El anciano se quedó un rato quieto, hasta que, sin levantarse del tronco que hacía las veces de silla, rebuscó entre la porquería que tenía a sus pies. Encontró un rollo de papel descolorido, lleno de cagadas de mosca, roto y muy sucio. Lo desenrolló sin decir nada y se lo enseñó a Pendergast, pero sin dárselo.

El agente se inclinó para verlo mejor. Acto seguido, cogió otros cuatro billetes de cincuenta y se los enseñó a Cayute sin hablar.

La operación quedó cerrada en un tris. Pendergast enrolló el mapa, se levantó y estrechó una mano vieja y correosa.

—Gracias y adiós, señor Cayute —dijo mientras se metía las compras en los bolsillos, y el mapa y la señal de carretera bajo un brazo—. Ha sido un placer hacer negocios con usted. No se moleste en levantarse, encontraré la salida yo solo.

19

D'Agosta estaba sentado al borde de una mesa del laboratorio central del departamento de osteología, con Margo Green de pie a su lado, cruzada de brazos y tamborileando sin parar con una mano en el codo. D'Agosta observaba con irritación la parsimonia con la que el técnico Sandoval tecleaba y miraba la pantalla del ordenador. En el museo lo hacían todo tan despacio que le extrañaba que consiguiesen acabar algo.

—El papel con el número de acceso lo tiré —dijo Sandoval—. No se me ocurrió que podrían necesitar volver a verlo.

Parecía molesto por tener que repetir todo el proceso, o quizá temía que en cualquier momento pudiera entrar Frisby y ver que la policía de Nueva York le robaba tiempo a sus empleados.

—Es que quería que la doctora Green también viera el espécimen —comentó D'Agosta con un énfasis muy leve en la palabra «doctora».

—Ya lo tengo.

Algunas pulsaciones más y la impresora zumbó con suavidad al expulsar una hoja de papel. Sandoval se la dio a D'Agosta, quien a su vez se la enseñó a Margo para que le echase un vistazo.

—Es el resumen —dijo ella—. ¿Podemos ver los detalles?

Sandoval la miró un buen rato, parpadeando. Luego, sin prisas, se giró de nuevo hacia el teclado y siguió escribiendo. Salieron varias hojas más de la impresora. Sandoval se las entregó a Margo para que las examinase. Ella empezó a echarles un vistazo.

Hacía frío en la sala, como en todo el museo, pero D'Agosta observó que Margo tenía algunas gotas de sudor en la frente y parecía pálida.

—¿Te encuentras bien, Margo?

Ella le quitó importancia con un gesto acompañado por una sonrisa fugaz.

—¿Es el único espécimen que le enseñó Vic al falso científico?

Sandoval asintió con la cabeza mientras Margo seguía leyendo el informe de adquisición del espécimen.

—Hotentote, varón; edad aproximada: treinta y cinco años. Completo. Preparador: Dr. E. N. Padgett.

Sandoval rió entre dientes al oír el nombre.

—Ah, él.

Margo le lanzó una mirada antes de fijarse de nuevo en los papeles.

—¿Ves algo interesante? —preguntó D'Agosta.

—La verdad es que no. Según el informe, lo adquirieron de la forma habitual, al menos la que era común en esa época. —Margo siguió pasando páginas—. Parece que el museo contrató a un explorador en Sudáfrica para que proporcionase esqueletos a sus colecciones osteológicas. Aquí están las notas de campo del explorador, un tal Hutchins. —Hizo una pausa mientras leía un poco más—. Lo que supongo es que Hutchins era poco más que un ladrón de tumbas. Probablemente se enteró de que se celebraría una ceremonia funeral hotentote y, después de espiarla, saqueó la tumba de madrugada, preparó el esqueleto y lo envió al museo. Esta supuesta causa de la muerte del hotentote, una disentería contraída durante la séptima guerra de la Frontera, debió de ser un truco para que el museo pudiese aceptar el espécimen.

—Eso no puede saberlo —dijo Sandoval.

—Tiene razón, no lo sé, pero he examinado bastantes informes antropológicos de adquisición para saber leer entre líneas.

Margo dejó los papeles. D'Agosta se giró hacia Sandoval.

—¿Le importaría traer ya el esqueleto?

Sandoval suspiró.

—Está bien. —Se levantó de la mesa con el número de acceso en la mano y se dirigió al pasillo, pero de pronto se dio media vuelta—. ¿Quieren venir?

D'Agosta hizo ademán de seguirle, pero Margo lo cogió del brazo.

—Esperaremos en la sala de examinación, al otro lado del pasillo.

Sandoval se encogió de hombros.

—Como quieran —añadió y desapareció tras la esquina.

D'Agosta siguió a Margo a la sala donde eran examinados los especímenes por los científicos externos. Empezaba a arrepentirse de no haber aceptado la propuesta de Singleton sobre el caso de la corredora. Era un engorro de mil demonios que Pendergast hubiera desaparecido de la manera que lo había hecho, sin decir ni siquiera por qué le parecía importante el esqueleto. Hasta ese momento, D'Agosta no se había dado cuenta de cuánto contaba con la ayuda del agente del FBI. Para colmo empezaba a ahogarse entre tantas páginas de transcripciones de entrevistas, informes de pruebas y registros. Todos los casos generaban un montón de papeleo inútil, pero aquel, debido al tamaño del museo y a su número de empleados, se salía de la norma. Pronto no habría sitio para la documentación sobrante en un despacho vacío que había en la comisaría, adyacente al suyo.

Vio que Margo se ponía unos guantes de látex, echaba un vistazo a su reloj y empezaba a dar vueltas por la sala, delatando una clara agitación.

—Margo —dijo—, si te pillo en mal momento, ya volveremos otro día. Te repito que es más que nada una corazonada.

—No —contestó ella—. Al instituto debería volver pronto, es verdad, pero el problema no es ese.

Dio unas cuantas vueltas más, hasta que se detuvo y se giró hacia el teniente como si hubiera tomado una decisión. Sus ojos verdes, despejados y atentos, se fijaron en los de él y, por un instante, D'Agosta se sintió transportado muchos años atrás, cuando la había interrogado por primera vez acerca de los asesinatos en el museo.

Margo le sostuvo un buen rato la mirada. Luego se dejó caer en una de las sillas que rodeaban la mesa principal, y D'Agosta la imitó.

Margo carraspeó y tragó saliva.

—Te agradecería que no se lo contases a nadie.

D'Agosta asintió.

—Ya sabes lo que me pasó en aquella época.

—Sí. Los asesinatos en el museo, el metro... Fueron malos tiempos.

Margo bajó la vista.

—No lo digo por eso. Me refiero a lo... A lo que me pasó... después.

D'Agosta tardó un poco en entenderlo y, cuando lo hizo, fue como si se le cayera encima un cargamento de ladrillos. «Madre mía», pensó. Se había olvidado totalmente de lo que le había pasado a Margo al volver al museo para dirigir su revista científica, *Museology*: un demente y cruel asesino en serie la había perseguido como un animal por las salas oscuras; ella estaba aterrorizada, y el hombre la apuñaló y a punto estuvo de matarla. Tras el susto, Margo pasó varios meses en una clínica para recuperar la salud. D'Agosta no había pensado en lo afectada que ella pudiera estar.

Después de un momento de silencio, Margo volvió a hablar de forma un poco entrecortada:

—Desde entonces me ha resultado... difícil estar en el museo. Qué irónico, ¿verdad?, teniendo en cuenta que es el único sitio donde puedo llevar a cabo mi investigación... —Sacudió la cabeza—. Y yo que siempre había sido tan valiente, una machota... ¿Te acuerdas de que insistí en acompañaros a ti y a Pendergast por los túneles del metro y... más abajo? Ahora todo es diferente. Dentro del museo solo puedo ir a algunos sitios muy puntuales sin que... Sin que me dé un ataque de pánico. En las colecciones no puedo internarme mucho. Tienen que traerme las cosas.

Me he aprendido de memoria las salidas más cercanas y la manera de huir en caso de necesidad. Cuando trabajo, tengo que estar acompañada. Nunca me quedo mucho tiempo después de la hora de cierre y de que se haga de noche. Ya me cuesta estar aquí, en una de las plantas de arriba.

D'Agosta se arrepintió aún más de su petición de ayuda. Tenía la sensación de haber sido un estúpido.

—Es normal lo que te pasa.

—Es que no te he dicho lo peor. No puedo estar en sitios oscuros. De hecho, no soporto la oscuridad. En mi casa tengo encendida la luz toda la noche. Si vieras la factura… —Margo soltó una risa amarga—. Estoy hecha un desastre. Creo que tengo un nuevo síndrome: la museofobia.

—Oye, mira… —la interrumpió D'Agosta tomándola de la mano—. Igual es mejor que nos olvidemos del esqueleto. Ya encontraré a otra persona que me…

—Ni hablar. Seré una psicótica, pero no una cobarde. Voy a hacerlo. Pero no me pidas que baje por ahí, ¿eh? —Margo señaló hacia la zona de las colecciones, por donde se había adentrado Sandoval—. Ni me pidas nunca tampoco… —Intentaba sonar despreocupada, pero el miedo hacía temblar un poco su voz—. Que baje al sótano.

—Gracias —dijo D'Agosta.

Justo entonces se oyó un ruido en el pasillo, y reapareció Sandoval. Llevaba una bandeja típica de las colecciones y la dejó en la mesa, entre ellos dos.

—Estaré en mi oficina —dijo—. Cuando acaben, me avisan.

Se fue y cerró la puerta. D'Agosta vio que Margo se ajustaba más los guantes, cogía una tela de algodón de un cajón próximo, la extendía en el tablero de la mesa y empezaba a sacar los huesos de la bandeja para distribuirlos encima de la tela. Emergió toda una procesión: costillas, vértebras, huesos del brazo y de la pierna, una calavera, una mandíbula y varias piezas pequeñas que D'Agosta no reconoció. Se acordó de cuando Margo se había recuperado del trauma de los asesinatos en el museo: había empezado a hacer gimnasia, se había sacado la licencia de armas de fuego y había aprendido a usar una pistola. Se la veía tan entera… Pero D'Agosta era testigo de los traumas que tenían los policías. Esperó de corazón no empeorar las cosas.

Al mirar a Margo, sentada a su lado, se olvidó de lo que estaba pensando. De repente se había quedado quieta, con una pelvis en las manos, y había cambiado de expresión. La cara distante y absorta del principio había dejado paso al desconcierto.

—¿Qué pasa? —preguntó.

Ella, en vez de contestar, giró la pelvis en sus manos, mirándola de cerca. Acto seguido, la dejó en la tela, suavemente, y levantó la mandíbula inferior del espécimen, que sometió a un atento examen desde varios ángulos. La colocó sobre la mesa y miró a D'Agosta.

—¿Hotentote, varón y de treinta y cinco años?

—Exacto.

Se humedeció los labios.

—Interesante. Tendré que volver con más tiempo, pero de momento te puedo decir algo: este esqueleto tiene tanto de varón hotentote como yo.

20

Cuando Pendergast salió de Salton Palms a bordo de su Cadillac de color perla, el sol de mediodía brillaba con fuerza. Cuando regresó al mismo lugar, ya era después de la medianoche.

A cinco kilómetros del pueblo fantasma frenó, apagó los faros, se alejó un buen trecho de la carretera y escondió el coche detrás de un grupo de árboles de Josué raquíticos. Después apagó el motor y se quedó muy quieto al volante, analizando la situación.

Casi todo seguía cubierto por un velo de misterio, pero ahora sabía dos datos que necesitaba. La muerte de Alban había sido una minuciosa artimaña para conducirle a aquel lugar: la mina Golden Spider. Y esta había sido preparada hasta el último detalle en previsión de su llegada. No le cupo duda de que incluso en aquel momento vigilaban la entrada. Estaban esperándole.

Sacó dos papeles enrollados y los alisó sobre su regazo. Uno era el mapa que le había comprado a Cayute y el otro contenía unos viejos planos del Salton Fontainebleau.

Usando la linterna que llevaba en la guantera, empezó por el mapa. Era una mina relativamente pequeña, con un pasillo central que parecía bajar de forma moderada hacia el sudoeste, apartándose del lago. De este corredor central partía una media docena de galerías más pequeñas, rectas o torcidas, siguiendo las vetas de la turquesa. Algunas acababan en profundos pozos. Todo ello se lo había aprendido ya de memoria.

Desplazó el haz de la linterna hasta el borde del papel. Al fondo del yacimiento había un pasaje en espiral que iba estrechándose a medida que se distanciaba de la trama principal, hasta acabar casi un kilómetro más lejos, en una subida muy inclinada. Quizá era un conducto de ventilación o, con más probabilidad, una entrada trasera caída en desuso. Las líneas de esta parte del mapa estaban gastadas y descoloridas, como si el propio cartógrafo hubiera olvidado la existencia de esta zona.

Puso el diagrama de la mina al lado de los planos del antiguo hotel y los cotejó para memorizar la distribución de la Golden Spider y del Salton Fontainebleau. Los planos, distribuidos por plantas, mostraban claramente las suites de invitados, el amplio vestíbulo, los comedores, la cocina, el casino, el spa, los salones de baile y una curiosa construcción circular entre la coctelería y la explanada trasera, identificada como «Jardín zoológico».

Un zoo, había dicho Cayute. «Aprovecharon una cavidad natural que había en el terreno, justo al lado de la coctelería… Tenían leones, panteras negras y tigres siberianos.»

Volvió a cotejar con mucha atención los planos y el mapa. El jardín zoológico del complejo hotelero quedaba justo al lado de la entrada trasera de la Golden Spider.

Apagó la linterna y se apoyó en el respaldo del asiento. La lógica era intachable. ¿Qué mejor sitio para construir un zoo subterráneo que una parte olvidada y en desuso de una mina abandonada desde hacía mucho tiempo?

Sus misteriosos anfitriones habían estado muy atareados en preparar el yacimiento para su llegada y se habían esmerado mucho en borrar cualquier huella. No cabía duda de que en la mina había una trampa, pero el yacimiento tenía una entrada trasera.

Mientras se enfriaba el motor, pensó en cómo actuar. Aprovecharía la oscuridad para efectuar un reconocimiento del complejo hotelero, penetrar en él, localizar la entrada trasera de la mina y llegar a la trampa por detrás. Averiguaría en qué consistía la celada y, en caso de necesidad, la adaptaría a sus intereses o la desactivaría. Al día siguiente, llegaría en coche a la entrada principal de la mina, sin ningún tipo de disfraz, como si no supiera nada, y de ese modo capturaría a su anfitrión o anfitriones. Estaba seguro de que, una vez en su poder, podría persuadirlos de que le revelasen qué había detrás de aquel complejo montaje de absurdas dimensiones. Y le dirían quién había matado a su hijo para poner entonces el mecanismo en marcha.

No podía descartarse, por supuesto, que se le hubiera pasado algo por alto, alguna complicación que le obligara a revisar sus planes, pero había sido muy cuidadoso en los preparativos y veía en aquella estrategia muchas más posibilidades de éxito que en cualquier otra.

Dedicó un cuarto de hora más a examinar los planos del hotel, memorizando hasta el último pasillo, armario y escalera. El jardín zoológico estaba en el sótano, a una distancia prudencial de los espectadores, que observaban a los animales desde la planta superior. Se accedía al zoo a través de una serie de habitaciones pequeñas, que incluían un área de aseo y varias salas de manipulación y de veterinaria. Por aquellas estancias tendría que pasar él para acceder al zoo y, por tanto, a la entrada trasera de la mina.

Sacó de la guantera su Les Baer de calibre 45 y, una vez hechas las comprobaciones de rigor, se la metió en el cinto. Dejó el mapa en el asiento del copiloto, salió del coche con los planos en la mano, cerró la puerta sin hacer ruido y esperó en la oscuridad con todos los sentidos alerta. La luna, parcialmente tapada por hilachas de nubes, proporcionaba la luz justa para sus sentidos, de una agudeza sobrenatural. Ya no llevaba vaqueros, camisa vaquera ni botas, sino pantalones oscuros, zapatos negros de suela de goma, un jersey negro de cuello alto y un chaleco lleno de bolsillos, también negro.

Todo era silencio. Esperó un poco más, escudriñando el paisaje. Luego se metió los planos en el chaleco y empezó a moverse con sigilo hacia el norte, protegido por las sombras de los montes Scarrit.

Un cuarto de hora después giró hacia el este y subió una colina, hasta situarse entre las rocas de la cumbre para inspeccionar la silueta del Salton Fontainebleau. El tenue resplandor lunar acentuaba aún más el carácter fantasmal de los hastiales de la fachada y los minaretes, tras los que se extendía oscura, húmeda e inmóvil la superficie del mar de Salton.

Sacó del chaleco los prismáticos e hizo un escrupuloso barrido de la zona, de sur a norte. Todo era silencio e inmovilidad. El paisaje estaba igual de muerto que el mar que lo rodeaba. Entrevió al norte el pequeño y negro declive que llevaba a la entrada principal de la mina. Lo más probable era que incluso ahora estuviera vigilada por ojos invisibles que esperaban su llegada, escondidos en algún lugar de las ruinas de Salton Palms.

Se quedó otros diez minutos oculto entre las rocas, moviendo sin descanso los prismáticos. Después, mientras se hacía más tupido el velo de nubes que cubría la luna, atravesó otra cresta de la montaña y volvió a descender sin apartarse de las sombras que proyectaban las ruinas del Fontainebleau. Allí no podía ser visto por quienes vigilaban la entrada de la mina. Iba despacio, y su ropa negra se mezclaba con la oscuridad nocturna, mientras el enorme complejo se cernía sobre él, cada vez más alto, hasta tapar el cielo.

En la parte trasera del hotel había una galería. Se acercó y, tras una pausa, subió con precaución los escalones, despertando suaves protestas en la madera reseca. Cada paso hacía florecer el polvo en pequeñas nubes con forma de seta. Era como pisar la superficie de la luna. Desde el privilegiado observatorio en el que se encontraba, miró hacia ambos lados del porche, en toda su extensión, y luego se volvió a fijar en el pequeño tramo de escalones por el que había subido, incluido el pasamanos. Las únicas huellas visibles eran las suyas. Nada perturbaba el sueño del Fontainebleau.

Se aproximó a una doble puerta por la que se accedía al complejo. A cada paso, ligero como un gato, probaba los tablones antes de apoyarse. La puerta estaba cerrada, aunque en una época lo había estado con llave; pero ya hacía tiempo que algún vándalo había arrancado una hoja de sus goznes, dejándola desencajada.

Al otro lado había algún tipo de dependencia común, que tal vez se hubiera usado como salón de té. Estaba muy oscura. Pendergast se quedó quieto hasta que sus ojos se adaptaron a la oscuridad y entonces entró. Olía mucho a madera deshecha, sal y orín de rata. Una pared estaba dominada por una chimenea gigantesca. En toda la sala había sillones de orejas y sofás con la tapicería podrida y los muelles salidos. En el fondo del salón se sucedían bancos de cuero con sus respectivas mesas. Los asientos habían perdido su blandura; cuarteados y resquebrajados, escupían algodón. En las paredes quedaban aún algunas fotos rotas y descoloridas del mar de Salton en su mejor época, los años cincuenta: yates a motor, estampas de esquí acuático, pescadores con botas largas… Había también muchos rectángulos vacíos, con un fondo mucho más claro que el resto de las paredes, señal de que las demás imágenes habían sido robadas tiempo atrás. Y todo lo cubría una fina capa de polvo.

Recorrió la sala y, a través de un arco, llegó al pasillo central. Una enorme escalera subía majestuosa a las plantas superiores, donde estaban las habitaciones y suites de los huéspedes. Más adelante, en la penumbra, se perfilaba el vestíbulo principal, con grandes columnas de madera y murales de temática marinera, que se distinguían solo parcialmente. Para orientarse, el superagente se quedó un rato donde estaba, rodeado de silencio. Llevaba en el chaleco los planos del hotel, pero no los necesitaba, ya que estaban impresos en su mente. A la izquierda había un corredor ancho que debía de llevar al spa y los salones de baile. A la derecha, un arco bajo daba acceso a la coctelería.

Cerca había una vitrina rota que contenía una hoja de papel mimeografiado, con los bordes enroscados y el texto desvaído. Se aproximó mucho y la leyó a la débil luz de la luna:

¡Bienvenidos al fabuloso Salton Fontainebleau!
«El sitio más a la moda del mar interior.»

Sábado 6 de octubre de 1962
Actividades de hoy:

- 6.00: Natación saludable con Ralph Amandero, participante en dos olimpiadas
- 10.00: Competición de esquí acuático
- 14.00: Carrera de lanchas motoras
- 16.00: Concurso de belleza Miss Mar de Salton
- 18.30: Baile en el gran salón con la orquesta de Verne Williams y Jean Jester
- 23.00: Espectáculo de animales «La selva en vivo», con servicio de bar gratuito

Se dirigió hacia el arco que conducía a la coctelería. Las ventanas del bar estaban cerradas con persianas y, aunque se hubieran desplazado o caído varias lamas, y se hubieran roto los cristales, seguía estando todo muy oscuro. Metió la mano en uno de los bolsillos del chaleco para sacar unas gafas de visión nocturna con intensificador de imagen de tercera generación. Se las ajustó a la cabeza y las encendió. Todo su entorno se aclaró inmediatamente: sillas, paredes y lámparas de araña, en espectrales líneas verdes. Giró un disco de las gafas para ajustar la luminosidad de la imagen y se adentró en el bar.

Era grande, con un escenario en un rincón y una larga barra semicircular que presidía la pared del fondo. En el resto de la sala había mesas redondas cubiertas, al igual que el suelo, de vasos rotos. El contenido de estos se había evaporado tiempo atrás y había dejado posos como de brea. En cuanto a la barra, aunque no quedara ya ni rastro de las botellas de alcohol, exhibía aseadamente hileras de servilletas y jarras llenas de varillas de cóctel, con una fina capa de polvo encima de todo. El espejo jaspeado al final del mostrador se había roto en fragmentos que multiplicaban sus velados brillos por todas partes. El hecho de que en el Salton Fontainebleau no se hubieran cebado del todo los vándalos o los buscadores de reliquias como Cayute daba fe de su carácter inhóspito y aislado, o bien de un vago ambiente de desasosiego como el que pudiera emanar de una casa encantada. El hotel era, a grandes rasgos, como un viaje en el tiempo a la generación del Rat Pack; una cápsula abandonada a los caprichos de los elementos.

Una de las paredes del bar tenía un ventanal que había sobrevivido al paso de los años; no estaba agrietado, pero lo escarchaba tanto la sal que casi se había vuelto opaco. Pendergast se acercó, lo limpió un poco con una servilleta y miró a través. Daba a un espacio circular con unas tumbonas distribuidas a su alrededor, como las que rodean las piscinas, con la diferencia de que en el centro había un gran hueco negro revestido de ladrillos y protegido por una baranda de hierro. Con un diámetro de unos cinco metros, parecía la boca de un pozo gigante. Al mirarlo atentamente con sus gafas de visión nocturna, creyó divisar en las tinieblas las primeras hojas retorcidas de varias palmeras de plástico.

El jardín zoológico. No había que hacer un gran esfuerzo para imaginarse, medio siglo atrás, a jugadores de altos vuelos alternando con estrellas de Hollywood bajo el dosel de las estrellas; todos con sus cócteles, todos riendo, mientras el tintineo de los vasos se mezclaba con el rugido de los animales salvajes. Entre sorbo y sorbo, veían merodear abajo a las fieras.

Repasó en su mente los planos del hotel y el mapa de la mina: el espacio que colindaba con la entrada trasera de la mina era propiamente el zoo, el lugar donde los animales se paseaban a la vista de los huéspedes.

Se apartó del ventanal para levantar la sección abatible de la barra y entrar en los dominios del barman. Esquivando los cristales rotos de las estanterías que antaño contuvieran innumerables botellas del mejor coñac y las mejores cosechas de champán, llegó a una puerta cubierta de telarañas, con un ventanuco redondo. La puerta chirrió un poco cuando la empujó. Las telarañas se apartaron con suavidad. Oyó el sordo correteo de los roedores, al tiempo que asaltaba su nariz un olor a cerrado, a grasa rancia y excrementos.

Al otro lado había un laberinto de cocinas, despensas y zonas para la preparación de los alimentos. Se movió en silencio, enfocando las gafas en diversos lugares, hasta que encontró una escalera de cemento que bajaba.

El sótano del hotel era un área despejada y funcional, como las cubiertas inferiores de los barcos de pasajeros. Pasó al lado de un cuarto de calderas y de varios almacenes, uno de ellos con tumbonas y sombrillas deshechas, otro con montones de uniformes de doncella apolillados… Finalmente llegó a una puerta de metal macizo.

Hizo otra pausa para recordar la distribución del hotel. Aquella puerta daba a las salas de manipulación de animales: estabulación, atención veterinaria y alimentación. Justo después estaba el zoológico propiamente dicho y la entrada trasera de la mina.

Trató de abrir la puerta, pero, después de tantos años de inmovilidad, el metal oxidado no cedía. Lo intentó otra vez con más presión y abrió, acompañado por el chirrido inquietante del metal, un resquicio de dos o tres centímetros. Metió la mano en el chaleco y sacó una palanca de pequeñas dimensiones. La aplicó a media docena de puntos por el borde de la puerta y logró desprender la herrumbre con la ayuda de un spray náutico superpenetrante. Finalmente, cuando sacudió el tirador, la plancha metálica se movió lo justo para que pudiera deslizarse al otro lado.

Detrás había un pasillo con baldosas blancas de porcelana y varias puertas abiertas a ambos lados. Eran como pozos de oscuridad incluso con las gafas de visión nocturna. Avanzó con precaución. A pesar de los años transcurridos, seguía gravitando el olor de almizcle de las fieras salvajes y de caza mayor. A mano izquierda había un espacio con cuatro grandes jaulas de hierro, dotadas de puertas para dar de comer. Se comunicaba con otra habitación con baldosas, una de las salas de veterinaria, destinada al examen de los animales y, según parecía, a las intervenciones de cirugía menor. Algo más lejos, el pasillo terminaba en otra puerta de metal.

Se detuvo y observó el portón con las gafas. Sabía que detrás estaba la sala donde sedaban a los animales para realizar operaciones especiales de limpieza, traslados urgentes o algún tratamiento médico. Hasta donde le permitían dirimir los planos, funcionaba como una especie de cámara estanca, de transición entre la atmósfera controlada de las zonas de manipulación y el espacio donde se exhibía a los animales.

Los planos no indicaban con exactitud cómo se había construido el jardín zoológico al lado de la entrada trasera de la mina. Tampoco se apreciaba si habían tapiado esta última. En todo caso, Pendergast venía preparado para cualquier contingencia. Si estaba sellada, contaba con lo necesario para abrirla: unos escoplos, un martillo, unas ganzúas, la palanca que ya había utilizado y un lubricante.

Aquella puerta de metal también estaba oxidada, pero no tanto como la primera, así que no le costó demasiado abrirla. Se quedó en la entrada, inspeccionando la sala. Era pequeña, muy oscura, con baldosas de porcelana hasta cierta altura; había muchas vigas, argollas en las paredes y unos cuantos respiraderos en el techo, cerrados. La habían aislado tan bien de cualquier elemento externo que se veía en mucho mejor estado que el resto de las ruinas, tanto que casi parecía nueva. Las paredes, limpias, prácticamente brillaban a la desagradable luz de las gafas…

Un golpe súbito y brutal en el cuello le hizo caer de bruces en el suelo. Cuando se le despejó la cabeza, vio ante la puerta al agresor: un hombre alto, musculoso, con ropa de camuflaje y gafas de visión nocturna, que le apuntaba con una pistola de calibre 45.

Apartó con lentitud su mano del chaleco, dejando la Les Baer en la funda. Al ver que la puerta se cerraba por su propio peso detrás del agresor, con el clic audible del pestillo, se levantó despacio, con las manos a la vista. Se movía lentamente, dando muestras de absoluta sumisión y colaboración; trataba de recuperarse de la sorpresa del ataque. La soledad del lugar, vetusto y tomado por el polvo, le había dado una falsa sensación de aislamiento.

La agudeza sobrenatural de sus sentidos resurgió enseguida.

El otro hombre no había dicho nada. Ni siquiera se había movido. Aun así, Pendergast percibió que se le relajaba muy ligeramente el cuerpo. El agente seguía transmitiendo, mediante el lenguaje corporal, que se encontraba bajo el control de su atacante, de modo que el estado de alerta máxima de este se suavizó.

—¿Qué pasa? —preguntó Pendergast con un tono manso y suplicante, retomando su acento texano—. ¿Por qué me pega?

El hombre no dijo nada.

—Solo soy un buscador de reliquias que curioseaba por aquí. —Pendergast inclinó la cabeza, casi prosternado, y se acercó un paso más, como si fuera a hacer una genuflexión—. No me dispare, por favor.

Volvió a bajar la cabeza y cayó de rodillas con un sollozo ronco.

—Por favor.

En ese momento, y con algo de ayuda, resbaló de su chaleco la palanca, que chocó ruidosamente con las baldosas; y en aquel milisegundo de distracción, con un explosivo movimiento, Pendergast se levantó, partió de un golpe la muñeca derecha de su adversario e hizo que saliera disparada la pistola.

En vez de ir tras ella, sin embargo, el hombre pivotó en la planta de un pie y estampó el otro en el pecho de Pendergast, como si hiciera kárate. Lo hizo con tal rapidez que el agente no pudo sacar su arma. Pendergast cayó al suelo por segunda vez, con la diferencia de que ahora sabía que no estaba solo. Sin el factor sorpresa, se zafó justo a tiempo de otra brutal patada y saltó sobre sus pies para esquivar in extremis un puñetazo. Luego pasó al contraataque y clavó el talón en la parte posterior de la rodilla derecha de su enemigo. Se oyó un chasquido de tendones. Su atacante se tambaleó y asestó un golpe cruzado. Pendergast lo esquivó echando la cabeza hacia atrás y contraatacó con un golpe en la cara, adoptando la postura de la garra del tigre del kung fu. Su contrincante retrocedió y se salvó por uno o dos centímetros. Al mismo tiempo clavó un puño en la barriga de Pendergast y estuvo a punto de cortarle la respiración.

Fue una lucha muy peculiar, librada en una oscuridad y un silencio absolutos, y con una intensidad y una ferocidad insólitas. El otro hombre no decía nada ni hacía ruido, salvo algún gruñido. Se movía tan deprisa que el superagente no tenía tiempo de sacar la Les Baer. Al ser su adversario un consumado luchador, durante sesenta interminables segundos pareció que el combate estuviera igualado, pero Pendergast aventajaba a su enemigo en el repertorio de movimientos de artes marciales, así como en el conocimiento de técnicas de autodefensa muy atípicas, aprendidas en un monasterio tibetano. Finalmente, recurriendo a una de ellas, la denominada «pico de cuervo» (un mandoble relámpago hecho con las dos manos juntas, como si rezase), le arrebató las gafas a su contrincante y dispuso entonces de una ventaja inmediata que usó para asestar una concatenación de golpes. El hombre cayó de rodillas sin aliento, y Pendergast cogió su pistola de calibre 45, con la que apuntó a su enemigo. Le registró deprisa y encontró un cuchillo, que arrojó al suelo.

—FBI —dijo—. Queda usted detenido.

El hombre no contestó. En realidad, no había dicho ni una sola palabra durante toda la pelea.

—Abra la puerta.

Silencio.

Pendergast le hizo girarse, le sujetó las manos en la espalda con una brida y le ató a una tubería.

—Bueno, pues ya la abro yo.

Tampoco esta vez dijo nada ni dio muestras de haberle oído. Se quedó en el suelo, atado al conducto, sin traslucir la menor emoción.

Justo cuando Pendergast se acercaba a la puerta para pegar un par de tiros a la cerradura, sucedió algo raro. La habitación empezó a llenarse de un aroma muy característico y dulce: lirios. Pendergast miró hacia todas partes, buscando su origen. Parecía salir por el respiradero del techo situado justo encima de donde había atado al agresor. Ahora la rejilla estaba abierta y brotaba de ella una especie de niebla. El atacante de Pendergast, cegado por la pérdida de las gafas, abrió los ojos de miedo mientras la nube envolvía su cara y su cuerpo. Empezó a toser y a sacudir la cabeza.

El superagente apuntó rápidamente a la cerradura y apretó el gatillo. En un espacio tan cerrado fue como una explosión. Para su sorpresa, el metal desvió la bala. En el momento en que se disponía a disparar de nuevo sintió que le pesaban los brazos y las piernas, y que sus movimientos ya no eran tan ágiles. Una extraña sensación inundó su cabeza, como de plenitud y bienestar, serenidad y lasitud. Su campo visual, de color verde, se llenó de puntos negros. Se tambaleó, pero enseguida recuperó el equilibrio. Volvió a tambalearse y soltó la pistola. Justo cuando se zambullía en la oscuridad y le fallaban las piernas, oyó que la rejilla del techo se cerraba de nuevo, y escuchó que alguien susurraba:

—Esto tiene que agradecérselo a Alban…

Más tarde, no supo cuánto tiempo después, nadó lentamente hacia la superficie de sus turbios sueños y, al atravesarla, recobró la conciencia. Abrió los ojos y vio una niebla verde. Al principio se quedó desorientado, sin saber muy bien qué era. Luego se dio cuenta de que aún llevaba las gafas y de que el objeto verde era el respiradero. Y entonces lo recordó todo de golpe.

Primero se puso de rodillas y después en pie, aunque le doliera. La pelea le había dejado magullado, pero, por lo demás, se sentía fuerte, revigorizado. El olor a lirios había desaparecido. Su adversario seguía inconsciente, hecho un ovillo en el suelo.

Para evaluar la situación hizo un examen de la sala mucho más exhaustivo. Las paredes estaban cubiertas por baldosas de porcelana hasta algo más de un metro y, a partir de esa altura, eran de acero inoxidable. Vio la rejilla cerrada en el techo y varias boquillas en lo alto de las paredes, pero el desagüe del suelo estaba tapado con cemento.

Le recordó otro tipo de sala muy distinto, usada en otros tiempos para menesteres de una barbarie indescriptible.

Estremecido por el silencio y la oscuridad de aquella extraña habitación, metió la mano en el bolsillo, buscó el móvil y empezó a marcar un número.

Justo entonces, con otro clic audible, se abrió la cerradura y se movió la puerta de metal, dejando a la vista el corto pasillo, donde lo único que había eran sus huellas en el polvo.

21

El teniente D'Agosta se presentó puntualmente a la una del mediodía y cerró la puerta sin hacer ruido. Margo le indicó que tomase asiento.

—¿Qué has encontrado? —preguntó D'Agosta mientras se sentaba, mirando con curiosidad la mesa llena de huesos que tenía delante.

Margo se situó a su lado y abrió el ordenador portátil.

—¿Te acuerdas de lo que ponía en el informe de adquisición, lo del varón hotentote de treinta y cinco años de edad?

—¿Cómo quieres que me olvide? Se me aparece en sueños.

—Pues en realidad lo que tenemos es el esqueleto de una mujer caucásica, casi seguro que estadounidense, y que probablemente no tenga menos de sesenta años.

—Válgame Dios. ¿Cómo lo has averiguado?

—Fíjate en esto. —Margo tendió el brazo y levantó con cuidado un hueso pélvico—. La mejor manera de averiguar el sexo de un esqueleto es examinar su pelvis. ¿Ves lo ancha que es la cintura pélvica? Es para poder parir. En las pelvis masculinas sería diferente la disposición de los iliones. Fíjate también en la densidad ósea y en la inclinación del sacro. —Tras dejar la pelvis de nuevo en la mesa, levantó el cráneo—. Ahora mira la forma de la frente y lo poco marcado que está el arco superciliar, dos indicadores adicionales del sexo. Otra cosa: ¿ves lo bien fundidas que están la sutura sagital y la coronaria? Pues en principio es propio de alguien de más de cuarenta años. He examinado la dentadura con un stereozoom, y el desgaste indica una edad todavía mayor, al menos sesenta o sesenta y cinco años.

—¿Caucásica?

—Ahí ya no sería tan categórica, pero a menudo la ascendencia racial de un esqueleto se ve en la calavera y la mandíbula. —Margo giró el cráneo en sus manos—. Observa la forma de la cavidad nasal: triangular. Y la suave inclinación de la órbita. Concuerdan con un origen europeo. —Señaló la mandíbula—. ¿Ves esto? El arco del maxilar es parabólico. Si fuera un hotentote, tendría forma hiperbólica. Para estar seguros al cien por cien haría falta una secuenciación de ADN, claro, pero yo me apostaría la Biblia de la familia a que era una señora blanca de más de sesenta años.

A través del ventanuco de la puerta, que estaba cerrada, Margo vio que alguien pasaba de largo, se paraba y daba media vuelta. El doctor Frisby. La miró por el cristal. Después observó a D'Agosta y puso mala cara. Tras mirar a Margo por segunda vez, se giró y se marchó. Margo sintió un escalofrío. Nunca le había caído bien. Tuvo curiosidad por saber qué había hecho D'Agosta para, según parecía, enemistarse con él.

—¿Y lo de estadounidense? —preguntó D'Agosta.

Margo le miró.

—Eso ya es una suposición. Los dientes presentan un desgaste homogéneo y están bien cuidados. Los huesos alveolares están en buenas condiciones, sin enfermedades apreciables a simple vista. Habría que corroborarlo con pruebas químicas. Los dientes contienen isótopos que pueden indicar dónde vivía una persona y, en muchos casos, la alimentación que seguía.

D'Agosta silbó.

—Siempre te acostarás sabiendo una cosa más.

—Ah, otro detalle: el informe de adquisición señala que el esqueleto está completo, pero le falta un hueso largo.

—¿Un error administrativo?

—Imposible. La palabra «completo» casi nunca se ponía. Es

muy difícil que se equivocasen. Además, ese hueso es uno de los más grandes del cuerpo.

Durante unos minutos se hizo el silencio en la sala. Margo empezó entonces a poner los huesos en la bandeja mientras D'Agosta la observaba, pensativo.

—¿Se puede saber cómo ha acabado este esqueleto aquí? ¿Qué pasa, que el museo tiene colecciones de señoras mayores?

—No.

—¿Tienes idea de su antigüedad?

—Por el aspecto de la ortodoncia, diría que es de finales del siglo XIX, aunque para estar seguros habría que fecharlo con radiocarbono, y tardaríamos semanas.

D'Agosta asimiló la información.

—Asegurémonos de que no sea un error de etiquetaje y de que el hueso que falta no ande por ahí. Le pediré a nuestro amigo Sandoval que saque todos los esqueletos de los cajones contiguos, y los que tengan números de adquisición parecidos. ¿Te importaría volver y comprobar si hay alguno que se parezca más a un... hotentote de treinta y cinco años?

—Por mí encantada; además, me gustaría hacerle otras pruebas a este esqueleto.

D'Agosta se rió.

—Si estuviera aquí Pendergast, seguro que diría algo como que «el hueso en cuestión es determinante para la resolución del caso». —Se levantó—. Ya te llamaré para concertar la próxima sesión. No le digas nada de esto a nadie, ¿vale? Y menos a Frisby.

Mientras Margo volvía por el pasillo central de osteología, apareció Frisby en mitad del polvo y la penumbra de un pasaje lateral, como por arte de magia, y se dirigió hacia ella.

—¿Doctora Green?

Caminó a su lado sin mirarla.

—Ah, hola, doctor Frisby.

—Estaba conversando con el policía ese.

—Sí.

Margo intentó hablar con tranquilidad. Frisby seguía avanzando sin girar el rostro.

—¿Qué quería?

—Me ha pedido que examinara un esqueleto.

—¿Cuál?

—El que le sacó Vic Marsala al… científico externo.

—¿Y le ha solicitado a usted que lo examine? ¿Por qué a usted?

—Conozco al teniente desde hace mucho tiempo.

—¿Y qué ha encontrado?

La conversación se estaba convirtiendo rápidamente en un interrogatorio. Margo procuró mantener la calma.

—Según la etiqueta de adquisición, un varón hotentote incorporado a la colección en 1889.

—¿Y qué puede tener que ver un esqueleto de hace ciento veinticinco años con el asesinato de Marsala?

—No sé decírselo. Lo único que he hecho ha sido ayudar a la policía, y porque me lo ha pedido el teniente.

Frisby resopló por la nariz.

—Esto es intolerable. La policía no da una a derechas. Quizá quieran implicar más a fondo a mi departamento en este asesinato absurdo, para exponerlo al escándalo y las sospechas. Tanto hurgar, tanto hurgar… Me tienen hasta la coronilla. —Se detuvo—. ¿Le ha pedido que le ayude en alguna otra cosa?

Margo vaciló.

—Ha dicho algo sobre examinar unos cuantos esqueletos de la colección.

—Ya. —Por fin la miró Frisby—. Tengo entendido que goza usted de algunos privilegios para poder realizar su investigación de alto nivel.

—Sí, y lo agradezco mucho.

—¿Qué pasaría si se los anulasen?

Margo observó a Frisby sin pestañear. Era un escándalo, pero no pensaba perder los estribos.

—Que se iría al garete mi investigación y podría quedarme sin trabajo.

—Sería una lástima.

Frisby se giró sin decir nada más y se fue mientras Margo se quedaba donde estaba, viendo alejarse a gran velocidad a aquella alta silueta.

22

La suite del segundo piso del Palm Springs Hilton tenía corridas las cortinas de los ventanales, y era poca la luz que se filtraba desde la piscina y la cabaña de los cócteles, donde ondulaba el sol de mediodía. En una butaca del fondo de la suite, junto a una mesa con una tetera, el agente Pendergast hablaba por el teléfono móvil, cruzados los tobillos sobre una otomana de piel.

—Está en la cárcel de Indio hasta que pague la fianza —puntualizó—. No llevaba encima ninguna identificación, y sus huellas dactilares no aparecen en ninguna base de datos.

—¿Ha explicado por qué te atacó? —dijo la voz de Constance Greene.

—Su mutismo ha sido el de un monje trapense.

—¿Os quedasteis los dos inconscientes a causa de una sustancia anestésica?

—Eso parece.

—¿Con qué fin?

—Aún es un misterio. He ido al médico y me encuentro en perfecto estado de salud, salvo por las lesiones que sufrí durante la refriega. No hay rastros de veneno ni de efectos nocivos. Tampoco hay señales de jeringuillas ni nada que pueda indicar que se me hiciera algo mientras estaba inconsciente.

—La persona que te atacó debía de estar confabulada con la que te administró el sedante. Parece un poco raro que anestesiara a su propio socio.

—Toda la secuencia de los hechos es extraña. Creo que a él también le engañaron. Mientras no hable, el móvil de sus actos seguirá siendo un misterio. No obstante, hay una cosa que sí está clara. Para vergüenza mía.

Pendergast se quedó callado.

—¿El qué?

—Que todo esto (la turquesa, la mina Golden Spider, el Salton Fontainebleau, las huellas mal borradas de los neumáticos, el mapa de la mina y posiblemente el viejo con quien hablé) era un montaje orquestado al milímetro para llevarme a la sala de manipulación de animales y exponerme al gas; un espacio construido hace años con el objetivo de administrar gas anestésico a animales peligrosos.

—¿Y de qué te avergüenzas?

—De haber creído que iba un paso por delante de ellos cuando en realidad me aventajaban en más de uno.

—«Ellos», dices. ¿De veras crees que Alban pudo tener algo que ver?

Pendergast tardó un poco en contestar y, cuando lo hizo, fue en voz baja.

—«Esto tiene que agradecérselo a Alban» —repitió—. ¿No te parece una frase bastante ambigua?

—Sí.

—Toda esta encerrona tan enrevesada del Salton Fontainebleau, diseñada a la perfección, como si se quisiera compensar cualquier posible fallo, se caracteriza por una astucia muy propia de Alban. Y sin embargo... fue su asesinato lo que puso la trampa en movimiento.

—¿Una extraña modalidad de suicidio? —preguntó Constance.

—Lo dudo. Suicidarse habría sido impropio de Alban.

Se interrumpió la comunicación, hasta que volvió a hablar Constance.

—¿Se lo has contado a D'Agosta?

—No he informado a nadie y menos aún al teniente D'Agosta,

que ya sabe más de lo que le conviene acerca de Alban. En cuanto a la policía de Nueva York, no confío en que puedan ayudarme en este asunto. Si algo temo, de hecho, es que serían un estorbo y lo empeorarían todo. Ayer fui a la cárcel de Indio y esta tarde volveré para ver si logro sonsacarle algo a ese individuo. —Una pausa—. Constance, me duele en el alma haber caído en una trampa.

—Era tu hijo. No pensabas con claridad.

—Eso no me sirve de consuelo ni de excusa.

Con esas palabras Pendergast puso fin a la llamada. Guardó el móvil en un bolsillo de su americana y se quedó muy quieto; una figura vaga y pensativa en la penumbra de una sala.

23

Terry Bonomo era el principal experto en Identi-CAD de la policía de Nueva York. También era un listillo en el mejor sentido de los italianos de Jersey y, por consiguiente, uno de los compañeros favoritos de D'Agosta. Solo por estar sentado en las oficinas de la policía científica, entre ordenadores, pantallas, gráficos e instrumental de laboratorio, ya mejoró el humor de D'Agosta. Agradecía ese paréntesis, fuera de la penumbra enrarecida del museo. Tampoco estaba de más hacer algo, para variar... Bueno, ya había realizado varias acciones para tratar de identificar al «profesor» externo mientras sus hombres analizaban la bandeja y los huesos del espécimen en busca de huellas latentes, ADN, pelos y fibras. Pero crear un retrato robot del falso doctor Waldron era otra cosa. Significaría un paso de gran importancia. Y en las reconstrucciones faciales nadie superaba a Terry Bonomo.

Se inclinó sobre el hombro de este último para ver cómo manipulaba aquel complicado software. Al otro lado de la mesa estaba sentado Sandoval, el técnico de osteología. Podrían haberlo hecho en el museo, pero D'Agosta, para aquellos menesteres, prefería siempre que los testigos vinieran a la oficina central. Intimidaba estar en una comisaría; contribuía a la concentración de los testigos, y la de Sandoval (algo más pálido de lo habitual) saltaba a la vista.

—Oye, Vinnie —dijo Bonomo con su sonoro acento de New

Jersey—, ¿te acuerdas de cuando reconstruí el retrato de un sospechoso de asesinato a partir del testimonio del propio asesino?

—Eso ya es mítico —se rió D'Agosta.

—Jesús bendito de mi alma. Y el tío haciéndose el simpático, como si en vez de ser el homicida solo fuera un testigo... Pretendía darnos un retrato falso y que nos armáramos un buen pitote, pero nada más empezar ya me olí algo raro de la hostia. —Bonomo hablaba a la vez que trabajaba, tecleando y moviendo el ratón—. Testigos con mala memoria los hay a patadas, pero este payaso... Este payaso decía justo lo que no era él. Como tenía grande la nariz, nos aseguró que la del asesino era pequeña. ¿Labios? Finos. Y el culpable los tenía gruesos. ¿Mandíbula? Estrecha. Y el homicida la tenía grande. Como el tío era calvo, declaró que el criminal era un melenudo.

—Sí, siempre me acordaré de cuando le calaste y empezaste a hacer el retrato robot valiéndote de la descripción contraria de lo que el hombre decía. Al acabar, teníamos al asesino en la pantalla. Quiso hacerse el listo y al final nos dio su jeta.

Bonomo rebuznó de risa.

D'Agosta siguió viendo cómo trabajaba en un bosquejo de la cara basado en las respuestas de Sandoval: una nueva ventana en el monitor, una capa más...

—Vaya con el programita —dijo—. No ha mejorado nada desde la última vez que vine.

—Nunca paran de actualizarlo. Es como Photoshop, pero solo funciona para hacer retratos robots. Me pasé tres meses tratando de dominarlo, y justo entonces van y me lo cambian. Ahora lo tengo bien pillado al hijo de puta. ¿Te acuerdas de antes, con las tarjetitas y las plantillas que había que superponer?

D'Agosta se estremeció.

Tras una última y teatral pulsación, Bonomo giró la pantalla para enseñársela a Sandoval. En el centro había una ventana grande con el dibujo digital de un rostro rodeado por otras ventanas más pequeñas.

—¿Se parece en algo? —preguntó.

El técnico se lo quedó mirando un buen rato.

—Un poco sí.

—Esto solo es el principio. Vayamos facción por facción. Empezaremos por las cejas.

Bonomo clicó en una pestaña que contenía un catálogo de rasgos faciales y eligió «Cejas». Apareció un desplegable horizontal con unos pequeños recuadros. Eligió la imagen que más se ajustaba. Después aparecieron variantes de la opción seleccionada, entre las que volvió a escoger la más parecida. D'Agosta asistió al laborioso proceso mediante el que Bonomo cribaba el aspecto de las cejas del sospechoso: forma, grosor, puntas, distancia entre las dos, etcétera. Finalmente Bonomo y Sandoval parecieron darse por satisfechos y pasaron a los ojos.

—¿Y qué se supone que ha hecho este tío? —le preguntó Bonomo a D'Agosta.

—Es sospechoso del asesinato de un técnico de laboratorio en el Museo de Historia Natural.

—¿Ah, sí? ¿Qué clase de sospechoso?

D'Agosta se acordó de que Bonomo tenía una curiosidad insaciable por cualquier dato vinculado a los rostros que tenía que crear.

—Usó una identidad falsa para consultar las colecciones del museo y puede que para matar al técnico. El verdadero dueño de la identidad era un profesor universitario de Bryn Mawr, en el estado de Pennsylvania; un viejo plasta con lentes trifocales que estuvo a punto de cagarse encima cuando se enteró de que alguien lo había suplantado y que a ese alguien le buscaban para interrogarle sobre un asesinato.

Bonomo soltó otro rebuzno.

—Me lo imagino.

D'Agosta se quedó donde estaba mientras Bonomo se embarcaba en el proceso interminable de acabar de perfilar la nariz, los labios, la mandíbula, la barbilla, los pómulos, las orejas, el pelo, la pigmentación y una docena de detalles. Por suerte, Sandoval había visto más de una vez al falso científico y era un buen testigo. Finalmente Bonomo clicó un botón, y el programa Identi-CAD generó una serie de variaciones informáticas del rostro definitivo, para que Sandoval eligiera entre ellas. Después de sombrear y armonizarlo todo un poco, y de dar unos últimos retoques, Bonomo se apoyó en el respaldo de la silla con cara de satisfacción, como un artista después de acabar un retrato.

Entretanto parecía que el ordenador se hubiera colgado.

—¿Ahora qué hace? —preguntó D'Agosta.

—Generar la imagen.

Pasaron unos minutos hasta que se oyó un pitido y apareció en la pantalla una pequeña ventana donde decía «Proceso de reconstrucción completo». Haciendo clic en un botón, Bonomo puso en marcha la impresora, que empezó a expulsar una hoja con una imagen en una escala de grises. La sacó de la bandeja, le echó un vistazo y se la enseñó a Sandoval.

—¿Es él? —preguntó.

Sandoval se quedó estupefacto al ver el retrato.

—Dios mío. ¡Es él! Increíble. ¿Cómo lo ha hecho?

—Lo ha hecho usted —dijo Bonomo dándole una palmada en el hombro.

D'Agosta echó un vistazo a la imagen impresa. El rostro era de una nitidez casi fotográfica.

—Eres un hacha, Terry —murmuró.

Bonomo sonrió de oreja a oreja. Después imprimió media docena de copias y se las dio a D'Agosta.

D'Agosta cuadró el fajo con el borde de la mesa y se lo guardó en el maletín.

—Mándame el retrato robot por correo electrónico, ¿vale?

—Oído, Vinnie.

Tras salir con Sandoval, el teniente pensó que ahora solo era cuestión de encontrar la correspondencia entre aquel dibujo y las doce mil personas que habían entrado y salido del museo el día del asesinato. Sería divertido.

24

La sala de interrogatorios B de la penitenciaría estatal de California en Indio era un espacio grande, con paredes de color beis hechas con bloques de hormigón y una sola mesa con cuatro sillas, tres a un lado y una en el otro. Había un micrófono que bajaba del techo y unas cámaras de vídeo en dos rincones. La pared del fondo estaba ocupada por el rectángulo oscuro de un espejo unidireccional.

En el centro de las tres sillas estaba sentado el agente especial Pendergast, con las manos en la mesa y los dedos enlazados. Reinaba un silencio absoluto. Los ojos claros del agente estaban enfocados en algún punto lejano mientras su cuerpo guardaba la inmovilidad de una estatua.

Llegó un eco de pasos desde el pasillo. Después se oyó el ruido de un cerrojo de seguridad al deslizarse, y se abrió la puerta hacia dentro. Pendergast levantó la vista y vio entrar a John Spandau, el jefe de los servicios correccionales.

Se levantó con cierta rigidez, debida a la pelea del día anterior, y le tendió la mano.

—Señor Spandau… —dijo.

Este sonrió un poco y asintió.

—Si está usted listo, él también.

—¿Ha comentado algo?

—Ni una palabra.

—Ya. Pues tráiganle. No faltaba más.

Spandau regresó al pasillo. Tras un breve murmullo de voces, entró el hombre que había agredido a Pendergast en el Salton Fontainebleau. Llevaba un mono naranja y lo acompañaban dos celadores, uno a cada lado. Caminaba despacio, cojeando, con una muñeca enyesada y una rodillera. Iba esposado y con grilletes en los pies. Los guardias le llevaron a la única silla que había al otro lado de la mesa y le hicieron sentarse.

—¿Quiere que nos quedemos? —preguntó Spandau.

—No, gracias.

—Si necesita algo, estarán justo aquí fuera.

Spandau hizo una señal con la cabeza a los celadores y salió con ellos de la sala de interrogatorios. Se oyó que el cerrojo de seguridad volvía a su posición anterior y, después, una llave que giraba.

La mirada de Pendergast se detuvo un momento en la puerta cerrada. Acto seguido, se sentó y observó al hombre sentado al otro lado de la mesa. Este aguantó la mirada sin alterarse lo más mínimo. Era alto, musculoso, ancho de cara y de frente, con las cejas muy pobladas.

Se miraron largo rato sin hablar, hasta que Pendergast rompió el silencio.

—Estoy en situación de ayudarle —dijo—. Si me lo permite.

El preso no contestó.

—Somos víctimas los dos. El sedante que inyectaron en la sala le sorprendió tanto como a mí. —El tono del agente era afable y comprensivo, casi deferente—. Le han usado, como dicen hoy en día, de marioneta, y no es muy agradable. No sé por qué aceptó el trabajo, ni por qué me atacó, ni cómo lo recompensarán. Lo único que sé es que lo habrá hecho necesariamente por trabajo y no por algún tipo de agravio, puesto que no le había visto en mi vida. Han jugado con usted. Le han usado y después le han echado a las fieras. —Hizo una pausa—. Le he dicho que puedo ayudarle, y es verdad: lo haré a condición de que me diga quién es y para quién trabaja. Es lo único que le pido, dos nombres. Del resto me encargo yo.

El preso le miró sin más, con la misma impasibilidad que hasta entonces.

—Si guarda silencio por un sentido equivocado de la lealtad, permítame una aclaración: ya le han sacrificado. ¿Me entiende? Sea quien sea el marionetista, el que ha dirigido sus acciones, es obvio que desde el principio su intención era incapacitarle tanto a usted como a mí. Entonces ¿por qué no dice nada?

Silencio.

—Voy a contarle una historia. Hace siete años, uno de mis compañeros encarceló a un mafioso por extorsión y soborno. Se le dieron muchas oportunidades para que facilitara los nombres de sus jefes a cambio de una rebaja en la pena, pero él se mantuvo fiel. Cumplió los siete años completos de sentencia y le soltaron hace dos semanas. Lo primero que hizo fue volver con su familia, que le recibió con lágrimas de felicidad. Menos de una hora después, le mataron a tiros los mismos mafiosos a los que había protegido yendo a la cárcel. Querían asegurarse de que no abriera la boca… a pesar de sus siete años de silencio leal.

Mientras Pendergast hablaba, el preso parpadeaba muy de vez en cuando, pero sin hacer ningún otro movimiento.

—¿Se calla con la esperanza de que le recompensen? Pues no cuente con ello.

Nada. Esta vez también Pendergast guardó silencio mientras observaba al hombre sentado al otro lado de la mesa.

—Quizá esté protegiendo a su familia —añadió—. Quizá tenga miedo de que los maten si habla.

El preso seguía sin reaccionar. Pendergast se levantó.

—En tal caso, la única esperanza, tanto para su familia como para usted, es que hable. Nosotros podemos protegerlos. De lo contrario, estarán perdidos, totalmente perdidos. Hágame caso. Lo he visto muchas veces.

En los ojos del preso brilló algo. O no.

—Buenas tardes.

Pendergast llamó a los celadores. Una vez abierta la puerta y retirado el cerrojo, entraron con Spandau y se llevaron al preso. Pendergast, que estaba de pie, titubeó.

—Voy a volver a Nueva York. ¿Puede ocuparse de que se me

envíen las fotos de este hombre, sus huellas dactilares, su ADN y el informe del médico del centro?

—Por supuesto.

—Me ha ayudado usted mucho. —Hizo una pausa—. Dígame una cosa, señor Spandau: ¿verdad que sabe usted bastante sobre vinos?

Spandau le miró disimulando su sorpresa.

—¿Por qué lo dice?

—Por un folleto sobre burdeus *en primeur* que vi ayer sobre su mesa.

Vaciló.

—Reconozco que me entusiasman bastante.

—Entonces conocerá el Château Pichon Longueville Comtesse de Lalande.

—Sí, claro.

—¿Le gusta?

—Nunca lo he probado. —Spandau sacudió la cabeza—. Y con lo que cobra un funcionario de prisiones, no lo probaré.

—Es una lástima. Da la casualidad de que esta mañana he conseguido una caja de la cosecha de 2000, un año magnífico. Estas botellas ya pueden beberse. He ordenado que se las envíen mañana a su casa.

Spandau frunció el entrecejo.

—No entiendo.

—Interpretaría como un gran favor personal que me llamara usted de inmediato si se pusiera a hablar nuestro amigo. Todo al servicio de una buena causa, como es la resolución de este caso.

Spandau se lo pensó en silencio.

—Y si pudiera usted ocuparse de que todo lo que diga sea objeto de una transcripción oficial, pues miel sobre hojuelas. Tal vez pueda serle de ayuda. Tenga mi tarjeta.

Spandau siguió callado un rato más, hasta que en sus facciones, de costumbre poco efusivas, apareció una sonrisa.

—Agente Pendergast —dijo—, le aseguro que lo haré con mucho gusto.

25

A la salida de la cárcel, Pendergast condujo hacia el sur de Indio. Ya era el final de la tarde cuando abandonó la carretera principal y aparcó al pie de la cruel silueta de los montes Scarrit.

Subió a la cresta y miró al este. Entre él y la costa muerta del mar de Salton se erguía el Fontainebleau, cuyas líneas ostentosas e irregulares se veían empequeñecidas por la inmensidad del desierto. Todo estaba inmóvil: ni la menor señal de vida en el horizonte, que se prolongaba hasta el infinito. La única compañía de Pendergast era el suave gemido del viento.

A continuación miró al oeste, hacia la carretera de acceso a la mina Golden Spider. Ya no estaban las huellas de neumáticos mal borradas en las que había reparado el día anterior. Solo había una capa ininterrumpida de sal.

Bajó por la falda de la cordillera y se acercó al hotel, como la noche anterior. Sus pisadas levantaban columnas de polvo de sal, pero no quedaba ningún rastro de las huellas que había dejado en su anterior visita: los peldaños de la galería parecían llevar varias décadas intactos, como la propia galería.

Apartándose del Salton Fontainebleau, caminó casi un kilómetro hacia el norte, hasta llegar a la entrada principal de la mina. La vetusta puerta estaba medio enterrada por la sal. A lo largo del camino de acceso se sucedían pequeñas dunas salinas, formadas por los remolinos. Era tal como se veía desde las montañas: una capa de sal inalterable.

Estudió la entrada desde varias perspectivas, yendo de un lado al otro. De vez en cuando se paraba a examinarla con detenimiento. En un momento dado se puso de rodillas y observó con la máxima atención la costra que tenía debajo de los pies. Sacó de un bolsillo de su americana una pequeña escobilla con la que barrió la superficie con suavidad, hasta alcanzar la sal más blanquecina de debajo. Fue entonces, finalmente, cuando vio indicios levísimos de actividad, borrados con tanta pericia que habría sido imposible reconstruir la escena o recabar algún dato. Miró las marcas largo y tendido antes de levantarse, admirado por el esfuerzo que tan claramente delataban.

El viento chillaba y gemía, y lo despeinaba a la vez que sacudía las solapas de su chaqueta. Por unos brevísimos instantes, el aire seco transportó un agradable perfume de lirios.

Se apartó de la mina para continuar a pie hacia el norte y, al cabo de tres kilómetros, llegó al pueblo fantasma de Salton Palms. Lo encontró todo igual que el día anterior: farolas rotas, casas en ruinas, ventanas reventadas, bebederos para pájaros llenos de herrumbre, piscinas vacías... Lo que no estaba, en cambio, era la choza con escombros en el límite sur de la localidad, la del techo de cartón alquitranado.

Se acercó a su antigua ubicación, al lugar donde solo un día antes había llamado a una tosca puerta y hablado con Cayute. Ahora solo había tierra y algunos restos de hierba seca.

Parecía todo intacto desde hacía años: el hotel, la mina... Como si el viejo y sus mezquinas pertenencias no hubieran existido nunca.

Como si hubiera sido todo un sueño.

Se tambaleó muy fugazmente, como si le fallara un poco el equilibrio, mientras se le metía el viento en los tobillos. Luego encaminó sus pasos hacia el sur y emprendió la caminata de regreso a su coche de alquiler, pisando sal, polvo y arena.

26

—Sí —dijo el conservador adjunto—, y tanto que me acuerdo. Trabajó con Marsala hará como dos meses. Lo curioso es que parecían amigos, algo un poco inusual.

—¿Y el tío de la pantalla tiene algún parecido con el supuesto científico? —preguntó Bonomo.

—Es casi idéntico, menos… —El conservador miró fijamente la pantalla del portátil—. Creo que tenía la frente un poco más ancha, puede que en las sienes.

Bonomo hizo magia con el programa Identi-CAD.

—¿Así?

—Un poco más ancha —comentó el conservador con un tono cada vez más convencido—. Y más alta.

Más magia.

—¿Y ahora?

—Sí, así está perfecto.

—¿Perfecto? ¿De verdad?

—De verdad.

—¡Para servirle! —dijo Bonomo con su característico rebuzno.

D'Agosta asistía divertido a la conversación. Habían estado haciendo la ronda por el departamento de osteología para hablar con todos los que se acordaban de haber visto al falso profesor con el que había trabajado Marsala. De esta manera, Bonomo había podido retocar el rostro reconstruido el día anterior y hacerlo más fiel. El optimismo de D'Agosta era tan grande que con el retrato en la mano puso en marcha un análisis de las grabaciones de seguridad. Le interesaban dos fechas en concreto: el día de la muerte de Marsala y el día en que este había sacado el espécimen para el farsante.

Tachó de la lista el nombre del conservador adjunto y salió otra vez al pasillo con Bonomo. Al reconocer a otro de los empleados de osteología que había visto al falso científico, se lo presentó a Bonomo y se quedó para observar cómo el técnico de la policía le enseñaba el retrato robot y le pedía una opinión. Con su vozarrón, sus chistes, sus comentarios de sabiondo y sus risas estentóreas, Bonomo había hecho estragos en la vetusta calma del museo, cosa que a D'Agosta le había procurado una secreta alegría, sobre todo al ver que Frisby sacaba varias veces la cabeza del despacho y les lanzaba miradas asesinas. En realidad, el conservador jefe no había dicho nada. Tampoco podía. Eran asuntos de la policía.

En ese instante, D'Agosta vio con el rabillo del ojo a Margo Green, que se acercaba por el pasillo desde la entrada principal del departamento de osteología. Cuando coincidieron sus miradas, ella señaló un almacén situado a un lado.

—¿Qué tal? —preguntó D'Agosta mientras la seguía y cerraba la puerta—. ¿Lista para examinar los otros especímenes?

—Ya lo he hecho, y de hotentotes no hay ni uno. Tampoco ha aparecido el hueso largo en ninguna bandeja, pero he analizado más a fondo el esqueleto de la mujer, como te había prometido, y quería ponerte al día.

—Venga.

Al teniente, Margo le pareció algo agitada.

—He podido confirmar la mayoría de mis conclusiones iniciales sobre los huesos. El examen en profundidad, concretamente la ratio de isótopos de oxígeno y carbono presentes en el esqueleto, indican una alimentación y una ubicación geográfica que cuadran con una mujer de finales del siglo XIX, de unos sesenta años de edad, que vivía en un entorno urbano, quizá Nueva York o en los aledaños.

Se oyó otra risotada de Bonomo en el pasillo, que casi hizo temblar las paredes.

—Un poco más ruidoso —dijo Margo— y tu amigo podría ser la reencarnación de Jimmy Durante.

—Es un poco pesado, pero hace mejor que nadie su trabajo. Además, tiene gracia ver cómo se rasga Frisby las vestiduras.

Margo se puso seria al oír ese nombre.

—¿Cómo te va? —preguntó D'Agosta—. Me refiero a estar aquí de esta manera. Ya sé que no es fácil.

—Bien.

—¿Te da la lata Frisby?

—Puedo torearlo.

—¿Quieres que le diga cuatro frescas?

—Gracias, pero no serviría de nada. No saldría nada bueno de un enfrentamiento. A veces el museo es un nido de víboras. Mientras no me signifique mucho, en principio debería ir todo bien. —Margo hizo una pausa—. Oye, quería decirte otra cosa.

—¿Qué?

Bajó la voz aunque estuvieran solos.

—¿Te acuerdas de cuando le pedimos a Sandoval que consultase el informe de adquisición del esqueleto?

D'Agosta asintió con la cabeza, sin saber por dónde iba.

—¿Y recuerdas que cuando supimos el nombre del preparador, el doctor Padgett, dijo: «Ah, él»?

—Sigue.

—Me pareció un poco raro y hoy se lo he preguntado a Sandoval. Le encanta coleccionar antiguos rumores y cotilleos del museo, como a muchos empleados. Total, que me ha dicho que el tal Padgett, un conservador de osteología que trabajó aquí hace muchos años, estaba casado y su mujer desapareció. Hubo una especie de escándalo. Nunca encontraron el cadáver.

—¿Que desapareció? —preguntó D'Agosta—. ¿Cómo? ¿Un escándalo de qué tipo?

—Sandoval no lo sabe —dijo Margo.

—¿Estás pensando lo mismo que yo?

—Probablemente, y me da mucho miedo.

27

El teniente Peter Angler trabajaba en una mesa llena de arañazos y cubierta de papeles, en uno de los despachos de la Administración de Seguridad en el Transporte. Detrás de la única ventana que había, rugían sin cesar los aviones a reacción en la pista 4L-22R del aeropuerto JFK. En las oficinas de la AST no había mucho más silencio: no paraban de sonar los teléfonos, los teclados repiqueteaban, se cerraban las puertas y, con bastante frecuencia, la gente levantaba la voz enfadada o protestando. Justo al otro lado del pasillo estaban sometiendo a un hombre robusto de Cartagena a un registro de cavidades corporales; la escena era visible a través de una puerta más que entreabierta.

¿Cómo era aquella cita de *Edipo rey*? Algo así como: «¡Qué terrible puede ser el conocimiento de la verdad!». Lanzó una rápida mirada a los papeles repartidos por la mesa.

A falta de otras pistas, varios de sus hombres estaban investigando las diversas vías por las que podía haber entrado Alban en el país. Había un dato irrefutable: antes de aparecer muerto en un portal de Nueva York, el último lugar donde se tenía constancia de que había estado era Brasil. Por eso Angler había hecho que sus hombres fueran a los aeropuertos de la ciudad, a Penn Station y a la terminal de autobuses del puerto, en busca de pistas acerca de sus movimientos.

Consultó un fajo de papeles. Manifiestos de pasajeros: listas de personas que habían entrado en el país desde Brasil durante los últimos meses, en vuelos con destino al aeropuerto JFK. El que tenía en las manos, uno de tantos, alcanzaba dos o tres centímetros de grosor. ¿Buscar pistas? Lo que hacían era revolcarse en ellas, y todas parecían una distracción inútil. Esos mismos manifiestos los estaban examinando sus hombres, en busca de algún delincuente conocido con quien Alban hubiera podido colaborar, o de cualquier elemento que desentonase o pareciera sospechoso.

Por su parte, Angler se estaba limitando a hojear las listas hora tras hora, en espera de que algo o alguien le llamara la atención.

Reconocía que su forma de pensar no era la típica de un policía. Su hemisferio cerebral predominante era el derecho, y siempre andaba tras el salto intuitivo o la conexión extraña, algo que un enfoque más ortodoxo, más lógico, habría pasado por alto. Por eso persistía en pasar páginas y leer nombres sin saber ni siquiera qué buscaba, porque lo único que tenían claro era que Alban no había entrado en el país con su auténtico nombre.

Howard Miller
Diego Cavalcanti
Beatriz Cavalcanti
Roger Taylor
Fritz Zimmermann
Gabriel Azevedo
Pedro Almeida

Mientras los leía tuvo la fugaz sensación, y no era la primera vez que le pasaba con ese caso, de que alguien había hecho el mismo viaje antes que él. Eran solo pequeños detalles: el ligero desorden en unos papeles que no tenían por qué estar desordenados, unos cajones que parecían recién manoseados, unas cuantas personas que tenía el vago recuerdo de que alguien les había hecho las mismas preguntas hacía seis meses o un año…

Pero ¿quién podía ser? ¿Pendergast?

Al pensar en el agente del FBI sintió una irritación que ya le resultaba familiar. Nunca había conocido a un personaje así. Si hubiera cooperado un poco, quizá no habría hecho falta todo ese papeleo.

Desechando cualquier reflexión en ese sentido, volvió a los manifiestos. Estaba con un poco de indigestión y no estaba dispuesto a que lo empeorase el recordar a Pendergast.

Dener Goulart
Matthias Kahn
Elizabeth Kemper
Robert Kemper
Nathalia Rocha
Tapanes Landberg
Marta Berlitz
Yuri Pais

De repente se paró. Uno de los nombres —Tapanes Landberg— destacaba entre los demás.

¿Por qué? Ya se había fijado en otros nombres raros sin descubrir nada. ¿Qué tenía aquel para despertar algo en su hemisferio derecho?

Se quedó pensativo. ¿Qué había dicho Pendergast sobre su hijo? Tan poco que a Angler se le había grabado todo en la memoria. «Estaba bien capacitado para salir indemne de cualquier dificultad.» Y también algo más, que le había llamado la atención: «Disfrutaba con juegos malévolos y era un experto en la burla y la mortificación».

Juegos. Burla y mortificación. Interesante. ¿Qué significado exacto se escondía detrás del velo de aquellas palabras? ¿Había sido Alban un bromista? ¿Disfrutaba burlándose de los demás?

Lentamente, con un lápiz en la mano y los labios apretados, empezó a hacer garabatos con el nombre de Tapanes Landberg en el margen superior del manifiesto.

Tapanes Landberg
Tapanes Bergland
Sada Plantenberg
Abrades Plangent

«Abrades Plangent.» Tachó del nombre, por capricho, las letras que componían el de Alban y le quedó lo siguiente:

rdesPagent

Pasó al margen inferior y cambió las letras de orden.

dergaPenst
Pendergast

Echó un vistazo a los datos del manifiesto. Era un vuelo de Río de Janeiro a Nueva York en Air Brazil.

La persona que había entrado en el aeropuerto JFK desde Brasil usaba un nombre que era un anagrama de Alban Pendergast.

Por primera vez en varios días Peter Angler sonrió.

28

La sala de lectura del edificio principal de la Biblioteca Pública de Nueva York, en la planta baja, estaba muy iluminada, repleta de aparatos para leer microfilmes y microfichas. Hacía un calor incómodo. Al tomar asiento junto a Margo, D'Agosta se aflojó la corbata y se desabrochó el primer botón de la camisa. Después miró cómo ella cargaba un rollo de película en el aparato, introduciéndolo en el mecanismo y ajustándolo al eje.

—Vaya por Dios —dijo—. A estas alturas lo normal sería que lo hubieran digitalizado todo. ¿Qué estamos viendo?

—El *New-York Evening Independent*. Para la época era bastante completo, pero tendía más al sensacionalismo que el *Times*. —Margo echó un vistazo a la caja de microfilmes—. Este carrete abarca de 1888 a 1892. ¿Por dónde propones que empecemos?

—El esqueleto ingresó en la colección en 1889. Comencemos por ahí. —D'Agosta se estiró un poco más la corbata. Hacía mucho calor allí—. Si el tío ese se cargó a su mujer, seguro que no esperó mucho para deshacerse del cadáver.

—Vale.

Margo hizo avanzar un poco el gran disco frontal de la máquina de microfilmes. Por la pantalla circularon páginas antiguas de periódico; primero las visualizaron poco a poco y después a mayor velocidad. El aparato emitía una especie de zumbido. D'Agosta miró a Margo. Fuera del museo parecía otra persona, más serena.

No podía quitarse de encima la impresión de que, aunque fuese un ejercicio interesante, al final no haría avanzar el caso, ni siquiera si Padgett había matado a su mujer y había colado sus huesos en la colección. Sintió revivir la irritación al recordar que Pendergast había pasado por el museo y, tras hacer las preguntas justas para despertar en D'Agosta nuevas esperanzas sobre la investigación, había desaparecido sin mediar palabra. De eso hacía cinco días. D'Agosta había empezado a dejarle mensajes, cada vez más irritados, pero de momento no habían dado fruto.

Margo volvió a ralentizar el aparato al llegar a 1889. Fueron pasando páginas: artículos sobre política neoyorquina, noticias pintorescas o sórdidas del extranjero, chismorreos, crímenes y todo el bullicio propio de una ciudad que aún crecía a toda máquina. De pronto, a finales de verano, apareció algo interesante.

NOTAS LOCALES

Salen a bolsa las acciones del ferrocarril elevado.
—Encausado un hombre sospechoso de haber hecho desaparecer a su esposa. — Nuevo estreno en el teatro Garrick. — Caen los especuladores del azúcar.
— Stinson, encarcelado por difamación.

Enviado especial del New-York Evening Independent

NUEVA YORK, 15 DE AGOSTO. — Consolidated Steel acaba de anunciar la emisión de nuevas acciones para la venta de acero, que se usará en el ferrocarril elevado previsto para la Tercera Avenida. — La policía metropolitana ha detenido al doctor Evans Padgett, del Museo de Historia Natural de Nueva York, por la reciente desaparición de su esposa. — El teatro Garrick estrenará este viernes que viene una nueva versión de *Otelo* con Julian Halcomb en el papel del Moro. — Circulan rumores de que los precios del azúcar se encuentran al borde de...

—Dios mío —murmuró Margo—. O sea, que mató a su mujer.

—Solo le detuvieron —contestó D'Agosta—. Sigamos.

Margo pasó unos cuantos números. Aproximadamente una semana después apareció una noticia sobre el mismo tema, que ya había cobrado mayor relevancia y merecía un artículo propio.

ACUSADO DE UXORICIDIO
UN CIENTÍFICO DEL MUSEO
SE BUSCA EL CUERPO DE LA ESPOSA
MIENTRAS CRECE EL ESCÁNDALO

El sospechoso habló de asesinar a su mujer durante los días previos a la desaparición de la susodicha. — No responde al interrogatorio. — El presidente del museo niega que esté implicada la institución.

NUEVA YORK, 23 DE AGOSTO. — Hoy ha sido oficialmente encausado el doctor Evans Padgett por la desaparición y supuesto asesinato de su esposa, Ophelia Padgett. Entre los amigos y vecinos de la señora Padgett era sabido que esta última estaba siendo consumida por una penosa enfermedad, acompañada por señales cada vez más acusadas de trastorno mental. Las primeras sospechas contra el doctor Padgett aparecieron cuando algunos colegas del Museo de Historia Natural de Nueva York, del cual es conservador, comentaron a la policía que el doctor había referido en varias ocasiones el deseo de acabar con la vida de su esposa. Según los empleados del museo, el doctor Padgett les había asegurado que el estado de su señora se debía a un medicamento o panacea, y había hecho veladas alusiones a «aliviar esos dolores». Desde su arresto, Padgett no ha realizado declaración alguna a la policía ni al ministerio fiscal; ha mantenido un obstinado silencio. Actualmente se encuentra preso en Las Tumbas, en espera de un juicio. Al solicitársele algún comentario, el presidente del museo se ha limitado a decir que no pensaba hacer declaraciones acerca de tan tristes acontecimientos, más allá de asegurar que la institución no tiene, como obvio es, nada que ver con la desaparición.

D'Agosta se burló.

—En esa época al museo ya le interesaba más proteger su reputación que ayudar a resolver el crimen. —Hizo una pausa—. Me gustaría saber cuál era la panacea de la que hablan. Seguro que era el exceso de cocaína o de opio.

—Dicho así parece que la enfermedad fuera la drogodependencia. «Consumida.» En el vocabulario del siglo XIX quería decir «incurable». Qué interesante…

Margo se quedó callada.

—¿Qué pasa?

—No, nada, que en una de las pruebas que le hice al esqueleto obtuve como resultado una mineralización anómala. Puede que Ophelia Padgett sufriera algún tipo de trastorno óseo o alguna otra dolencia degenerativa.

D'Agosta vio que seguía avanzando por los siguientes números del periódico. Después de un par de referencias breves a la proximidad del juicio, y a una nota sucinta en la que se anunciaba que ya había empezado, el 14 de noviembre de 1889 aparecía lo siguiente:

En el día de hoy, el doctor Evans Padgett, de Gramercy-Lane, a quien se había acusado de asesinar a su mujer Ophelia, ha sido absuelto de todas las acusaciones que pesaban sobre su persona por el juez presidente de la sala de lo penal de Park Row, número 2. A pesar de que varios testigos se habían referido a las veladas alusiones de Padgett a poner fin a la existencia de su esposa, y a las pruebas circunstanciales presentadas por el fiscal del estado de Nueva York, se ha dictado la absolución del doctor Padgett porque las fuerzas del orden de Manhattan no han logrado dar con el *corpus delicti*, y no por falta de diligencia en sus pesquisas. Padgett ha sido puesto en libertad por el alguacil, y a las doce del mediodía se le ha permitido abandonar los tribunales como hombre libre.

—Sin *corpus delicti* —repitió D'Agosta—. Pues claro que no había cadáver. ¡El viejo lo puso a macerar en las cubas del departamento de osteología y luego metió los huesos en la colección de hotentotes!

—En 1889 no estaba muy avanzada la ciencia de la antropología forense. Una vez convertida en un esqueleto, ya no habrían podido identificarla. El crimen perfecto.

D'Agosta se dejó caer en la silla, más cansado que al entrar.

—Pero eso ¿qué demonios significa? ¿Y para qué iba a robar el falso científico un hueso de la señora?

Margo se encogió de hombros.

—Es un misterio.

—Genial. En vez de resolver un asesinato de hace una semana descubrimos uno de hace más de un siglo.

29

¿De dónde venimos? ¿Cómo empezaron nuestras vidas? ¿Cómo acabamos en esta mota de polvo que llamamos «Tierra», rodeados por esa infinidad de motas que forman el universo? Para responder a estas preguntas tenemos que retroceder miles de millones de años, hasta antes de que existiera el universo; a un momento en que no había nada, salvo oscuridad…

D'Agosta se frotó los ojos cansados mientras se apartaba de la suave curva del espejo unidireccional. Ya era la quinta vez que oía la puñetera presentación. Seguro que habría podido recitarla de la memoria.

Se aguantó un bostezo, contemplando la penumbra de la sala de videoseguridad. Bueno, en realidad no se llamaba así, sino «espacio de soporte al planetario», pues era donde estaban los ordenadores, el software, el servidor de acceso a la red y los servidores de imágenes que hacían posible la proyección del planetario del museo en una cúpula. Era una sala situada en una esquina de la quinta planta, colindando con la punta del domo; de ahí el cristal curvado en la pared del fondo. Por lo que iba viendo D'Agosta, el museo había sido bastante previsor al instalar las cámaras de seguridad en todo el recinto, pero a nadie se le había ocurrido que en algún momento pudiera ser necesario visionar las grabaciones. Los monitores para ver las imágenes de archivo estaban en el espacio de soporte al planetario; la tecnología necesaria para reproducirlas era tomada de los ordenadores de esta sala, obedeciendo sin duda a lo que un contable llamaría «ahorro de recursos».

La pega era que en horas de visita se tenían que atenuar las luces, casi hasta el extremo de apagarlas. De lo contrario, se filtraba luz por el espejo unidireccional de la cúpula del planetario, y se acababa con la ilusión de los turistas sentados unos metros más abajo. Todos los monitores para ver las grabaciones de seguridad estaban orientados en el sentido opuesto a aquella única ventana. Por otra parte, era un espacio muy estrecho. D'Agosta y dos de sus detectives, Jimenez y Conklin, tenían que sentarse prácticamente uno encima del otro para manejar los tres terminales de reproducción de las que disponían. D'Agosta llevaba varias horas contemplando a oscuras una pantalla pequeña y con poca definición. Empezaba a tener un dolor de cabeza muy desagradable, pero había algo que le hacía seguir, un cosquilleo de temor a que el caso se enfriase una vez más si no encontraban lo que buscaban en las grabaciones.

Una súbita explosión de luz llenó la sala, hasta entonces oscura. Detrás de la ventana, en el planetario, acababa de producirse el big bang. Debería haberlo previsto, sobre todo cuando hacía un minuto que había oído la introducción del origen del mundo, pero de nuevo le tomó por sorpresa y le hizo dar un respingo. Cerró los ojos. Demasiado tarde: detrás de sus párpados cerrados ya saltaban como locas las estrellas.

—¡Maldita sea! —dijo Conklin.

Lo siguiente que irrumpió en el exiguo espacio fue una música ensordecedora. D'Agosta se quedó quieto hasta que desaparecieron las estrellas y la música bajó un poco de volumen. Entonces volvió a abrir los ojos, parpadeó e intentó enfocar la vista en la pantalla que tenía delante.

—¿Alguna novedad? —preguntó.

—No —respondió Conklin.

—Nada —dijo Jimenez.

Ya sabía que era una pregunta tonta. En cuanto vieran algo, lo dirían, pero aun así la había formulado con la vana esperanza de que sucediera algo por el mero hecho de verbalizarlo.

La grabación que estaba viendo (una imagen de la entrada principal de la sala dedicada a la vida marina, entre las cinco y las seis de la tarde del sábado 14 de junio, el día del asesinato de Victor Marsala) terminó sin haber mostrado nada interesante. Cerró la ventana con el ratón y volvió a frotarse los ojos. Después tachó la entrada correspondiente en una lista que tenía, situada entre él y Jimenez, y abrió el menú principal del programa de seguridad para elegir otro vídeo que aún no hubieran visionado. Eligió el siguiente de la serie, con una clara falta de entusiasmo. Sala de vida marina, cámara de la entrada principal, de seis a siete de la tarde, también el 14 de junio. Empezó a ver el vídeo primero a la velocidad real, luego al doble y, por último, cuando la sala grabada se quedaba vacía, ocho veces más deprisa.

Nada.

Una vez tachado el vídeo de la lista, decidió romper la rutina seleccionando una cámara que cubría la mitad sur de la gran rotonda, entre las cuatro y las cinco de la tarde. Con mano avezada situó el reproductor digital al principio de la grabación, pasó al modo de pantalla completa e inició la reproducción a una velocidad normal. Apareció la rotonda a vista de pájaro, con flujos de personas que se movían de derecha a izquierda. Faltaba poco para la hora de cerrar, y eran muchos los que iban hacia las salidas. Se frotó los ojos y prestó más atención, resuelto a concentrarse, aunque fuera en tan malas condiciones. Distinguió a los vigilantes en sus puestos, a los docentes que se abrían paso con sus banderillas y a los voluntarios del punto de información, que empezaban a guardar los mapas, los folletos y las solicitudes de donativos.

Detrás de la pared del fondo, una ovación atronadora. El público gritaba y aplaudía: era el momento de la formación de la Tierra, con chorros de llamas, auras de colores y bolas de fuego. Las notas graves de un órgano hicieron vibrar de tal manera la silla de D'Agosta que estuvo en un tris de caerse.

«Mierda.» Se apartó de la pantalla con un empujón brutal. Hasta ahí había llegado. Por la mañana iría a ver a Singleton, se tragaría sapos, lamería culos, se arrastraría y haría todo lo necesario para que le asignasen el asesinato del Upper East Side, el del atracador.

De repente se quedó muy quieto. Luego se acercó otra vez al monitor y observó la imagen con atención. Pasaron unos treinta segundos. Casi le temblaron las manos de emoción al retroceder el vídeo y reproducirlo de nuevo con los ojos a escasos centímetros de la pantalla. Lo reprodujo otra vez. Y otra.

—Madre mía —susurró.

Era él, el falso científico.

Echó un vistazo a la hoja pegada con celo al lateral del monitor de Jimenez, donde estaba impreso el retrato robot hecho por Bonomo. Acto seguido, volvió a contemplar la pantalla. No había confusión posible. Llevaba una gabardina ligera, unos pantalones oscuros de sport y unas zapatillas de goma sin cordones, de las que no hacen ruido al caminar. No era exactamente el atuendo estándar de un científico. Vio que atravesaba las puertas de acceso, miraba a su alrededor (como si tomara nota de la posición de las cámaras) y, tras pagar la entrada, cruzaba la rotonda contracorriente, pasando junto al puesto de vigilancia. Después desaparecía. D'Agosta reprodujo una vez más la grabación, sorprendido por la calma de aquel hombre; caminaba con una lentitud casi insolente.

«¡Por amor de Dios, era él!» Justo cuando se giraba emocionado para anunciar su descubrimiento, vio que tenía detrás una silueta oscura.

—¡Pendergast! —dijo con sorpresa.

—Vincent. Según me ha dicho la señora Trask, ha estado usted… preguntando por mí. Con urgencia. —Pendergast observó la sala, fijándose en todo con sus ojos claros—. Un palco al cosmos. Muy estimulante. ¿Puede decirme qué ocurre, si es tan amable?

En su entusiasmo, D'Agosta se olvidó de que había estado enfadado con el agente.

—¡Que le hemos encontrado!

—¿A Dios?

—No, no, ¡al falso doctor Waldron! ¡Aquí mismo!

Por la cara del agente transitó un matiz de posible impaciencia.

—¿El falso qué? Me he perdido.

Jimenez y Conklin se apretujaron frente al monitor mientras D'Agosta hablaba.

—¿Se acuerda de que la última vez que estuvo aquí preguntó por el científico visitante con el que había trabajado Marsala? Pues su acreditación era falsa. Y ahora mire: ¡le he reconocido entrando en el museo a las 16.20 de la misma tarde en que asesinaron a Marsala!

—Qué interesante —dijo con un tono aburrido Pendergast, que ya se iba hacia la puerta, como si hubiera perdido cualquier interés por el caso.

—Hicimos un retrato robot —comentó D'Agosta—, y aquí está. Compare al de la pantalla con el del dibujo. —El teniente desenganchó la hoja del monitor de Jimenez y se la tendió—. Coinciden. ¡Fíjese!

—Me alegro de que vaya bien el caso —dijo Pendergast, cada vez más cerca de la puerta—. Ahora mismo, aunque me sepa mal decirlo, me interesan otros menesteres, pero no dudo de que este caso esté en muy buenas manos…

Al posar la vista en el retrato que le estaba mostrando D'Agosta, se le apagó la voz y permaneció muy quieto. En un momento de máxima inmovilidad, el rostro del agente adquirió una palidez mortuoria. Después extendió la mano, tomó el dibujo y se lo quedó mirando, mientras se oía el ruido del papel. Por último se derrumbó en una silla vacía, pegada a la pared, y observó con gran intensidad la hoja a la que seguía aferrado.

—Bonomo la clavó —dijo D'Agosta—. Ahora lo único que falta es encontrar al muy hijo de puta.

Pendergast tardó en contestar y después lo hizo con una voz tan grave y sepulcral que parecía salida de una tumba.

—Extraordinario, sin duda —puntualizó—, pero no es necesario buscarle.

D'Agosta quedó desconcertado.

—¿Por qué lo dice?

—Coincidí hace poco con este caballero. Hace muy poco, para ser exactos.

La mano que sujetaba el retrato bajó muy lentamente, a la vez que la hoja caía flotando hasta el suelo.

30

El teniente D'Agosta nunca había estado en la sala de armas de la mansión de Pendergast en Riverside Drive. Eran muchas las estancias que no había visto; parecía una casa inacabable. Aquella habitación le produjo una grata sorpresa. Su padre había sido un coleccionista voraz de armas de fuego antiguas y, al mirar a su alrededor, D'Agosta, que había heredado el mismo interés aunque no con igual intensidad, vio que Pendergast poseía algunas piezas francamente raras. La sala, sin ser grande, estaba decorada a todo lujo, con palisandro en las paredes y artesones en el techo. Había dos tapices gigantescos cuya antigüedad se apreciaba a simple vista. Las otras paredes estaban ocupadas por armarios empotrados; detrás de las puertas de cristal, cerradas con llave, se exhibía una asombrosa variedad de armas clásicas. Ninguna de las de fuego parecía posterior a la Segunda Guerra Mundial. Había una Lee Enfield de calibre 303 y una Mauser modelo 1893, ambas en perfecto estado; una Luger poco común, con una recámara del 45; una escopeta Nitro Express de Westley Richards para cazar elefantes, calibre 577, con culata de marfil; un revólver Colt también del 45, de acción simple, propio del antiguo Oeste, con siete muescas en la culata. Y había muchos otros rifles, escopetas y pistolas que el teniente no reconoció. Al pasar de una vitrina a otra para admirar su contenido, silbaba entre dientes.

El mobiliario se reducía a una mesa en mitad de la estancia, con media docena de sillas a su alrededor. Pendergast se sentó en la cabecera, juntó la yema de los dedos y empezó a mover los dedos índice, uno contra otro. Sus ojos de gato parecían absortos. D'Agosta apartó la vista de las armas para mirar al agente del FBI. La negativa críptica de este último a explicar quién era el falso científico había molestado al teniente, pero, al recordar que Pendergast siempre lo hacía todo a su manera, tan excéntrica, se había tragado la impaciencia y le había acompañado a la mansión tras abandonar el museo.

—Menuda colección tiene usted —dijo.

Pendergast tardó un poco en mirarle y en contestar.

—La reunió mi padre —puntualizó—. Mis gustos van por otro lado, a excepción de mi Les Baer.

En ese momento entró Margo en la sala y, poco después, Constance Greene. Pese a la similitud entre sus apellidos, eran como el día y la noche. Constance llevaba un vestido pasado de moda, con franjas de encaje blanco en el cuello y los puños. A D'Agosta le pareció que le daba el aspecto de un personaje de película. Admiró su suntuosa melena de color caoba. Era una belleza. Una belleza imponente, por no decir amedrentadora.

Cuando Constance vio a D'Agosta, le saludó con un gesto de la cabeza. Él correspondió con una sonrisa. Ignoraba los motivos de Pendergast para reunirlos a todos, pero no le cupo duda de que tardaría poco en averiguarlo.

Pendergast les indicó que se sentasen. En ese instante se filtró por las gruesas paredes el vago retumbar de un trueno. Había llegado la gran tormenta prevista desde hacía un par de días.

El agente del FBI miró primero a D'Agosta y luego a Margo; sus ojos, bajo la luz tenue, parecían monedas de plata.

—Doctora Green —le dijo a Margo—, me alegro mucho de volver a verla después de tanto tiempo. Desearía, eso sí, que fuese en más gratas circunstancias.

Margo sonrió en señal de aprobación.

—Los he hecho venir —prosiguió Pendergast— porque ya no cabe duda de que los dos asesinatos que hemos estado investigando como si no tuvieran nada que ver el uno con el otro están en realidad relacionados. Vincent, si le he ocultado determinada información, ha sido para no implicarle más de lo necesario en las indagaciones sobre la muerte de mi hijo. Ya le he puesto en una situación incómoda con el departamento de policía, pero ha llegado la hora de explicarle lo que sé.

D'Agosta inclinó la cabeza. Era verdad. Aunque de forma involuntaria, el agente le había cargado con el peso de un terrible secreto. De todos modos, como decía su abuela, eso era *acqua passata*, la que no mueve molino. O al menos eso esperaba el teniente.

Pendergast se giró hacia Margo.

—Doctora Green, sé que puedo contar con su discreción, pero aun así debo pedirle, como a todos los presentes, que mantenga la más absoluta reserva acerca de lo que se dirá en esta sala.

Se oyeron murmullos de consentimiento.

D'Agosta reparó en que Pendergast se mostraba más agitado que de costumbre, tamborileando sobre la mesa; por lo general, se quedaba quieto como un gato.

—Repasemos los hechos —empezó a decir el agente—. Hoy se cumplen once días desde que apareció muerto mi hijo Alban en el umbral de esta casa. En su tracto digestivo hallaron una turquesa, cuyos orígenes he rastreado hasta una recóndita mina de las costas del mar de Salton, en California. Hace unos días visité el yacimiento y me encontré con una emboscada, en la que me atacaron.

—¿Y quién narices dio el soplo? —inquirió D'Agosta.

—Pregunta interesante que aún carece de respuesta. Mientras lograba someter a mi agresor, ambos fuimos expuestos a algún tipo de sustancia paralizante, que nos hizo perder la conciencia. Cuando la recuperé, apresé a mi atacante, que ahora mismo está en la cárcel de Indio. El hombre ha mantenido en el más absoluto silencio, y aún se desconoce su identidad.

Pendergast miró a D'Agosta.

—Pasemos ahora a su caso, teniente: la muerte de Victor Marsala. Según parece, el principal sospechoso es un individuo que se hizo pasar por científico para examinar un curioso esqueleto de una de las colecciones del museo. Con la ayuda de Margo ha logrado usted determinar otros tres elementos de interés. El primero es que al esqueleto le faltaba un hueso.

—El fémur derecho —dijo Margo.

—Evidentemente, por motivos que desconocemos, el supuesto científico se llevó el hueso en cuestión y más tarde asesinó a Marsala.

—Es posible —intervino D'Agosta.

—En segundo lugar, el espécimen no coincidía con la etiqueta de adquisición que tenía. En vez de ser un joven varón hotentote, era una mujer estadounidense de avanzada edad, quizá la esposa de un conservador del museo juzgado en 1889 por haberla asesinado. El doctor fue absuelto porque no hallaron el cadáver. Ahora lo han encontrado ustedes. —Pendergast miró a los presentes—. ¿Me he olvidado de algo importante, de momento?

D'Agosta se movió.

—Sí. ¿Cómo están relacionados los dos asesinatos?

—Le contesto pasando al tercer punto: el hombre que me atacó en el mar de Salton y el que buscan por la muerte de Victor Marsala, es decir, el supuesto científico, son una sola persona.

D'Agosta notó que se quedaba frío.

—¿Qué?

—Le he reconocido de inmediato gracias al retrato robot. Un excelente trabajo, por cierto.

—Pero ¿cuál es la relación?

—¿Cuál? En efecto, cuando lo sepamos, mi querido Vincent, estaremos bien encaminados para resolver ambos casos.

—Tendré que ir a Indio a interrogarle, claro —dijo D'Agosta.

—Naturalmente. Quizá tenga más éxito que yo. —Pendergast cambió de postura, inquieto, y se giró de nuevo hacia Margo—. Y ahora ¿podría usted ponernos al corriente de los pormenores de su indagación?

—Ya lo ha dicho usted casi todo —afirmó Margo—. Lo más

lógico es suponer que el conservador, un tal Padgett, introdujo el cadáver de su esposa en el museo, lo maceró en las cubas del departamento de osteología y a continuación lo depositó en las colecciones con un informe de adquisición falso.

Al otro lado de la mesa, a Constance Greene se le había cortado la respiración. Hacia ella se dirigieron todas las miradas.

—¿Constance? —exclamó Pendergast.

Era a Margo, no obstante, a quien ella miraba.

—¿El doctor Padgett, dice usted?

Eran sus primeras palabras desde el comienzo de la reunión.

—Sí, Evans Padgett. ¿Por qué?

Al principio no respondió. Se pasó una mano por el encaje del cuello.

—He estado haciendo indagaciones en el pasado de la familia Pendergast —dijo con su voz grave y extrañamente antigua— y reconozco el nombre. Fue una de las primeras personas que acusaron en público a Hezekiah Pendergast de ejercer la venta ambulante de un medicamento venenoso.

Esta vez fue Pendergast quien manifestó su sorpresa. D'Agosta estaba cada vez más perplejo.

—Un momento. ¿Quién carajo es Hezekiah Pendergast? Estoy perdido por completo.

La habitación quedó en silencio. Constance seguía mirando a Pendergast, que tardó una eternidad en contestar, después de un gesto de aprobación casi imperceptible.

—Sigue, Constance, por favor.

—Hezekiah Pendergast —continuó explicando Constance— era el tatarabuelo de Aloysius, y un charlatán de primer orden. Empezó como vendedor de ungüento de serpiente en una compañía ambulante y, con el tiempo, se inventó su propia «medicina»: el Elixir y Reforzante Glandular de Hezekiah. Gracias a su gran habilidad publicitaria, a finales de la década de 1880 aumentaron vertiginosamente las ventas de la pócima. El elixir, como muchos de la misma época, se inhalaba mediante un tipo especial de atomizador, al que puso el nombre de Hydrokonium. En realidad, era un nebulizador a la vieja usanza, pero él lo patentó y lo vendía junto con el compuesto medicinal. Ambos productos ayudaron a reflotar la fortuna de la familia Pendergast, que por aquel entonces se encontraba en decadencia. El elixir, si mal no recuerdo, se pregonaba como «un remedio agradable y adecuado para cualquier dolencia de la bilis», capaz de «fortalecer al débil y calmar al neurasténico», y de «perfumar el aire que se respira». A medida, sin embargo, que se difundía el uso del medicamento, empezaron a surgir rumores de locura, de violencia homicida, de muertes lentas y dolorosas… Las pocas voces que elevaron sus protestas, como la del doctor Padgett, fueron ignoradas. Algunos médicos denunciaron los efectos venenosos del elixir, pero el clamor público no se produjo hasta que un número de la revista *Collier's* reveló que el compuesto era una mezcla adictiva de cloroformo, cocaína, sustancias botánicas nocivas y otros ingredientes tóxicos. Su producción cesó hacia 1905. Irónicamente una de las últimas víctimas fue la propia esposa de Hezekiah, de nombre Constance Leng Pendergast, aunque en familia le llamaban Stanza.

Cayó en la sala un gélido silencio. Pendergast volvía a tener la mirada perdida y tamborileaba ligeramente sobre la mesa con una expresión inescrutable.

Fue Margo quien rompió el silencio.

—Uno de los artículos de prensa que hemos encontrado dice que Padgett achacaba la enfermedad de su mujer a un medicamento. Cuando hice el análisis de isótopos de los huesos del espécimen, obtuve algunas lecturas químicas anómalas.

D'Agosta miró a Constance.

—¿Está diciendo que la mujer de Padgett fue víctima de ese compuesto medicinal, del elixir formulado y vendido por el antepasado de Pendergast, y que él la mató para que no sufriera más?

—Es mi teoría.

Pendergast se levantó de la silla. Todos se giraron a mirarle, pero lo único que hizo fue alisarse la camisa por delante y sentarse de nuevo, con un leve temblor en las manos.

D'Agosta estuvo a punto de comentar algo, pero se lo pensó mejor. En su cabeza empezaban a relacionarse todos los hechos, pero era un nexo tan estrambótico y horrible que no se sentía capaz de planteárselo con seriedad.

En ese momento, la puerta se abrió sin hacer ruido y entró la señora Trask.

—Tiene usted una llamada —le dijo a Pendergast.

—Tome nota del mensaje, por favor.

—Disculpe, pero es de Indio, California, y dicen que no pueden esperar.

—Ah.

Pendergast se levantó otra vez y se dirigió hacia la puerta. Se paró a medio camino.

—Señorita Green —dijo girándose hacia Margo—, lo que acabamos de hablar es muy delicado. Espero que no le parezca mal si le pido que me prometa no divulgar esto a nadie.

—Le repito que puede confiar en mí. Esta noche ya nos ha pedido prácticamente un juramento de confidencialidad.

Pendergast asintió con la cabeza.

—Sí —afirmó—. Por supuesto.

Y, tras mirar por un instante a los tres ocupantes de la mesa, salió de la sala en pos de la señora Trask, cerrando la puerta tras él.

31

Cerca ya de la localidad de Indio, en la interestatal 10 Este, D'Agosta lanzó una mirada curiosa por la ventanilla del vehículo del departamento correccional. Solo había estado una vez en California, a los nueve años, cuando fue a Disneylandia con sus padres. Sus únicos recuerdos eran imágenes fugaces de palmeras y piscinas con formas caprichosas; avenidas anchas y limpias, adornadas con macetas repletas de flores; el Matterhorn Peak y Mickey Mouse. En cambio, aquello, la trastienda del estado, estaba siendo una revelación: marrón, reseca, con un calor infernal, arbustos raros, árboles raquíticos que parecían cactus y montañas yermas. No le cabía en la cabeza que alguien pudiera vivir en un desierto así, dejado de la mano de Dios.

Pendergast, que iba a su lado en la parte trasera del coche, cambió de postura.

—Ya ha intentado que el tío hable. ¿Se le ocurre algo nuevo? —preguntó D'Agosta.

—En la llamada que atendí anoche me enteré de algo... «fresco». Era el director de los servicios correccionales de la cárcel de Indio. Parece que nuestro amigo preso sí ha empezado a hablar.

—No me diga.

D'Agosta volvió a mirar por la ventanilla. Era típico de Pendergast guardarse el dato hasta el último minuto. ¿O no? Durante el vuelo nocturno, D'Agosta le había visto callado e irritable, y lo había atribuido a la falta de sueño.

La Penitenciaría Estatal de California en Indio era un edificio largo y bajo, de lo más anodino; de no ser por las torres de vigilancia, y por los tres muros concéntricos con alambradas, habría parecido la suma de varias ferreterías Costco. Fuera de la valla había algunos grupos tristes de palmeras que languidecían bajo un sol inclemente. Cruzaron la verja principal y, tras serles franqueado el paso por una serie de puestos de vigilancia, llegaron a la entrada oficial. Salieron del coche, y la luz del sol hizo parpadear a D'Agosta. Ya llevaba siete horas despierto, y el hecho de que en California solo fueran las nueve de la mañana le desorientaba bastante.

Dentro de la cárcel los esperaba un individuo poco fornido y con el pelo oscuro, que tendió la mano cuando Pendergast se acercó a él.

—Me alegro de volver a verle, agente Pendergast.

—Señor Spandau... Gracias por haberse puesto en contacto conmigo con tanta prontitud. —Pendergast se giró para hacer las presentaciones—. John Spandau, jefe de los servicios correccionales. Le presento al teniente D'Agosta, detective de la policía de Nueva York.

—Teniente...

Spandau estrechó a su vez la mano de D'Agosta, y los tres echaron a caminar por el pasillo.

—Como ya le comenté anoche por teléfono —le dijo Pendergast a Spandau—, el preso es también sospechoso de un asesinato reciente en Nueva York, que está siendo investigado por el teniente. —Se detuvieron para cruzar un nuevo puesto de seguridad—. Al teniente le gustaría ser el primero en interrogar al acusado.

—Perfecto. Tal como le conté, el hombre ha hablado, pero dice cosas sin sentido —añadió Spandau.

—¿Algo más digno de mencionar?

—Está inquieto. Está toda la noche dando vueltas por la celda y no come.

Hicieron pasar a D'Agosta a la típica sala de interrogatorios.

Pendergast y Spandau se fueron para instalarse en un espacio adjunto que permitía ver la sala a través de un espejo unidireccional.

D'Agosta esperó sin sentarse. Al cabo de pocos minutos se movió el cerrojo de seguridad y se abrió la puerta. Entraron dos vigilantes junto con un hombre que llevaba un mono de preso y tenía enyesada una de sus muñecas. D'Agosta esperó a que los guardias ayudaran al prisionero a sentarse en la única silla al otro lado de la mesa y saliesen al pasillo.

Se fijó en el preso. Era un hombre con una buena constitución y una cara que, como era lógico, le resultaba familiar. No le sorprendió demasiado su aspecto tan poco criminal: había tenido las santas narices de hacerse pasar por científico y lo había hecho de un modo bastante convincente como para engañar a Marsala. Para eso hacía falta inteligencia, a la vez que aplomo. Su aspecto, sin embargo, desentonaba de manera extraña con su expresión facial. Los rasgos carismáticos que tan reconocibles resultaban gracias a la labor de Bonomo parecían amenazados por una especie de misterioso diálogo interno. Sus ojos enrojecidos se posaban en diferentes puntos de la sala, lentamente, como los de un adicto, sin detenerse en la persona a quien tenía delante. Las manos esposadas se cruzaron en el pecho con un gesto protector, y D'Agosta reparó en que el hombre se mecía un poco en la silla.

—Soy el teniente Vincent D'Agosta, de la división de homicidios de la policía de Nueva York —empezó a decir mientras sacaba su libreta y la ponía sobre la mesa. Al prisionero ya le habían leído sus derechos, de modo que esa parte se la ahorró—. Esta entrevista está siendo grabada. ¿Le importa decir su nombre para que quede constancia?

El hombre seguía balanceándose muy suavemente, sin decir ni una sola palabra. Ahora sus ojos parecían más resueltos, como si buscasen algo que se le hubiera olvidado o que tal vez hubiese perdido.

D'Agosta intentó captar su atención.

—¿Oiga? ¿Hola?

Al final la mirada del hombre se posó en él.

—Quiero hacerle unas cuantas preguntas sobre un homicidio ocurrido hace menos de dos semanas en el Museo de Historia Natural de Nueva York.

El preso le miró con placidez y, al cabo de un rato, apartó la vista.

—¿Cuándo ha estado por última vez en Nueva York?

—Los lirios —contestó.

Sorprendía la agudeza y musicalidad de aquella voz en un hombre tan corpulento.

—¿Qué lirios?

—Los lirios —repitió como con una mezcla de añoranza y ensoñación.

—¿Qué les pasa a los lirios?

—Los lirios —volvió a decir enfocando los ojos otra vez en D'Agosta, que se sobresaltó.

Era de locos.

—¿Le suena de algo el nombre de Jonathan Waldron?

—El olor —dijo el hombre con un tono aún más quejumbroso—. Ese olor tan bonito, a lirios... Ya no está. Ahora... huele fatal. Espantoso.

D'Agosta se lo quedó mirando. ¿Fingía?

—Sabemos que robó usted la identidad del profesor Jonathan Waldron para poder acceder a un esqueleto del Museo de Historia Natural. Trabajó con un técnico del departamento de osteología, un tal Victor Marsala.

El hombre se calló de golpe. D'Agosta se inclinó y unió las manos.

—Voy a ir al grano. Yo creo que a Victor Marsala le mató usted.

Se interrumpió el balanceo. La mirada del prisionero se apartó de D'Agosta.

—Es más: sé que le mató. Y ahora que tenemos su ADN veremos si coincide con el que se encontró en el lugar del crimen. Y resolveremos el caso.

Silencio.

—¿Qué hizo usted con el hueso que robó?

Silencio.

—¿Sabe qué pienso? Que más le vale buscarse cuanto antes un abogado.

Se había quedado más quieto que una estatua. D'Agosta respiró profundamente.

—Escúcheme —dijo con un tono cada vez más amenazador—. Le retienen aquí por haber agredido a un agente del FBI, lo cual ya es bastante grave, pero yo he venido porque la policía de Nueva York va a extraditarle por homicidio en primer grado. Tenemos testigos presenciales, y las cámaras de seguridad grabaron su presencia en el museo. Como no empiece a colaborar, se meterá tanto en la mierda que no podrá rescatarle ni su madre.

Ahora el hombre miraba por la sala como si ni siquiera se acordase de la presencia de D'Agosta.

Un gran cansancio se adueñó del teniente. Odiaba aquellos interrogatorios con preguntas repetidas y sospechosos testarudos, y para colmo aquel prisionero parecía estar mal de la cabeza. Estaba seguro de haber encontrado al culpable. No habría más remedio que acumular pruebas concluyentes sin confesión.

Se abrió la puerta. Al levantar la vista, D'Agosta vio en el pasillo la oscura silueta de Pendergast, cuyo gesto parecía decir: «¿Le importa si pruebo yo?».

El teniente recogió su libreta y se levantó. «Por supuesto —pensó mientras se encogía de hombros—, esmérese usted al máximo.»

Fue a la sala contigua, la de observación, y se sentó al lado de Spandau. Observó que Pendergast se ponía cómodo en una de las sillas frente al sospechoso. El agente del FBI dio la impresión de dedicar un tiempo interminable a ajustarse la corbata, examinarse los gemelos y arreglarse el cuello, hasta que finalmente apoyó los codos en la mesa y las yemas de los dedos en el tablero de madera lleno de arañazos. Por unos instantes sus dedos marcaron un nervioso golpeteo, hasta que los contrajo hacia las palmas, como si se reportara. Fijó la vista al otro lado de la mesa, posándola con suavidad en su atacante. Luego, justo cuando D'Agosta temía reventar de impaciencia contenida, empezó a hablar con su refinado y gentil acento:

—En el lugar del que procedo se considera de mala educación no referirse a alguien por su nombre —empezó a decir—. Durante nuestro último encuentro no parecía usted dispuesto a facilitármelo. Sé, en todo caso, que no es Waldron. ¿Ha cambiado usted de opinión?

El hombre sostuvo la mirada, pero sin contestar.

—Muy bien. Dado que detesto la mala educación, le pondré un nombre elegido por mí. Le llamaré Nemo, que, como sabrá, es «nadie» en latín.

Las palabras de Pendergast no obtuvieron resultado.

—No voy a perder tanto tiempo en esta visita como en la anterior, señor Nemo. Seamos breves, pues. ¿Está dispuesto a decirme quién le contrató?

Silencio.

—¿Está dispuesto a decirme por qué le contrataron o la finalidad de aquella extraña trampa?

Silencio.

—Puesto que no desea dar nombres, ¿sería tan amable de por lo menos explicarme cuál era el desenlace previsto?

Silencio.

Pendergast examinó su reloj de oro con gesto ocioso.

—Soy yo quien decide si le juzgarán en un tribunal estatal o federal. Dependiendo de que hable o no conmigo, podrá elegir entre Rikers Island o la Florence Administrative Maximum Facility de Colorado. Rikers es el infierno en la tierra. ADX Florence es un infierno que ni Dante podría haber imaginado. —Observó al hombre con una intensidad muy singular—. El mobiliario de las celdas es de cemento. Las duchas tienen temporizador: se encienden tres veces por semana a las cinco de la mañana durante tres minutos exactos. Por la ventana solo se ve hormigón y cielo. Se dispone de una hora diaria de «ejercicio» en un patio también de cemento. ADX Florence tiene mil cuatrocientas puertas de acero controladas a distancia y está rodeada por sensores y varios anillos de alambradas de casi cuatro metros de altura. Su vida desaparecería de los anales de la historia. Si no habla ahora mismo conmigo, se convertirá usted de veras en «nadie».

Pendergast dejó de hablar. El hombre cambió de postura. D'Agosta, que miraba por el espejo unidireccional, se convenció de que el preso estaba loco. Un interrogatorio así no podía resistirlo ninguna persona cuerda.

—En ADX Florence no hay lirios —dijo Pendergast en voz baja.

D'Agosta y Spandau se miraron extrañados.

—Lirios —repitió despacio el prisionero, como si degustase la palabra.

—Sí, lirios. ¿Verdad que es una flor preciosa? De aroma delicado y exquisito.

El hombre se encorvó. Por fin Pendergast había logrado su atención.

—Pero, claro, ya no huelen, ¿verdad?

Pareció que el preso se pusiera tenso. Sacudió lentamente la cabeza.

—No, me equivoco. Los lirios todavía están. Lo ha dicho usted mismo. Pero algo les pasa. Se han apagado.

—Apestan —murmuró.

—Sí —dijo Pendergast con una mezcla curiosa de empatía y burla—. No hay nada que huela peor que una flor podrida. ¡Qué hedor desprende!

De repente había subido la voz.

—¡Quitádmelo de la nariz! —chilló el hombre.

—Eso es imposible —puntualizó Pendergast, cuya voz se convirtió de golpe en un susurro—. En su celda de ADX Florence no habrá lirios, pero seguirá presente el hedor. Y aumentará a medida que empeore la putrefacción. Hasta que usted…

Bruscamente, con un grito animal, el prisionero saltó de la silla y se lanzó hacia Pendergast por encima de la mesa, con las manos crispadas como garras, a pesar de las esposas; tenía los ojos muy abiertos, llenos de rabia asesina, y en su alarido había echado espumarajos. Con un rápido ademán, como un torero, Pendergast se levantó de la silla y esquivó el ataque. Los dos vigilantes entraron empuñando unas pistolas Taser e inmovilizaron al hombre. Hicieron falta tres descargas para dominarle. Al final se quedó tendido en la mesa, entre espasmos, mientras subían pequeños hilos de humo hacia el micrófono y las luces del techo. Pendergast, a un lado, le examinaba con una mirada clínica, hasta que se giró y salió de la sala con paso decidido.

Poco después accedió al espacio de observación y se quitó del hombro algo de pelusa, con semblante irritado.

—Bueno, Vincent —dijo—, me parece que no tiene sentido quedarse más tiempo. ¿Cómo es el dicho? Me temo que su amigo está… «como la cabra».

—Como una cabra.

—Gracias. —Se giró hacia Spandau—. Gracias de nuevo por su valiosa ayuda, señor Spandau. Si los delirios adquirieran lucidez, le ruego me avise.

Spandau estrechó la mano que le tendía el agente.

—Descuide.

Cuando salieron los dos de la cárcel, Pendergast sacó su móvil y empezó a marcar un número.

—Temía que fuera necesario regresar a Nueva York en el vuelo nocturno —dijo—, pero nuestro amigo se ha mostrado tan reservado que podremos tomar uno mucho antes. Si no le importa, voy a gestionarlo. De momento no le sacaremos nada más; ni de momento ni nunca, mucho me temo.

D'Agosta respiró profundamente.

—¿Le importaría explicarme qué demonios ha pasado?

—¿A qué se refiere?

—Todas esas preguntas tan raras sobre flores, lirios… ¿Cómo sabía que reaccionaría así?

Pendergast dejó de marcar y bajó el teléfono.

—Era una hipótesis fundamentada.

—Bueno, pero ¿en qué?

Pendergast tardó un poco en responder y lo hizo en voz muy baja.

—Porque nuestro prisionero, querido Vincent, no es el único que de un tiempo a esta parte huele a flores marchitas.

32

Pendergast entró tan bruscamente en la sala de música de la mansión de Riverside Drive que Constance dio un respingo y dejó de tocar el clavicémbalo. Vio que el agente se acercaba al aparador y, tras dejar un gran fajo de papeles en la mesa, sacó un vaso bulboso. Se sirvió una generosa cantidad de absenta, puso sobre el vaso una cuchara perforada, depositó en ella un terrón de azúcar y dejó caer un hilo de agua muy fría de una jarra. A continuación recogió los papeles y se fue directamente a uno de los sillones de piel.

—Por mí no dejes de tocar —dijo.

Sorprendida por su laconismo, Constance reanudó la interpretación de una sonata de Scarlatti, consciente de que algo sucedía, aunque solo viera a Pendergast con el rabillo del ojo. Tras un sorbo apresurado de absenta, el agente dejó el vaso a un costado, pero enseguida lo levantó de nuevo para darle un buen trago. Uno de sus pies daba golpes en la alfombra persa sin seguir el compás de la música. Hojeó los papeles: una nutrida miscelánea, al parecer, de viejos tratados científicos, revistas médicas y recortes de prensa; luego los puso a un lado. Al tercer trago de absenta, Constance dejó de interpretar la ardua pieza, que exigía una concentración absoluta, y se giró hacia Pendergast.

—Deduzco que el viaje a Indio ha sido una decepción —dijo.

Pendergast, que ahora miraba fijamente uno de los hológrafos enmarcados, asintió sin mirarla.

—¿No ha hablado?

—Todo lo contrario, ha sido de lo más prolijo.

Constance se alisó la blusa por delante.

—¿Y?

—Un galimatías.

—¿Qué ha dicho exactamente?

—Como te he dicho, un galimatías.

Se cruzó de brazos.

—Me gustaría saber con exactitud qué ha dicho.

Pendergast entornó sus ojos claros al mirarla.

—Esta noche te veo algo insistente.

Constance esperó.

—Ha hablado de flores.

—¿Lirios, por casualidad?

Un titubeo.

—Sí. Reitero una vez más que eran frases sin sentido.

Constance volvió a guardar silencio. Durante unos minutos nadie dijo nada. Pendergast seguía jugando con el vaso. Después de apurarlo se levantó y volvió a la mesa al lado del aparador, en la que de nuevo echó mano a la botella de absenta.

—Aloysius —empezó a decir Constance—, quizá fuera un galimatías, pero no un sinsentido.

Pendergast inició los preparativos de la segunda copa sin hacerle caso.

—Tengo que hablarte de algo, un asunto un poco delicado.

—Pues adelante, te lo ruego —dijo Pendergast mientras vertía la absenta en el vaso y ponía la cuchara perforada encima—. ¿Dónde demontres puse el azúcar? —murmuró para sí.

—He estado investigando el pasado de tu familia, y en nuestra reunión de ayer en la sala de armas de fuego hablamos del doctor Evans Padgett.

Pendergast puso finalmente el terrón en su lugar y dejó caer el hilo de agua fría.

—No soy muy amante del suspense. Dilo de una vez.

—La esposa del doctor Padgett fue envenenada por el elixir

de tu tatarabuelo. El hombre de la cárcel de Indio está sufriendo los mismos síntomas que tuvo Ophelia Padgett y todos cuantos ingirieron el compuesto medicinal de Hezekiah.

Pendergast tomó con fuerza el vaso de absenta y echó un largo trago.

—El presunto asesino del técnico de osteología del museo, que es también, como ya sabemos, el agresor que está preso, robó un hueso largo de la esposa de Padgett. ¿Por qué? Tal vez porque colaboraba con alguien que intentaba reconstruir la fórmula del elixir. Es obvio que en el hueso habría residuos.

—Paparruchas —concluyó Pendergast.

—Dudo que lo sean. Mi investigación sobre el compuesto medicinal ha sido muy exhaustiva. Al principio, todas las víctimas decían oler a lirios. Era uno de los argumentos de venta. Cuando empezaban a tomar el medicamento, solo lo olían de forma pasajera, a la vez que experimentaban una sensación de bienestar y lucidez. Con el paso del tiempo, el olor se volvía constante y más denso. Al aumentar las dosis del elixir, el aroma de los lirios comenzaba a estropearse, como si estuvieran pudriéndose. La víctima se volvía irritable, inquieta, incapaz de conciliar el sueño. La sensación de bienestar dejaba paso a la ansiedad y a los trastornos de conducta, con períodos de súbita debilidad. Llegados a esta fase, no servía de nada seguir tomando el elixir, que de hecho no hacía sino acelerar el sufrimiento de la víctima. Se alternaban accesos de rabia incontrolable con momentos de letargo extremo. Aparecían después los dolores de cabeza y en las articulaciones, y al final era casi imposible moverse sin pasar por un verdadero suplicio. Finalmente… —Constance vaciló—: La muerte era un alivio.

Mientras tanto Pendergast había dejado el vaso y se paseaba por la habitación.

—Conozco muy bien las fechorías de mi antepasado.

—Hay algo más: el medicamento se administraba en forma de vapor. No se tomaban píldoras ni gotas. Había que inhalarlo.

El paseo continuaba.

—Te darás cuenta sin duda de por qué lo digo —añadió Constance.

Pendergast quitó importancia a sus palabras con un gesto de la mano.

—Aloysius, por amor de Dios, te han envenenado con el elixir. ¡Y no solo eso, sino que a todas luces usaron una dosis muy concentrada!

—Estás levantando mucho la voz, Constance.

—¿Has empezado a oler a lirios?

—Es una flor muy común.

—Ayer, después de la reunión, le pedí a Margo una investigación complementaria, y ha descubierto que tanto en la Biblioteca Pública de Nueva York como en la New-York Historical Society alguien, sin duda con nombre falso, ha indagado sobre el elixir de Hezekiah.

Pendergast dejó de caminar y volvió a sentarse en el sillón con el vaso en las manos. Apoyado en el respaldo, dio un breve sorbo y después dejó la bebida a un lado.

—Disculpa mi franqueza, pero alguien se ha vengado de ti por los pecados de tu antepasado.

Pareció que no la oyera. Una vez apurada la absenta, se levantó para prepararse otra.

—Si no pides ayuda de inmediato, acabarás como el hombre de California.

—Para mí no hay ayuda posible —dijo Pendergast bruscamente, con ferocidad—, salvo la que pueda prestarme yo mismo. Por otra parte, te agradeceré que no te inmiscuyas en mis investigaciones.

Constance se levantó de la banqueta del piano y dio un paso hacia él.

—Querido Aloysius, hace poco, en esta misma habitación, me dijiste que era tu oráculo. Permíteme que desempeñe ese papel. Estás enfermando, me doy cuenta. Y entre todos podemos ayudarte. Sería fatal que te engañases…

—¿Engañarme? —Pendergast emitió una bronca risotada—.

¡Aquí no hay ningún engaño! Conozco de sobra mi estado. ¿Acaso crees que no he hecho todo lo posible por buscar algún modo de poner remedio a la situación? —Levantó de la mesa el fajo de papeles y los arrojó a un rincón de la sala—. Si mi antepasado Hezekiah, cuya propia esposa agonizaba a causa del elixir, no pudo encontrar ninguna cura…, ¿cómo voy a hallarla yo? Lo que no puedo tolerar es tu entrometimiento. Te califiqué de oráculo, es verdad, pero ahora estás convirtiéndote en un lastre. Eres una mujer de ideas fijas, como tan dramáticamente sacaste a relucir el día en que lanzaste al volcán de Stromboli a tu difunto amor.

En ese momento se produjo un cambio en Constance. Su cuerpo se puso rígido, y cerró las manos. Aparecieron destellos en sus ojos de color violeta, y fue como si se oscureciese el aire a su alrededor. Tan abrupto fue el cambio, tan intenso el trasfondo de peligro, que Pendergast, que estaba levantando el vaso para beber un poco más de absenta, se llevó una sorpresa y, al sacudir el brazo sin querer, derramó algo de líquido en la mano.

—Si eso me lo hubiera dicho cualquier otro hombre —pronunció ella en voz baja—, no llegaría con vida a esta noche.

Dio media vuelta y salió de la habitación.

33

—Tiene visita, teniente.

Peter Angler levantó la vista del montón de listados que tenía en el escritorio y arqueó una ceja mientras miraba hacia la puerta, donde estaba su ayudante, el sargento Slade.

—¿Quién es?

—El hijo pródigo —dijo Slade con una vaga sonrisa, a la vez que se apartaba.

Poco después apareció en la puerta la silueta enjuta y ascética del agente especial Pendergast.

Angler logró disimular su sorpresa mientras le señalaba en silencio una silla. Había percibido un cambio en el aspecto del agente, que atribuyó, sin estar muy seguro, a su mirada, más intensa de lo normal, en contraste con la palidez general de su rostro.

Se echó hacia atrás, apartándose de las listas. Ya estaba harto de tantear constantemente a aquel personaje. Esta vez dejaría que fuese el agente del FBI quien hablara primero.

—Teniente, quería felicitarle por su descubrimiento —empezó a decir Pendergast—. A mí nunca se me habría ocurrido buscar un anagrama del nombre de mi hijo en las listas de pasajeros procedentes de Brasil. Era típico de Alban jugar con esas cosas.

«Pues claro que no se te habría ocurrido», pensó Angler. El cerebro de Pendergast no funcionaba así. El teniente se preguntó entonces si Alban Pendergast había sido más inteligente que su padre.

—Hay algo que me pica la curiosidad —añadió Pendergast—. ¿Qué día llegó Alban a Nueva York?

—El 4 de junio —contestó Angler—. Venía de Río de Janeiro en un vuelo de Air Brazil.

—El 4 de junio —repitió Pendergast, tal vez para sus adentros—. Una semana antes de que le asesinaran. —Volvió a mirar a Angler—. Y una vez descubierto el anagrama, consultaría usted las listas de pasajeros en fechas anteriores, claro…

—Por supuesto.

—¿Ha encontrado algo más?

Angler sopesó brevemente la posibilidad de darle a Pendergast, con evasivas, su propia medicina, pero no era ese tipo de polis.

—Todavía no. La investigación sigue en marcha. Es enorme la cantidad de manifiestos en los que hay que buscar, y no todos los listados están tan ordenados como uno desearía, sobre todo los de las líneas aéreas extranjeras.

—Comprendo. —Pareció que Pendergast diera vueltas a algo en su mente—. Teniente, deseo pedirle disculpas por no haber sido hasta ahora todo lo… Cómo decirlo… Todo lo franco que quizá debería haber sido. Tenía en aquel momento la impresión de que averiguaría más cosas acerca del asesinato de mi hijo si lo investigaba por mi cuenta.

«Vaya, que te imaginaste que era un palurdo, como presupones que son todos los policías», pensó Angler.

—En eso es posible que me equivocara. Quería rectificar la situación exponiéndole todos los datos que conozco hasta la fecha.

Angler levantó la palma de la mano e indicó a Pendergast, con un pequeño gesto, que siguiera. El sargento Slade permanecía de pie en la penumbra al fondo del despacho, con su acostumbrado y absoluto silencio, sin perderse ni un detalle.

Pendergast desgranó en términos sucintos la historia de la mina de turquesas, la emboscada y la relación de esta última con el asesinato del técnico en el Museo de Historia Natural. Angler le escuchaba cada vez más sorprendido, irritado e incluso furioso por todo lo que le había escondido el agente. Por otro lado, la información podía ser útil. Abriría nuevas líneas de investigación, siempre y cuando fuese fidedigna, por supuesto. Se mantuvo impasible, procurando no delatar ninguna reacción.

Al llegar al final del relato, Pendergast miró a Angler en silencio, como si esperase una respuesta, pero no la hubo.

Al cabo de un buen rato se levantó.

—En fin, teniente, que así está la investigación en este momento o, mejor dicho, las investigaciones. Se lo explico en aras de la colaboración. Si puedo serles de ayuda en algo más, confío en que me lo harán saber.

Por fin Angler salió de su inmovilidad.

—Gracias, agente Pendergast. Así lo haremos.

Pendergast asintió cortésmente y salió del despacho.

Angler se quedó unos instantes en la silla, apartado de la mesa. Después se giró hacia Slade y le indicó por señas que se acercase. El sargento cerró la puerta y ocupó la silla que había dejado vacía Pendergast.

Angler le observó un momento. Era bajo, moreno y taciturno; un astuto juez del carácter humano. Era también la persona más cínica que había conocido Angler en su vida, todo lo cual le convertía en un consejero excepcional.

—¿A usted qué le parece?

—Alucino con que nos haya mantenido aparte de esta manera, el muy hijo de puta.

—Ya. ¿Y ahora de qué va el agente? Si tanto se había esforzado para darme solo migajas, ¿por qué viene ahora por su propio pie y revela todos sus secretos?

—Dos posibilidades —dijo Slade—. A: quiere algo.

—¿Y B?

—Que no.

—¿Que no qué?

—Que no ha revelado todos sus secretos.

Angler se rió.

—Sargento, me gusta cómo piensa usted. —Hizo una pausa—. Es demasiado fácil. Este cambio tan brusco, lo de ofrecerse tan abiertamente a colaborar, como entre amigos, y el cuento de la mina de turquesas, la trampa, el atacante misterioso...

—A ver, entiéndame —dijo Slade a la vez que se metía en la boca un toffee de regaliz, de los que siempre llevaba en el bolsillo. Tiró el envoltorio arrugado a la basura y añadió—: Yo la historia me la creo, aunque parezca un disparate. Lo que pasa es que se guarda muchas cosas.

Angler se quedó pensativo, mirando el escritorio, y luego levantó la vista.

—¿Y qué pretende?

—Está lanzando el anzuelo. Quiere saber qué hemos averiguado sobre los movimientos de su hijo.

—O sea, que aún no lo sabe todo sobre su hijo.

—O puede que sí y que lo que busca al fingirse interesado sea llevarnos en la dirección equivocada.

Slade mostró una media sonrisa mientras masticaba.

Angler se inclinó, cogió una hoja de papel e taquigrafió unas cuantas anotaciones. Le gustaba escribir así no solo por la rapidez, sino porque, al estar tan en desuso la taquigrafía, sus notas acaban siendo igual de seguras que si estuviesen encriptadas. Empujó la hoja.

—Mandaré a un equipo a California para que le eche un vistazo a la mina y hable con el hombre de la cárcel de Indio. También llamaré a D'Agosta y le pediré el expediente de la investigación del museo. Mientras tanto voy a solicitarle a usted que haga todas las averiguaciones posibles sobre Pendergast, pero con discreción. Historial, antecedentes de arrestos y condenas, distinciones, censuras... Lo que sea. Usted tiene amigos en el FBI. Lléveselos de copas y no ignore los rumores. Quiero conocer a este hombre con pelos y señales.

Slade sonrió. Era el tipo de encargos que le gustaban. Se levantó sin decir nada más y cruzó la puerta.

Angler volvió a apoyarse en el respaldo del asiento y se quedó mirando el techo con las manos en el cogote, mientras repasaba mentalmente sus encuentros con Pendergast: el primero, ahí mismo, en el despacho, con una absoluta falta de colaboración por parte del agente; el segundo, durante la autopsia de Alban; el siguiente, en la sala de pruebas y efectos de la comisaría del distrito 26: una breve reunión en la que Pendergast había tenido la perversidad de no manifestar el menor interés por la caza del asesino de su hijo; y ahora, otra vez en el despacho, con una conversación en la que Pendergast se había convertido de forma abrupta en la viva imagen de la sinceridad. Lo súbito del cambio le recordó un tema común en muchos de los mitos griegos que tan bien conocía: la traición. Atreo y Tiestes. Agamenón y Clitemnestra. Con la mirada fija en el techo, se dio cuenta de que, a pesar de que en las dos últimas semanas Pendergast le hubiera despertado irritación y dudas, otra emoción se había ido formando lentamente en su interior desde el primer momento: una oscura sospecha.

34

En una sala de color tierra en el último piso del consulado de Estados Unidos en Río de Janeiro daba vueltas sin descanso el agente especial Pendergast. Era una habitación pequeña y espartana, donde solo había una mesa, algunas sillas y las obligatorias fotos del presidente, el vicepresidente y el secretario de Estado, pulcramente alineadas en la pared. El aire acondicionado resollaba y repiqueteaba en la ventana. Cansado por el vuelo desde Nueva York, así como por los preparativos a toda prisa que habían hecho posible el viaje, Pendergast se detenía algunas veces para respirar con profundidad, aferrado al respaldo de una silla. Después reanudaba el paseo por la sala, mirando de vez en cuando por la única ventana de la habitación, que daba a unas colinas cubiertas de un sinfín de construcciones destartaladas, con techos de color beis y, por contraste, con paredes de colores vivos bajo el sol matinal. Al fondo se veían las aguas relucientes de la bahía de Guanabara y, al final de todo, el Pan de Azúcar.

Se abrió la puerta y entraron dos personas. A la primera, que llevaba un traje muy discreto, la reconoció enseguida: era el agente de la CIA del sector Y. Le acompañaba un individuo más bajo y fornido, cuyo uniforme ostentaba diversas charreteras, insignias y medallas.

El agente de la CIA se acercó con la mano tendida, como si nunca hubiera visto a Pendergast.

—Soy Charles Smith, ayudante del cónsul general. Le presento al coronel Azevedo, de la ABIN, la Agencia Brasileña de Inteligencia.

Pendergast les dio la mano. A continuación los tres tomaron asiento. Pendergast no había presentado su acreditación. Al parecer no hacía falta. Se fijó en que Smith miraba la sala como si nunca hubiera estado allí, lo cual era posible. El superagente tuvo curiosidad por saber desde cuándo desempeñaba aquella misión secreta.

—Al tener cierto conocimiento de su situación —dijo Smith—, le he pedido al coronel Azevedo que tuviera la bondad de ponerse a nuestra disposición.

Pendergast lo agradeció con un gesto de la cabeza.

—He venido —les dijo— por la operación Wildfire.

—Por supuesto —dijo Smith—. Si le parece, podría poner al coronel Azevedo al corriente de los detalles.

Pendergast se giró hacia el coronel.

—La finalidad de la operación Wildfire era usar recursos tanto estadounidenses como extranjeros para localizar a un sospechoso para Langley y para mí personalmente, a un joven que desapareció hace dieciocho meses en la selva brasileña.

Azevedo asintió con la cabeza.

—La persona en cuestión apareció asesinada hace dos semanas en la puerta de mi domicilio en Nueva York. Su muerte esconde un mensaje. Estoy aquí para averiguar quién lo envió, por qué lo hizo y cuál es el mensaje concreto.

Azevedo puso cara de sorpresa, mientras que Smith no.

—El 4 de junio el hombre de quien hablo tomó un vuelo de Río a Nueva York con un pasaporte falso expedido por Brasil —prosiguió Pendergast en sus explicaciones—. Usaba el nombre de Tapanes Landberg. ¿Le suena de algo, coronel?

Este indicó que no.

—Necesito rastrear sus movimientos en Brasil durante el último año y medio. —Pendergast se pasó el dorso de la mano por la frente—. Aunque hemos invertido muchas horas de trabajo para buscar a esta persona y hemos hecho uso de una tecnología secreta, la operación Wildfire no ha hallado un solo indicio. ¿Cómo es posible? ¿Cómo pudo evitar que le detectasen aquí en Brasil durante dieciocho meses o, como mínimo, durante el tiempo que pasó en estas tierras?

Finalmente habló el coronel:

—Que algo así suceda es posible. —Para ser un hombre con una gran fortaleza física, tenía una voz afable, casi dulce. Además, hablaba en un inglés perfecto, sin apenas acento—. Suponiendo que estuviera en Brasil, lo cual es una posibilidad, habida cuenta de lo que ha dicho, solo pudo esconderse en dos lugares: la selva... o una favela.

—Favela —repitió Pendergast.

—Sí, *senhor* Pendergast. ¿Ha oído hablar de ellas? Son uno de nuestros grandes problemas sociales o, mejor dicho, de nuestras plagas sociales: barrios fortificados de barracas donde mandan los traficantes de drogas, núcleos de población separados del resto de la ciudad. Piratean el agua y la electricidad del suministro general, se rigen por sus propias leyes, aplican una disciplina de hierro, protegen sus fronteras, matan a los miembros de bandas rivales y oprimen a sus ocupantes. Son como pequeños feudos corruptos, estados dentro del Estado. En una favela no hay policía ni cámaras de seguridad. Es un lugar en el que, en caso de necesidad, se puede desaparecer; y más de uno lo ha hecho. Hasta hace pocos años había un sinfín de favelas alrededor de Río, aunque ahora que se acercan las olimpiadas el gobierno ha empezado a actuar. El Batalhão de Operações Policiais Especiais (BOPE) y la Unidade de Polícia Pacificadora (UPP) han empezado a invadir las favelas y a pacificarlas una por una, labor que no terminará hasta que se haya intervenido en todas ellas. —Azevedo hizo una pausa—. Bueno, en todas no; hay una que no tocarán ni el ejército ni la UPP. Se llama Cidade dos Anjos, la Ciudad de los Ángeles.

—¿Y a qué se debe este trato especial?

El coronel respondió con una sonrisa lúgubre:

—Es la más grande, la más violenta y la más poderosa de

todas las favelas. Los señores de la droga que la gobiernan son crueles y no le tienen miedo a nada. Hace dos años, para que se haga a la idea, invadieron una base militar y se llevaron miles de armas y de municiones: ametralladoras de calibre 50, granadas, RPG, morteros, lanzamisiles... Hasta misiles tierra-aire.

Pendergast frunció el entrecejo.

—Razón de más, diría un servidor, para limpiarla.

—Mira usted la situación desde fuera. Las favelas solo hacen la guerra entre ellas, no contra la población general. Invadir ahora la Cidade dos Anjos sería un baño de sangre, con muchas bajas para nuestro ejército y nuestra policía. A la Cidade dos Anjos no la desafiará ninguna otra favela, y tarde o temprano las demás acabarán por desaparecer, así que ¿de qué sirve alterar el orden natural de las cosas? Más vale enemigo conocido que enemigo por conocer.

—La persona de la que hemos hablado desapareció en la selva hace dieciocho meses —dijo Pendergast—, pero dudo que se quedara mucho tiempo.

—Bueno, señor Pendergast —comentó el agente de la CIA—, pues parece que tenemos una posible respuesta al misterio de cómo mantuvo su invisibilidad el señor Tapanes Landberg. —Añadió a sus palabras un esbozo de sonrisa.

Pendergast se levantó de la silla.

—Gracias a los dos.

El coronel Azevedo le observó con atención.

—*Senhor* Pendergast, me da miedo imaginar lo que hará a continuación.

—Mis competencias diplomáticas no me permiten acompañarle —dijo el agente de la CIA.

Pendergast se limitó a asentir con la cabeza antes de girarse hacia la puerta.

—Si se tratase de cualquier otro lugar, le asignaríamos una escolta militar —aseguró el coronel—, pero no si entra en Cidade dos Anjos. Lo único que puedo ofrecerle es un consejo: deje resueltos todos sus asuntos antes de entrar.

35

Pendergast, vestido de los pies a la cabeza, estaba tumbado en la cama extragrande de su suite en el hotel Copacabana Palace. Aunque solo fuera mediodía reinaba una gran oscuridad en la habitación, cuyas luces estaban apagadas. Con las ventanas cerradas y las persianas corridas, apenas se filtraba el vago rumor del oleaje de la playa de Copacabana.

Su cuerpo inmóvil sucumbió de pronto a un temblor casi espasmódico que lo agitó con una fuerza cada vez mayor. Con los ojos muy cerrados y los puños apretados, trató de superar el súbito e inesperado ataque recurriendo a la fuerza de su voluntad. Al cabo de unos minutos, empezaron a aliviarse los temblores. Sin embargo, no desaparecieron del todo.

—Lo venceré —murmuró entre dientes.

Al principio, con los primeros síntomas, trató de encontrar la manera de anularlos. Al no hallar la respuesta en el pasado, empezó a buscar en el presente, con la esperanza de descubrir los métodos de quien le torturaba. Pero, cuanto más entendía la diabólica complejidad del complot urdido para envenenarle, y cuanto más reflexionaba sobre la historia de Hezekiah y su pobre esposa, más cuenta se daba de que sus esperanzas no eran más que un cruel engaño. Ahora solo le impulsaba la necesidad acuciante de llevar a buen puerto la investigación, al menos mientras tuviera tiempo. Las probabilidades de que ese caso fuese el último de su carrera no hacían sino aumentar.

Encauzó sus pensamientos hacia la reunión de la mañana y a las palabras del coronel brasileño: «Solo pudo esconderse en dos lugares —había dicho refiriéndose a Alban—: la selva… o una favela».

Recordó sin querer otras palabras, las que le había dirigido Alban en el momento de su despedida, dieciocho meses atrás, al adentrarse en la selva brasileña con una calma absoluta: «Me espera una vida larga y productiva. Como suele decirse, tengo el mundo a mis pies. Y te prometo que conmigo será un mundo más interesante».

Retuvo en su cerebro aquella escena; hizo todo lo posible para rememorarla hasta el último detalle.

Naturalmente abrigaba la certeza de que su hijo había estado algunos meses en la selva de Brasil, puesto que había visto con sus propios ojos cómo se internaba en la masa vegetal. Pero, tal como le había insinuado al coronel, también creía que no había permanecido mucho tiempo ahí. En la selva no había ocupaciones suficientes ni bastantes cosas que le distrajesen, y no era un lugar que le permitiera planear sus múltiples estratagemas. Alban tampoco había regresado a su pueblo natal, Nova Godói, una localidad que ahora se encontraba en manos del gobierno brasileño, en una especie de régimen de cesión al ejército. Era una población que, por otra parte, no tenía ya nada que brindarle; habían destruido el complejo, y los científicos, los soldados y los jóvenes líderes estaban muertos o encarcelados, o habían sido rehabilitados, esparcidos al viento… No. Cuanto más lo analizaba, más seguro estaba de que Alban había salido, más temprano que tarde, de la selva y se había metido en una favela.

Era el lugar perfecto para Alban, sin policía de la que preocuparse, ni cámaras, ni agentes de vigilancia o de seguridad que le siguieran la pista. Con su aguda inteligencia, su genio para el crimen y su sociopatía, probablemente tuviera algo que ofrecer a los señores de la droga que imponían su voluntad en la favela. Así habría dispuesto del tiempo y el espacio necesarios para desarrollar sus planes de futuro.

«Tengo el mundo a mis pies. Y te prometo que conmigo será un mundo más interesante.»

Otro dato a tener en cuenta era la favela que habría elegido Alban, siempre en busca de lo más grande y de lo mejor.

Pero lo único que hacían todos esos pensamientos era conducir a varias preguntas. ¿Qué le había pasado a Alban en la Cidade dos Anjos? ¿Qué extraño viaje le había llevado desde la favela al umbral de la mansión de Pendergast? ¿Y qué relación existía entre Alban y el ataque en el mar de Salton?

«Me da miedo imaginar lo que hará a continuación.» Era evidente lo que haría.

Respiró varias veces de manera profunda y entrecortada. Luego se levantó de la cama y apoyó los pies en el suelo. La habitación daba vueltas a su alrededor. Los temblores se convirtieron en espasmos musculares sumamente dolorosos, que tardaron bastante en pasar. Para superar los ataques que empezaban a acosarle cada vez más a menudo, se había recetado él mismo una medicación compuesta por atropina, quelatores, glucagón y analgésicos, pero eran palos de ciego, que de poco servían.

Sintió en su cuerpo los preliminares de otro espasmo. No podía ser, y menos con los planes que tenía en mente.

Esperó a que se le pasara la contracción para acercarse a una mesa arrimada a la pared del fondo, donde tenía el kit de baño y el arnés reglamentario con su Les Baer de calibre 45. Al lado había varios cargadores de repuesto.

Se sentó y sacó el arma. Entrar en Brasil con la pistola no le había planteado ninguna dificultad. En el aeropuerto JFK había cumplido con el protocolo estándar de identificarse ante la Administración de Seguridad en el Transporte, y llevaba encima permisos de armas para distintos países. La pistola no había pasado por ningún escáner. No la habían sometido a rayos X.

Tampoco habría importado que lo hicieran.

Realizó un esfuerzo para mantener los dedos firmes al levantar el arma y sacar con las uñas un pequeño tapón de goma del cañón. Después volcó la pistola y, con mucho cuidado, dejó caer una jeringa en miniatura y varias agujas hipodérmicas, que se posaron en la mesa. Fijó una aguja a la jeringa y la colocó a un lado.

Acto seguido, su atención se fijó en uno de los cargadores de recambio. Extrajo la primera bala, sacó del bolsillo de su americana unos alicates en miniatura y sacó cuidadosamente la bala del casquillo. Luego alisó sobre la mesa una hoja de papel que había en los cajones, giró con cuidado el cartucho y vertió el contenido. En vez de pólvora salió un fino polvo blanco.

Apartó con el dorso de la mano el cartucho vacío y la bala inservible. Después tendió la mano hacia el kit de baño y, tras rebuscar un poco en su interior, cogió dos frascos de pastillas. Uno de ellos contenía un opioide semisintético de nivel 2 de adictividad, que se usaba para aliviar el dolor; el otro, un relajante muscular. De cada frasco sacó dos pastillas, que puso en la hoja de papel y trituró con una cuchara de la bandeja del servicio de habitaciones, hasta reducirlas a un fino polvo.

Habían quedado en la hoja tres montoncitos. Los mezcló con cuidado y los cogió con la cuchara. Acto seguido, sacó un mechero del kit de baño, lo puso debajo de la cuchara y lo encendió. Con el calor, la mezcla empezó a oscurecerse, formó burbujas y adquirió una consistencia líquida.

Dejó caer el mechero en la mesa y sujetó la cuchara con ambas manos, mientras le asaltaba otro doloroso espasmo. Esperó un minuto a que se enfriase la mezcla, tóxica y peligrosa. Transcurrido ese tiempo, hundió la aguja en el líquido y llenó la jeringuilla.

Soltó la cuchara con un suspiro quedo. Ya había pasado lo más difícil. Por última vez buscó en el kit de baño y cogió una goma elástica. Después se arremangó, ató la goma en la parte superior del brazo, cerró el puño y ajustó la liga con los dientes.

En la parte interior del codo apareció una vena.

Mientras sujetaba con cuidado la goma entre los dientes, levantó la jeringuilla con la mano libre e insertó la aguja en la vena. Tras un rato de espera, separó un poco los dientes y soltó la tira. Por último presionó con precaución el émbolo.

Permaneció sentado unos minutos, con los ojos cerrados y la aguja en el brazo. Después volvió a abrir los ojos, retiró la jeringuilla, la dejó en la mesa y aspiró un poco de aire con la cautela de un bañista que comprueba la temperatura del agua.

Ya no sentía dolor. Se habían aliviado los espasmos. Estaba débil y desorientado, pero podía valerse por sí mismo.

Se levantó de la silla aletargado, como un hombre mayor recién salido de la cama, y se enfundó el arnés con la pistola y luego la chaqueta. Después se quitó con cuidado la placa y la identificación del FBI, y las guardó en la caja fuerte. En cambio, se quedó el pasaporte y la cartera. Tras una última mirada, salió de la suite del hotel.

36

A la Cidade dos Anjos se entraba por el fondo de un estrecho recodo en una calle de la Zona Norte de Río. A primera vista, la favela no se diferenciaba mucho de su entorno, la región de Tijuca. Eran casas cutres de cemento, de dos o tres plantas, apretujadas en un dédalo de calles tan sinuoso y complicado que casi parecía medieval. Las primeras viviendas eran grises, pero, a medida que el gran asentamiento de barracas trepaba hacia el norte por la cuesta, los colores pasaban al verde y luego al tono tierra, bajo un millar de cintas de humo que brotaban de los fuegos encendidos para cocinar y de un sol abrasador que lo volvía todo trémulo, brumoso. Solo al ver a dos jóvenes apoyados en unos bidones vacíos de gasolina, con pantalones cortos, chanclas de dedo y metralletas colgadas de los hombros desnudos (vigilantes que controlaban las entradas y salidas de la gente), se dio cuenta Pendergast de que estaba a las puertas de una parte completamente distinta de Río de Janeiro.

Se paró en la callejuela, tambaleándose un poco. Aunque los medicamentos que se había tomado fueran necesarios para no venirse abajo, le habían embotado el cerebro y ralentizaban sus reacciones. En aquel estado habría sido demasiado peligroso disfrazarse. Solo sabía algunas palabras en portugués y de ningún modo habría podido dominar el dialecto local, distinto entre una favela y otra. Si los traficantes de la Cidade dos Anjos o sus guardaespaldas le veían como un poli de paisano, le matarían enseguida. Su única opción era no llevar ningún disfraz y dar la nota.

Se aproximó a los muchachos, que le observaban sin moverse, con los ojos entornados. Los cables de electricidad y televisión que cruzaban la calle a determinada altura eran tan densos que la oscurecían a todas horas, y tan pesados que se abombaban por sí solos, como una enorme y amenazadora red. El calor de aquella calle fétida, que apestaba a basura, heces de perro y humo acre, era digno de un horno. Viendo que se acercaba, los chicos no se movieron, pero sí dejaron que se deslizasen las metralletas hasta sus manos. Pendergast llegó hasta el mayor de los dos, sin hacer tan siquiera el ademán de pasar de largo.

El muchacho, que no tendría más de dieciséis años, le miró de los pies a la cabeza con una mezcla de curiosidad, hostilidad y burla. Con aquel bochorno, y vestido con el traje negro, la camisa blanca y la corbata de seda, Pendergast parecía un visitante de otro planeta.

—*Onde você vai, gringo?* —preguntó el joven con tono amenazante.

En ese momento, el otro chico, más alto y rapado al cero, se separó del bidón y levantó la metralleta, con la que apuntó a Pendergast como si fuera lo más normal del mundo.

—*Meu filho* —dijo Pendergast—. Mi hijo.

El chaval se rió y miró a su compatriota. Seguro que era una escena habitual, la del padre buscando a su hijo descarriado. El de la cabeza rapada parecía partidario de pegarle un tiro sin hacerle más preguntas, pero el más bajo, con pinta de tener mayor autoridad oficial, lo vetó e hizo señas a Pendergast con el cañón de su arma para que levantara las manos. El superagente obedeció. Fue cacheado por el calvo, que le quitó el pasaporte y luego la cartera. La modesta cantidad de dinero que contenía esta última fue objeto de un reparto inmediato. Unos segundos después, cuando el chaval encontró la Les Baer, estalló una discusión entre los chicos. El más bajo se apoderó de la pistola y la agitó ante la cara de Pendergast mientras le hacía preguntas airadas en portugués.

El agente del FBI se encogió de hombros.

—*Meu filho* —repitió.

A lo largo de la discusión fue formándose un pequeño grupo de curiosos. Todo indicaba que al final sería el rapado quien se saliese con la suya. Pendergast metió la mano en un bolsillo interior de la americana, sacó un fajo de billetes (mil reales) y se los ofreció al más bajo de los vigilantes.

—*Meu filho* —dijo una vez más en un tono apacible.

El joven se quedó mirando el dinero, aunque no lo aceptó.

Pendergast volvió a meter la mano en el bolsillo, extrajo otros mil reales y los añadió al fajo anterior. En un barrio así, dos mil reales, que equivalían a unos seiscientos dólares, era mucho dinero.

—*Por favor* —dijo agitando suavemente el dinero frente al vigilante—, *deixe-me entrar*.

El muchacho se lo arrebató con una mueca súbita.

—*Porra* —murmuró.

Su reacción provocó otro arranque de ira en su compañero rapado, que seguía con la idea de pegarle un tiro a Pendergast y quedarse con el dinero. Pero el más bajo le silenció de nuevo con una andanada de insultos. Después le devolvió a Pendergast el pasaporte y la cartera, aunque se quedó la pistola.

—*Sai da aqui* —dijo ahuyentándole con gestos—. *Filho da puta*.

—*Obrigado*.

Al dejar atrás el puesto informal de control, Pendergast vio con el rabillo del ojo que el chico rapado se apartaba del grupo para desaparecer por una callejuela.

Avanzó por la calle central de la favela, que poco después se deshacía en un laberinto desorientador de calles cada vez más estrechas, las cuales se cruzaban repetidas veces entre sí, cambiaban bruscamente de sentido y de vez en cuando se acababan de golpe. La gente le miraba en silencio, algunos con curiosidad y otros con recelo. De vez en cuando se paraba a preguntar.

—*Meu filho?*

La respuesta, sin embargo, era siempre la misma: sacudir la cabeza y pasar de largo sin decir nada, como quien esquiva los murmullos de un loco.

Combatió el aturdimiento de los fármacos para poder estar alerta con los cinco sentidos. Necesitaba entender la posición en la que se encontraba. Los callejones estaban relativamente limpios; a ratos pasaba alguna que otra gallina o un perro escuálido y furtivo. Aparte de los dos vigilantes, no vio armas, compraventa de droga ni delitos apreciables a simple vista. De hecho, la favela exhibía más orden que la propia ciudad. Las casas estaban decoradas con carteles y folletos de colores delirantes; muchos de los anuncios habían empezado a despegarse y temblaban con el viento. El ruido era casi insoportable. Por las ventanas abiertas salía música funk brasileña y conversaciones o discusiones a grito pelado, así como la esporádica interjección de *Caralho!* o alguna otra invectiva. El olor a carne frita era agobiante. Pasaban ciclomotores y bicicletas oxidadas, pero sin demasiada frecuencia. Apenas había coches. En cada cruce se divisaba al menos un *barzinho* en la esquina, un bar con mesas de plástico roñosas. En su interior, una docena de hombres con botellas de cerveza Skol en la mano seguía con pasión un partido de fútbol. Cada gol se traducía en un coro de gritos.

Pendergast se detuvo y, tras orientarse en la medida de lo posible, empezó a subir por la ladera en la que se distribuía la Cidade dos Anjos. A medida que ascendía por las calles sinuosas, el aspecto de las viviendas fue cambiando. Las casas de cemento de dos o tres plantas dejaban paso a barracas que llamaban la atención por su aspecto ruinoso, con tablones y trozos de madera atados con alambres o cuerdas, y cubiertos (cuando lo estaban, que no era siempre) con planchas de hierro ondulado. Ahora sí había basura por las calles, y predominaba un olor persistente a carne en mal estado y patatas putrefactas. Parecía que aquellas casitas se apoyasen las unas en las otras. Estaba todo lleno de ropa tendida en una maraña inverosímil de líneas en zigzag; prendas flácidas bajo el tremendo calor. A la altura de un solar vacío, donde se había improvisado un pequeño campo de fútbol entre los restos de una valla metálica, divisó la majestuosa silueta de los rascacielos de viviendas en la Zona Norte de Río. Solo estaban a dos o tres kilómetros de distancia, pero desde aquel mirador podrían haber sido mil.

La cuesta iba haciéndose más empinada, y el paisaje urbano se convirtió en un batiburrillo desorientador de terrazas, de escaleras públicas de madera y cemento mal vertido, y de estrechas callejuelas en zigzag. Detrás de las alambradas y los listones rotos, le observaban niños sucios. Allá arriba no había tanta música, ni gritos, ni vida. El aire espeso estaba infectado por la quietud de la pobreza y de la desesperación. Todo eran construcciones encajadas de cualquier manera, a distintos niveles e inclinaciones, como si a ninguna le importase las demás; un laberinto tridimensional de callejones, pasajes, espacios comunes y plazuelas que no impidió que Pendergast siguiera murmurando la misma y patética frase siempre que se cruzaba con alguien.

—*Meu filho. Por favor. Meu filho.*

Justo cuando pasaba al lado de una tienda pequeña y mugrienta de tapicería, se paró delante de él con un chirrido de frenos una camioneta Toyota Hilux de cuatro puertas, llena de abolladuras y arañazos. Al ser apenas más estrecha que el propio callejón, no dejó que el agente siguiera caminando. El conductor se quedó al volante mientras salían del vehículo tres jóvenes con pantalones caquis y camisetas de punto de colores vivos. Llevaban todos unos fusiles AR-15 y apuntaban a Pendergast.

Uno de los hombres se acercó con rapidez; los otros dos seguían en su sitio.

—*Pare!* —exigió—. ¡Stop!

Pendergast permaneció quieto. Durante unos instantes quedó todo en suspenso. El superagente dio un paso, y uno de los hombres le detuvo empujándole con la culata. Los otros dos jóvenes se aproximaron mientras le apuntaban a la cabeza.

—*Coloque suas maos no carro!* —vociferó el primero, que le hizo girarse y le lanzó contra la camioneta.

Mientras le cubrían los demás, registró a Pendergast en busca de armas y, a continuación, abrió una de las puertas traseras del vehículo.

—*Entre* —dijo sin contemplaciones.

En vista de que lo único que hacía Pendergast era pestañear bajo la cruda luz del sol, el joven le tomó por los hombros y le arrojó al asiento. Después subió un hombre a cada lado, sin dejar de apuntarle, mientras el primero ocupaba el puesto de copiloto. El conductor arrancó y salió disparado por la callejuela, levantando una nube de polvo que sumergió en la oscuridad la imagen de la camioneta.

37

Uno de los policías de servicio asomó la cabeza en el despacho de D'Agosta.

—Teniente, tiene una llamada. Un tal Spandau.

—¿Puedes tomar tú el recado? Es que me pillas ocupado.

—Dice que es importante.

D'Agosta echó un vistazo al sargento Slade, que estaba sentado en la silla de las visitas, y en el fondo agradeció la interrupción. Slade, el recadero de Angler, se había convertido a petición de este último en el «enlace» entre ambos casos, el del asesinato del museo y el del cadáver en la puerta de la casa de Pendergast. D'Agosta no tenía una idea clara de cuánto sabía Angler acerca de la conexión entre ambas historias. El hombre se guardaba bien las cartas. Slade también. En todo caso, querían copia de todos los informes del caso, de todos, y cuanto antes. A D'Agosta no le caía bien Slade, y no solo por el repugnante toffee de regaliz que tanto le gustaba; por alguna razón le recordaba al típico alumno chivato del colegio, capaz de delatarte para ganarse los favores del profesor si te veía haciendo algo mal. Por otra parte, sabía que era un hombre inteligente y hábil, lo cual empeoraba las cosas. Cogió el teléfono.

—Perdone, pero tengo que ponerme —le dijo a Slade—. Puede que tarde un poco. Hablaremos luego.

Slade los miró a los dos, primero a D'Agosta y luego al poli de servicio, y se levantó.

—Tranquilo.

Salió del despacho, dejando un rastro de aroma de regaliz.

Después de ver que se alejaba, D'Agosta se acercó el teléfono al oído.

—¿Qué pasa? ¿Nuestro amigo ha recuperado la chaveta?

—No exactamente —comentó Spandau con neutralidad.

—¿Pues entonces?

—Está muerto.

—¿Muerto? ¿Qué ha pasado? Vaya, parecía enfermo, pero tampoco tanto…

—Le ha encontrado no hace ni media hora en su celda uno de los celadores. Suicidio.

Suicidio. Aquel caso era un hueso.

—Madre mía… No me lo puedo creer. —La frustración endureció más de lo deseado el tono de su respuesta—. ¿No le tenían vigilado por si acaso?

—Sí, claro que sí, y con toda la parafernalia: celda acolchada, esposas de cuero, rotaciones cada cuarto de hora… Justo después de la última comprobación, ha conseguido quitarse las esposas partiéndose la clavícula. Luego se ha arrancado con los dientes el dedo gordo del pie izquierdo y… ha muerto atragantado.

D'Agosta se llevó un shock tan grande que estuvo un rato sin poder hablar.

—He intentado llamar al agente Pendergast —añadió Spandau—, pero, como no le encontraba, le he llamado a usted.

Era verdad. Pendergast había vuelto a desaparecer. Era exasperante, pero ya habría tiempo de pensar en ello.

—Vale. ¿Ha llegado a estar lúcido en algún momento?

—Al contrario. Después de que se fueran ustedes, perdió la poca lucidez que le quedaba. Deliraba sin parar y repetía siempre lo mismo.

—¿El qué?

—Una parte ya la oyeron ustedes. Hablaba todo el rato de un olor a flores podridas. Ya no dormía y armaba follón día y noche. También se quejaba del dolor, pero no uno localizado, sino en todo el cuerpo. Empeoró con el paso de las horas. El médico de la cárcel le hizo unas pruebas y le recetó unos medicamentos, pero no sirvió de nada. En realidad, nunca dieron con el diagnóstico. En las últimas veinticuatro horas, todo se precipitó: delirios constantes, gemidos, lloros... Me he enterado de su muerte justo cuando hacía los trámites para que le trasladasen al hospital del complejo.

D'Agosta respiró hondo y soltó el aire en un largo y lento suspiro.

—La autopsia está programada para hoy mismo. Cuando tenga el informe, se lo envío. ¿Quiere que haga algo más?

—Si se me ocurre alguna cosa, se lo digo. Gracias —añadió como ocurrencia de última hora.

—Me sabe mal no tener mejores noticias.

Se cortó la llamada con un clic.

D'Agosta se apoyó en el respaldo de la silla y, en ese momento, su mirada se posó lentamente, sin querer, en la montaña de informes que cubrían su mesa. Tenía que hacer copia de todos para Slade.

Genial. Genial de cojones.

38

El Hilux se abrió paso a bocinazos por los torcidos callejones de la favela, como un elefante por un cañaveral. Los vendedores ambulantes de las aceras no tuvieron más remedio que meterse en las casas, y los peatones y ciclistas se apartaron adentrándose en las callejuelas laterales o pegándose a la fachada de las casas. Los retrovisores de la camioneta rascaron en más de una ocasión las construcciones de un lado u otro de la calle. Los secuestradores de Pendergast se limitaban a amenazarlo con sus AR-15, sin abrir la boca. El coche subía sin parar, moviéndose con ímpetu por las calles zigzagueantes, sorteando las edificaciones que brotaban por los flancos del monte como setas de múltiples colores.

Finalmente se pararon frente a un pequeño grupo de barracas, en el punto más alto de la favela. Otro hombre armado abrió una puerta de tela metálica improvisada en la fachada de una vivienda, y el Hilux penetró en un pequeño aparcamiento. Los cuatro hombres salieron de la camioneta. Uno de ellos le hizo señas a Pendergast con el rifle para que también bajara.

El agente acató la orden y parpadeó bajo la luz del sol. El mazacote de cobertizos y casas construidas de manera informal bajaba por la montaña de un modo interminable, sin orden ni concierto, hasta dejar paso a las calles más ordenadas que conformaban la ciudad de Río; más abajo se veía el brillante azul de la bahía de Guanabara.

En la calle en la que se encontraban destacaban tres casas idénticas, que se distinguían del resto de la favela porque estaban más cuidadas. La del medio tenía varios agujeros grandes e irregulares parcheados con cemento y repintados. En el patio había un generador encendido. A cierta altura se cruzaban diez o doce cables de varios colores, fijados a diversos puntos de los tejados. Dos de los hombres obligaron a Pendergast a entrar en la vivienda central.

El interior era oscuro, fresco y espartano. Con las armas semiautomáticas, los vigilantes le hicieron avanzar a punta de cañón por un pasillo de baldosas; después subieron dos tramos de escaleras y llegaron a una sala grande, que era claramente un despacho. La falta de decoración le daba un aire poco menos que monástico, que compartía con el resto de la casa. Había un escritorio de madera, flanqueado por otros dos vigilantes con fusiles AR-15, y unas cuantas sillas de madera sin tapizar. En una de las paredes de bloques de hormigón pintados colgaba un crucifijo y, en otra, un gran televisor de pantalla plana, en el que se veía un partido de fútbol, aunque sin sonido.

El hombre de detrás del escritorio tenía unos treinta años, la tez morena, el pelo ondulado y rebelde, y una barba de tres días. Llevaba pantalones cortos, camiseta de tirantes y las omnipresentes chanclas de dedo, además de una gruesa cadena de platino alrededor del cuello y un Rolex de oro en la muñeca. Pese a su relativa juventud, y a su informal manera de vestir, irradiaba confianza y autoridad. Cuando vio entrar a Pendergast, le observó con unos ojos negros y brillantes. Después de beber un largo trago de una botella de cerveza Bohemia que tenía en la mesa, se giró hacia los secuestradores y les habló en portugués. Uno de los hombres cacheó a Pendergast, le quitó la cartera y el pasaporte, y los dejó sobre la mesa.

El hombre miró los objetos sin molestarse en examinarlos.

—*Passaporte.* —Frunció el ceño—. *Só isso?* ¿Nada más?

—*Sim.*

Pendergast fue sometido a otro registro más exhaustivo, que

acabó con otro fajo de reales sobre el escritorio. Sin embargo, cuando acabaron el registro, Pendergast señaló con la barbilla algo que se les había pasado por alto en el dobladillo de la americana.

Al buscar de nuevo, sintieron un crujido de papel. Uno de los hombres dijo una palabrota mientras abría una navaja. Cortó el dobladillo y sacó una foto: era de Alban ya muerto, aunque estaba un poco retocada para que se pareciese más a cuando estaba vivo. La alisaron sobre el tablero, al lado de la cartera y del pasaporte.

Cuando el hombre vio la foto, su expresión sufrió un cambio radical: pasó del aburrimiento y la irritación al shock y la sorpresa. La cogió y se la quedó mirando.

—*Meu filho* —repitió Pendergast.

El hombre le observó con insistencia, contempló de nuevo la imagen y luego volvió a fijar en el superagente una mirada escrutadora. Solo entonces prestó atención a los demás objetos. Primero examinó el pasaporte y después la cartera. Finalmente se giró hacia uno de los vigilantes.

—*Guarda a porta* —dijo—. *Ninguém pode entrar.*

El vigilante se acercó a la puerta del despacho para cerrarla con llave y se quedó delante con el arma preparada.

El joven de detrás del escritorio volvió a mirar a Pendergast.

—Bueno, bueno —dijo en un excelente inglés pero con acento—. Así que ha tenido la audacia de entrar en la Cidade dos Anjos vestido como un enterrador y se ha paseado con una pistola diciéndoles a todos que busca a su hijo.

Pendergast no contestó. Se quedó frente a la mesa, tambaleándose un poco.

—Me sorprende mucho que haya sobrevivido. Quizá pensaron que alguien capaz de una locura tan grande era inofensivo, pero ahora… —El hombre dio unos golpecitos a la foto—. Ahora sé que de inofensivo no tiene nada.

Recogió el pasaporte y la foto, y se levantó. En la cintura de sus pantalones cortos se apreciaba una pistola de gran tamaño. Rodeó el escritorio y se puso justo delante de Pendergast.

—No tiene buen aspecto, *cada* —dijo dando muestras de

haber reparado en la palidez de Pendergast y las gotas de sudor que tenía en las sienes. Volvió a mirar el pasaporte y la imagen—. Aun así, se le parece mucho —comentó como si hablara solo.

Pasó un minuto de silencio.

—¿Cuándo fue la última vez que vio a su hijo? —preguntó.

—Hace dos semanas —respondió Pendergast.

—¿Dónde?

—En la puerta de mi casa. Muerto.

Una expresión de shock o de dolor, o de ambas cosas a la vez, distorsionó fugazmente la expresión del joven. Transcurrió otro minuto antes de que volviera a hablar.

—¿Y por qué ha venido?

Una pausa.

—Para averiguar quién le mató.

El hombre asintió con la cabeza. Le parecía un motivo comprensible.

—¿Y por eso se pasea por nuestra favela preguntando por él a todo el mundo?

Pendergast se pasó una mano por los ojos. El efecto de los fármacos se estaba diluyendo, y empezaba a reavivarse el dolor.

—Sí, es que tengo que… saber qué hacía aquí.

Se hizo el silencio en la sala. Finalmente el joven suspiró.

—*Caralho* —murmuró.

Pendergast no dijo nada.

—¿Y quiere vengarse del asesino?

—Solo busco información. Lo que ocurra después… ya no lo sé.

El hombre parecía pensativo. Señaló una de las sillas.

—Siéntese, por favor.

Pendergast se dejó caer en la que tenía más cerca.

—Me llamo Fábio —añadió—. Cuando me han dicho mis exploradores que había entrado en mi ciudad un hombre raro que iba hablando de su hijo, no le he dado importancia. Después, cuando me lo han descrito como un sujeto alto, con porte, con unas manos como arañas blanquecinas y nerviosas, una piel blanca como el mármol y unos ojos como conchas de plata, entonces ya me lo he pensado más. Pero, claro, ¿cómo cerciorarme de quién era? Le pido disculpas por la manera de traerle aquí, pero…

—Se encogió de hombros y contempló a Pendergast—. Lo que dice… ¿es realmente cierto? Se me hace difícil creer que hayan podido asesinar a un hombre como él.

Pendergast asintió.

—Entonces es lo que él temía —puntualizó el tal Fábio.

Pendergast miró al otro lado del escritorio. Sabía que los señores de la droga se vestían exactamente así, vivían así e iban armados así. Recordó las palabras del coronel Azevedo: «La Cidade dos Anjos es la más grande, la más violenta y la más poderosa de todas las favelas. Los señores de la droga que la gobiernan son crueles y no le tienen miedo a nada».

—Yo solo quiero información —dijo.

—Y la tendrá. De hecho, es mi deber facilitársela. Le contaré la historia. La de su hijo. Alban.

39

Fábio se sentó de nuevo detrás del escritorio, se acabó la botella de Bohemia y la dejó a un lado; enseguida se la cambiaron por otra. Después levantó la foto de la mesa y la rozó con las yemas de los dedos, con un gesto que era casi una caricia. Finalmente la dejó en su sitio y miró a Pendergast.

Este asintió con la cabeza.

—¿Cuándo vio a su hijo por última vez antes de morir?

—Hace dieciocho meses, en Nova Godói. Desapareció en la selva.

—Pues entonces empezaré la historia en ese punto. Al principio, su hijo Alban vivió con una pequeña tribu de indígenas en lo más profundo de la selva amazónica. Eran momentos difíciles, que dedicó a recuperarse y... ¿Cómo se dice? Reorganizarse. Tenía planes para él mismo y para el mundo. Y para usted, *rapiz*.

Fábio hizo un gesto elocuente con la cabeza.

—No tardó mucho en comprender que en medio de la selva no podía impulsar sus planes, así que vino a Río y se instaló en nuestra favela. No le costó casi nada. *O senhor* sabe tan bien como yo que Alban es, o era, un maestro del disfraz y del engaño. Además, hablaba perfectamente el portugués y muchos dialectos. En Río hay cientos de favelas, y él eligió bien la suya: un lugar perfecto en el que refugiarse sin miedo a que le descubriesen.

—Cidade dos Anjos —dijo Pendergast.

Fábio sonrió.

—Correcto, *rapiz*. Entonces era un sitio diferente. Alban mató a un joven solitario que iba dando tumbos por la vida y le robó su casa y su identidad. Se convirtió en un ciudadano brasileño apellidado Adler, de veintiún años, y se adaptó sin problemas a la vida de la favela.

—Suena muy propio de Alban —comentó Pendergast.

Los ojos de Fábio brillaron.

—No le juzgue hasta haber oído la historia, *cada*. Y hasta no haber vivido en un sitio como este. —Tendió el brazo alrededor como para abarcar toda la favela—. Se convirtió en un importador y exportador de productos, una ocupación que le permitía viajar por el mundo.

Desenroscó el tapón de la botella de cerveza y bebió un trago.

—En esa época, la Cidade dos Anjos la dirigía un gángster que se llamaba O Punho (el Puño) y sus secuaces. O Punho debía su apodo a su manera de matar a sus enemigos, muy característica y brutal. A Alban (Adler) no le causaron buena impresión O Punho y su pandilla. Su desorganización en los negocios era contraria al sentido del orden que le habían inculcado a él desde la infancia. Casi desde la cuna, ¿verdad, *senhor*? —Dirigió a Pendergast una sonrisa cómplice—. Adler se entretuvo pensando cómo mejoraría la organización y la gestión de la favela si mandase él. En aquel momento no tomó ninguna iniciativa, porque le tenían ocupado otras cosas más urgentes, pero de repente todo cambió.

Fábio se quedó callado. Pendergast intuyó que debía decir algo.

—Muy informado le veo sobre mi hijo —comentó.

—Era… amigo mío.

Controló su reacción.

—Alban conoció a una chica, la hija de un diplomático noruego. Se llamaba Danika Egland, pero todos la conocían como Anja das Favelas.

—El Ángel de las Favelas —tradujo Pendergast.

—La llamaban así porque entraba sin miedo a repartir medicinas, alimentos y comida, y predicaba educación e independencia para los oprimidos. Los líderes de las favelas, como es lógico, desconfiaban de ella, pero tenían que aguantarla por su enorme popularidad entre la población y por el poder de su padre. Danika dejó muy impresionado a Adler. Tenía aplomo, valentía y una belleza muy... muy...

Fábio hizo una serie de gestos que se referían a la cara de Pendergast.

—Nórdica —dijo este último.

—Sí, esa es la palabra. Lo que ocurre es que entonces, como ya le he dicho, Adler estaba ocupado en otras cosas. Se pasaba mucho tiempo investigando.

—¿El qué, exactamente?

—No lo sé, pero los documentos que leía eran antiguos. Científicos, con fórmulas químicas. Luego se fue a Estados Unidos.

—¿Cuándo? —preguntó Pendergast.

—Hace un año.

—¿Por qué hizo el viaje?

La seguridad que aparentaba Fábio flaqueó por primera vez.

—Se resiste a hablar del tema —añadió el superagente—. Ha dicho que Alban tenía planes. Relacionados conmigo, ¿verdad? ¿De venganza?

Fábio no contestó.

—Ya no hay ninguna razón para negarlo. Planeaba matarme.

—Los detalles no los conozco, *senhor*, pero sí, creo que tenía algo que ver con... Quizá no solo con matarle, sino con algo peor. Es que se guardaba muy bien las cartas.

Se hizo un silencio en el que se oyeron clics metálicos. Uno de los vigilantes se distraía con su AR-15.

Fábio reanudó su relato:

—Adler volvió cambiado, como si le hubieran quitado un peso de encima, y centró toda su atención en dos cosas: el liderazgo en la favela y Danika Egland. Ella era mayor que él, tenía veinticinco años. Adler la admiraba, se sentía atraído por ella.

Y ella por él. —Se encogió de hombros—. Vaya usted a saber cómo pasan estas cosas, *cada*. Un día se dieron cuenta de que estaban enamorados.

Al oír la última palabra, Pendergast exhaló bruscamente por la nariz, quizá en señal de burla.

—El padre de la chica conocía las actividades de Danika en las favelas y era muy contrario a ellas. Temía por la vida de su hija. Ella ocultó su enamoramiento a la familia. Al principio, la Anja no quiso irse a vivir con Adler, pero pasaba muchas noches en casa de él, lejos de la mansión de su padre, que residía en una urbanización vigilada. Un día Adler se enteró de que Danika estaba embarazada.

—Embarazada —repitió en voz baja Pendergast.

—Se casaron en secreto. Mientras tanto Adler se había obsesionado con tomar el control de la favela. Creía que con sus dotes de mando dejaría de ser una barriada desorganizada y se convertiría en algo muy distinto. Estaba convencido de que podría transformarla en un lugar eficiente y organizado.

—No me sorprende —dijo Pendergast—. La favela era el sitio perfecto para gestionar y poner en práctica sus planes de dominio. Un sustituto de Nova Godói, ahora que la habían destruido. Un Estado dentro del Estado, cuyo líder sería él.

Los ojos de Fábio volvieron a brillar.

—No pretendo saber qué le pasaba por la cabeza en esa época, *senhor*; solo puedo decirle que en muy poco tiempo diseñó un plan muy inteligente para dar un golpe de Estado en la Cidade dos Anjos. Alguien, sin embargo, se chivó a O Punho y su pandilla. O Punho sabía que la Anja das Favelas era la amada y la esposa de Adler, así que decidió actuar. Una noche rodeó con un grupo de hombres la casa de Adler y la incendió. No quedó nada en pie. Dio la casualidad de que él no estaba, pero su mujer y su hijo aún no nacido perecieron en el incendio.

Pendergast aguardó el resto de la historia en silencio, acallando su dolor a fuerza de voluntad. La mujer y el hijo no nacido de Alban, quemados vivos...

—Nunca he visto a nadie tan absolutamente consumido por la sed de venganza, aunque de una manera silenciosa, interiorizada; externamente no lo manifestaba, pero yo, que le conocía, me di cuenta de que todo su ser estaba volcado en la venganza. Fue al complejo fortificado de O Punho. Entró él solo armado hasta los dientes. Yo estaba seguro de que moriría, pero desató una orgía de violencia como nunca había oído ni imaginado. Mató a O Punho y a todos sus esbirros. En una sola noche asesinó él solo a toda la cúpula de la favela. La sangre vertida bajó casi un kilómetro por las alcantarillas. Fue una noche que jamás se olvidará en la favela.

—Por supuesto —dijo Pendergast—. Quería convertirla en algo infinitamente más grande y peor de lo que era.

Fábio puso cara de sorpresa.

—No, no lo comprende. Es lo que iba a contarle. Cuando mataron a su mujer y su hijo, Adler cambió. Tampoco yo lo entiendo del todo, pero hubo un cambio en su interior.

El escepticismo de Pendergast debía de ser obvio porque Fábio continuó con gran fervor.

—Creo que lo que le transformó fue la bondad de su mujer y la brutalidad de su muerte. De repente Adler entendió qué estaba bien y qué estaba mal en este mundo.

—Seguro —puntualizó Pendergast con sarcasmo.

Fábio se levantó de la mesa.

—¡Es verdad, *rapiz*! Y la prueba de ello está a su alrededor. Sí, Adler se apoderó de la Cidade dos Anjos, pero la remodeló. ¡Y para bien! La crueldad, la droga, el hambre, la tiranía de las pandillas… Todo eso ya no existe. Usted ve pobreza, y es normal; también tenemos todo tipo de armas, como es lógico, porque aún necesitamos defendernos de un mundo violento e indiferente: las bandas rivales, el ejército, los políticos corruptos que gastan miles de millones en construir campos de fútbol y estadios olímpicos mientras la gente se muere de hambre… Pero dentro de la Cidade dos Anjos hay poca violencia. Estamos en vías de transformación. Nos… —Buscó una palabra—. Nos importa la gente. La «empoderamos». Sí, es la palabra que usaba él. Ahora aquí se puede vivir al margen de la corrupción, la delincuencia, los impuestos y la brutalidad policial que asuelan el resto de Río. Aún tenemos problemas, pero todo está mejorando gracias a Adler.

Pendergast sintió flaquear su fuerza de voluntad. De pronto le daba vueltas la cabeza y tenía pinchazos en los huesos. Respiró profundamente.

—¿Cómo lo sabe? —preguntó al fin.

—Porque fui la mano derecha de su hijo en la nueva Cidade dos Anjos. Era su principal colaborador y quien mejor le conocía, aparte de Danika.

—¿Y por qué me ha contado todo esto?

Fábio se apoyó en el respaldo de la silla y vaciló un poco antes de contestar.

—Ya se lo he dicho, *senhor*. Tengo un deber. Hace tres semanas Adler se marchó de la favela por segunda vez. Me comentó que se iba a Suiza y luego a Nueva York.

—¿Suiza? —preguntó Pendergast bruscamente alarmado.

—Después de la muerte de Danika, Adler... Alban... me hizo prometerle que, si le pasaba algo, buscaría yo a su padre y le explicaría la historia de su redención.

—¡Redención! —exclamó Pendergast.

Fábio siguió hablando:

—Lo que ocurre es que no llegó a decirme su nombre ni a explicarme cómo podría ponerme en contacto con usted. Estuvo fuera tres semanas sin dar señales de vida. Y ahora viene usted y me dice que está muerto. —Bebió otro largo trago de cerveza—. Ya le he contado lo que él quería. He cumplido mi deber.

Durante una larga pausa, nadie habló.

—No me cree —intervino Fábio.

—Y la casa de Alban... —dijo Pendergast—. La que quemaron... ¿Cuál era la dirección?

—Rio Paranoá, número 31.

—¿Puede decirles a sus hombres que me lleven?

Fábio frunció el ceño.

—Solo quedan ruinas.

—Aun así, se lo pido.

Al cabo de un momento asintió.

—Y el gángster al que se ha referido, O Punho… ¿Dónde vivía?

—Pues dónde va a ser, aquí. —Fábio se encogió de hombros, como si fuera una obviedad—. ¿Algo más, *senhor*?

—Me gustaría que me devolvieran la pistola.

Fábio se giró hacia uno de sus vigilantes.

—*Me da a arma.*

Un minuto después apareció la Les Baer de Pendergast. El superagente se la metió en la americana y luego, muy despacio, recuperó de la mesa la cartera, el pasaporte, la foto y el fajo de dinero. Por último, le hizo a Fábio un gesto de agradecimiento con la cabeza, dio media vuelta y salió del despacho, siguiendo a los hombres armados hacia la escalera y el bochorno de la calle.

40

D'Agosta entró en la sala de videoseguridad del museo a las dos menos cuarto del mediodía, hora exacta. Jimenez quería verle. Esperaba que la reunión no durase más de quince minutos. La había programado para que tuviese lugar en uno de los intermedios de las sesiones del planetario, pues no estaba seguro de que pudiera soportar la enésima proyección de la creación del cosmos a un volumen de ochenta decibelios.

Jimenez y Conklin trabajaban con unos portátiles en una mesita. D'Agosta se acercó tras esquivar los equipos electrónicos en la penumbra.

—¿Qué pasa? —preguntó.

Jimenez se irguió.

—Ya hemos acabado.

—¿Ah, sí?

—Hemos visionado todas las grabaciones de la entrada del museo entre el 14 de junio, el día del asesinato de Marsala, y el 7 de abril, o sea, una semana antes de que los testigos oculares hubiesen visto al asesino en el museo. Hemos dejado una semana de margen por si acaso. —Hizo gestos hacia su portátil—. Tenemos la imagen que encontró usted al principio, cuando se ve que el falso científico accede al museo el 14 de junio a última hora de la tarde. Pero tenemos también las grabaciones del 21 de abril, en las que entra y sale del museo; y otra visita el día 14.

D'Agosta asintió con la cabeza. La fecha del 21 de abril coincidía con la primera examinación del esqueleto de Padgett. En cuanto al 14, era sin duda el día en que el asesino había hablado por primera vez con Marsala, haciéndose pasar por un científico externo, para concertar una consulta. Se dejó caer en una silla al lado de sus hombres.

—Buen trabajo —comentó.

Lo dijo de corazón. Ver vídeos sin parar, con tan poca definición, notando que se te secan poco a poco los ojos y empiezan a lagrimear, mientras se oye todo el rato la proyección del big bang, era un trabajo de lo más cargante. Pero aunque tenían la prueba de que el asesino había visitado el museo dos veces antes del homicidio, y aunque contaban con la grabación de su entrada al recinto museístico el día del asesinato, no habían encontrado aún el vídeo que revelara su salida del museo después del crimen.

Por un lado, D'Agosta se extrañaba de haberles pedido a sus hombres que buscaran tan a fondo. El sospechoso había muerto, se había suicidado, de modo que no estaban recogiendo pruebas para el juicio. Supuso que era su faceta de poli chapado a la antigua, que lo quería todo impecable.

«Suicidio.» No podía olvidar la imagen del asesino en la penitenciaría de Indio: sus desvaríos sobre la peste a flores podridas, su agitación, su incoherencia… Por no hablar de cómo se había lanzado sobre Pendergast para atacarle. No eran cosas fáciles de olvidar. ¿Y lo de arrancarse el pulgar con los dientes para atragantarse? Dios bendito… Muchas ganas de morirse había que tener para hacer algo así. Pero no encajaba con el falso profesor Waldron; debía de parecer un hombre bastante sereno, inteligente y racional como para hacerse pasar por un científico ante Victor Marsala y otros empleados del museo.

Suspiró. Más allá de lo que le hubiera pasado a aquel hombre desde el asesinato de Marsala, había un hecho irrefutable: el 14 de junio, el día del crimen, estaba en su sano juicio, con bastantes luces para llevar a Marsala a un sitio poco frecuentado, matarle de forma rápida y eficaz, y hacer pasar el crimen por un simple robo frustrado. Y sobre todo para conseguir salir del museo sin ser visto por ninguna cámara.

Tal vez no tuviera importancia, pero ¿cómo narices lo había hecho?

Repasó mentalmente su visita al lugar de los hechos en compañía de Whittaker, el vigilante. El asesinato había sido en el nicho de los gasterópodos, al final de la sala dedicada a la vida marina, cerca de un acceso al sótano y a poca distancia del salón de objetos de oro sudamericanos...

Se irguió de golpe.

«Pues claro.»

Le parecía alucinante haber sido tan tonto. Se levantó y, después de pasearse un poco por la sala, se giró de golpe hacia Jimenez.

—A Marsala le mataron un sábado por la noche. Los domingos ¿a qué hora abre el museo?

Jimenez rebuscó entre los papeles de la mesa hasta que encontró un folleto doblado por la mitad.

—A las once.

D'Agosta se acercó a una de las terminales de reproducción de vídeos y se sentó. Abajo acababa de empezar la sesión del planetario de las tres de la tarde, pero no le hizo caso. Clicó con el ratón en una serie de menús, consultó una larga lista de archivos y eligió el que le interesaba: la cámara de la gran rotonda en una perspectiva sur, entre las once y las doce del mediodía del domingo 15 de junio.

Apareció una imagen que ya conocía: la entrada del museo a vista de pájaro. Mientras se acercaban Jimenez y Conklin por detrás, D'Agosta empezó a reproducir el vídeo y, cuando sus ojos se acostumbraron a las imágenes borrosas, aceleró la velocidad del visionado por dos y hasta por cuatro. Como se trataba de una hora punta, los flujos de personas que ingresaban en el museo y pasaban por los puestos de control, cruzando el espacio de izquierda a derecha, se volvieron más nutridos.

«Allá va.» Había solo un hombre que caminaba en dirección

contraria, de derecha a izquierda, como un nadador luchando contra la corriente. Pausó la reproducción para fijarse en la hora que marcaba: las 11.34 de la mañana, media hora antes de que entrase D'Agosta en el museo para poner en marcha la investigación. Hizo un zoom y empezó a reproducir de nuevo el vídeo a una velocidad normal. No había error posible: la cara, la ropa, la insolente lentitud con la que avanzaba… Era el asesino.

—Joder —murmuró Conklin encima de su hombro.

—Justo al lado del nicho de los gasterópodos hay una puerta que lleva al sótano —explicó D'Agosta—. Es un laberinto de diferentes plantas, túneles y áreas de almacenamiento. La cobertura de vídeo, en el mejor de los casos, es irregular. El homicida se quedó toda la noche escondido, esperando a que abriesen el museo a la mañana siguiente, y salió mezclándose con la multitud.

Se apartó de la pantalla. Bueno, al menos aquel cabo suelto ya lo habían atado. Ahora tenían documentada la entrada y la salida del museo por parte del asesino.

Empezó a sonar su móvil. Lo sacó del bolsillo para echarle un vistazo. Un número desconocido, con prefijo de California. Pulsó el botón para contestar.

—Teniente D'Agosta —dijo.

—¿Teniente? —preguntó una voz al otro lado del país—. Soy el doctor Samuels, el patólogo de la penitenciaría de Indio. Le hemos hecho la autopsia al desconocido que se suicidó hace poco y hemos encontrado algo interesante. A Spandau, el director, le ha parecido que tenía que llamarle.

—Siga.

Normalmente D'Agosta se enorgullecía de su profesionalidad como policía. No perdía la calma, llevaba siempre la pistola enfundada, no decía palabrotas en presencia de civiles… Esta última máxima, sin embargo, la olvidó al oír las palabras del forense.

—Me cago en la puta —murmuró sin apartar el teléfono de la oreja.

41

El Toyota Hilux giró por una esquina y frenó chirriando. El vigilante del asiento trasero abrió la puerta, bajó con el cañón del rifle semiautomático apuntando al suelo y le hizo señas a Pendergast para que saliera.

Pendergast abandonó la camioneta. El vigilante señaló con la cabeza la casa que tenían delante. Había sido una vivienda pequeña y estrecha, de dos plantas, pero las llamas solo habían dejado una carcasa desfondada, con grandes regueros de hollín que manchaban el estucado de los alféizares. En los restos chamuscados de la puerta principal había varios agujeros de forma irregular, como si alguien hubiera intentado forzarla con unos arietes para acudir al rescate.

—*Obrigado* —dijo Pendergast.

El vigilante asintió con la cabeza y regresó al vehículo, que se alejó.

Pendergast se quedó un momento en el estrecho callejón, mirando cómo desaparecía la camioneta. Después observó las viviendas que lo rodeaban, parecidas a las que había visto en otras partes de la Cidade dos Anjos: construcciones precarias, encajadas las unas en las otras y pintadas con colores chillones; las líneas de las azoteas dejaban ver los altibajos de la topografía de las colinas. Por algunas ventanas le miraban con curiosidad.

Se giró otra vez hacia la casa a la que iba a entrar. No había señales de tráfico ni ahí ni en toda la favela, pero encima de la entrada en ruinas se veían los restos fantasmales del número 31. Empujó la puerta. Justo al otro lado, en el suelo de baldosas, había una cerradura oxidada y cubierta de hollín. Entró despacio y cerró la puerta hasta donde pudo.

El aire era casi irrespirable y, a pesar del tiempo transcurrido, conservaba un fuerte olor a madera chamuscada y plástico derretido. Miró a su alrededor y esperó a que sus ojos se acostumbrasen a la penumbra; intentó ignorar el dolor que recorría su cuerpo en lentas oleadas. En un bolsillo secreto de la americana, pasado por alto en el cacheo, llevaba una pequeña bolsa de analgésicos. Pensó en masticar y tragarse unos cuantos, pero descartó la idea. Sería perjudicial para sus planes.

De momento, tendría que soportar el dolor.

Recorrió la planta baja. La distribución de aquella vivienda tan estrecha recordaba a las típicas casas pobres del delta del Mississippi. Había una sala de estar; las patas de la mesa eran unos palos quemados, y del sofá salían muelles negros. Una alfombra de poliéster se había fundido con el suelo de cemento. Al fondo había una cocina pequeña, de dos fogones, con una encimera esmaltada, un fregadero de hierro colado lleno de muescas y abolladuras, y unos cuantos cajones y estanterías, todos abiertos. El suelo estaba lleno de trozos de vajilla y de cristal, así como de cubiertos medio derretidos. El humo y el fuego habían dejado formas extrañas y amenazadoras en las paredes y el techo.

Se quedó en la entrada de la cocina, tratando de imaginarse a su hijo Alban cuando llegaba a la casa, se dirigía a la sala, saludaba a su mujer, conversaba con ella entre risas por cualquier nadería y hablaba del hijo por nacer y de los planes de futuro.

La imagen se negaba a formarse en su cabeza. Era inconcebible. Desistió después de un par de tentativas.

Encajaba todo tan poco… Lástima que no tuviera la mente más despejada. Recordó los pormenores de la historia que Fábio le había narrado: Alban escondido en la favela, matando a un joven solitario para suplantarle… Hasta ahí se lo creía sin problemas. Alban entrando furtivamente en Estados Unidos y poniendo en marcha un plan para vengarse de su padre… También eso estaba más que dispuesto a creérselo. Alban organizando la toma de la favela para llevar a cabo sus malvados objetivos. Lo más creíble de todo.

«Esto tiene que agradecérselo a Alban…»

Pero ¿imaginárselo como un padre amantísimo y cabeza de familia? ¿Alban casado en secreto con la Anja das Favelas? No, eso no lo veía claro, como tampoco el papel de líder benévolo de las chabolas, a las que liberaba de la tiranía para embarcarlas en una nueva época de paz y de prosperidad. Seguro que había engañado a Fábio, como a todo el mundo.

Fábio había dicho algo más: que Alban tenía pensado pasar por Suiza antes de su segundo viaje a Estados Unidos.

El recuerdo de esas palabras le provocó un escalofrío, a pesar del calor agobiante de la casa en ruinas. Solo se le ocurría una razón para que Alban fuera a Suiza. Pero ¿cómo podía saber que su hermano Tristram estaba en un internado suizo con un nombre falso? Supo enseguida la respuesta: para alguien del talento de Alban, averiguar el paradero de Tristram era lo más fácil del mundo.

Y, sin embargo, Tristram estaba sano y salvo. Pendergast lo sabía con certeza porque, después de la muerte de Alban, había tomado medidas adicionales para garantizar su integridad.

¿Qué le había pasado por la mente a Alban? ¿Cuál era su plan? Las respuestas, si es que existían, podían encontrarse entre aquellas ruinas.

Fue al fondo de la casa. Había una escalera de cemento muy quemada y sin baranda. Subió con precaución, apoyando la mano en la pared mientras los peldaños renegridos rechinaban de forma ominosa bajo sus pies.

La primera planta estaba mucho peor que la de abajo. El hedor acre era más fuerte. Durante el incendio se habían caído algunas partes del primer piso; había un peligroso amasijo de muebles carbonizados y travesaños chamuscados y astillados. Varios boquetes en el techo dejaban al desnudo un esqueleto de vigas bajo el cielo azul de Brasil. Al circular con lentitud por los escombros, supo que en aquella planta había habido tres habitaciones: una especie de despacho o estudio, un cuarto de baño y un dormitorio pequeño. Este último, a juzgar por la suave textura de los restos del papel pintado, así como por el armazón de una cuna, estaba pensado para un niño. Aunque tuviera las paredes quemadas y el techo colgando, había quedado mejor parado que las otras habitaciones.

El dormitorio de Danika —de Danika y Alban— debía de haber estado en la segunda planta. No quedaba nada. Reflexionó en la penumbra. Tendría que conformarse con la habitación del bebé.

Estuvo cinco minutos sin moverse, que se alargaron hasta diez. Luego hizo una mueca de dolor y se echó lentamente en el suelo, ignorando la capa de ceniza, carbón y polvo que cubría las baldosas. Con las manos en el pecho, dejó vagar su mirada por los muros y el techo. Al cabo de un momento, cerró los ojos y se quedó completamente inmóvil.

Pendergast era uno de los escasísimos practicantes de una disciplina mental esotérica que recibía el nombre de «Chongg Ran», y era también uno de los dos únicos maestros que había fuera del Tíbet. Gracias a muchos años de entrenamiento, de estudio exhaustivo y de rigor intelectual rayano en el fanatismo, y gracias además al conocimiento de otros ejercicios cerebrales como los del *Ars memoriae* de Giordano Bruno y los *Nueve niveles de la conciencia* descritos en el raro panfleto de Alexandre Carêem, que databa del siglo XVII, había adquirido la capacidad de acceder a un estado de concentración pura en el que —ajeno por completo al mundo físico— podía combinar en su cerebro miles de hechos, observaciones, suposiciones e hipótesis. Mediante esta unificación o síntesis era capaz de recrear escenas del pasado y situarse en lugares y entre personas desaparecidos tiempo atrás. Semejante ejercicio le llevaba con frecuencia a entender cosas que de ningún otro modo podría haber dilucidado.

En aquel momento, el principal escollo era el rigor intelectual, la necesidad de apartar cualquier distracción de su cerebro antes de ponerse manos a la obra. Y el estado en el que se encontraba suponía una enorme dificultad.

Primero tenía que aislar y dejar a un lado el dolor, y mantener a la vez la mente lo más despejada posible. Tras desconectar de su entorno, empezó por un problema matemático: integrar $e^{-(x^2)}$.

El dolor persistía.

Pasó al cálculo tensorial y resolvió mentalmente dos problemas simultáneos de análisis de vectores.

Aun así, el dolor continuaba.

Le hacía falta otro enfoque. Inspiró un poco de aire con los ojos bien cerrados, aunque sin apretarlos, y dejó que se formara en su imaginación una orquídea pequeña y perfecta, mientras evitaba que su cerebro reconociese la existencia de un malestar físico. La flor flotó un minuto en la oscuridad total y giró despacio. A partir de ese momento se separó en sus partes constitutivas: los pétalos, el sépalo dorsal y lateral, el ovario y el lóbulo posterior…

El agente centró su atención en el labelo. Tras hacer que el resto de la flor se disipase, dejó crecer y crecer esta parte, hasta que ocupó toda su mente. Ni tan siquiera entonces dejó de agrandarse el labelo, que se expandía con una regularidad geométrica. Una vez que visualizó las enzimas, las cadenas de ADN y las capas de electrones, Pendergast vio la estructura atómica de la flor y, por debajo de ella, las partículas de nivel subatómico. Dedicó mucho tiempo a contemplar con desapego las extrañas e insondables trayectorias de los elementos más profundos de la orquídea, hasta que, mediante un magno esfuerzo de voluntad, inmovilizó todo el motor atómico de la flor y obligó a sus incontables billones de partículas a quedar suspendidas e inmóviles en el negro vacío de su imaginación.

Cuando dejó que desapareciese el labelo en su cerebro, ya no había dolor.

En ese instante abandonó mentalmente la malograda habitación del niño, bajó por la escalera, abrió la puerta de la casa y salió a la calle. Era de noche, seis meses atrás o tal vez un poco más.

De pronto la vivienda de Alban se convirtió en un infierno. Ante la figura del agente, incapaz de actuar o de hacer algo que no fuera observar, pasaron los hombres que provocarían el fuego. Lanzaron rápidamente unas antorchas a la segunda planta de la casa. Después Pendergast vio que las dos siluetas oscuras se iban corriendo por un callejón.

Al chisporroteo de las llamas se mezclaron casi de inmediato unos gritos de mujer. Se había formado un grupo de espectadores, que chillaban histéricos. Varios hombres intentaron forzar con unos arietes improvisados la puerta de la casa, que estaba cerrada con llave. Tardaron casi un minuto en abrirla. Para cuando lo lograron, ya no se oían los alaridos y la segunda planta empezaba a desmoronarse, convertida en un ardiente laberinto de vigas y tejas incendiadas. Aun así, algunos hombres entraron en la vivienda (Pendergast reconoció a Fábio entre ellos) y formaron de inmediato una cadena para pasarse unos cubos de agua.

Esta actividad frenética la presenciaba Pendergast como un fantasma producto del intelecto y la memoria. En media hora apagaron el fuego, pero ya no había remedio. En ese momento llegó corriendo a Rio Paranoá otra persona a quien Pendergast reconoció: su hijo, Alban. Sin embargo, nunca le había visto así: en vez del semblante altanero, burlón y hastiado de siempre, se le veía trastornado de preocupación. Parecía que hubiera corrido mucho. Se abrió camino jadeando entre la multitud, hasta llegar a la puerta del número 31.

Le recibió su mano derecha, Fábio, desfigurado por el hollín y el sudor. Alban quiso entrar, pero Fábio se interpuso entre él y la puerta, sacudiendo con fuerza la cabeza mientras le suplicaba en voz baja, atropelladamente, que no intentase acceder a la casa.

Alban al final retrocedió, tambaleándose, y se apoyó con una mano en la fachada de yeso. A Pendergast, que lo miraba todo con su ojo mental, le pareció que el mundo de su hijo estaba a punto de venirse abajo. El joven se tiraba de los pelos y daba puñetazos en el muro ennegrecido por el humo, mientras emitía algo a medio camino entre un gemido y un grito de desesperación. Pendergast nunca había visto una expresión tan profunda de dolor, y de quien menos se la habría esperado era de Alban.

De repente el joven sufrió un cambio. Con una calma casi sobrenatural, alzó la vista hacia la casa en ruinas, de la que aún salía humo y caían brasas de las plantas superiores, arrasadas por el fuego. Acto seguido, se giró hacia Fábio y le hizo algunas preguntas incisivas en voz baja, con un tono urgente. Fábio asintió con la cabeza. Finalmente se marcharon los dos por una callejuela.

Después de unos instantes, la escena del incendio desapareció de la mente de Pendergast y el escenario cambió. Ahora se encontraba en el punto más alto de la Cidade dos Anjos, frente al recinto vallado del que no hacía ni una hora que había salido, aunque en esta ocasión tenía más aspecto de campamento armado que de residencia. Dos vigilantes patrullaban por la cerca. En el patio se paseaban varios perros con sus cuidadores, que iban protegidos por gruesos guantes de cuero. Por las ventanas del piso superior del pabellón central, intensamente iluminadas, salían voces y risas ásperas. Desde la oscuridad al otro lado de la calle, Pendergast vio pasar ante una de las ventanas la silueta de un hombre alto y corpulento: O Punho.

Miró por encima del hombro la favela que se extendía por las faldas del monte. Más o menos a un kilómetro, entre el apretado laberinto de calles, resplandecía algo: la casa de Alban, que seguía consumiéndose.

Se oyó otro ruido, el traqueteo ronco de un motor. Se dio cuenta de que se acercaba un jeep destartalado con los faros apagados. El vehículo frenó a unos cuatrocientos metros. Del lado del volante bajó un hombre: Alban.

En su mente, Pendergast escudriñó la oscuridad para verlo todo lo mejor posible. Alban llevaba un gran petate en el hombro y un arma en cada mano. Corrió hasta la fachada de la casa más próxima y, cuando estuvo seguro de que no le habían visto, subió con rapidez por la calle en penumbra, hacia la entrada vallada del recinto.

En ese momento ocurrió algo sorprendente. Justo cuando Alban llegaba a la verja, se detuvo, se giró y miró directamente a Pendergast.

No podía verle, por supuesto. Su figura no estaba ahí, sino entre las ruinas de la habitación del niño. Era todo una creación de su cerebro. Aun así, quedó desconcertado por la mirada penetrante de Alban; su extraña lucidez amenazó con disolver el viaje mental que el agente estaba experimentando, ya frágil de por sí.

Alban apartó la vista. Después se puso en cuclillas y verificó sus armas: dos TEC-9 con silenciadores y cargadores de treinta y dos balas.

Uno de los vigilantes que patrullaba por la cerca se había puesto de espaldas para encender un cigarrillo. Alban avanzó con sigilo y esperó a que se acercase el otro centinela. Parecía prever sus movimientos de una manera muy curiosa. Cuando el segundo vigilante estaba a pocos pasos de Alban, este sacó un cuchillo de su cinturón y esperó a que el otro guardia encendiera el mechero. Le rebanó el cuello al hombre justo cuando su compañero aplicaba la llama a la punta del cigarrillo. Depositó el cuerpo en el suelo, suavemente, sin que se oyera nada más que un suspiro de aire húmedo, mientras el otro vigilante, que ya había encendido el cigarrillo, se giraba. Cuando este vio al intruso, acercó las manos a su arma, pero Alban, dando una prueba más de sus prodigiosas dotes de previsión, se adelantó a sus movimientos y tomó la pistola por el cañón, hasta arrancársela de las manos, al mismo tiempo que le hundía el cuchillo en el corazón.

Tras cerciorarse de que estuvieran los dos muertos, se retiró otra vez al punto de partida. Descolgó el petate del hombro y sacó algo largo y de aspecto maligno. Al ver cómo encajaba las piezas, Pendergast reconoció un lanzagranadas RPG-7.

Alban hizo una pausa para prepararse. Después cargó otra vez con el petate, se metió las TEC-9 en el cinturón y se acercó al complejo. Mientras Pendergast lo presenciaba todo desde la profundidad de su mente, Alban se apostó a cierta distancia de la verja, equilibró el lanzagranadas en el hombro, apuntó y disparó.

Hubo una explosión tremenda, seguida por una nube enorme, abrasadora, de llamas anaranjadas y humo. Pendergast oyó gritos lejanos, ladridos y el repiqueteo metálico de los trozos de valla que se caían al suelo. Los perros y sus cuidadores empezaron a correr para escapar del humo. Alban se colocó el RPG-7 en el otro hombro, cogió las TEC-9 del cinturón y los abatió uno tras otro con ráfagas de fuego automático, sin darles tiempo de salir del manto de humo.

Como no había más vigilantes, metió una mano en el petate, sacó otra granada propulsada por cohete y la fijó al RPG-7. Después, con todo el armamento a punto, se movió con precaución por las ruinas de la valla, sobre las que aún flotaban densas nubes de humo. Pendergast fue tras él.

El patio estaba vacío. En la casa central había mucha actividad y consternación. Al cabo de unos segundos, salió una ráfaga de ametralladora por una de las ventanas del piso de arriba, pero Alban se había puesto a cubierto. Apuntó otra vez con el RPG-7 y disparó una granada a las ventanas de la planta baja. La explosión provocó una lluvia de cristales, trozos de cemento y astillas de madera. La reverberación dejó paso a los gritos de dolor. Alban fijó otra granada al lanzador y volvió a disparar.

Las casas de la izquierda y la derecha empezaron a vomitar hombres armados. Alban soltó el RPG-7 y empezó a disparar ráfagas controladas con las TEC-9, moviéndose por las zonas oscuras y poniéndose a cubierto en varios sitios, mientras evitaba los disparos antes de que se produjeran.

El mortífero ballet terminó en cuestión de minutos. En los

umbrales del patio empedrado yacían los cadáveres de otra docena de hombres.

Se acercó a la vivienda central con las pistolas automáticas a punto y, seguido por Pendergast, cruzó la puerta. Vaciló un poco y miró a su alrededor; al cabo de un momento se lanzó ágilmente escaleras arriba.

A escasos metros del último peldaño, en el vano de una habitación oscura, se asomó un hombre empuñando una pistola, pero Alban, gracias a su sexto sentido, se había adelantado al movimiento y ya tenía preparada su arma. Cuando disparó, ni siquiera había aparecido del todo su adversario. Las balas rozaron el marco de la puerta para matar al hombre en el mismo instante en que salía. Alban se paró para sacar los cargadores de las TEC-9 y meter otros dos. A continuación subió sin hacer ruido al segundo piso.

El despacho, el mismo que había visitado el propio Pendergast una hora antes y medio año después de lo que su mente recreaba, estaba reducido a escombros. Se estaban quemando los muebles, y en las paredes se veían dos orificios de granada. Había al menos cuatro cuerpos inmóviles y ensangrentados. Algunos estaban despatarrados sobre sillas volcadas, y había uno clavado a la pared por una enorme astilla de un mueble de madera que se había reventado.

Encima de la mesa yacía un hombre corpulento de cuya boca y nariz salían regueros de sangre. O Punho. Aún se movía un poco. Alban se giró hacia él e hizo que una sucesión de al menos doce balas se labraran un camino por el cuerpo del mafioso. El resultado fueron unas convulsiones horrorosas, un ruido como de gárgaras y luego nada. La sangre que corría por el suelo salía a chorros por el desaguadero lateral de la casa.

Alban se paró a escuchar, pero reinaba el silencio. Todos los secuaces y los guardaespaldas de O Punho habían muerto.

Se quedó un momento de pie entre la sangre y la devastación. Acto seguido, muy despacio, empezó a desplomarse y cayó de rodillas en el charco de sangre.

Pendergast se acordó de las palabras de Fábio: «Cuando mataron a su mujer y su hijo, Adler cambió».

Desde la puerta, con el ojo de su mente, observó a Alban silencioso e inmóvil en el suelo, con la ropa impregnada de sangre, rodeado por la destrucción que él mismo había provocado. ¿Sería cierto lo que había dicho Fábio? ¿Lo que estaba presenciando Pendergast era algo más que una violenta represalia? ¿Podían ser remordimientos? ¿O una especie de justicia? ¿Había aprendido Alban la auténtica naturaleza del mal, del verdadero mal? ¿Estaba cambiando?

Bruscamente desaparecieron de su mente las paredes del despacho; por unos instantes se volvieron negras. Después reaparecieron en su visión mental y de nuevo desaparecieron. Pendergast trató de aferrarse por todos los medios al viaje a través del intelecto y la memoria, a fin de observar a su hijo y encontrar la respuesta a sus preguntas, pero en aquel momento sintió una vez más el dolor, ahora más lacerante que antes. Las escenas que su cerebro había recreado —el complejo en llamas, los cadáveres ensangrentados y Alban— se desvanecieron por completo.

Al principio se quedó como estaba, sin moverse, en el suelo quemado de la habitación del niño. Después abrió los ojos e hizo el esfuerzo de ponerse en pie y quitarse el polvo. Con una mirada trémula observó a su alrededor y abandonó el cuarto, como en un sueño. Se dirigió a la escalera y salió de la penumbra hacia el sol intenso de la calle cochambrosa.

42

Margo Green se sentó a una gran mesa de reuniones en una sala forense del noveno piso de la jefatura de policía. La estancia era una combinación extraña de laboratorio de informática y consultorio médico; los ordenadores compartían espacio con las camillas, las cajas de luz para radiografías y los recipientes para objetos punzantes.

Tenía enfrente a D'Agosta, que la había hecho venir del museo, donde Margo aprovechaba su tarde libre para analizar el anómalo compuesto hallado en los huesos de la señora Padgett y esquivar al doctor Frisby. Al lado del teniente había un hombre asiático, alto y delgado. También estaba Terry Bonomo, el experto en Identi-CAD del departamento policial, con su sempiterno portátil; sonreía sin ninguna razón concreta, balanceándose en la silla.

—Margo —dijo D'Agosta—, gracias por venir. A Terry Bonomo ya le conoces. —Señaló con un gesto al otro hombre—. Este es el doctor Lu, de la Columbia Medical School. Es experto en cirugía plástica. Doctor Lu, le presento a la doctora Green, etnofarmacóloga y antropóloga. En este momento trabaja en el Instituto Pearson.

Margo saludó con la cabeza a Lu, que le sonrió. Tenía los dientes de un blanco deslumbrante.

—Ahora que están los dos aquí ya puedo hacer la llamada.

D'Agosta acercó su mano al teléfono del centro de la mesa,

pulsó el botón del altavoz e hizo una llamada de larga distancia. Contestaron a la tercera señal.

—¿Diga?

Se inclinó hacia el aparato telefónico.

—¿El doctor Samuels?

—Sí.

—Doctor Samuels, soy el teniente D'Agosta, de la policía de Nueva York. He activado el altavoz y le están escuchando un cirujano plástico de la Columbia Medical School y una antropóloga vinculada al Museo de Historia Natural de Nueva York. Por favor, ¿podría explicarles lo que me comentó a mí ayer?

—No faltaría más. —El hombre carraspeó—. Como le dije al teniente, soy patólogo en la penitenciaría de Indio, aquí en California. Al realizar la autopsia del suicida desconocido, el sospechoso de haber asesinado a un empleado del museo, me di cuenta de algo curioso. —Hizo una pausa—. En primer lugar determiné la modalidad de la muerte porque, como saben, fue bastante peculiar. Después, al hacer un examen somero del cadáver, me fijé en que presentaba unas cicatrices poco habituales. Estaban dentro de la boca, junto a los surcos gingivales superior e inferior. Al principio pensé que podían deberse a una paliza o a un accidente de coche ocurrido hace tiempo, pero al examinarlas vi que eran demasiado precisas. Al estudiar el resto de la boca encontré una serie de cicatrices similares y simétricas. Entonces entendí que eran fruto de la cirugía plástica, más exactamente de una reconstrucción facial.

—¿Implantes en mejillas y mentón? —preguntó el doctor Lu.

—Sí. Lo han confirmado las radiografías y las TAC. En las resonancias se observan placas fijadas a la mandíbula, que han resultado ser de titanio.

El doctor Lu asentía pensativo.

—¿Había alguna otra cicatriz? ¿En el cráneo, la cadera o en el interior de la nariz?

—Al afeitar la cabeza no encontramos ninguna, pero sí que había incisiones intranasales. Asimismo, en la cadera, justo encima de la cresta ilíaca, había una cicatriz. Las imágenes que le he enviado al teniente D'Agosta lo documentan todo.

—¿Ha obtenido algún resultado anómalo en la autopsia? —preguntó D'Agosta—. Está claro que antes de suicidarse lo pasó muy mal. Y por su manera de actuar estaba bastante loco. Quizá le envenenasen.

Hubo una pausa.

—Me gustaría asegurarlo, pero no puedo. Es verdad que en la sangre había algunos compuestos muy extraños que aún estamos intentando analizar. A ese hombre estaban a punto de fallarle los riñones. La causa podrían ser esos compuestos.

—Si encuentra algún dato concluyente, le pediría que me lo hiciese saber a través del teniente —dijo Margo—. Y le agradecería que también analizase el esqueleto de la colección del museo para ver si hay compuestos anómalos.

—De acuerdo. Ah, otra cosa: se teñía el pelo. No lo tenía negro, sino rubio oscuro.

—Gracias, doctor Samuels. Seguimos en contacto para cualquier novedad.

D'Agosta cortó la conferencia apretando un botón.

En la mesa había un sobre grande, que deslizó hacia el doctor Lu.

—¿Doctor? He pensado que quizá podría iluminarnos con sus conocimientos.

El cirujano plástico abrió el sobre, sacó su contenido y lo distribuyó rápidamente en dos montones. Margo vio que uno contenía una foto de la ficha policial y varias imágenes del depósito de cadáveres; el otro, las radiografías coloreadas y las TAC.

Lu observó las fotos del falso profesor Waldron. Miró atentamente una de las imágenes y después se la enseñó a los demás. Margo se dio cuenta de que era el interior de una boca, con las encías superiores, el paladar y la úvula muy visibles.

—El doctor Samuels tenía razón —dijo Lu siguiendo con el dedo una línea poco marcada justo encima de la encía—. Fíjense en esta incisión intraoral llamada técnicamente, como les ha dicho el doctor Samuels, «surco gingival superior».

—¿Qué importancia tiene? —preguntó D'Agosta.

Lu dejó la foto en la mesa.

—A grandes rasgos hay dos tipos de cirugía plástica. Uno interviene en la piel. Liftings faciales, eliminación de las bolsas de los ojos... Procedimientos que rejuvenecen. El otro se ocupa de los huesos. Es mucho más invasivo y se usa cuando se sufren traumatismos. Pongamos que alguien tiene un accidente de tráfico y se queda con la cara destrozada. La cirugía de huesos intentaría corregir los daños. —Se refirió mediante gestos a las fotos—. En el caso de este hombre, la mayoría de las intervenciones fueron en los huesos.

—Y esto de la cirugía de huesos... ¿se podría usar para cambiar el aspecto de una persona?

—Por supuesto. De hecho, dado que no hay indicios de traumatismos previos, yo diría que todas las intervenciones que se le hicieron a este hombre fueron para transformar su aspecto facial.

—¿Cuántas operaciones harían falta para conseguirlo?

—Si la operación bastase para cambiar la orientación de los huesos, como, por ejemplo, un adelantamiento del tercio medio del rostro, solo una. El paciente presentaría un aspecto totalmente distinto, sobre todo con el pelo teñido.

—Pero, por lo que dicen, al falso científico le hicieron varias intervenciones.

Lu asintió con la cabeza y les enseñó otra foto. A Margo le dio un poco de asco reconocer un primer plano del interior de una nariz peluda.

—¿Ven la incisión intranasal? Está bien escondida, pero, si uno sabe lo que busca, la descubre. El cirujano hizo el corte para introducir silicona en la nariz, seguramente para que pareciera más marcada. —Hojeó el resto de las imágenes—. Las incisiones intraorales superiores, donde se junta la encía con el surco, debieron de realizarse para modificar las mejillas. Se efectúa un corte en cada lado, se crea un bolsillo en el hueso y se introducen los implantes. En cuanto a la incisión intraoral inferior, debió de hacerse para añadir silicona a la barbilla y volverla más protuberante.

Mientras hablaba el cirujano asiático, Terry Bonomo tenía abierto su portátil y tomaba notas como un loco. Margo vio que D'Agosta se movía en la silla.

—O sea, que aquí el amigo se cambió las mejillas y la barbilla, y se modificó la forma de la nariz. —D'Agosta lanzó una mirada elocuente hacia Bonomo—. ¿Algo más?

—Samuels ha hablado de placas de titanio.

Lu tomó en sus manos las radiografías y se levantó para acercarse a una serie de cajas de luz fijadas a una pared. Las encendió, aplicó las radiografías al cristal y las examinó.

—Ah, sí —dijo—. Le reestructuraron la cara adelantando la mandíbula.

—¿Puede explicarlo, por favor? —pidió Bonomo.

—El nombre exacto es «osteotomía de Le Fort». Se trata de romper y realinear la cara. Usando la misma incisión en el surco gingival superior, llegas hasta el hueso, haces un corte completo para que se vuelva móvil y luego sacas la mandíbula. Para llenar el hueco se añaden trozos de hueso de otras partes del cuerpo, normalmente del cráneo o la cadera del paciente. En el caso de esta persona hay una cicatriz por encima de la cresta ilíaca, o sea, que está claro que trabajaron con la cadera. Al acabar se usan placas de titanio para fijar en su sitio el maxilar. En esta imagen se ve una. —Señaló una radiografía.

—Madre mía del amor bendito —dijo Bonomo—. Suena doloroso.

—¿Alguna idea de cuándo le hicieron las intervenciones? —preguntó Margo.

Lu se giró hacia las radiografías.

—Es difícil saberlo. El maxilar está totalmente curado. El callo se ve a la perfección. No le habían quitado las placas de titanio, pero, bueno, tampoco es tan raro. Yo diría que hace al menos un par de años o puede que más.

—He contado cuatro intervenciones —puntualizó D'Agosta—. ¿Dice que habrían sido suficientes para cambiar por completo el aspecto de este hombre?

—Ya se lo habrían transformado solo con la osteotomía de Le Fort.

—Basándose en las pruebas que tenemos aquí, las fotos, las TAC y las radiografías, ¿podría usted invertir los cambios? ¿Podría enseñarnos el rostro que tenía esta persona antes de que la operaran?

Lu asintió con la cabeza.

—Puedo intentarlo. Las fracturas de la médula y el tamaño de las incisiones en la mucosa están muy claros. Sería un buen punto de partida para ir retrocediendo.

—Genial. Por favor, cuente con la ayuda de Terry Bonomo. A ver si conseguimos una imagen de la cara original. —D'Agosta se giró hacia el experto en identificaciones—. ¿Te ves capaz?

—¡Pues claro! —contestó Bonomo—. Si el doctor puede darme los detalles, modificar la biometría facial estará chupado. Ya tengo cargado en el software el wireframe y las composiciones en 3D del rostro del culpable. Solo tengo que seguir el procedimiento estándar pero al revés, como quien dice.

Margo vio que el doctor Lu se sentaba al lado de Bonomo. Se inclinaron los dos hacia el portátil y empezaron a recomponer la cara del asesino. La tarea consistía básicamente en deshacer la labor realizada años atrás por un cirujano plástico desconocido. De vez en cuando Lu se giraba hacia las fotos de la autopsia o las radiografías y las TAC, mientras ajustaba con Bonomo diversos parámetros de las mejillas, el mentón, la nariz y la mandíbula.

—Que no se les olvide el pelo rubio oscuro —dijo D'Agosta.

Veinte minutos después, Bonomo pulsó una tecla del portátil con teatralidad.

—Vamos a darle un momento para que genere la imagen.

Transcurridos unos treinta segundos, Margo oyó pitar el ordenador. Bonomo le mostró la imagen al doctor Lu, que la examinó y asintió con la cabeza. Entonces Bonomo dio un giro de ciento ochenta grados al portátil para que vieran la pantalla Margo y D'Agosta.

—Dios mío —murmuró este último.

Margo se había llevado una gran impresión. El cirujano plástico tenía razón: parecía la cara de otra persona.

—Ahora quiero que modeles el rostro desde varios ángulos —le dijo D'Agosta a Bonomo— y que subas las imágenes a la base de datos del departamento. Las pasaremos por el software de reconocimiento facial para ver si coincide con alguna cara registrada en el sistema. —Se dio media vuelta hacia el doctor Lu—. Doctor, muchas gracias por dedicarnos su tiempo.

—Ha sido un placer.

—Vuelvo en un rato, Margo —añadió D'Agosta.

El teniente se levantó y salió sin decir nada más.

Volvió en menos de veinte minutos, jadeante y con la cara un poco roja.

—Vaya por Dios —le comentó a Margo—. Parece mentira, pero ya hemos obtenido un resultado en la base de datos.

43

Pendergast aparcó en la zona de visitantes del sanatorio de Piz Julier y apagó el motor. Tal como esperaba, no había ningún coche. Era un balneario recóndito, pequeño y selectivo, tanto que en esos momentos solo había un paciente.

Salió del Lamborghini Gallardo Aventador de doce cilindros y caminó despacio hacia el fondo del aparcamiento. Las verdes faldas de los Alpes se extendían a lo lejos hasta el centro turístico de St. Moritz, que desde aquella distancia parecía demasiado perfecto y bonito para ser real. Al sur se erguía el Piz Bernina, la montaña más alta de los Alpes orientales, en cuyas laderas inferiores pastaban apaciblemente, como pequeñas manchas blancas, las ovejas.

Se giró y fue hacia el sanatorio, un edificio rojo y blanco con molduras de filigrana y muchas flores bajo las ventanas. Aún estaba débil y no podía tenerse en pie del todo, pero se le habían aliviado los peores síntomas de dolor y confusión mental experimentados en Brasil, al menos de momento. Incluso había desistido de su plan de contratar a un chófer; había preferido la opción del coche de alquiler. Aunque el Lamborghini era un vehículo ostentoso, muy alejado de su estilo, la velocidad y la pericia técnica requerida en las carreteras de montaña le ayudarían a despejar la mente.

Llegó a la puerta principal y tocó el timbre. Encima de la entrada, una discreta cámara de seguridad giró en su dirección. Después se oyó un zumbido y se abrió la puerta. Entró. Al otro lado había una pequeña recepción y un puesto de enfermeras ocupado por una mujer con uniforme blanco y una pequeña cofia.

—*Ja?* —preguntó con una mirada expectante.

Pendergast metió la mano en el bolsillo y le dio su tarjeta. Ella abrió un cajón, sacó una carpeta, miró la foto que había dentro y volvió a levantar la vista hacia el agente.

—Ah, sí —dijo en inglés mientras dejaba la carpeta en su sitio—. Herr Pendergast, le estábamos esperando. Un minuto, por favor.

Descolgó el teléfono que había en la mesa e hizo una breve llamada. Un minuto después se abrió con un zumbido la puerta que tenía a sus espaldas y aparecieron otras dos enfermeras; una de ellas le hizo señas a Pendergast para que se acercase. El agente cruzó la puerta y siguió a las dos empleadas por un pasillo con unas ventanas por las que penetraba con fuerza el intenso sol matinal. Las cortinas de tafetán y las fotos de los Alpes, de un intenso colorido, creaban un ambiente acogedor y alegre, pero las rejas de las ventanas eran de acero reforzado y, bajo los bien planchados uniformes de las dos enfermeras, se apreciaban los bultos de sendas armas.

Se detuvieron casi al final del corredor, ante una puerta cerrada que las enfermeras abrieron con llave. Se apartaron y le hicieron a Pendergast el gesto de que entrase.

La habitación era grande y espaciosa, con unas ventanas también enrejadas, que ofrecían unas bellas vistas del lejano lago. Había una cama, un escritorio, una estantería llena de libros en inglés y en alemán, un sillón de orejas y un cuarto de baño privado.

El sol recortaba la silueta de un joven de diecisiete años que, sentado al escritorio, se dedicaba a copiar en un diario las frases de un libro. La luz llenaba de reflejos dorados su pelo rubio claro. Los ojos, de un color azul grisáceo, iban y venían del libro al diario. Estaba tan enfrascado en su trabajo que no se dio cuenta de que no estaba solo. Pendergast contempló sin hacer ruido sus facciones distinguidas y su físico esbelto.

Sintió que se intensificaba su fatiga.

El joven levantó la vista. La incomprensión que se adueñó de sus facciones dejó paso, al cabo de un momento, a una sonrisa.

—¡Padre! —exclamó levantándose de un salto—. ¡Qué sorpresa!

Pendergast se permitió corresponder al abrazo de su hijo. Se hizo un silencio incómodo.

—¿Cuándo podré salir de este lugar? —preguntó finalmente Tristram—. No me gusta nada.

Hablaba un inglés escolar bastante formal, con un acento alemán suavizado por un toque de portugués.

—Me temo que aún falta bastante, Tristram.

El muchacho, ceñudo, se toqueteó el anillo que llevaba en el dedo corazón de la mano izquierda, de oro con un zafiro estrella muy bonito.

—¿Te tratan bien?

—Sí, bastante bien. La comida está buenísima. Salgo cada día a pasear por las montañas, pero los tengo siempre encima. Sin amigos me aburro. Me gustaba más la École Mère-Église. ¿Puedo volver, padre?

—A su debido tiempo. —Pendergast hizo una pausa—. Cuando me haya ocupado de ciertos asuntos.

—¿Qué asuntos?

—Nada que deba preocuparte. Escucha, Tristram. Tengo que hacerte una pregunta. ¿Ha ocurrido algo anómalo desde la última vez que nos vimos?

—¿Anómalo? —repitió Tristram.

—Fuera de lo habitual. Alguna carta que hayas recibido, alguna llamada telefónica… Una visita inesperada…

Tristram vaciló un momento, mostrando incomprensión. Después sacudió en silencio la cabeza.

—No.

Pendergast le miró atentamente.

—Mientes.

Tristram clavó la mirada en el suelo sin decir nada. Pendergast respiró hondo.

—No sé muy bien cómo decírtelo. Tu hermano ha muerto.

Tristram dio un respingo.

—¿Alban? *Tot?*

Pendergast asintió.

—¿Cómo?

—Asesinado.

Se hizo un profundo silencio. Tristram, en estado de shock, miraba a Pendergast. Luego volvió a bajar la vista al suelo, mientras se le formaba en la comisura de los párpados una lágrima que tembló y rodó por la mejilla.

—¿Te da pena? —preguntó Pendergast—. ¿Después de como te trató?

Tristram sacudió la cabeza.

—Era mi hermano.

Pendergast quedó muy afectado. «Y mi hijo.» Le extrañó haber sentido tan poca tristeza por la muerte de Alban, por no sentir la misma compasión que Tristam.

Vio que este volvía a mirarle con sus ojos profundamente grises.

—¿Quién ha sido?

—No lo sé. Estoy intentando averiguarlo.

—Era muy difícil… matar a Alban.

Pendergast no dijo nada. Le incomodaba sentirse observado por Tristram. No tenía la menor idea de cómo ejercer de padre con aquel muchacho.

—¿Estás enfermo?

—No, no es nada; me estoy recuperando de la malaria que contraje en uno de mis últimos viajes —se apresuró a contestar.

Hubo de nuevo un silencio. Tristram, que a lo largo de la conversación se había mantenido cerca de su padre, regresó al escritorio y se sentó. Parecía a merced de algún conflicto interno. Al final volvió a mirar a Pendergast.

—Es verdad, he mentido. Tengo que explicarte algo, sí. Le

prometí a Alban que no te diría nada, pero si está muerto… Me parece que tienes que saberlo.

Pendergast quedó a la espera.

—Alban me visitó, padre.

—¿Cuándo?

—Hace unas semanas, cuando yo aún estaba en Mère-Église. Fue durante un paseo por el monte. Me lo encontré en el camino, delante de mí. Dijo que me esperaba.

—Sigue —intervino Pendergast.

—Parecía cambiado.

—¿En qué sentido?

—Mayor. Más delgado. Se le veía triste. Y su forma de hablar… no era como antes. No había… No había… —Tristram movió las manos mientras pensaba en la palabra correcta—. *Verachtung.*

—Desprecio —tradujo Pendergast.

—Eso. En su voz no había desprecio.

—¿De qué hablasteis?

—Dijo que se iba a Estados Unidos.

—¿Te explicó por qué?

—Sí. Comentó que iba a… solucionar un agravio. A remediar algo muy grave que él había puesto en marcha.

—¿Lo dijo con esas palabras?

—Sí. Yo no entendí bien lo de «agravio», pero cuando le pregunté qué significaba no quiso explicármelo.

—¿Qué más dijo?

—Me pidió que le prometiera que no te diría nada de su visita.

—¿Algo más?

Tristram se quedó callado.

—Sí.

—¿Qué?

—Me confesó que había venido para pedirme perdón.

—¿Perdón? —repitió Pendergast enormemente sorprendido.

—Sí.

—¿Y tú qué le dijiste?

—Que le perdonaba.

Pendergast se levantó y, con una especie de pálpito desesperado, se dio cuenta de que se estaban despertando una vez más la confusión mental y el dolor.

—¿Cómo te pidió perdón? —preguntó con una voz ronca.

—Llorando. Estaba fuera de sí por el remordimiento.

Pendergast sacudió la cabeza. ¿Era sincero aquel remordimiento o era un juego cruel al que Alban sometía a su ingenuo hermano gemelo?

—Tristram —dijo—, te he trasladado aquí para tu seguridad después de que mataran a tu hermano. Estoy intentando encontrar al asesino. Tendrás que quedarte hasta que resuelva el caso y… me ocupe de todo. Espero que entonces no desees volver a Mère-Église. Espero que quieras regresar a Nueva York… y vivir con… —Vaciló—. Tu familia.

El joven abrió mucho los ojos, pero no comentó nada.

—Seguiré en contacto contigo, bien sea directamente, bien a través de Constance. Si necesitas algo, por favor, házmelo saber por escrito.

Se acercó a Tristram, le rozó la frente con un beso y se giró para marcharse.

—Padre… —dijo Tristram.

Pendergast miró hacia atrás.

—Yo conozco muy bien la malaria. En Brasil morían de malaria muchos *Schwächlinge*, y no es lo que tú tienes.

—Lo que tengo es cosa mía —replicó con dureza.

—¿Y mía no, siendo tu hijo?

Pendergast titubeó.

—Perdona, no quería decírtelo así. Estoy haciendo todo lo posible para vencer mi… dolencia. Adiós, Tristram. Espero verte pronto.

Salió rápidamente de la habitación. Las dos enfermeras, que esperaban en el pasillo, cerraron con llave y le acompañaron hasta la salida del sanatorio.

44

Thierry Gabler se sentó en la terraza descubierta del Café Remoire y abrió con un suspiro *Le Courrier*. En menos de un minuto llegó una camarera que se apresuró a servirle lo de siempre: un vaso de Pflümli, un plato pequeño de embutidos y unas cuantas rebanadas de pan.

—*Bonjour*, monsieur Gabler —dijo.

—*Merci*, Anna —contestó Gabler con una sonrisa irresistible.

Tras contemplar sin prisas el vaivén de las caderas de la joven, se centró en el Pflümli y se llevó el vaso a los labios con un suspiro quedo de satisfacción. Hacía un año que se había jubilado de su puesto de funcionario, y tomarse un aperitivo a media tarde, en una terraza al aire libre, se había convertido en una especie de ritual. Le gustaba especialmente el Remoire porque, aunque no tuviera vistas al lago, era uno de los pocos cafés tradicionales que quedaban en Ginebra. Su ubicación, en plena place du Cirque, lo convertía en un lugar ideal para disfrutar del ajetreo de la ciudad.

Después de otro sorbo de aguardiente dobló el periódico con gran cuidado por la tercera página y miró a su alrededor. A esas horas del día había mucha animación en el café, con el público habitual de turistas, hombres de negocios, estudiantes y pequeños grupos de mujeres casadas dedicadas a sus cotilleos. También la calle era un bullicio de coches y de transeúntes apurados. No faltaba mucho para las Fêtes de Genève, y los hoteles ya empezaban a llenarse de visitantes que iban a ver los fuegos artificiales, famosos en el mundo entero.

Depositó con delicadeza un trozo de embutido sobre una rebanada de pan y se la llevó a la boca. Se disponía a morderla cuando de repente, con un fuerte chirrido de neumáticos, un coche se arrimó a la acera, a poco más de un metro de su asiento en la terraza del café. Y no un coche cualquiera. Aquel vehículo parecía que venía del futuro: muy bajo, al mismo tiempo elegante y anguloso, como esculpido en un solo bloque de color granate fuego. Las grandes ruedas llegaban a la altura del salpicadero, visible apenas tras las lunas tintadas. Gabler nunca había visto un automóvil semejante. Bajó el trozo de pan sin darse cuenta y se quedó mirando la carrocería. En el morro, de aspecto maligno, distinguió la insignia de Lamborghini; estaba en el lugar ocupado habitualmente por la rejilla.

La puerta izquierda se abrió como un ala en sentido vertical. El hombre que salió no se fijó en el tráfico y estuvo a punto de ser arrollado por un automóvil, que cambió de carril para poder esquivarlo mientras hacía sonar con rabia la bocina. El conductor del Lamborghini no le prestó atención. Dio un portazo y se dirigió a la entrada del café. Gabler le miró con atención. Su aspecto era tan peculiar como el del coche: un traje negro a medida, de corte severo; una camisa blanca, una corbata cara y una palidez nunca vista en un ser humano. Tenía el contorno de los ojos oscuro, como amoratado, y caminaba a la vez pisando fuerte y dando tumbos, como los borrachos cuando intentan pasar por sobrios. Vio que cruzaba unas palabras con la dueña del local y volvía a salir para tomar asiento en la terraza, a pocas mesas de Gabler. Este bebió un poco más de Pflümli y en ese instante se acordó del bocado que tenía listo; lo mordió procurando no mirar con mucho descaro al desconocido. Observó con el rabillo del ojo que lo que le servían parecía absenta, una bebida hasta hacía poco ilegal en Suiza.

Levantó otra vez el periódico y, mientras procedía a interesarse por la tercera página, se permitió contemplar de vez en cuando al hombre a quien tenía a escasos metros. Inmóvil como una estatua, aquel sujeto no prestaba atención a nada ni a nadie y apenas pestañeaba al fijar su mirada en la distancia. A ratos se llevaba el vaso de absenta a los labios. Gabler reparó en que le temblaba la mano y en que el vaso siempre tintineaba un poco al depositarlo en la mesa.

Poco tardó el vaso en cuestión en quedarse vacío. El hombre pidió otro. Gabler siguió comiendo pan, bebiendo Pflümli y leyendo el periódico, hasta que acabó por olvidarse del extraño personaje; disfrutaba de una tarde más en su vida de jubilado.

De pronto algo le llamó la atención. Un policía de tráfico se acercaba despacio por la place du Cirque. Llevaba un talonario de multas en la mano y examinaba uno por uno los coches aparcados. Cuando veía alguno que se había estacionado en una zona prohibida o tenía el tíquet caducado, se detenía con una sonrisa de íntima satisfacción, cumplimentaba un formulario y lo deslizaba bajo una de las varillas del limpiaparabrisas.

Gabler echó un vistazo al Lamborghini. La normativa ginebrina sobre el aparcamiento era una mezcla de bizantinismo y de rigor. En todo caso, saltaba a la vista que aquel coche no estaba bien aparcado.

El policía se acercaba a la terraza del café. Gabler le observó con la certeza de que el hombre de negro saldría de su quietud para mover el coche antes de que le pusieran una multa, pero no, se quedó en el mismo sitio, bebiendo.

El policía llegó al Lamborghini. Era un hombre más bien bajo y corpulento, con la cara sonrosada y el pelo blanco abundante, que se le rizaba por debajo de la gorra. Era obvio que el Lamborghini estaba mal estacionado, encajado en un ángulo que manifestaba no ya indiferencia, sino desprecio a la autoridad y el orden. La sonrisa del agente al humedecerse el dedo y abrir el talonario fue más ancha y pagada de sí misma que de costumbre. Cursada la multa, la introdujo bajo la varilla (que tardó un poco en encontrar, ya que estaba metida en la carrocería) con un gesto teatral.

Entonces sí, mientras el policía reanudaba su camino, se levantó de la mesa el hombre de negro y, apartándose de la terraza, se interpuso entre el funcionario y el siguiente automóvil. Una vez ahí se limitó a extender un dedo sin abrir la boca y señaló el Lamborghini.

La mirada del agente de circulación pasó del hombre al coche e hizo luego el recorrido inverso.

—*Est-ce que cette voiture vous appartient?* —preguntó.

El hombre asintió despacio.

—*Monsieur, elle est...*

—En inglés, por favor —dijo el hombre con acento estadounidense, que Gabler reconoció como del sur.

Al igual que la mayoría de los ginebrinos, el agente de tráfico hablaba un inglés muy correcto, de modo que cambió de idioma con un suspiro, como quien hace un enorme sacrificio.

—Muy bien.

—Al parecer he cometido algún tipo de infracción de las normas de aparcamiento. Como probablemente habrá observado ya, no soy de aquí, así que tenga la bondad de permitirme que me lleve el coche y olvidémonos de la multa.

—Lo siento mucho —intervino el policía, que a juzgar por su tono no lo sentía tanto—, pero ya está hecha la multa.

—Me he dado cuenta. Y dígame usted, ¿cuál es ese acto tan abominable que he cometido?

—*Monsieur*, ha aparcado usted en la zona azul.

—También lo han hecho todos estos otros vehículos. De ahí mi conclusión de que estaba permitido estacionar en la zona azul.

—¡Ah! —dijo el policía como quien resalta un punto importante en un debate de filosofía—. Pero es que su coche no lleva un *disque de stationnement.*

—¿Un qué?

—Un disco de aparcamiento. Está prohibido aparcar en la zona azul sin dejar un disco donde conste la hora de llegada.

—No me diga. Un disco de aparcamiento. Qué entrañable. ¿Y cómo se supone que debe saberlo un extranjero como yo?

El agente de circulación le miró con burocrático desdén.

—Monsieur, como visitante de nuestra ciudad, se espera que sea usted quien entienda «mis» normas y se rija por ellas.

—¿Sus normas?

Se le vio ligeramente compungido por el desliz.

—Nuestras normas.

—Comprendo. ¿Aunque las reglas en cuestión sean caprichosas, innecesarias y, en última instancia, perniciosas?

El pequeño agente de tráfico frunció el ceño y puso cara de duda y de perplejidad.

—La ley es la ley, monsieur. Usted la ha infringido y...

—Un momento. —El estadounidense puso la mano en la muñeca del agente para evitar a todos los efectos que siguiera moviéndose—. ¿De qué cuantía es la multa que me ha impuesto?

—De cuarenta y cinco francos suizos.

—De cuarenta y cinco francos suizos.

El hombre de negro metió una mano en el bolsillo de su americana sin dejar de obstaculizar los movimientos de su interlocutor y, con una insolente lentitud, extrajo la cartera y contó el dinero.

—No puedo aceptar el pago de la multa, monsieur —dijo el policía—. Tiene usted que ir a...

De forma súbita y muy brusca, el estadounidense desgarró los billetes y repitió la operación varias veces, hasta que solo quedaron minúsculos recuadros que arrojó al aire como si fuera confeti. Los pequeños trozos de billetes se posaron en la gorra y los hombros del agente de circulación. Gabler no apartaba la vista de la escena, boquiabierto. Igualmente asombrados estaban los demás transeúntes y clientes de la terraza.

—Monsieur —intervino el policía con la cara aún más roja que antes—, es evidente que está usted ebrio. Voy a tener que pedirle que no suba al coche, ya que, de lo contrario...

—¿De lo contrario qué? —preguntó el estadounidense con un desdén mordaz—. ¿Me pondrá una multa por ensuciar la vía pública en estado de ebriedad? Preste usted atención, buen hombre. Ahora mismo cruzaré la calle y también podrá multarme por atravesar ebrio la vía pública en una zona no señalizada. Pero no, ya me doy cuenta de que no está autorizado para imponer tan grave castigo. Para eso haría falta un policía de verdad. ¡Cuánto lo siento por usted! «¡Aparta tu pico de mi corazón!»

Manteniendo la dignidad, el orondo policía echó mano del teléfono móvil que llevaba encima y empezó a marcar un número. En ese momento, el estadounidense desistió de la actitud melodramática que tan bruscamente había adoptado y volvió a meter la mano en el bolsillo de su chaqueta, de la que extrajo esta vez una cartera diferente. Gabler vio que contenía algún tipo de insignia. El extranjero se la mostró al agente y la guardó de inmediato.

La actitud del policía sufrió un cambio repentino. De pronto no quedaba nada de su aguerrida y burocrática ostentación de autoridad.

—Debería habérmelo dicho antes —comentó—. Si hubiera sabido que venía usted en cumplimiento de alguna misión oficial, no le habría puesto la multa. De todos modos, eso no es excusa para...

El estadounidense se inclinó hacia él, dominándole con la estatura.

—Lo ha entendido usted mal. No estoy cumpliendo ninguna misión oficial. Soy un simple viajero que ha hecho un alto en su camino al aeropuerto para tomarme una última copa.

El agente de circulación sacudió la cabeza y, dando marcha atrás, se giró hacia el Lamborghini. La multa sujeta al limpiaparabrisas aleteaba lentamente con el viento que circulaba por la place du Cirque.

—Permítame que le retire la multa, monsieur, aunque debo pedirle...

—La multa no me la retire —le espetó el estadounidense—. ¡Ni la toque!

El policía se giró otra vez, confuso, acobardado.

—¿Monsieur? No lo entiendo.

—¿Ah, no? —repuso una voz que con cada palabra se volvía más glacial—. Pues se lo explicaré con unos términos que espero se hallen al alcance de la más menguada inteligencia. He decidido que quiero la multa, mi buen señor pelotillero. Y protestaré ante la justicia. Si no yerro, significa que deberá comparecer ante los tribunales. Y cuando llegue ese momento, tendré el placer de decirle al juez, los abogados y todos los presentes que es usted un pobre títere, la sombra de una persona. ¿Una sombra? No, quizá exagere. Al menos las sombras pueden ser altas, muy altas, mientras que usted... Es un homúnculo, una lengua reseca de bovino, un forúnculo en el trasero de la humanidad. —Con un brusco movimiento, el estadounidense hizo saltar la gorra del policía—. Pero ¡qué facha! De los sesenta años seguro que no baja, pero aquí sigue, consignando multas como hacía sin duda exactamente hace diez años, y veinte, y treinta. Debe de dársele tan bien este trabajo, y dará usted muestras de tan singular eficacia, que sus superiores no osan ascenderle. Ante una insipidez tan grande, no puedo menos que inclinarme. ¡Qué obra de arte es el ser humano! Y, sin embargo, intuyo que no se halla del todo satisfecho con su cargo. La rubicundez que cunde en sus facciones es señal de que ahoga sus penas con frecuencia. ¿Lo niega usted acaso? ¡Ya veo que no! Tampoco está muy satisfecha de ello su señora esposa. ¡Ah! Detecto en sus atormentados rasgos, y en esa arrogancia intimidatoria que igualmente cede el paso a cualquier fuerza superior, a un verdadero Walter Mitty. Pues mire, si le sirve de consuelo, al menos puedo predecir lo que se grabará en su lápida: «Serán cuarenta y cinco francos, por favor». Y ahora, si tiene usted la amabilidad de apartarse de mi coche, pondré rumbo a la comisaría más cercana y me aseguraré... Me aseguraré...

El rostro del estadounidense se había ido descomponiendo durante el transcurso de la diatriba; cada vez más demacrado, gris y flácido. También se le habían perlado las sienes de sudor. En un momento de su larga filípica, presa de un titubeo, se había pasado una mano por la frente y luego la había agitado delante de la nariz, como si quisiera ahuyentar algún olor. Gabler reparó en que durante la extraña escena se había hecho un silencio general en el café e incluso en toda la calle. Aquel hombre estaba borracho o drogado. Se acercó con paso inestable al Lamborghini mientras el policía se apresuraba a dejarle paso. Después tendió la mano hacia el tirador de la puerta y lo tanteó con un manoteo de ciego, pero no logró asirlo. Avanzó otro paso y se tambaleó. Recuperó el equilibrio, volvió a oscilar y se derrumbó en la acera. En ese instante se oyeron varios gritos de auxilio, y hubo quien se levantó de la silla. También Gabler se puso bruscamente en pie, tirando la silla hacia atrás. Su sorpresa y su consternación eran tales que ni siquiera se dio cuenta de que se le había derramado el vaso medio lleno de Pflümli por una pernera de sus pantalones bien planchados.

45

El teniente Peter Angler estaba sentado en su despacho del distrito 26. Los montones de papeles de la mesa habían sido relegados a las esquinas, y el centro del tablero estaba casi desocupado, a excepción de tres objetos: una moneda de plata, un trozo de madera y una bala.

En todas las investigaciones había momentos en los que tenía la percepción de que las cosas estaban a punto de dar un giro determinante, y para esas ocasiones tenía un pequeño ritual que nunca dejaba de cumplir: sacar aquellas tres reliquias de un cajón cerrado con llave y examinarlas por turnos. A su manera, todas marcaban un hito en su vida, del mismo modo que todos los casos resueltos eran un pequeño escalón, y a él le gustaba meditar acerca de su importancia.

Levantó primero la moneda. Era un antiguo denario de la Roma imperial, acuñado en el año 37, con Calígula en el anverso y su madre Agripina la Mayor en el reverso. Lo había comprado después de ganar un premio en la Universidad de Brown con su tesis sobre el emperador, que incluía un análisis médico y psicológico de los cambios sufridos por Calígula a causa de una grave enfermedad; era un análisis sobre el papel de la dolencia en la transformación de un gobernante relativamente benévolo en un tirano demente. La moneda era muy cara, pero le había parecido que tenía que ser suya.

La dejó sobre la mesa y levantó el trozo de madera. Lijando

y alisando él mismo la forma original del tallo, curvo e irregular, había reducido su tamaño poco menos que al de un lápiz, y después lo había barnizado para que reflejase la luz fluorescente del despacho. Procedía de la primera secuoya antigua que había salvado de las compañías madereras en su época de activista por el medio ambiente. Se había pasado casi tres semanas acampado en la copa del árbol, hasta que al final los taladores habían desistido y se habían ido a otra parte. Al bajar había cortado una rama seca en recuerdo del triunfo.

En último lugar tomó la bala. Estaba torcida y deformada por el impacto contra la tibia izquierda del teniente. Angler nunca se refería, ni en el trabajo ni fuera de él, al hecho de que le hubieran pegado un tiro. Jamás llevaba ni enseñaba la Cruz de Combate de la Policía, que se había ganado por su heroísmo excepcional. De hecho, casi ninguno de los que trabajaban con él estaba al corriente de que le hubieran disparado en acto de servicio, pero daba igual. Giró la bala en la mano y la dejó otra vez sobre la mesa. Bastaba con que lo supiera él.

Guardó los objetos con cuidado en el cajón, que cerró otra vez con llave. Después levantó el teléfono y marcó el número de la secretaria del departamento.

—Que pasen —dijo.

Al cabo de un minuto se abrió la puerta y entraron tres hombres: el sargento Slade y dos sargentos de guardia asignados al asesinato de Alban.

—El parte, por favor —comentó Angler.

Se adelantó uno de los dos.

—Señor, hemos acabado de analizar los archivos de la Administración de Seguridad en el Transporte.

—Siga.

—Tal como nos había pedido, hemos revisado toda la documentación de los últimos dieciocho meses buscando indicios de que la víctima pudiera haber viajado a Estados Unidos aparte del 4 de junio de este año, y hemos encontrado una prueba. La víctima entró en el país desde Brasil el 17 de mayo del año pasado.

Viajó con el mismo nombre falso de Tapanes Landberg y aterrizó en el aeropuerto JFK. Cinco días después, el 22 de mayo, tomó un vuelo de regreso a Río.

—¿Algo más?

—Sí, señor. Hemos descubierto en la documentación de Seguridad Nacional que el 18 de mayo viajó de LaGuardia a Albany un hombre con el mismo pasaporte. Volvió a LaGuardia el 21 de mayo.

—Un pasaporte brasileño falso —concluyó Angler—. Tenía que estar muy bien hecho. Me gustaría saber de dónde lo sacó.

—Seguro que en un país como Brasil es mucho más fácil conseguirlo que aquí —dijo Slade.

—Sin duda. ¿Qué más?

—Nada más, señor. En Albany se pierde su pista. Hemos consultado a las fuerzas del orden, las agencias de viajes, las estaciones de autobuses, los aeropuertos, las aerolíneas regionales, los hoteles y las compañías de alquiler de coches, pero no hay más constancia de Tapanes Landberg hasta su embarque en LaGuardia el 21 de mayo y su llegada a Brasil el día siguiente.

—Gracias y felicidades. Ya pueden irse.

Angler esperó a que hubieran salido los dos hombres del despacho para girarse hacia Slade e indicarle que se sentara. Después sacó un gran fajo de fichas grandes de uno de los montones de papeles situados en los bordes de la mesa. Contenían información recopilada con entusiasmo durante los últimos días por el sargento Slade.

—¿Por qué iba nuestro amigo Alban a ir a Albany? —preguntó Angler.

—Ni idea —contestó Slade—, pero yo apostaría a que hay alguna relación entre los dos viajes.

—Es una ciudad pequeña. El aeropuerto y la estación central de autobuses cabrían juntos en la sala de espera del puerto de Nueva York. A Alban debió de costarle mucho borrar su rastro.

—¿Cómo sabe tanto sobre Albany?

—Es que tengo familia en Colonie, al noroeste. —Angler se

concentró en las fichas—. Ha estado usted muy ocupado. En otra vida podría haber triunfado en el periodismo sensacionalista.

Slade sonrió. Angler barajó despacio las fichas.

—Aquí están el historial fiscal y de bienes inmuebles de Pendergast. Dudo que hayan sido fáciles de conseguir.

—Pendergast es una persona bastante celosa de su intimidad.

—Veo que posee cuatro propiedades: dos en Nueva York y dos en Nueva Orleans. La que está en el centro de Nueva Orleans es un aparcamiento. Qué raro.

Slade se encogió de hombros.

—No me sorprendería que también tuviera fincas en el extranjero.

—A mí tampoco, aunque me temo que eso ya se resistiría a mis indagaciones.

—Además, no viene al caso. —Angler dejó esos papeles a un lado y miró otro fajo—. La lista de las detenciones y condenas que ha logrado. —Las fue pasando—. Impresionante, la verdad. Mucho.

—Lo que me ha parecido más interesante es la cantidad de culpables muertos durante la operación de captura.

Angler buscó los datos y, al encontrarlos, arqueó las cejas ante la sorpresa. Acto seguido, reanudó su análisis.

—Pendergast tiene casi tantas censuras oficiales como elogios.

—Mis amigos del FBI dicen que es polémico, un lobo solitario. Como es rico, no depende de nadie. Cobra un sueldo de un dólar anual para no infringir las normas. En los últimos años, la cúpula del FBI ha hecho la vista gorda dado el porcentaje de éxitos del superagente y a condición de que no hiciera nada demasiado escandaloso. Parece que en las altas esferas del FBI tiene como mínimo un amigo invisible y poderoso, y quizá más de uno.

—Mmm. —Más fichas pasadas una tras otra—. Una temporada en las fuerzas especiales. ¿Qué hacía exactamente?

—Secreto. Lo único que he podido averiguar es que le dieron

varias medallas al valor en combate y que llevó a cabo una serie de operaciones secretas de mucho relieve.

Angler amontonó las fichas, las ordenó y las dejó a un lado.

—¿A usted todo esto le sorprende, Loomis?

Slade le sostuvo la mirada.

—Sí.

—A mí también. ¿Qué significa?

—Todo huele fatal…, señor.

—A eso iba. Lo sabe tan bien como yo y desde hace tiempo. —Angler dio unos golpecitos en el fajo de fichas—. Vamos a desmenuzarlo. La última vez que Pendergast vio vivo a su hijo, según dice él, fue hace dieciocho meses, en Brasil. Hace un año, Alban viajó a Estados Unidos con un nombre falso, fue al norte del estado de Nueva York y regresó a Brasil. Hace unas tres semanas encontraron una turquesa en su cadáver. El agente Pendergast comenta que la piedra en cuestión le llevó al Salton Fontainebleau, donde supuestamente fue atacado por el mismo hombre que se hizo pasar por científico y mató a un técnico en el museo. De golpe y porrazo, después de no colaborar y andarse con evasivas, Pendergast se sincera… Pero lo hace tras enterarse de que habíamos encontrado a Tapanes Landberg, todo sea dicho. Una vez nos endosa un montón de datos dudosos, vuelve a cerrarse en banda y ya no colabora. Por ejemplo, ni él ni el teniente D'Agosta se han molestado en decirnos que el falso profesor se suicidó en la cárcel de Indio. Hemos tenido que enterarnos por nuestros propios medios. Y luego, cuando hemos mandado al sargento Dawkins a examinar el Fontainebleau, nos ha informado de que parecía que no hubiera entrado nadie en años y de que no pudo haber ninguna pelea seria. Tiene toda la razón, Loomis: esto apesta. Clama al cielo. Lo mire por donde lo mire, siempre llego a la misma conclusión: Pendergast nos está haciendo dar palos de ciego. Y solo se me ocurre un motivo: que es cómplice de la muerte de su hijo. Después me entero de esto. —Se inclinó para sacar un artículo en portugués de uno de los montones de la mesa—. Una noticia de un periódico brasileño, con datos vagos y sin citar fuentes, en la que se narra una masacre en la selva con la participación de un gringo anónimo, a quien se describe como un hombre «*de rosto pálido*».

—¿«*De rosto pálido*»? ¿Qué quiere decir?

—Con la cara pálida.

—Joder.

—Y eso ocurrió hace dieciocho meses, justo cuando estaba Pendergast en Brasil.

Angler dejó el recorte.

—He leído este artículo esta misma mañana y me parece que es la clave, Loomis. La clave de todo el misterio. —Miró el techo apoyado en el respaldo de la silla—.Creo que falta una pieza, solo una. Cuando la encuentre…, le habremos pillado.

46

Un médico con bata acompañaba a Constance Greene por un pasillo reluciente de la cuarta y última planta de la Clinique Privée La Colline de Ginebra.

—¿Cómo describiría su estado? —preguntó ella en un francés perfecto.

—Ha sido muy difícil hacer un diagnóstico, mademoiselle —contestó el médico—. Nunca nos habíamos encontrado con algo así. Esto es una clínica multidisciplinaria. Al paciente le han examinado media docena de especialistas, y los resultados de los exámenes y de las pruebas son... desconcertantes. Y contradictorios. Algunos miembros del equipo consideran que padece un trastorno genético desconocido, mientras que otros son del parecer de que le han envenenado o de que sufre un síndrome de abstinencia vinculado a algún compuesto o alguna droga. En la sangre se observan elementos de traza poco habituales, pero que no se corresponden con ninguna sustancia conocida o registrada en nuestras bases de datos. También hay algunos médicos que consideran que el problema es psicológico, al menos en parte, pero nadie puede discutir la gravedad de las manifestaciones físicas.

—¿Qué medicación le están dando?

—La dolencia en sí no podemos tratarla mientras no tengamos un diagnóstico. Estamos controlando el dolor con parches transdérmicos de fentanilo. También con Soma como relajante muscular. Y una benzodiazepina, por su efecto sedante.

—¿Qué benzodiazepina?

—Klonopin.

—Tremendo cóctel, doctor.

—Sí, es verdad, pero mientras no sepamos el origen solo podemos tratar los síntomas. Si no, habría que recurrir a la sujeción.

El médico abrió una puerta e hizo pasar a Constance. Daba a una sala moderna, impoluta y funcional, con una sola cama rodeada por muchos monitores y aparatos médicos; en algunos parpadeaban complicadas lecturas en unas pantallas LCD, mientras que otros pitaban a un ritmo regular. El fondo de la sala estaba compuesto por una serie ininterrumpida de ventanas tintadas de azul con vistas a la avenue de Beau-Séjour.

En la cama estaba el agente especial Aloysius Pendergast, con cables en las sienes, una vía en una de las muñecas, un tensiómetro en un brazo y un indicador de oxígeno en sangre en la punta de un dedo. Frente a la cama había una cortina corrida, que colgaba del techo con anillas.

—Casi no ha dicho nada —comentó el médico—. Y menos con sentido. Si puede darnos alguna información que nos ayude, le estaremos muy agradecidos.

—Gracias, doctor —dijo Constance con un gesto de la cabeza—. Haré lo que pueda.

—Mademoiselle...

El médico se despidió con una leve inclinación y abandonó la sala, cerrando la puerta sin hacer ruido.

Constance se quedó un rato donde estaba, mirando la puerta cerrada. Después se alisó el vestido con una mano y se sentó en la única silla que había al lado de la cama. Aun siendo una persona de una serenidad inusitada, Constance Greene no dejó de sentirse afectada en lo más hondo por la imagen que tenía ante sus ojos. La cara del agente del FBI presentaba un espantoso color gris. Su pelo rubio, casi blanco, estaba despeinado y sudado. Una barba de varios días emborronaba la perfección de sus facciones. Parecía que irradiase fiebre. Tenía los ojos cerrados, pero Constance vio que detrás de los párpados, que estaban como amoratados, se movían los globos oculares. Mientras lo observaba, él se puso rígido, como si tuviera dolores; luego sufrió un espasmo y se relajó.

Ella se inclinó y le puso una mano en uno de los puños crispados.

—Aloysius —dijo en voz baja—, soy Constance.

Al principio no hubo ninguna reacción. Después el puño se relajó un poco. La cabeza de Pendergast giró en la almohada, y el agente murmuró algo incomprensible.

Constance le apretó un poco la mano.

—¿Perdón?

Pendergast abrió la boca para decir algo y respiró profundamente y de forma entrecortada.

—*Lasciala, indegno* —murmuró—. *Battiti meco. L'assassino m'ha ferito.*

Constance aligeró la presión en la mano.

El cuerpo de Pendergast sufrió otro espasmo.

—No —dijo con una voz grave y ahogada—. No lo hagas, no. La puerta del infierno… Apártate… Apártate, por favor… No mires… ¡El ojo trilobulado de fuego…!

Después se le relajó el cuerpo, y se quedó callado unos minutos. Al poco rato volvió a moverse.

—Te equivocas, Tristram —intervino con una voz más clara y definida—. Él no cambiaría nunca. Lo siento, pero te engañó.

Esta vez el silencio se alargó mucho más. Entró una enfermera que consultó las constantes vitales de Pendergast, sustituyó el parche transdérmico y se fue. Constance se quedó en la silla como una estatua, con su mano sobre la de Pendergast. Pasados unos minutos, el superagente abrió los párpados. Al principio, su mirada era vaga, difusa. Después parpadeó y observó la habitación del hospital, hasta que posó la vista en Constance.

—Constance —dijo con un hilo de voz.

La respuesta de ella fue apretarle una vez más la mano.

—He tenido… una pesadilla. Parece que no se acaban nunca. Tenía la voz seca y liviana, como una suave brisa entre las hojas secas. Constance tuvo que acercarse más para entender lo que decía.

—Estabas recitando el libreto de *Don Giovanni* —comentó.

—Sí. Me… imaginaba que era el Comendador.

—A mí no me parece que soñar con Mozart sea una pesadilla.

—No… —Hizo una pausa antes de continuar—. No me gusta la ópera.

—También has dicho otra cosa —añadió Constance—. Algo que sí sonaba a pesadilla. Has mencionado la puerta del infierno.

—Sí, sí. En mis pesadillas también hay recuerdos.

—Y después has nombrado a Tristram. Hablabas de una equivocación que él cometió.

Esta vez Pendergast solo sacudió la cabeza.

Constance se mantuvo a la espera mientras el agente perdía de nuevo la conciencia. Al cabo de diez minutos se movió y abrió otra vez los ojos.

—¿Dónde estoy? —preguntó.

—En un hospital de Ginebra.

—Ginebra. —Una pausa—. Claro.

—Por lo que sé, hoy le has arruinado el día a un agente de multas de tráfico.

—Ya me acuerdo. Insistía en ponerme una, y le he tratado de la peor manera. Lo siento, pero es que… no soporto a los pequeños burócratas. —Otra pausa—. Es una de mis malas costumbres.

Cuando volvió a callarse, Constance, ya segura de la lucidez del superagente, le puso al día de las últimas novedades, tal como se las había comunicado D'Agosta: el suicidio del agresor en la cárcel de Indio, la cirugía plástica con que se había cambiado la cara, la reconstrucción del rostro original y el descubrimiento de su verdadera identidad. También dio parte al agente de otro hallazgo de D'Agosta, esta vez a partir del expediente de Angler sobre el caso: Alban había viajado un año antes a Estados Unidos con el mismo nombre de Tapanes Landberg y, antes de volver a Brasil, había hecho un corto viaje al norte del estado de Nueva

York. Pendergast lo escuchaba todo con gran interés. Apareció una o dos veces en sus ojos el brillo de siempre, que tanto conocía Constance. Sin embargo, al final de las explicaciones, cerró los ojos, giró la cabeza y recayó en la inconsciencia.

Se despertó cuando ya era de noche. Constance, que no se había apartado de su lado, esperó a que hablase.

—Constance —dijo el agente en voz baja, como antes—, a veces se me está haciendo difícil… seguir conectado con la realidad. Va y viene, como los dolores. En este momento, por ejemplo, el mero hecho de conversar contigo de manera lúcida requiere de toda mi concentración, así que seré breve.

Constance se quedó muy quieta y a la escucha.

—Te dije algo imperdonable.

—Ya te he perdonado.

—Eres demasiado generosa. Intuí lo que ocurría casi desde el primer instante, al sentir el olor a lirios en aquella cámara de gas tan extraña del Salton Fontainebleau. Supe que el pasado de mi familia había regresado para perseguirme. Y lo hacía bajo la forma de alguien con sed de venganza.

Respiró un par de veces de modo superficial.

—Lo que hizo mi antepasado Hezekiah fue algo criminal. Creó un elixir que en realidad era un veneno adictivo, responsable de muchas muertes y de muchas vidas destrozadas. Pero eso formaba parte de un… pasado tan lejano… —Una pausa—. Yo ya sabía lo que me pasaba. También lo adivinaste tú, pero tu compasión, en ese momento, se me hacía insufrible. Mis esperanzas iniciales de revertir los efectos se diluyeron enseguida. Prefería no pensar siquiera en ello. De ahí mi deleznable observación en la sala de música.

—No le des más vueltas, por favor.

Pendergast guardó silencio. En la oscuridad de la habitación, apenas iluminada por las luces de los aparatos médicos, Constance no estuvo segura de que el agente aún estuviese despierto.

—Los lirios han empezado a supurar —dijo él.

—Oh, Aloysius… —exclamó ella.

—Hay algo peor que el sufrimiento, y es mi falta de respuestas. La confabulación tan barroca que tuvo en el mar de Salton presenta todas las características de algo organizado por Alban, pero ¿con quién colaboraba y por qué le mataron? ¿Y… cómo soportaré este descenso a la locura?

Constance sujetó una de sus manos entre las suyas.

—Alguna cura, algún antídoto, debe existir. Juntos lo derrotaremos.

Pendergast sacudió la cabeza en la penumbra.

—No, Constance, no hay ninguna cura. Tienes que irte. Yo volveré en avión. Conozco a médicos privados capaces de procurarme el máximo bienestar hasta que llegue el fin.

—¡No! —exclamó Constance con más fuerza de la deseada—. No pienso dejarte.

—Me niego a que me veas… así.

Ella se levantó y se inclinó hacia él.

—No tengo elección.

Pendergast cambió un poco la postura debajo de la sábana.

—Siempre hay elección. Por favor, concédeme el deseo de no verme in extremis. Como al hombre de Indio.

Ella se agachó lánguidamente hacia el paciente aquejado de dolores y le dio un beso en la frente.

—Lo siento, pero mi elección es luchar hasta el final. Porque…

—Pero…

—Porque eres la otra mitad de mi corazón —murmuró Constance.

Volvió a sentarse, le tomó la mano de nuevo y no habló más.

47

El policía uniformado acercó el coche patrulla a la acera y frenó.

—Ya hemos llegado, señor —dijo.

—¿Seguro? —preguntó el teniente D'Agosta asomándose a la ventanilla derecha.

—Avenida Colfax, número 4127. ¿Me he equivocado de dirección?

—No, es esta.

D'Agosta estaba sorprendido. Se había imaginado un campamento de caravanas o un apartamento cutre en un bloque de protección oficial, pero aquella casa de la zona de Miller Beach de Gary, Indiana, se veía en buen estado y, aun siendo pequeña, estaba recién pintada y con el jardín cuidado. Marquette Park quedaba a pocas manzanas.

El teniente se giró hacia el policía de Gary.

—¿Le importaría repetirme su historial para que lo tenga todo fresco en la cabeza?

—Por supuesto. —El agente abrió la cremallera de una cartera y sacó unas hojas impresas por ordenador—. Está bastante limpio. Un par de multas de tráfico, una por ir a sesenta kilómetros por hora en una zona de cincuenta y otra por adelantar por el arcén.

—¿Adelantar por el arcén? —preguntó D'Agosta—. ¿Aquí multan a la gente por eso?

—Con el jefe de policía de antes sí. El hombre era de órdago.

—El policía volvió a mirar el historial—. Lo único un poco serio en este expediente es que le trincamos durante una redada en un lugar de reunión de mafiosos, pero estaba limpio, sin drogas ni armas. Como no pudimos demostrar que estaba relacionado con la mafia, le soltamos sin cargos. Cuatro meses después su mujer denunció que había desaparecido. —Guardó el informe en la cartera—. Eso es todo. Ahora bien, al haber posibles vínculos con la mafia, supusimos que le habían matado. No ha vuelto a aparecer, ni vivo, ni muerto, ni nada. Al final se archivó la investigación.

D'Agosta asintió con la cabeza.

—Ya me encargo yo de hablar, si no le importa.

—Por mí, perfecto.

Miró su reloj: las seis y media. Después abrió la puerta del coche y bajó con un gruñido.

Siguió al agente uniformado hasta la entrada de la casa y esperó a que este llamase al timbre. Al cabo de un momento apareció una mujer en la puerta, y el ojo avezado de D'Agosta captó sus datos: un metro setenta, sesenta y tres kilos, morena. Tenía un plato en una mano y un trapo de secar en la otra. Iba vestida para trabajar, con un traje pantalón algo pasado de moda, pero limpio y bien planchado. Cuando vio al policía, se le dibujó en la cara una mezcla de nerviosismo y esperanza.

D'Agosta avanzó.

—¿Es usted Carolyn Rudd, señora?

La mujer asintió. D'Agosta le enseñó la placa.

—Soy el teniente Vincent D'Agosta, de la policía de Nueva York, y este es el agente Hektor Ortillo, de la de Gary. Queríamos pedirle unos minutos de su tiempo si es tan amable.

El titubeo fue muy breve.

—Claro, claro —dijo—. Pasen.

Abrió la puerta y los llevó a una sala pequeña. También los muebles eran viejos, pero se conservaban bien y revelaban una limpieza impecable. D'Agosta volvió a tener la clara impresión de estar en una casa donde no iban sobrados de dinero, pero donde aún se daba importancia a las formas y la educación.

La señora Rudd los invitó a sentarse.

—¿Les apetece una limonada? —preguntó—. ¿O un café?

Los dos hombres negaron con la cabeza.

Se oyó un ruido en la escalera y aparecieron dos caras llenas de curiosidad: un niño de unos doce años y una niña de algunos menos.

—Howie y Jennifer —dijo la mujer—, estoy hablando con estos señores. Id a acabar los deberes, por favor, que dentro de un rato subiré.

Los dos niños miraron a los policías con los ojos como platos, sin hablar, y al cabo de unos segundos desaparecieron escaleras arriba, furtivamente.

—Perdonen un momento, voy a dejar este plato en la cocina.

La mujer se retiró. Al volver se sentó frente a D'Agosta y el policía de Gary.

—¿En qué puedo ayudarlos? —preguntó.

—Venimos a hablar de su marido —puntualizó D'Agosta—, Howard Rudd.

La esperanza que D'Agosta había visto antes en su cara rebrotó con fuerza.

—¡Ah! —dijo la señora Rudd—. ¿Tienen… alguna nueva pista? ¿Está vivo? ¿Dónde está?

El fervor con el que salieron las palabras de su boca sorprendió a D'Agosta tanto o más que el aspecto de la casa. En las últimas semanas se había formado un retrato muy nítido del hombre que había atacado al agente Pendergast y que era el principal sospechoso de haber matado a Victor Marsala: un gorila, un matón de tres al cuarto, sin principios morales; un hijo de puta que se vendía al mejor postor y que poco o nada de bueno debía de tener para compensarlo. Cuando Terry Bonomo y el software de detección facial de la policía de Nueva York le habían identificado como Howard Rudd, antiguo vecino de Gary, Indiana, D'Agosta había estado casi seguro de lo que encontraría cuando volara hasta allí para hablar con su mujer, pero la esperanza de los ojos de esta última estaba haciendo que se replanteara sus suposiciones. De repente no tenía muy claro cómo proceder.

—No, aún no le hemos encontrado exactamente. La razón de esta visita, señora Rudd, es que me gustaría saber más cosas sobre su marido.

La mirada de la mujer pasó de D'Agosta a Ortillo y luego al revés.

—¿Van a reabrir la investigación? Ya me había parecido a mí que le daban carpetazo demasiado pronto. Quiero ayudarle. Dígame qué puedo hacer.

—Bueno, puede empezar diciéndonos qué clase de persona era. Como padre y marido.

—«Es» —dijo ella.

—¿Perdón?

—Qué clase de persona es. Ya sé que la policía piensa que está muerto, pero yo estoy segura de que no, de que está vivo en algún sitio. Me lo dice el corazón. No se habría ido sin motivos de peso. Algún día volverá y explicará lo que pasó y por qué.

La inquietud creció en D'Agosta. Resultaba incómodo oírla hablar con tanta convicción.

—Cuéntenos algo sobre él, señora Rudd.

—¿Qué puedo decirles? —La mujer se paró a pensar un poco en silencio—. Era un buen marido y un hombre entregado a su familia. Trabajador, fiel… Como padre, fabuloso. Nunca se iba de copas ni apostaba. Jamás miraba a otras mujeres. Su padre era un predicador metodista, y Howard heredó muchas de sus virtudes. Nunca he conocido a nadie tan insistente. Cuando empezaba algo, siempre llegaba hasta el final. Consiguió pagarse los estudios superiores fregando platos. De joven fue un boxeador aficionado. Aparte de la familia, a lo que más importancia daba era a cumplir su palabra. Trabajaba mucho para mantener a flote la ferretería, día y noche, hasta que abrieron un Home Depot en la ruta 20 y le quitaron casi toda la clientela. No fue culpa suya que tuviera que endeudarse. Lástima que no supiera quiénes…

El torrente verbal cesó de golpe, a la vez que la señora Rudd abría un poco más los ojos.

—Siga, por favor —dijo D'Agosta—. ¿Que no supiera qué?

Ella al principio vaciló, pero luego suspiró y, tras una mirada a la escalera para asegurarse de que no la oyeran los niños, siguió hablando:

—Que no supiera qué tipo de personas eran los que le dejaron el dinero. Al banco le pareció que la ferretería tenía los días contados y no quisieron concederle un préstamo. Empezamos a ir cortos de dinero. —Se apretó con fuerza las manos y dirigió la mirada al suelo—. Se lo pidió prestado a gente mala.

De pronto alzó la vista y miró a D'Agosta a los ojos, suplicante.

—Pasó noches sentado en la mesa de la cocina, mirando la pared sin decir nada... ¡Qué pena me daba! —Se enjugó una lágrima—. Hasta que un día se marchó. Así como así. Hace tres años. Y desde entonces no se ha vuelto a saber nada. Pero seguro que hay una razón. Estoy convencida. —En el rostro de la señora Rudd apareció una expresión de desafío—. Ya sé lo que piensa la policía, pero yo no me lo creo. No me da la gana.

D'Agosta habló con suavidad:

—¿Dio alguna pista de que estuviera a punto de irse? Cualquiera.

Ella sacudió la cabeza.

—No, solo la llamada.

—¿Qué llamada?

—La noche antes de que se fuera llamaron por teléfono, muy tarde. Él contestó en la cocina. Hablaba en voz baja, creo que para que yo no le oyera. Después le vi muy mala cara, pero no me dijo nada. No quiso explicarme de qué iba el tema.

—¿Y usted no tiene ni idea de lo que pudo pasarle o de dónde ha estado todo este tiempo?

Volvió a negar con la cabeza.

—¿Desde entonces cómo le salen las cuentas?

—Encontré trabajo en una empresa de publicidad. Compagino y diseño. No me gano mal la vida.

—Y esas personas que le prestaron dinero a su marido… ¿Desde la desaparición ha habido alguna amenaza? ¿Alguna represalia?

—No.

—¿Tendría usted alguna foto de su marido, por casualidad?

—Sí, claro, bastantes.

La señora Rudd se giró y tendió la mano hacia un pequeño grupo de portarretratos sobre una mesita. Le dio una a D'Agosta, quien la examinó. Era una foto de familia, con los padres en medio y un hijo a cada lado.

Terry Bonomo la había clavado. El hombre de la imagen era idéntico a la reconstrucción prequirúrgica que habían hecho por ordenador.

Cuando D'Agosta le devolvió la foto a la señora Rudd, de repente ella se aferró a su muñeca con una fuerza sorprendente.

—Por favor —dijo—, ayúdeme a encontrar a mi marido. Por favor.

D'Agosta ya no pudo más.

—Señora, tengo malas noticias. Antes le he dicho que no hemos encontrado a su marido. Pero tenemos un cadáver, y me temo que puede ser el de él.

La fuerza de la mano aumentó.

—Lo que ocurre es que para estar seguros necesitamos una muestra de ADN. ¿Podríamos tomar prestados unos cuantos efectos personales, como un cepillo para el pelo o uno de dientes? Tranquila, que se los devolveremos.

Ella no dijo nada.

—Señora Rudd —añadió D'Agosta—, a veces es mucho peor no saber, incluso si saber resulta muy doloroso.

La mujer estuvo mucho tiempo sin moverse, hasta que soltó despacio la muñeca de D'Agosta y dejó caer su mano sobre el regazo. Miró un momento al vacío. Después, sacando fuerzas de flaqueza, se levantó, fue a la escalera y subió sin decir nada.

Veinte minutos más tarde, el teniente volvía a O'Hare en el asiento del copiloto del coche patrulla. Llevaba un cepillo de pelo de Howard Rudd en el bolsillo de la americana, bien guardado en una bolsa para pruebas. D'Agosta pensó compungido en cómo nos precipitamos a veces al presuponer ciertas cosas. Si algo no se había esperado, era una casa tan pulcra como la de la avenida Colfax, ni una viuda tan fiel y resuelta como la que vivía ahí.

Tal vez Rudd fuera un asesino, pero al parecer en otros tiempos también había sido un buen hombre, que se había metido en líos pidiendo ayuda a quien no debía. No era el primer caso que veía D'Agosta. A veces, cuanto más te esfuerzas, más te hundes en la mierda. El teniente no tenía más remedio que corregir su evaluación de Rudd y darse cuenta de que precisamente por su amor a la familia, y por la situación en la que se había visto envuelto (fuera cual fuese), no había tenido más remedio que hacer cosas tan horribles como cambiar de aspecto y de identidad. No le cupo duda de que le habían convencido de esa manera, usando a su pequeña familia.

Se enfrentaban una buena panda de cabrones.

Miró al policía de Gary.

—Gracias, agente.

—No hay de qué.

Siguió mirando la autopista. Qué raro… Rarísimo. Tenían a Nemo, el supuesto asesino de Marsala y el agresor de Pendergast, congelado… Pero no había historial ni antecedentes, más allá de que en otra época de su vida había sido un padre de familia honrado y trabajador que respondía al nombre de Howard Rudd. Entre la desaparición de Rudd en Gary y su aparición en el museo haciéndose pasar por Waldron, el científico, había una laguna de tres años.

Esto dejaba a D'Agosta con una gran pregunta: ¿qué carajo había pasado en medio?

48

En la sala del fondo de la agencia de alquiler de coches Republic, en el aeropuerto de Albany, el teniente Angler daba vueltas, taciturno, a un lápiz mientras esperaba que Mark Mohlman, el encargado, acabara de atender a un cliente en el mostrador y volviese al despacho. Con lo bien que había ido todo... Como un sueño. Comprendió que probablemente solo hubiera sido eso, un sueño.

Les había pedido a sus hombres las listas de todas las personas que hubieran alquilado un coche en la zona de Albany durante las fechas de mayo en las que Alban se encontraba en la ciudad. Al examinarlas había descubierto algo: el 19 de mayo, el día después del vuelo a Albany, un tal Abrades Plangent —otro anagrama de Alban Pendergast— había alquilado un coche en Republic. Al llamar a la agencia se había puesto un tal Mark Mohlman. En efecto, tenían registrado el alquiler e incluso el vehículo seguía en funcionamiento y estaba disponible, aunque en ese momento se encontraba en otra agencia, a unos sesenta kilómetros. En realidad, Mohlman podía pedir que trajesen el automóvil a Albany. Así que Angler y el sargento Slade habían conducido tres horas para ir desde Nueva York a la capital del estado.

En Mohlman habían encontrado justo a la persona que necesitaban: un ex marine y socio de la Asociación del Rifle, que les ayudaba con todo el entusiasmo de un policía frustrado. Gracias a ello, una serie de trámites que en otras circunstancias habrían requerido un papeleo farragoso, por no decir una orden judicial, habían sido coser y cantar en las eficaces manos de Mohlman. El encargado había encontrado la ficha del coche que Alban había alquilado, un Toyota Avalon de color azul, y se la había dado a Angler. Alban había devuelto el vehículo a los dos días, con solo trescientos quince kilómetros recorridos.

En ese punto habían empezado las sospechas de Angler. Alban Pendergast tenía la manía de desaparecer a su antojo. El teniente se puso en su lugar y llegó a la conclusión de que quizá hubiera tomado medidas adicionales para ocultar sus movimientos, así que le pidió a Mohlman que buscase cualquier otro dato sobre el coche durante el período del alquiler de Alban. También esta vez Mohlman cumplió encantado los deseos del teniente, pues entró en el sistema de seguimiento de coches de Republic para acceder a los archivos del Avalon. Angler había acertado en su corazonada: los datos de seguimiento no coincidían con el cuentakilómetros. Según el sistema, durante el alquiler de Alban el coche había recorrido seiscientos ochenta y cinco kilómetros.

Ahí empezó a desmoronarse la investigación. De repente había demasiadas variables. Alban podía haber manipulado el cuentakilómetros; en principio era algo imposible, pero Angler le veía muy capaz de hacerlo. También podía haber desmontado el rastreador del coche, haberlo puesto en otro vehículo y haberlo reinstalado más tarde en el de origen, para que suministrara datos falsos. O pudo no haberse tomado la molestia de colocarlo otra vez en su sitio y haber instalado uno nuevo para agravar la confusión. Necesitaban cribar las posibilidades, pero a Angler no se le ocurría ninguna manera de hacerlo.

Justo en ese momento Mohlman se había visto obligado a salir del despacho para atender a un cliente airado, y desde entonces Angler daba vueltas al lápiz, enfadado. Tenía enfrente, al otro lado de la mesa, al sargento Slade, tan callado como de costumbre. Con el lápiz en la mano, Angler se preguntó con qué esperanzas había ido a esa oficina. ¿Para saber la cantidad de kilómetros recorridos por Alban y el modelo del vehículo? ¿Y qué? En dos días, Alban podía haber ido a cualquier sitio. Coches Avalon de color azul los había a montones. Y, para colmo de males, las pequeñas poblaciones del norte del estado de Nueva York no destacaban precisamente por tener muchas cámaras de tráfico.

A pesar de todo, Mohlman regresó al despacho con una sonrisa.

—La caja negra —dijo.

—¿Eso qué es? —preguntó Angler.

—El EDR. La llevan todos los coches de alquiler.

—¿Ah, sí?

Angler conocía los rastreadores de flota por su experiencia personal con los coches patrulla, pero aquello era nuevo para él.

—Sí, desde hace algunos años. Al principio solo se usaban para dar información de cómo y por qué se activaban los airbags. Por defecto estaban apagados y, para que empezaran a grabar, hacía falta una sacudida fuerte, pero desde hace poco tiempo las compañías de alquiler de vehículos pagan para que les instalen cajas especiales mucho más sofisticadas. Hoy en día no se puede alquilar un coche sin devolverlo.

—¿Qué datos graban?

—Bueno, los EDR más nuevos almacenan datos rudimentarios de ubicación. Distancia diaria recorrida, velocidad media, conducción, frenos… Hasta el uso de los cinturones de seguridad. El aparato va conectado al GPS. Cuando se apaga el motor, registra la dirección del vehículo en relación con el lugar donde lo encendieron. Y es como en los aviones: la caja negra no se puede desmontar ni manipular. Lo que pasa es que la gente aún no sabe hasta qué punto en el sector de alquiler podemos hacer un seguimiento de lo que hacen con nuestros coches.

«La caja negra no se puede desmontar ni manipular.» En el fuero interno de Angler empezó a renacer la esperanza.

—Pero aquí se trata de lo que pasó hace un año. ¿Aún pueden estar almacenados los datos?

—Depende. Cuando se llena la memoria, comienzan a sobreescribir los datos nuevos sobre los viejos, pero puede que estemos de suerte. Este Avalon lleva seis meses asignado a nuestras oficinas de Tupper Lake, y allí no se alquilan muchos coches. Vaya, que puede ser que aún estén los datos.

—¿Cómo se consultan?

Mohlman se encogió de hombros.

—Es muy fácil, con un cable. Los últimos modelos hasta pueden transmitir los datos de forma inalámbrica.

—¿Podría hacerlo usted? —preguntó Angler.

No daba crédito a su suerte. Por muy listo que fuera Alban, quizá en aquel caso se hubiera equivocado. Esperó encarecidamente que Mohlman no tuviera que pedir la autorización de un juez.

Mohlman se limitó a asentir.

—El coche está en el garaje. Les pediré que descarguen los datos y se los impriman.

Una hora después, Angler estaba sentado delante de un ordenador de la jefatura de policía de Albany, con un mapa del estado de Nueva York desplegado sobre su regazo. A su lado se encontraba el sargento Slade, frente a otro ordenador.

Mohlman lo había conseguido. Aparte de un montón de datos relativamente inútiles, el EDR del Avalon les había proporcionado un elemento clave: el día en que lo había alquilado Alban, el coche había recorrido ciento treinta y ocho kilómetros desde el aeropuerto de Albany hacia el norte.

La ubicación resultante era el pequeño pueblo de Adirondack, a orillas del lago Schroon. Tras darle efusivamente las gracias, Angler había pedido a Mohlman que no le dijera nada a nadie y le había prometido que el día que fuese a Manhattan le daría un paseo en un coche patrulla de la policía de Nueva York.

—Adirondack, en el estado de Nueva York —dijo en voz

alta—. Código postal: 12808. Trescientos habitantes. Pero, bueno, ¿qué hacía Alban tan lejos de Río?

—¿Por las vistas? —preguntó Slade.

—Son mucho más espectaculares las que se tienen desde el Pan de Azúcar. —Angler entró en la base de datos de delitos y buscó en la zona durante las fechas que le interesaban—. Ningún asesinato —dijo al cabo de un minuto—. Robos tampoco. ¡Ni un solo delito! Joder… Pues sí que estaba dormido el condado de Warren los días 19, 20 y 21 de mayo.

Salió de la base y empezó a buscar en Google.

—Adirondack —murmuró—. No hay nada. Bueno, sí, árboles grandes. Y una sola empresa: Red Mountain Industries.

—No me suena de nada —comentó Slade.

Red Mountain Industries. A Angler le recordó algo. Buscó la compañía y leyó a toda velocidad los resultados.

—Es una empresa privada de defensa, muy grande. —Siguió leyendo—. Y con un historial algo dudoso, si creemos a quienes van difundiendo teorías de la conspiración por internet. En todo caso, sus actividades son bastante herméticas. El dueño es un tal John Barbeaux.

—Ahora lo busco.

El sargento Slade se concentró en su ordenador. Angler tardó un poco en contestar. Había vuelto a ponerse en marcha su hemisferio derecho a toda máquina. La última vez que Pendergast había visto a su hijo era hacía dieciocho meses, en Brasil.

—Sargento —dijo—, ¿se acuerda del artículo de prensa del que le hablé? La noticia que narraba, hace un año y medio, una masacre en plena selva, encabezada por un gringo pálido.

Slade dejó de teclear.

—Sí.

—Pues pocos meses después Alban hace un viaje secreto a Adirondack, donde se encuentra la sede de Red Mountain, un contratista privado de defensa.

Slade reflexionó en silencio sobre las palabras de Angler.

—¿Está pensando que fue Pendergast el autor de la masacre?

—dijo finalmente—. ¿Y que pudo ayudarle alguien de Red Mountain, financiando el proyecto y aportando las armas? ¿Una especie de operación de mercenarios?

—Se me había ocurrido.

Frunció el ceño.

—Pero ¿qué sentido tiene que Pendergast participara en algo así?

—A saber. El tío ese es un enigma. De todos modos, creo que ya sé por qué fue Alban a Adirondack. Y por qué le mataron.

Slade volvió a callarse y a escuchar.

—Alban estaba enterado de la masacre. Hasta hay bastantes posibilidades de que se encontrara presente. Acuérdese de que Pendergast dijo que su único encuentro con su hijo fue en la selva brasileña. ¿Y si Alban chantajeaba a su padre y a su contacto en Red Mountain? Luego, entre los dos, orquestaron su muerte.

—¿Me está diciendo que Pendergast se cargó a su propio hijo? —preguntó Slade—. Muy frío me parece, incluso para él.

—También es bastante frío chantajear a tu propio padre. Además, piense en los antecedentes de Pendergast. Sabemos de qué es capaz. Puede que solo sea una teoría, pero es la única respuesta que encaja.

—¿Y por qué dejó el cadáver en la puerta de su propia casa?

—Para alejar a la policía de su pista. Todo lo de la turquesa, lo del supuesto ataque en California… Otra cortina de humo. Acuérdese de lo poco colaborador e interesado que estaba al principio. Solo se animó cuando empecé a centrarme en los movimientos de Alban.

Hubo otro silencio breve.

—Si tiene razón, solo podemos hacer una cosa —dijo Slade—: ir a Red Mountain y hablar directamente con el tal Barbeaux. Si hay alguna manzana podrida dentro de la empresa, alguien que venda armas bajo mano y se quede con los beneficios, o que esté implicado en actividades mercenarias, es posible que le guste saberlo.

—Es arriesgado —contestó Angler—. ¿Y si el que tiene las

manos sucias es Barbeaux? Sería como meterse en la boca del lobo.

—Acabo de hacer una consulta. —Slade dio unos golpecitos a su ordenador—. Barbeaux está limpio como la nieve recién caída. Es un Eagle Scout, un ranger condecorado por el ejército y un diácono. Ni asomo de escándalos o antecedentes penales…

Angler pensó un momento.

—Sería la persona ideal para poner en marcha una investigación discreta de su propia empresa. Y si a pesar de la insignia de los Eagle Scouts tiene las manos sucias…, se confiaría y podríamos descubrirle.

—Estaba pensando lo mismo —contestó Slade—. De una manera u otra sabríamos la verdad. Siempre que no se divulgue nuestro punto de partida.

—Vale, pues le propondremos ser discretos a cambio de que él haga un esfuerzo de buena fe. ¿Se encarga usted del papeleo y de notificar al equipo adónde vamos, con quién hablaremos y cuándo volveremos?

—Ahora mismo me pongo.

Slade se giró otra vez hacia el ordenador. Angler dejó el mapa y se levantó.

—Siguiente parada —dijo en voz baja—: Adirondack.

49

Era la segunda vez en menos de una semana que el teniente D'Agosta entraba en la sala de armas de fuego de la mansión de Riverside Drive. Lo encontró todo igual: las mismas armas de coleccionista en las vitrinas, el revestimiento de palisandro en las paredes, el artesonado... También sus ocupantes eran los mismos: Constance Greene, con una blusa de organdí y una falda plisada de color marrón oscuro, y Margo, que le sonrió con cara de preocupación. Destacaba, eso sí, la ausencia del dueño de la casa, Aloysius Pendergast.

Constance se sentó en la cabecera de la mesa. Se la veía más enigmática que de costumbre, con sus aires afectados y su acento de otra época.

—Gracias a los dos por venir —dijo—. He solicitado su presencia esta mañana porque tenemos una emergencia.

Mientras tomaba asiento en una de las sillas de cuero que rodeaban la mesa, D'Agosta tuvo un mal presentimiento.

—Mi tutor, nuestro amigo, se encuentra mal de salud. De hecho, está gravemente enfermo.

D'Agosta se inclinó.

—¿Hasta qué punto?

—Se está muriendo.

Se quedaron callados, en estado de shock.

—¿O sea, que le envenenaron como al tío aquel de Indio? —dijo D'Agosta—. Qué hijos de puta... ¿Y por dónde andaba?

—Por Brasil y Suiza, intentando averiguar qué fue de Alban y por qué le envenenaron a él. Tuvo una crisis en Suiza, y le localicé en un hospital de Ginebra.

—¿Ahora dónde está? —preguntó D'Agosta.

—En el piso de arriba. Con atención médica privada.

—Tengo entendido que los que tomaban el elixir de Hezekiah tardaban años o meses en enfermar y morir —dijo Margo—. Pendergast debió de recibir una dosis muy concentrada.

Constance asintió con la cabeza.

—Sí. Su atacante sabía que solo tendría una oportunidad. Y teniendo en cuenta la rapidez con que empeoró el asaltante de Pendergast en el Salton Fontainebleau también es lícito presuponer que recibió una dosis aún más fuerte.

—Encaja —añadió Margo—. El doctor Samuels me ha enviado un informe desde Indio. Resulta que el cuerpo del prisionero muerto presenta los mismos compuestos inusuales que descubrí en el esqueleto de la señora Padgett, aunque en cantidades mucho más concentradas. No me extraña que el elixir le matara tan deprisa.

—Si Pendergast se está muriendo —comentó D'Agosta al levantarse—, ¿por qué coño no está en un hospital?

Su mirada topó con unos ojos penetrantes.

—Insistió en abandonar el hospital de Ginebra y regresar a casa con un equipo médico privado. No se puede hospitalizar a nadie en contra de su voluntad. Insiste en que nadie puede hacer nada por él y en que no desea morirse en un hospital.

—Madre mía —dijo D'Agosta—. ¿Qué podemos hacer?

—Necesitamos un antídoto y, para encontrarlo, hace falta información. Por eso estamos aquí. —Constance se giró hacia D'Agosta—. Teniente, por favor, explíquenos los resultados de sus últimas investigaciones.

D'Agosta se secó la frente.

—No sé hasta qué punto viene al caso lo que voy a decir, pero hemos seguido el rastro del atacante de Pendergast hasta Gary, Indiana. Hace tres años se llamaba Howard Rudd y tenía una familia y una ferretería. Se endeudó con la gente equivocada y desapareció; dejó solos a su mujer y sus hijos. Hace dos meses reapareció con otra cara. Como ya sabemos, atacó a Pendergast y probablemente mató a Victor Marsala. Estamos intentando rellenar la laguna que hay en su historia: dónde estuvo durante esos tres años y para quién trabajó, pero de momento es como darse contra una pared.

D'Agosta miró a Margo de reojo. No había dicho nada, pero estaba pálida.

Quedó todo en silencio. Al cabo de un rato, Constance tomó la palabra.

—No del todo.

D'Agosta la observó.

—He estado elaborando una lista de las víctimas de Hezekiah, partiendo de la premisa de que el culpable de envenenar a Pendergast y al prisionero de Indio era descendiente de alguna de esas personas. Dos de las víctimas eran Stephen y Ethel Barbeaux, un matrimonio que sucumbió a los efectos del elixir en 1895; dejaron huérfanos a tres niños, incluido un bebé que fue concebido mientras Ethel tomaba el elixir. La familia vivía en Nueva Orleans, en la calle Dauphine, a solo dos casas de la mansión de los Pendergast.

—¿Por qué ellos en particular? —dijo D'Agosta.

—Tienen un bisnieto, John Barbeaux, un hombre rico y reservado, presidente de una empresa de consultoría militar que se llama Red Mountain Industries. De pequeño, su hijo único era un prodigio de la música. Siempre tuvo mala salud y hace dos años se puso muy enfermo. De la enfermedad en sí no he conseguido averiguar casi nada, pero parece que los síntomas eran tan extraños que dejaron perplejos a todo un ejército de médicos y especialistas. Ni con todos sus esfuerzos consiguieron salvarle. —Constance miró a Margo y a D'Agosta, y luego fijó la mirada en la primera—. Se publicó una descripción del caso en la revista británica de medicina *Lancet*.

—¿Qué está diciendo? —preguntó D'Agosta—. ¿Que el veneno que mató a los bisabuelos de John Barbeaux se transmitió durante varias generaciones y mató a su hijo?

—Sí. Antes de morir, el niño se quejaba de un olor a flores podridas. Además, he encontrado varias muertes parecidas en la familia Barbeaux desde hace generaciones.

—No me lo trago —dijo D'Agosta.

—Yo sí —intervino Margo, que hasta entonces no había comentado nada—. Lo que da usted a entender es que el elixir de Hezekiah provocó transformaciones epigenéticas. Es verdad que existen esos cambios y que se transmiten de una generación a otra. Los principales causantes de los cambios epigenéticos son los venenos medioambientales.

—Gracias —dijo Constance.

Se apoderó de la sala otro breve silencio.

D'Agosta se puso en pie y empezó a pasearse inquieto por la sala, mientras pensaba en mil cosas a la vez.

—Bueno, a ver, recapitulemos. Barbeaux envenenó a Pendergast con el elixir como una manera de vengarse, pero no por sus antepasados, sino por su hijo. ¿Y de dónde sacó la idea? Si ni siquiera sabía lo que en realidad les había pasado a sus bisabuelos, muertos hace más de un siglo… Y todo este complot para vengarse… Matar a Alban, meterle en el cuerpo una turquesa, llevar a Pendergast a la otra punta del país… Es de una complicación barroca. ¿Por qué? ¿A quién se le podía ocurrir?

—A un tal Tapanes Landberg —puntualizó Constance.

—¿A quién? —preguntó Margo.

—¡Claro! —D'Agosta hizo chocar palmas y se giró—. ¡Alban! Un año antes de que le matasen hizo un viaje a Nueva York, a la zona de Albany, según los informes del teniente Angler.

—Red Mountain Industries tiene su sede en Adirondack —añadió Constance—. A una hora y media en coche desde Albany.

D'Agosta volvió a girarse.

—Alban. Psicópata de mierda. Por lo que me ha contado Pendergast, era justo el tipo de juegos que le gustaban. Claro.

Siendo tan inteligente, seguro que lo sabía todo del elixir de Hezekiah, así que fue a buscar a un descendiente de la víctima, alguien que tuviera al mismo tiempo razones para vengarse y medios para hacerlo, y encontró un filón en Barbeaux, con su hijo muerto. Debió de averiguar algo sobre el carácter de Barbeaux, que seguramente es de los que creen en el principio del «ojo por ojo». En otro contexto sería hasta bonito: Barbeaux y Alban vengándose de Pendergast los dos a la vez.

—Sí, es un plan que lleva la huella de Alban —dijo Constance—. Tal vez indagó sobre el Salton Fontainebleau y la mina de turquesas. Quizá le dijo a Barbeaux: «Aquí está la trampa. Ahora solo tienes que sintetizar el elixir y hacer venir a Pendergast».

—Lo que pasa es que al final a Alban le traicionaron —comentó Margo.

—La gran pregunta —intervino D'Agosta— es cómo narices nos ayudará todo esto a crear un antídoto.

—Antes de revertir los efectos del elixir, tenemos que descifrar su fórmula. Si logró reconstruirlo Barbeaux, también podemos hacerlo nosotros. —Constance miró a su alrededor—. Buscaré pistas sobre la fórmula del compuesto medicinal de Hezekiah en las colecciones del sótano, en el archivo familiar y en el antiguo laboratorio de química. Margo, ¿podrá usted seguir trabajando con los huesos de la señora Padgett? Teniendo en cuenta lo lejos que llegó Barbeaux para hacerse con el fémur derecho, es obvio que los huesos nos darán algún indicio.

—Sí —dijo Margo—. Y el informe del forense sobre Rudd también podría ayudarnos a averiguar la fórmula.

—Yo, mientras tanto —añadió D'Agosta—, revisaré quién es este Barbeaux. Como me entere de que es el culpable, le pegaré tal estrujón que le saldrá la fórmula por el…

—No.

Lo dijo una voz nueva, distinta, poco más que un ronco susurro procedente de la puerta de la sala de armas de fuego. Al girarse hacia la entrada, D'Agosta vio a Pendergast apoyado en el marco, con una bata de seda mal puesta. Su aspecto era casi cadavérico, a excepción de los ojos, que relucían como monedas sobre unas hinchadas bolsas de piel entre azules y negras.

—¡Aloysius! —exclamó Constance mientras se levantaba—. ¿Qué haces fuera de la cama? —Rodeó la mesa a toda prisa para ir a su encuentro—. ¿Dónde está el doctor Stone?

—El doctor no sirve para nada.

Intentó llevárselo fuera de la sala, pero él la apartó.

—Tengo que hablar. —Se tambaleó y enseguida recuperó el equilibrio—. Si están ustedes en lo cierto, el responsable fue capaz de matar a mi hijo. Está claro, pues, que se trata de un adversario sumamente poderoso y competente. —Sacudió la cabeza como si quisiera despejarla—. Si se enfrentan ustedes con él, correrán un peligro mortal. Esta es mi guerra y la continuaré… yo solo… continuaré… Es mi obligación…

De repente apareció otro hombre en la puerta, alto, delgado, con gafas de concha, traje a rayas y un estetoscopio al cuello.

—Acompáñeme, amigo mío —dijo suavemente el médico—; no puede hacer esfuerzos. Ahora volveremos arriba. Podemos subir con el ascensor.

—¡No! —volvió a protestar Pendergast, con menos fuerzas, sin embargo.

Estaba claro que el esfuerzo de salir de la cama le había agotado. El doctor Stone le empujó con una suavidad no exenta de firmeza.

—La luz —oyó D'Agosta que decía Pendergast cuando se alejaban por el pasillo—. ¡Cómo deslumbra! Apáguela, se lo ruego…

Se quedaron de pie, mirándose los tres. D'Agosta reparó en que Constance, siempre tan distante e inescrutable, estaba nerviosa y se había sonrojado.

—Pendergast tiene razón —dijo D'Agosta—. Barbeaux no es un cualquiera. Más vale que nos lo pensemos todo muy bien. Tenemos que estar siempre en contacto y compartir la información. Un solo error podría costarnos la vida de todos.

—Por eso no cometeremos ni uno —aseguró en voz baja Margo.

50

Era un despacho espartano, funcional, que contenía —en sintonía con la personalidad de su ocupante— bastantes alusiones a la eficiencia militar. En el escritorio, grande y muy abrillantado, solo había un anticuado papel secante, un estuche para bolígrafo y pluma, un teléfono y una única foto con un marco de plata, todo en filas ordenadas. No había pantallas ni teclados. En una esquina destacaba una bandera estadounidense con un soporte de madera. La estantería del fondo estaba llena de tomos de historia militar y de los anuarios de la editorial Jane's: *Armour and Artillery, Explosive Ordnance Disposd, Military Vehicles and Logistics...* Otra pared estaba decorada con medallas y condecoraciones enmarcadas.

A la mesa estaba sentado un hombre con traje, camisa blanca almidonada y corbata de color rojo oscuro. Muy erguido, llevaba el traje como quien lleva un uniforme y escribía con una estilográfica; el silencio absoluto del despacho alternaba con los rasguños de la plumilla. Al otro lado del ventanal, única abertura de la estancia, se veía un pequeño campus de edificios parecidos, todos de cristal negro, rodeados por una doble valla metálica con una alambrada encima. Detrás de la segunda valla había una hilera de árboles verdes y frondosos, y en la distancia se distinguía un lago azul.

Sonó el teléfono. El hombre contestó.

—¿Sí? —dijo en un tono seco.

Tenía una voz áspera, que parecía brotar de lo más hondo de su fornido pecho.

—Señor Barbeaux… —Era la secretaria, que estaba en el antedespacho—. Han venido a verle dos policías.

—Dame un minuto y los dejas pasar —comentó.

—Lo que usted diga.

El hombre colgó el teléfono y se quedó unos segundos donde estaba, sin moverse. Después, tras lanzar una mirada a la fotografía, se levantó de la silla. Si bien ya superaba los sesenta años, el movimiento que hizo delataba tan poco esfuerzo como si fuera un joven de veinte. Se giró para mirarse en un pequeño espejo colgado en la pared, detrás del escritorio. Se encontró una cara grande, de huesos pronunciados; y unos ojos azules, una mandíbula protuberante y una nariz aguileña. Se arregló el nudo de la corbata, a pesar de que ya era perfecto, y a continuación se volvió hacia la puerta del despacho.

Justo en ese momento se abrió, y su secretaria hizo pasar a dos personas.

Barbeaux se fijó en ellas. Uno era alto, con el pelo rubio oscuro y un poco ondulado, y se movía con autoridad y con la elegancia de un atleta nato. El otro, más bajo y más moreno, sostuvo la mirada de Barbeaux con una absoluta falta de expresión.

—¿John Barbeaux? —dijo el alto.

Barbeaux asintió.

—Soy el teniente Peter Angler, de la policía de Nueva York, y este es mi ayudante, el sargento Slade.

Barbeaux les dio la mano y regresó a su asiento.

—Siéntense, por favor. ¿Café? ¿Té?

—No, gracias. —Angler se sentó en una de las sillas de delante de la mesa, y así lo hizo Slade—. Tiene usted una señora fortaleza, señor Barbeaux.

El comentario hizo sonreír al aludido.

—Es más que nada para impresionar. Como somos una empresa proveedora de servicios de defensa, he comprobado que vale la pena dar esa imagen.

—De todos modos, me pica la curiosidad. ¿Qué sentido tiene construir un complejo tan grande en medio de la nada?

—¿Y por qué no? —repuso Barbeaux, que ante el silencio de Angler añadió—: Mis padres venían todos los veranos aquí, y me gusta la zona del lago Schroon.

—Ya. —Angler cruzó una pierna encima de la otra—. Es un lugar muy bonito.

Barbeaux volvió a asentir.

—Además, el terreno es barato. Red Mountain tiene más de cuatrocientas hectáreas para instrucción, simulaciones de armas, pruebas de artillería y otras cosas por el estilo. —Hizo una pausa—. Bueno, ¿qué les trae al norte del estado Nueva York?

—Pues la verdad es que Red Mountain, al menos por una parte.

Barbeaux frunció el ceño por la sorpresa.

—¿En serio? ¿Y en qué puede interesarle mi empresa a la policía de Nueva York?

—¿Le importaría explicarme con exactitud a qué se dedica Red Mountain Industries? —le pidió Angler—. He estado buscando en internet, pero datos puros y duros no hay muchos en la web oficial.

Barbeaux conservaba su expresión sorprendida.

—Suministramos formación y apoyo a clientes de las fuerzas del orden, la seguridad y el ejército. También investigamos sistemas de armas avanzados y lo último en teoría táctica y estratégica.

—Ah. ¿La teoría incluye el antiterrorismo?

—Sí.

—¿El apoyo que ofrecen es tanto en los despachos como in situ, durante las operaciones?

—A veces sí. ¿En qué puedo ayudarles exactamente?

—Ahora mismo se lo diré si me permite un par de preguntas más. Supongo que su principal cliente será el gobierno.

—En efecto —afirmó Barbeaux.

—¿Sería lícito decir entonces que da usted mucha importancia a mantener su reputación como una empresa proveedora de servicios de defensa? Me refiero a las comisiones de supervisión del Congreso y ese tipo de cosas.

—Es de importancia primordial —respondió Barbeaux.

—Por supuesto. —Angler, que tenía las piernas cruzadas, las separó y se inclinó en su asiento—. Señor Barbeaux, la razón de que estemos aquí es que hemos encontrado pruebas de un problema interno en su organización.

Barbeaux se quedó muy quieto.

—¿Cómo dice? ¿Qué tipo de problema?

—Los detalles no los sabemos, pero sospechamos que una persona o un grupo de personas (podría tratarse de un pequeño cuadro, aunque es más probable que sea un solo individuo) ha subvertido los recursos de Red Mountain y podría estar implicado en actividades ilícitas, como tráfico de armas o acciones mercenarias.

—No puede ser. Siempre que entra alguien nuevo en la empresa investigamos sus antecedentes de la manera más exhaustiva posible. Por otra parte, toda la plantilla debe pasar cada año por el detector de mentiras.

—Comprendo que le cueste aceptarlo —contestó Angler—, pero es la conclusión a la que hemos llegado con nuestras investigaciones.

Barbeaux se quedó pensativo y en silencio.

—No es que no quiera ayudarlos, por supuesto, pero somos una empresa muy escrupulosa, porque el sector nos obliga a ello, y no creo que sea posible lo que dicen.

Angler hizo una breve pausa antes de continuar.

—Se lo plantearé de otra manera. Si tuviéramos razón, ¿no estaría usted de acuerdo, más allá de los detalles, en que la situación dejaría a Red Mountain en un estado de vulnerabilidad?

Barbeaux asintió con la cabeza.

—Sí, es verdad.

—Y de ser cierto, y si se filtrara la noticia…, ya se imagina usted las consecuencias.

Barbeaux se lo pensó un segundo y exhaló despacio.

—Miren… —Se quedó callado. Después se levantó, salió de detrás de la mesa y los miró a los dos, primero a Angler y luego al sargento Slade, que no había dicho nada durante toda la conversación, dejando hablar a su superior. Volvió a mirar a Angler—. ¿Saben qué les digo? Que esto habría que hablarlo en otro sitio. Si algo he aprendido en mi vida, es que las paredes oyen, hasta en un despacho privado como este.

Seguido por Angler y Slade, cruzó la puerta que daba al antedespacho y recorrió el pasillo hasta los ascensores. Presionó el botón de bajada, y las puertas más cercanas se abrieron con un susurro. Barbeaux dejó pasar a los dos policías, entró y apretó el botón donde ponía «B3».

—¿B3? —preguntó Angler.

—La tercera planta bajo tierra. Hay dos galerías de pruebas insonorizadas y blindadas donde podremos hablar tranquilamente.

El ascensor bajó al último piso del edificio y abrió sus puertas para dejar paso a un largo pasillo de hormigón, con bombillas rojas en jaulas de metal, que lo bañaban todo de una luz carmesí. Barbeaux salió del ascensor y echó a caminar por el corredor; pasó al lado de algunas puertas de acero macizo, sin ventanas, hasta que se detuvo delante de una donde solo decía «SO-D». Entró, encendió varios interruptores con el dorso de la mano y, después de comprobar que no había nadie, hizo pasar a los dos policías.

El teniente Angler accedió y echó un vistazo general a las paredes, el suelo y el techo, cubiertos de un material aislante negro y cubierto de caucho.

—Parece una mezcla de pista de squash y celda acolchada.

—Aquí no nos oirá nadie, como ya les comenté. —Barbeaux cerró la puerta y se giró hacia ellos—. Es muy inquietante lo que dice, teniente, pero aun así le prestaré toda la colaboración posible.

—Contaba con ello —contestó Angler—. El sargento Slade

ha verificado sus antecedentes, y nos ha parecido una persona con ganas de hacer lo correcto.

—¿Cómo puedo ayudarles? —preguntó Barbeaux.

—Poniendo en marcha una investigación privada. Deje que le ayudemos a desenmascarar a la persona o las personas que están actuando a sus espaldas. La cuestión, señor Barbeaux, es que no nos interesa acusar de nada a Red Mountain. Hemos llegado hasta la empresa sin querer, investigando un asesinato. Hay un posible sospechoso vinculado al crimen, y creemos que podría estar relacionado con alguien de su compañía.

Barbeaux frunció el entrecejo.

—¿Y quién es el sospechoso?

—Un agente del FBI cuya identidad, de momento, prefiero callarme. Si colabora con nosotros, me ocuparé de que no aparezca el nombre de Red Mountain en la prensa. Yo llevaré ante la justicia al agente del FBI, y usted liberará a su compañía de una manzana podrida.

—Un agente corrupto del FBI —dijo Barbeaux como si hablara para sus adentros—. Qué interesante. —Volvió a mirar a Angler—. ¿Y es lo único que saben? ¿No tienen más información sobre la identidad de la manzana podrida que se esconde en mi empresa?

—No, ninguna. Por eso hemos venido a verle.

—Ajá. —Barbeaux se giró hacia el sargento Slade—. Ya puede pegarle un tiro.

El teniente Angler parpadeó como si hiciera un esfuerzo por analizar aquella incongruencia. Cuando dio media vuelta para ver a su ayudante, este tenía la pistola reglamentaria en la mano. La levantó con calma y disparó dos veces a la cabeza del teniente, que retrocedió con una sacudida. El cuerpo cayó al suelo, seguido poco después por una fina bruma de sangre y materia gris.

La insonorización de la sala de pruebas provocó un extraño efecto de sordina en las detonaciones. Slade observó a Barbeaux mientras guardaba el arma.

—¿Por qué le ha dejado hablar tanto? —preguntó.

—Quería averiguar cuánto sabía.

—Eso podría habérselo dicho yo.

—Lo ha hecho bien, Loomis. Recibirá la recompensa que se merece.

—Eso espero. Los cincuenta mil dólares al año que venía cobrando se quedan cortos. Para taparle el culo a usted he estado haciendo muchas horas extras. Le parecería mentira la cantidad de teclas que he tenido que tocar solo para asegurarme de que le asignasen a Angler el caso de Alban Pendergast.

—Se lo agradezco, amigo mío. Ahora mismo, sin embargo, hay asuntos urgentes que atender. —Barbeaux se acercó a un teléfono al lado de la puerta, lo descolgó y marcó un número—. ¿Richard? Soy Barbeaux. Estoy en la sala de pruebas D. La he dejado hecha un asco. Por favor, diles a los de limpieza que bajen y luego reúne al equipo de operaciones. Convócalos a la una en la sala de reuniones privada. Tenemos una nueva prioridad.

Colgó y rodeó cuidadosamente el cadáver, tendido en un charco de sangre que crecía deprisa.

—Sargento —dijo—, procure no mancharse los zapatos.

51

Constance Greene estaba frente a una gran estantería empotrada, en la biblioteca del número 891 de Riverside Drive. Solo quedaban ascuas en la chimenea. La luz era tenue, y en la casa reinaba ya el silencio. Por fin habían cesado los sordos y angustiosos rumores de la habitación de arriba. Pero no lo había hecho la agitación en la mente de Constance. El doctor Stone pedía cada vez con más urgencia que Pendergast fuera llevado al hospital e ingresado en la UCI, pero topaba con la prohibición de Constance. Ella estaba convencida desde su estancia en Ginebra de que no solo no habría servido de nada, sino que podía precipitar el desenlace. Su mano se deslizó a un bolsillo interior del vestido, en el que había un pequeño frasco de pastillas de cianuro. Era su póliza de seguro personal por si moría Pendergast. Aunque nunca en la vida hubieran estado juntos, tal vez en la muerte se mezclase el polvo de ambos.

Pero no, Pendergast no iba a morir. Alguna solución debía de existir para curar su enfermedad, y la guardaban los laboratorios abandonados y los archivos polvorientos de los laberínticos subsótanos de la mansión de Riverside Drive. Constance estaba convencida de ello por su largo estudio de la historia familiar de Pendergast y, en especial, de Hezekiah.

«Si mi antepasado Hezekiah —le había dicho el superagente—, cuya propia esposa agonizaba a causa del elixir, no pudo encontrar ninguna cura…, ¿cómo voy a hallarla yo?»

En efecto, ¿cómo?

Extrajo de la biblioteca un pesado volumen. En ese momento se oyó un clic sordo, y las dos estanterías adyacentes giraron sin hacer ruido sobre las engrasadas bisagras para dejar ver la reja de latón de un ascensor antiguo. Entró, cerró la reja y accionó una palanca. Un traqueteo de vetusta maquinaria acompañó el descenso de la cabina, que al cabo de unos segundos se detuvo con una sacudida. Constance salió a la oscuridad de una antesala, donde su olfato fue asaltado por un vago olor a amoníaco, polvo y moho. Aquel aroma le resultaba familiar. El sótano lo conocía tan a fondo que casi no necesitaba luz para moverse. Era, en el sentido literal, como su casa.

Aun así, cogió una linterna eléctrica ajustada a un soporte en la pared y la encendió. Después de recorrer un laberinto de pasillos, llegó a una antigua puerta cargada de verdín, que la condujo a una sala de operaciones en desuso. El haz de luz hizo brillar una camilla vacía; al lado había un gotero cubierto de telarañas, un ecocardiógrafo bulboso y una bandeja de acero inoxidable llena de instrumentos quirúrgicos. Cruzó la sala hasta alcanzar la pared de piedra caliza, al fondo de todo. Al presionar uno de los paneles, hizo girar una parte del muro. Penetró en la abertura y sondeó con la linterna una escalera de caracol que descendía por el lecho del Upper Manhattan.

Emprendió el descenso hacia el subsótano de la mansión. Al final de la escalera había un largo espacio abovedado, con el suelo de tierra, y un camino de ladrillos que se adentraba en una sucesión de estancias que parecían interminables. Fue la ruta que tomó, dejando atrás toda suerte de almacenes, nichos y sepulcros. La luz de la linterna resaltaba innumerables hileras de vitrinas llenas de frascos con sustancias químicas de todos los colores, que brillaban como joyas. Era lo que quedaba de la colección de compuestos químicos de Antoine Pendergast, más conocido, por la ciudadanía en general, por el seudónimo de Enoch Leng. Era el hermano del bisabuelo de Pendergast, y uno de los hijos de Hezekiah Pendergast.

Aquella familia llevaba la química en la sangre.

La mujer de Hezekiah, cuyo nombre también era Constance («Extraña coincidencia —pensó—. O no»), había fallecido víctima del elixir creado por su propio marido. Según se contaba en la familia, durante las últimas semanas de vida de Constance, Hezekiah, completamente sumido en la desesperación, había aceptado por fin la verdad sobre el medicamento que había inventado. Tras quitarse la vida, había sido enterrado en el mausoleo familiar de Nueva Orleans, un espacio revestido de plomo y situado debajo de la antigua mansión que recibía el nombre de Rochenoire. Ese panteón, que había sido clausurado tras el incendio de la casa por una masa de gente enloquecida, se hallaba ahora bajo el asfalto de un aparcamiento.

¿Qué había sido del laboratorio de Hezekiah? ¿Cuál fue el destino de su colección de compuestos químicos y de sus cuadernos? ¿Habían sido devorados por el fuego? ¿O su hijo Antoine había heredado todo lo relativo a las investigaciones químicas de su padre y se lo había llevado a Nueva York? En este último caso se encontrarían en algún lugar de los decrépitos laboratorios del subsótano. A los otros tres hijos de Hezekiah no les interesaba la química. Comstock había alcanzado cierto renombre como mago. Boethius, el bisabuelo de Pendergast, se había hecho explorador y arqueólogo. En cuanto a Maurice, el cuarto hermano, Constance no había logrado averiguar nada sobre él, más allá de una muerte temprana por dipsomanía.

Si Hezekiah hubiera dejado notas, instrumentos de laboratorio o sustancias químicas, Antoine (o «el doctor Enoch», como prefería llamarle Constance en sus pensamientos) era el único a quien podían haberle interesado. De ser así, era posible que en aquel subsótano pudiera encontrarse algún vestigio de la fórmula del letal elixir de Hezekiah.

Después de recorrer varias piezas, cruzó un arco románico del que colgaba un tapiz descolorido y penetró en una estancia que llamaba la atención por su desorden: estantes volcados y frascos rotos en el suelo, con el contenido derramado; todo ello fruto de un conflicto que se había producido hacía dieciocho meses en aquella sala. Constance y Proctor habían intentado ordenar aquel desbarajuste. Era una de las últimas habitaciones pendientes de restauración, y en el suelo yacían las colecciones entomológicas de Antoine, con recipientes rotos llenos de abdómenes secos de avispón, alas de libélula, tórax iridiscentes de escarabajo y arañas resecas.

Un arco más y se encontró en una estancia llena de paseriformes disecados, la antesala de la zona más insólita de todo el subsótano: la colección miscelánea de Antoine. Se componía de vitrinas con objetos tan extraños como pelucas, pomos, corsés, zapatos, paraguas, bastones y armas raras: arcabuces, picas, bardiches, hachas, gujas, bombardas, mazas de guerra… La siguiente sala contenía instrumentos médicos antiguos que parecían utilizarse tanto con humanos como con animales, y que en algunos casos presentaban claros indicios de haber sido usados muchas veces. Curiosamente le seguía una colección de armas militares, uniformes y varias clases de aparejos que databan más o menos de la Primera Guerra Mundial. Constance se detuvo a examinar con cierto interés tanto el repertorio médico como militar.

Venían a continuación los instrumentos de tortura: toros de Falaris, potros, empulgueras, doncellas de hierro y, el colmo del horror, una pera veneciana. En el centro de la sala había un tajo de verdugo con un hacha al lado, cerca de un trozo de piel humana retorcida y de un mechón de pelo. Eran las reliquias de un hecho atroz acaecido en ese salón cinco años atrás, en la misma época en que el agente Pendergast se había convertido en el tutor de Constance. Todos estos ingenios los miró con desapego. No solo era bastante inmune a aquellas pruebas tan grotescas de la crueldad humana, sino que esos objetos confirmaban que su imagen de la humanidad era correcta y no precisaba de ninguna revisión.

Llegó por último a la estancia que buscaba: el laboratorio químico de Antoine. Cuando empujó la puerta, sus ojos toparon con una verdadera jungla de recipientes de cristal, columnas de destilación, valoradores y otros enseres de finales del siglo xix y principios del xx. Años atrás la propia Constance había frecuentado aquella sala para ayudar a su primer tutor, sin ver nunca nada sugerente. Pero ahora estaba segura de que, si Antoine había heredado algo de su padre, ahí tenía que estar.

Dejó la linterna eléctrica en una mesa de esteatita y miró a su alrededor. Decidió empezar la búsqueda por la parte del fondo.

El instrumental químico estaba dispuesto en largas mesas que en su mayoría se encontraban recubiertas por una gruesa capa de polvo. Buscó con rapidez por los cajones, pero, entre las muchas notas y papeles que halló, no había nada anterior a Antoine. Todo giraba en torno a las singulares investigaciones de este último, relativas a los ácidos y las neurotoxinas. Después del infructuoso registro de los cajones, pasó a las antiguas vitrinas de roble que cubrían las paredes y que, tras los cristales ondulados, seguían conteniendo un gran número de sustancias químicas. Observó con cuidado las botellas, los frascos, las ampollas y los garrafones, pero todas las etiquetas presentaban la meticulosa letra de Antoine. La caligrafía de Hezekiah, picuda y errática, como sabía Constance por sus investigaciones, brillaba por su ausencia.

Una vez que hubo revisado todos los objetos expuestos en las vitrinas, examinó las puertas, las partes inferiores y superiores de los muebles, y las bisagras en busca de algún compartimento secreto. Enseguida encontró uno detrás de un cajón, en una de las mesas de esteatita.

Solo tardó un momento en hallar el mecanismo y accionarlo. Dentro del compartimento había una botella grande llena de líquido. En la etiqueta ponía:

Acido Tríflico

CF_3SO_3H

Sept. 1940

La botella estaba bien cerrada, tanto que habían derretido el tapón de cristal para que se fundiese con el cuello. Era de 1940. Demasiado tarde para ser de Hezekiah. Pero ¿por qué estaba escondida? Decidió llevársela para investigar el ácido en cuestión, que no le sonaba de nada.

Cerró el compartimento y se giró para reanudar la búsqueda.

El primer registro del laboratorio no había dado ningún fruto interesante. Se imponía una pesquisa más agresiva.

Al mover la linterna reparó en que una de las vitrinas estaba fijada a la piedra con unos tornillos que parecían haber sido extraídos en el pasado.

Se armó de un trozo largo de metal para aflojar los tornillos y sacarlos uno tras otro, hasta que se pudiera apartar la vitrina de la pared medio deshecha. Descubrió tras el mueble una antigua maleta de mano agusanada, con el cuero enmohecido y roído por las alimañas.

Era el tipo de maletín donde podía llevar sus muestras un curandero ambulante. La sacó y, al darle la vuelta, vio los restos de un sello dorado de finales del siglo XIX, que formaba un gran dibujo lleno de volutas, aros enlazados, hojas y flores. A duras penas logró identificar las letras.

ELIXIR
Y
REFORZANTE
GLANDULAR
DE
HEZEKIAH

Apartó algunas piezas de cristalería para depositar la maleta en una mesa e intentar abrirla. Estaba cerrada con llave, pero bastó un simple estirón para que se rompieran las viejas bisagras.

Estaba vacía, a excepción de un ratón disecado.

Hizo caer al roedor, levantó el maletín y lo giró para mirarlo con detalle por la parte externa. Nada, ni una sola ranura. Ni siquiera costuras. Volvió a darle la vuelta, hizo una pausa y lo sopesó.

Parecía que hubiera algo escondido en un fondo falso, algo que pesaba. Un corte rápido con un cuchillo en la base de la maleta reveló un compartimento secreto con un viejo cuaderno encajado en su interior. Lo sacó con cuidado y lo abrió. La letra era picuda y apretada.

Miró un momento la primera página. Acto seguido, hojeó el diario a toda prisa hasta llegar al final. Entonces se sentó a leer sobre la otra Constance, a quien la familia llamaba con el cariñoso apodo de Stanza…

52

6 de septiembre de 1905

A oscuras. La he encontrado a oscuras. ¡Qué impropio de mi Stanza! Si hay alguien que siempre ha buscado la luz, es ella. Hasta en las peores inclemencias climáticas, que sumían la ciudad en la penumbra, era ella siempre la primera en ponerse el sombrero y el chal para dar un paseo por la orilla del Mississippi al menor atisbo de sol a través de las nubes. Hoy, en cambio, la he encontrado adormilada en la chaise-longue de la sala de estar, con las cortinas bien cerradas para que no entrase luz. Me ha parecido que le sorprendía mi presencia, y ha dado un respingo casi culpable. Se trata sin duda de una alteración nerviosa pasajera, a menos que sea alguna dolencia femenina; no hay mujer más fuerte que ella, ni más buena, así que no le daré más vueltas. Le he administrado con el Hydrokonium una dosis de Elixir, lo que la ha calmado considerablemente.

H. C. P.

19 de septiembre de 1905

Empieza a inquietarme el estado de salud de Stanza. Parece oscilar entre accesos de euforia —momentos de alegría casi desbocada, que se caracterizan por un ánimo travieso ajeno a su modo de ser— y humores negros —en los que se recluye en la sala de estar o en la cama—. Se queja de un olor a lirios que, si bien al principio era agradable, se ha teñido ahora de putrefacción y de un dulzor repulsivo. Aparte de los lirios, sin embargo, me he fijado en que ya no me hace tantas confidencias como antes. Esto quizá sea lo más preocupante. Ojalá pudiera estar más tiempo con ella; de ese modo tal vez averiguase qué le ocurre, pero, por desgracia, mis horas de vigilia se ven acaparadas por las dificultades laborales que desde hace meses lo consumen todo. ¡Malditos sean esos entrometidos y sus intentos de desprestigiar sin ningún fundamento mi compuesto medicinal!

H. C. P.

30 de septiembre de 1905

El artículo de *Collier's* publicado justo ahora es de una mala suerte lamentable, infernal. Una y otra vez, el Elixir ha demostrado sus virtudes rejuvenecedoras y sanitarias, infundiendo vitalidad y vigor a millares de personas, mas todo ello se olvida entre el clamor de los «reformadores» de las especialidades médicas, gente ignorante y sin educación. ¿Reformadores? ¡Bah! Pedantes envidiosos e indiscretos es lo que son. ¿De qué sirve tratar de mejorar la condición humana si se ve uno sometido a los ataques que hoy me asedian?

H. P.

4 de octubre de 1905

Creo haber encontrado la causa del malestar de Stanza. Pese a sus esfuerzos por disimularlo, y gracias a mi inventario mensual, he averiguado que en los armarios faltan casi tres docenas de frascos de Elixir. Las llaves de dichos armarios las tienen solo tres personas en el mundo: yo, Stanza y mi ayudante, Edmund, que en estos momentos se encuentra en el extranjero, donde recoge y analiza nuevas especies botánicas. Esta misma mañana, por el mirador de la biblioteca, sin que nadie me observara, he visto salir furtivamente a Stanza para darle unos frascos vacíos al basurero.

Huelga decir que en las debidas cantidades no hay mejor remedio que el Elixir, pero le ocurre como a todas las cosas: la falta de moderación puede tener graves consecuencias.

¿Qué haré? ¿Decírselo a la cara? Toda nuestra relación se ha construido sobre el decoro, las formalidades y la confianza. Stanza aborrece las escenas, sean del tipo que sean. ¿Qué haré?

H. P.

11 de octubre de 1905

Ayer, después de echar en falta otra media docena de frascos de Elixir que no estaban en los armarios, me he sentido obligado a pedir cuentas a Stanza, y se ha desencadenado una escena de lo más desagradable. Jamás me habría imaginado que ella fuera capaz de decirme semejantes atrocidades. Ahora está encerrada en su habitación y se niega a salir.

La prensa amarilla sigue con sus ataques a mi buen nombre y, en concreto, contra el Elixir. En otras circunstancias los rechazaría con la última fibra de mi ser, como siempre he hecho, pero los trances domésticos que estoy viviendo me distraen de tal modo que me impiden concentrarme en nada más. Merced a mis diligentes esfuerzos, he recuperado la estabilidad fiscal de la familia, que no ha de temer ninguna vicisitud en el futuro. Pero las dificultades de índole más íntima en las que me encuentro hacen que eso no me reconforte mucho.

H. P.

13 de octubre de 1905

¿No hará caso de mis súplicas? De noche la oigo llorar al otro lado de la puerta, cerrada a cal y canto. ¿A qué clase de padecimientos está sujeta? ¿Y por qué no acepta mis cuidados?

H. P.

18 de octubre de 1905

Hoy he logrado al fin entrar en la habitación de mi esposa. Lo debo tan solo a los buenos oficios de Nettie, su fiel doncella, a quien la inquietud por el bienestar de Stanza tiene en un sinvivir.

Una vez dentro, he comprobado que los temores de Nettie no carecen de base, sino todo lo contrario. Asusta ver a mi amada tan pálida y macilenta. Se niega a tomar alimentos y a salir de la cama. Sufre dolores constantes. No he hecho venir a ningún médico, pues mis conocimientos son superiores a los de los embaucadores y charlatanes que se hacen pasar por tales en Nueva Orleans. Sin embargo, observo en ella una consunción de una rapidez casi chocante. ¿Es posible que hace solo dos meses nos paseáramos en carruaje por el dique y que Stanza, deshecha en sonrisas, cantara y se riera en el apogeo de su buena salud y juvenil belleza? Mi único consuelo es que, al no estar en casa sino en la escuela, Antoine y Comstock se ahorran ver a su madre en tan penoso estado. A Boethius le entretienen su niñera y sus tutores, y de momento he logrado soslayar sus preguntas acerca de la enfermedad de su madre. En cuanto a Maurice, bendito sea, no tiene edad para entenderlo.

H.

21 de octubre de 1905

Que Dios me perdone. Hoy, incapaz de darle cualquier otro remedio, le he llevado a Stanza el Hydrokonium y el Elixir que tanto suplicaba. Dudo que mi corazón haya sentido jamás igual dolor que al observar el alivio y la avidez casi animal que ha manifestado Stanza al ver el Elixir. Solo le he permitido inhalarlo una vez, profundamente. El llanto y las imprecaciones que ha provocado en ella mi marcha, con el frasco en la mano, son demasiado dolorosos para recordarlos. Por desgracia, la situación se ha invertido: ahora soy yo quien se ve obligado a encerrarla, y ya no es ella quien se aísla y me deja fuera.

¿Qué he hecho?

26 de octubre de 1905

Es muy tarde, y aquí estoy ante mi mesa, con un tintero y una lámpara. Es una noche de perros; aúlla el viento, y la lluvia azota los maineles.

Stanza llora en su dormitorio. De vez en cuando, al otro lado de la puerta cerrada con llave, oigo un gemido ahogado de dolor.

Ya no puedo negar lo que durante tanto tiempo me negué a aceptar. Todos mis esfuerzos, me decía, eran por el bien común, y en ello creía con toda mi sinceridad. Los rumores de que el Elixir provocaba adicción, locura y aun defectos de nacimiento los atribuía a chismorreos de ignorantes, o a los químicos y farmacéuticos que se habrían beneficiado de que el medicamento fracasase. Sin embargo, hasta mi propia hipocresía tiene límites. Ha sido necesario el estado de mi esposa, no ya penoso sino enormemente grave, para que se me cayera la venda de los ojos. Soy yo el culpable. El Elixir no es una cura para todo. Trata los síntomas, no el problema subyacente. Crea dependencia, y los efectos positivos del principio se ven superados después por otras secuelas tan enigmáticas como mortíferas. Ahora Stanza, y yo por extensión, pagamos el precio de mi miopía.

1 de noviembre de 1905

El noviembre más negro. Stanza parece cada día más débil. Ahora sufre alucinaciones y de vez en cuando incluso ataques. En contra de mi voluntad, he intentado aliviar su dolor con morfina y con inhalaciones suplementarias del Elixir, pero, lejos de mostrarse beneficiosas, estas sustancias parece que aceleren su debilitamiento. Dios mío, Dios mío, ¿qué haré?

5 de noviembre de 1905

En las tinieblas de lo que es hoy mi vida brilla de pronto un rayo de luz. Veo una posibilidad desesperada (pequeña pero existente) de obtener una cura, un antídoto, por así decirlo, del Elixir. Se me ocurrió la idea anteayer y desde entonces no me he dedicado a nada más.

A juzgar por mis observaciones de Stanza, los resultados deletéreos del Elixir se deben a su peculiar combinación de ingredientes. El efecto conjunto de remedios tan excelentes y probados como el hidrocloruro de cocaína y la acetanilida se ve anulado y revocado por los elementos botánicos tan inusuales que contiene el medicamento.

Los componentes botánicos son los que producen los efectos malignos; efectos que, como es lógico, pueden por tanto ser anulados por otros compuestos de la misma índole. Si lograse bloquear la acción de los extractos vegetales, tal vez se revirtiera el deterioro físico y mental que parecen haber causado, de modo muy similar a como el extracto de haba del Calabar neutraliza el envenenamiento por belladona.

Con este antídoto no solo podría ayudar a mi pobre Stanza, que tanto padece, sino a las otras personas que han sufrido también por culpa de mi codicia y mi miopía.

¡Ojalá hubiera vuelto ya Edmund! El objetivo de sus tres años de viaje era recoger hierbas y elementos botánicos curativos de las selvas ecuatoriales. Aguardo a diario la llegada de su paquebote. A diferencia de muchos de mis semejantes, supuestamente doctos, yo albergo la firme convicción de que los nativos de este planeta pueden enseñarnos muchas cosas sobre los remedios naturales. Así me lo revelaron mis viajes por las llanuras donde habitan los indígenas. Doy pasos en la buena dirección. Ahora bien, con la salvedad de la *Thismia americana*, que me hace albergar grandes esperanzas, las plantas que he puesto de momento a prueba parecen incapaces de contrarrestar los efectos debilitantes de mi condenado tónico.

8 de noviembre de 1905

¡Por fin ha regresado Edmund! Traía consigo docenas de plantas de enorme interés, a las que los nativos atribuyen propiedades curativas milagrosas. La chispa de esperanza que a duras penas osaba abrigar hace unos días brilla ahora con fuerza en mi interior. Dedico todo mi tiempo a trabajar. No puedo dormir ni comer. No pienso en nada más. Para la lista de elementos botánicos del Elixir tengo una serie de contrarrestantes, como la corteza de cáscara sagrada, los calomelanos, el aceite de epazote, el extracto de tristeza de Hodgson y el de *Thismia americana*...

Pero no tengo tiempo de escribir. Hay demasiadas cosas que hacer y poco tiempo para llevarlas a cabo. Stanza se consume a diario. Ya es solo una sombra de sí misma. Si no tengo éxito cuanto antes, caerá en el reino de la oscuridad.

12 de noviembre de 1905

He fracasado.

Hasta el último momento confiaba en el éxito de mi idea. La síntesis química era de una lógica impecable. Estaba seguro de haber obtenido la serie exacta y las debidas proporciones de los compuestos que he enumerado en el interior de la contracubierta de este diario. Al hervir los componentes, darían una tintura capaz de contrarrestar los efectos del Elixir. Le he administrado a Stanza varias dosis (pobre, no puede retener nada sólido en su estómago), pero no ha funcionado. Esta mañana, muy temprano, sus dolores eran ya tan ingobernables que la he ayudado a pasar al otro mundo.

No escribiré más. He perdido lo que más quería. Ya no soy esclavo de esta tierra. Estas últimas palabras no las escribo como un ser vivo, sino como quien se encuentra ya con su difunta esposa, muerto de espíritu y pronto de cuerpo.

D'entre les morts,

HEZEKIAH COMSTOCK PENDERGAST

La mirada de Constance se demoró largo rato en las últimas palabras, hasta que pasó la página y se quedó quieta y pensativa. Había una lista compleja de compuestos, plantas y pasos de extracción y de preparación bajo el título: «*Et contra arcanum*. La fórmula del antídoto».

Bajo la lista había otro mensaje escrito a mano, pero con una caligrafía muy distinta y una tinta mucho más fresca; una letra hermosa y fluida que Constance conocía de sobra.

Mi muy querida Constance:

Conociendo tu curiosidad innata, tu interés por la historia de la familia Pendergast y tu propensión a indagar en las colecciones del sótano, no me cabe duda de que en algún momento de tu vida, tan y tan larga, darás con estas notas.

¿Te ha parecido este diario una lectura desazonadora? Por supuesto que sí. Imagínate, pues, cuánto más doloroso habrá sido para mí, en la medida en que narra los desvelos de mi propio padre por curar una dolencia que infligió él mismo a mi madre, Constance. (Por cierto, no es casual que tu nombre sea el mismo que el de ella.)

Lo más irónico es lo cerca que estuvo mi padre de lograr sus fines. Resulta que, según mi análisis, el antídoto debería haber surtido efecto. Lo que ocurre es que cometió un pequeño error. ¿Consideras que, cegado de dolor y sentimiento de culpa, no supo ver su único y nimio desliz? Le pica a uno la curiosidad.

Ten cuidado.

Considérame, Constance, tu seguro servidor,

Dr. Enoch Leng

53

Vincent D'Agosta se apoyó en el respaldo de la silla y miró taciturno la pantalla del ordenador. Eran más de las seis. Había cancelado una cita con Laura en el restaurante coreano de la esquina y estaba resuelto a no desistir sin haber hecho todo lo posible por hallar algún dato; por eso miraba la pantalla con tanta tozudez, como si pretendiese obligarla a aportar algo útil.

Después de más de una hora rebuscando en los archivos de la policía de Nueva York y en otras fuentes para encontrar información sobre John Barbeaux y Red Mountain Industries, los resultados, para ser exactos, eran nulos. La policía neoyorquina carecía de datos sobre él. La búsqueda por internet apenas resultó más provechosa. Tras una carrera breve pero distinguida en los marines, Barbeaux —de familia adinerada— había fundado Red Mountain, una consultoría militar que, con el tiempo, se había convertido en una de las mayores empresas militares privadas del país. Nacido en Charleston, tenía sesenta y un años, y era viudo. Su único hijo había fallecido hacía menos de dos años a causa de una enfermedad desconocida. D'Agosta no había podido averiguar nada más que eso. Red Mountain se distinguía por el hermetismo. Ni la propia web de la compañía daba pistas que seguir. El hermetismo, sin embargo, no era ningún delito. Por internet también corrían rumores parecidos a los que giraban en torno a muchos proveedores de servicios de defensa. Clamando en el desierto digital, algunas voces solitarias vinculaban la empresa a varios golpes de Estado, acciones de mercenarios y operaciones militares dudosas en Sudamérica y África. Pero estas denuncias las hacían el mismo tipo de personas que aseguraban que Elvis no había muerto, sino que vivía en la Estación Espacial Internacional. Suspirando, el teniente se dispuso a apagar el monitor.

De repente se acordó de algo. Unos seis meses atrás, y con la asesoría de un antiguo miembro de la Agencia de Seguridad Nacional, se había puesto en marcha un programa para digitalizar todos los documentos de la policía de Nueva York y pasarlos por un software de OCR. La intención, en último término, era vincular todos los datos de los archivos del departamento con la finalidad de crear pautas que pudieran ayudar a resolver los casos pendientes. La iniciativa, sin embargo, como tantas otras, había descarrilado. Se habían producido sobrecostes en el presupuesto. Al asesor le habían despedido, y el proyecto se arrastraba con más pena que gloria sin fecha de conclusión a la vista.

D'Agosta miró con detenimiento la pantalla del ordenador. En principio se trataba de empezar por los documentos más recientes introducidos en el sistema y retroceder cronológicamente hacia los más antiguos. Por desgracia, los recortes de personal y el volumen de material que llegaba a diario hacían que, según los rumores, el equipo de trabajo estuviese con el agua al cuello. La base de datos no la usaba nadie. Era un desastre.

De todos modos se tardaba muy poco en efectuar la búsqueda. Por suerte, Barbeaux no era un apellido muy común.

Volvió a entrar en la red del departamento y recorrió con el ratón varios menús, hasta acceder a la página principal del proyecto. Apareció una ventana de aspecto espartano.

SIARD del departamento de policía de Nueva York
Sistema Integrado de Análisis y Recuperación de Datos
** NOTA: en pruebas, versión Beta **

Debajo había un recuadro de texto. Clicó en su interior para activarlo, tecleó «Barbeaux» y pulsó el botón de al lado.

Para su sorpresa, la búsqueda dio resultado.

Ficha de acceso: 135823_R
Tema: Barbeaux, John
Formato: JPG (con pérdidas)
Metadatos: disponibles

—La rehostia —murmuró.

Junto al texto aparecía el icono de un archivo adjunto. Cuando lo clicó, se abrió en pantalla la imagen escaneada de un documento oficial. Era un informe de la policía de Albany enviado a la de Nueva York hacía unos seis meses; era una cuestión de cortesía entre los departamentos. Describía los rumores de «terceros no identificados» sobre acuerdos ilícitos de compraventa cerrados en Sudamérica por Red Mountain Industries. Ahora bien, el documento añadía que esta información no era fiable. Por lo demás, la empresa podía presumir de una trayectoria ejemplar. De hecho, este era el motivo de que finalmente se hubiera dado carpetazo a la investigación en vez de impulsarla hacia arriba, hasta alcanzar los organismos federales, como la ATF.

El teniente frunció el entrecejo. ¿Por qué no había descubierto un dato así por los cauces normales?

Hizo clic en la pantalla y examinó los metadatos adjuntos. Al parecer, la copia física del informe había sido archivada en la carpeta «Barbecci, Albert» de los archivos de la policía de Nueva York. En el encabezado ponía que el responsable de cursarla había sido el sargento Loomis Slade.

Con unos cuantos clics más, accedió a la carpeta de Albert Barbecci. Era un mafiosillo de tres al cuarto, muerto hacía siete años.

Barbeaux. Barbecci. Datos mal introducidos. Un descuido. Negó con la cabeza. Slade no parecía muy propenso a ellos. Descolgó el teléfono, consultó un listín y marcó un número.

—Slade —dijo al otro lado de la línea una voz átona.

—¿Sargento? Soy Vincent D'Agosta.

—Dígame, teniente.

—Acabo de encontrar un documento sobre un tal Barbeaux. ¿Le suena de algo?

—No.

—Pues debería, porque archivó la información usted mismo pero en la carpeta equivocada. Lo puso en Barbecci.

Una pausa.

—Ah, eso… Albany, ¿no? Qué tonto… Disculpe.

—Tenía curiosidad por saber cómo llegó a sus manos el informe.

—Me lo dio Angler para que lo archivase. Si mal no recuerdo, la investigación era de la policía de Albany, no nuestra, y quedó en agua de borrajas.

—¿Tiene alguna idea de quién se la envió a Angler? ¿La había pedido él?

—Lo siento, teniente, pero no lo sé.

—No pasa nada. Ya se lo preguntaré yo mismo. ¿Está por ahí?

—No. Se ha tomado unos días libres para ir a ver a unos parientes al norte del estado.

—Bueno, pues ya se lo consultaré en otro momento.

—Cuídese, teniente.

Se oyó el clic del teléfono de Slade al colgar.

54

—Lea en voz alta la lista de ingredientes —le dijo Margo a Constance—, y así los iremos apuntando.

—*Aqua vitae* —intervino Constance.

Estaba sentada en la biblioteca de la mansión de Riverside Drive, con el antiguo diario sobre su regazo. Solo eran poco más de las once de la mañana. Margo se había escapado lo antes posible del trabajo en respuesta a la urgente llamada de Constance. Las elegantes manos de esta última temblaban un poco por el nerviosismo. También tenía la cara un poco roja, pero sometía a rígido control a su expresión.

Margo asintió con la cabeza.

—Es el nombre antiguo de una solución acuosa de etanol. Bastará con vodka.

Hizo una anotación en un cuaderno de pequeño formato. Constance miró otra vez el diario.

—Lo siguiente es láudano.

—Tintura de opio. En Estados Unidos aún está disponible con receta. —Margo volvió a tomar nota forzando la vista. Aunque era de día, la biblioteca tenía cerradas las persianas y estaba sumida en la penumbra—. Le pediremos al doctor Stone que nos extienda una.

—No hace falta. En los almacenes de química del sótano hay láudano de sobra —dijo Constance.

—Mejor.

Otra pausa. Constance consultó el antiguo diario.

—Gelatina de petróleo. Calomelanos… Me parece que los calomelanos es cloruro de mercurio. También hay frascos en el sótano.

—Gelatina de petróleo podemos encontrar en cualquier farmacia —añadió Margo.

Miró la lista que había apuntado en el pequeño cuaderno. Eran varios compuestos y, a pesar de todo, sintió un cosquilleo de esperanza. Al principio, cuando Constance le había dado la noticia del antídoto de Hezekiah y le había mostrado el antiguo diario, le había parecido muy descabellado, pero ahora…

—Corteza de cáscara sagrada —dijo Constance fijándose otra vez en el diario—. Eso no lo conozco.

—*Rhamnus purshiana* —puntualizó Margo—. Su corteza era y sigue siendo un ingrediente habitual en los suplementos de hierbas.

Constance asintió.

—Aceite de epazote.

—También llamado «aceite de paico» —dijo Margo—. Es ligeramente tóxico, pero se usaba como un ingrediente habitual en los medicamentos de los curanderos del siglo xix.

—En ese caso debería haber frascos de ambas sustancias en el sótano. —Constance se quedó callada—. Solo faltan dos ingredientes: tristeza de Hodgson y *Thismia americana*.

—No me suena ninguno de los dos —comentó Margo—, pero está claro que son plantas.

Constance se levantó y bajó de la estantería un enorme diccionario de botánica que depositó en un atril y empezó a hojear.

—Tristeza de Hodgson. Nenúfar de floración nocturna de la familia *Nymphaeaceae*, de espectacular color rosado oscuro. Destaca no solo por su color, sino por su insólito olor. Aquí no pone nada de sus propiedades farmacológicas.

—Interesante.

Constance siguió leyendo la entrada en silencio.

—Es una planta autóctona de Madagascar. Muy rara y muy apreciada por los coleccionistas de nenúfares.

Se hizo el silencio en la biblioteca.

—Madagascar —dijo Margo—. Maldita sea. —Metió la mano en su bolso, sacó su tableta, entró en internet e hizo una búsqueda rápida sobre la tristeza de Hodgson. Pasó a gran velocidad por las entradas, deslizando un dedo—. Hemos tenido suerte. Parece que hay un espécimen en el Jardín Botánico de Brooklyn. —Abrió la web del jardín y la consultó un momento—. Está en la Casa del Agua, que forma parte del complejo principal de los invernaderos. Pero ¿cómo lo conseguiremos?

—Solo hay una manera segura.

—¿Cuál?

—Robarlo.

Al cabo de un rato, Margo asintió.

—Pasemos al último ingrediente. —Constance volvió a consultar la enciclopedia—. *Thismia americana*… Una planta de los humedales que rodean el lago Calumet, en Chicago. Solo florece durante un mes. Es de interés para los botánicos por lo restringido de su hábitat, pero también porque es un micoheterótrofo.

—Son hierbas raras que, en vez de alimentarse por fotosíntesis, parasitan hongos subterráneos.

De pronto Constance se quedó muy quieta, sin apartar la vista de la enciclopedia, mientras aparecía en su cara una expresión peculiar.

—Según esto —dijo—, la planta se extinguió hacia 1916, cuando se urbanizó su hábitat.

—¿Que se extinguió?

—Sí. —El tono de Constance perdió cualquier chispa de vida—. Hace pocos años, un grupo reducido de voluntarios emprendió una minuciosa búsqueda en el Far South Side de Chicago con la intención de encontrar un espécimen de *Thismia americana*, pero no tuvieron éxito.

Dejó el libro y se acercó a la chimenea para contemplar los rescoldos mientras retorcía en sus manos un pañuelo. Permaneció en silencio.

—Existe la posibilidad —dijo Margo— de que en las colecciones del museo haya un espécimen.

Volvió a usar la tableta para acceder al portal del museo e introducir su nombre y contraseña. Abrió el catálogo online del departamento de botánica y buscó *Thismia americana*.

Nada.

Dejó la tableta sobre su regazo. Constance seguía retorciendo el pañuelo.

—Puedo ver si hay una planta parecida en la colección del museo —comentó Margo—. Todos los micoheterótrofos se asemejan mucho y puede que tengan propiedades farmacológicas similares.

Constance se giró rápidamente hacia ella.

—Vaya al museo y consiga los especímenes más parecidos.

«También implicaría robarlos, claro», pensó Margo. Santo Dios… ¿Qué consecuencias podía tener? Pensó en Pendergast, que estaba en el piso de arriba, y comprendió que no tenían elección. Después de una pausa añadió:

—Pero se nos olvida un detalle.

—¿Qué?

—Que el antídoto que anotó Hezekiah en este diario… no funcionó. Su mujer murió de todos modos.

—En la nota final de Leng pone algo sobre un pequeño error, un desliz de poca monta. ¿Tiene usted alguna idea de cuál puede ser?

Margo volvió a mirar la fórmula. En el fondo era muy simple, excepto las dos últimas plantas, sumamente raras.

—Podría ser cualquier cosa —dijo sacudiendo la cabeza—. Podrían estar mal las proporciones o haber salido mal la preparación. Un ingrediente equivocado, una interacción inesperada…

—¡Piense, piense, por favor!

Oyó que el pañuelo de Constance se rompía entre sus manos.

Reflexionó con gran detenimiento sobre los componentes del

antídoto. Los dos últimos eran los únicos excepcionales. Los demás eran más comunes, con preparativos estándares. El «desliz» tenía que encontrarse en los dos ingredientes raros.

Releyó las instrucciones de preparación. De las dos plantas se obtenía una tintura por medio de un método común: hervirlas. Era un procedimiento que funcionaba, pero que en algunos casos desnaturalizaba algunas proteínas complejas de las hierbas. Hoy en día, el mejor método de extracción de sustancias botánicas para uso farmacológico era el cloroformo.

Levantó la vista.

—Sería más eficaz extraer estas dos sustancias a temperatura ambiente con cloroformo —dijo.

—Seguro que puedo encontrar cloroformo en las colecciones. Pongámonos manos a la obra de inmediato.

—Antes habría que probar los extractos obtenidos. No tenemos ni idea de qué compuestos hay en las dos plantas. Podrían ser mortales.

Constance se la quedó mirando.

—No hay tiempo para pruebas. Ayer por la tarde, Pendergast presentaba síntomas de mejoría, pero ahora ha empeorado. Vaya al museo y haga lo necesario para conseguir los micoheterótrofos. Yo, mientras tanto, reuniré todos los ingredientes que pueda en el sótano y... —Se detuvo al ver la expresión de Margo—. ¿Hay algún problema?

—El museo —repitió Margo.

—Por supuesto. Es el lugar más lógico donde buscar los compuestos necesarios.

—Pero estarán guardados en... el sótano.

—El museo lo conoce usted mejor que yo —dijo Constance. Como Margo no respondía, continuó—: Estas plantas son vitales si queremos salvar a Pendergast.

—Sí, sí, ya lo sé... —Margo tragó saliva y guardó la tableta en el bolso—. ¿Qué pasa con D'Agosta? Le habíamos dicho que estaríamos en contacto, pero no estoy segura de que nos convenga explicarle estos... planes.

—Es agente de policía. No podría ayudarnos y más bien podría frenar nuestro plan.

Bajó la cabeza en señal de aprobación. Constance asintió.

—Suerte.

—Lo mismo digo. —Margo hizo una pausa—. Otra pregunta, por curiosidad… La nota del diario… Esa que se dirige a usted… ¿De qué va?

Silencio.

—Antes de Aloysius tuve otro tutor, el doctor Enoch Leng. Es él quien escribió ese mensaje al final del diario.

Margo permaneció a la espera. Constance nunca daba información sobre sí misma, y Margo, que apenas sabía nada de ella, se había preguntado muchas veces de dónde provenía esa mujer y cuál era en realidad su relación con Pendergast. Por una vez, no obstante, la voz de Constance adquirió un tono más afable, al borde de la confesión.

—El doctor Enoch sentía un malhadado interés por una determinada rama de la química. A veces yo le ayudaba en el laboratorio y le asistía en sus experimentos.

—¿Cuándo? —preguntó Margo, algo extrañada, pues Constance aparentaba poco más de veinte años y hacía varios que era pupila de Pendergast.

—Hace mucho tiempo, cuando era muy niña.

—Ah. —Hizo una pausa—. ¿Y qué rama de la química interesaba al doctor Enoch?

—Los ácidos.

Y Constance esbozó una sonrisa, ausente, casi nostálgica.

55

Desde que Margo había empezado su investigación en el Museo de Historia Natural de Nueva York, Jörgensen siempre había estado ahí. Aunque se había jubilado, seguía ocupando el mismo despacho de la esquina, del que parecía no irse nunca a su casa (si es que la tenía) y donde gruñía a cualquier persona que le molestase. Margo se paró delante de la puerta entreabierta, sin saber si llamar. Veía al viejo inclinado sobre unas vainas que estudiaba con lupa; tenía completamente calva la cabeza y las cejas tupidas.

Llamó.

—¿Doctor Jörgensen? —dijo por probar.

El hombre se giró, y se enfocaron en Margo dos ojos de color azul claro. Jörgensen no dijo nada, pero su mirada era de fastidio.

—Perdone que le moleste.

La respuesta fue un gruñido. En vista de que no la invitaba a entrar, Margo lo hizo sin invitación.

—Soy Margo Green —dijo con la mano tendida—. Antes trabajaba aquí.

Otro gruñido, y una mano llena de arrugas se encontró con la suya. Las cejas se arquearon, muy unidas.

—Margo Green… Ah, sí, usted trabajaba en el museo en la época de aquellos crímenes tan espantosos. —Jörgensen sacudió la cabeza—. Yo era amigo del pobre Whittlesey…

Margo tragó saliva y se apresuró a cambiar de tema.

—Ha pasado tanto tiempo de eso que casi no lo recuerdo —mintió—. Quería saber si...

—Pues yo sí me acuerdo —dijo Jörgensen—. Y de usted también. Es curioso, pero su nombre lo he oído hace poco. ¿Dónde fue...?

Miró a su alrededor y, como no encontraba nada donde fijar la mirada, observó otra vez a Margo.

—¿Qué ha sido de aquel chico alto que siempre iba con usted, el del flequillo? Sabe, ¿no? El que estaba encantado de oírse hablar.

Margo vaciló.

—Murió.

Jörgensen se quedó pensativo.

—¿Murió? Fue una época muy mala, con muchos muertos. ¿Y usted qué, salió en busca de nuevos horizontes?

—Sí. —Margo titubeó—. Aquí había demasiados malos recuerdos. Ahora trabajo en una fundación médica.

Un gesto de aprobación. Margo se animó a hablar.

—Busco ayuda. Consejos sobre botánica.

—Muy bien.

—¿Conoce usted los micoheterótrofos?

—Sí.

—Genial. Es que me interesa una planta que se llama *Thismia americana*.

—Está extinguida.

Margo respiró profundamente.

—Ya lo sé, pero tenía la esperanza... Me preguntaba si en la colección del museo hay algún espécimen de un micoheterótrofo parecido.

Jörgensen se echó hacia atrás en la silla y juntó las yemas de los dedos. Margo se dio cuenta de que estaba a punto de soltarle un sermón.

—*Thismia americana* —entonó Jörgensen como si no hubiera oído la última frase— era una planta bastante celebrada en los círculos botánicos. No solo se extinguió, sino que cuando existía era una de las especies más raras que se conocían. Solo llegó a verla un botánico, que tomó muestras. La planta desapareció hacia 1916 por culpa de la expansión de Chicago. Se extinguió sin dejar rastro.

Margo se fingió interesada por la miniconferencia, aunque ya se la supiera hasta el último detalle. Jörgensen se detuvo sin haber contestado a su pregunta.

—¿O sea —dijo Margo—, que solo tomó especímenes un botánico?

—Correcto.

—¿Y qué pasó con las muestras?

El rostro de Jörgensen, cargado de años, se arrugó por algo tan infrecuente en él como una sonrisa.

—Están aquí, naturalmente.

—¿Aquí? ¿En la colección del museo?

Un gesto de asentimiento.

—¿Y por qué no aparecen en el catálogo online?

Jörgensen hizo un gesto displicente.

—Porque están en la cámara acorazada del herbario, y para esos especímenes hay un catálogo especial.

Margo había enmudecido, sorprendida por su buena suerte.

—Mmm… ¿Cómo podría consultarlos?

—Imposible.

—Es que los necesito para mis investigaciones.

Jörgensen puso mala cara.

—Mire, jovencita —empezó a decir—, el acceso a la cámara del herbario está estrictamente reservado a los conservadores del museo, y solo pueden entrar con una autorización por escrito del director. —Adoptó el tono de un maestro—. Estos especímenes de plantas extintas son muy frágiles y no soportarían ser manipulados por legos sin experiencia.

—Pero si yo no soy una lega sin experiencia. Soy etnofarmacóloga y tengo buenas razones para estudiar el espécimen.

Las cejas peludas se elevaron.

—¿Cuáles?

—Estoy… haciendo un estudio sobre medicina del siglo XIX…

—Un momento —la interrumpió Jörgensen—. ¡Ahora me acuerdo de dónde salió su nombre! —Una mano llena de arrugas sacó un documento de un montón de papeles—. Hace poco recibí una circular sobre su estatus dentro del museo.

Margo se quedó de piedra.

—¿Qué?

Jörgensen echó un vistazo al papel antes de dárselo.

—Léalo usted misma.

Se trataba de una circular de Frisby entregada a toda la plantilla del departamento de botánica. Era corta.

> Se ruega tomen nota de un cambio relativo a una investigadora externa, la doctora Margo Green, etnofarmacóloga que trabaja en el Instituto Pearson. Sus privilegios de acceso a las colecciones han sido rebajados del nivel 1 al 5, con efectos inmediatos.

Margo conocía muy bien el significado de aquella jerga burocrática: «Nivel 5» quería decir «acceso nulo».

—¿Cuándo ha recibido esto?

—Esta mañana.

—¿Y por qué no me lo ha dicho antes?

—Últimamente no hago mucho caso a las misivas del museo. Me he acordado de puro milagro. A los ochenta y cinco años, mi memoria ya no es la que era.

Margo se sentó e hizo lo posible por controlar su ira. De nada serviría enfadarse delante de Jörgensen. «Mejor que te sinceres», pensó.

—Doctor Jörgensen, tengo un amigo gravemente enfermo. Bueno, la verdad es que se está muriendo.

El anciano hizo un gesto lento de aprobación.

—Lo único que puede salvarle es un extracto de esta planta, *Thismia americana*.

Jörgensen frunció el ceño.

—Oiga, jovencita…

Margo tragó saliva con dificultad. Empezaba a hartarse, y mucho, de la palabra «jovencita».

—… Seguro que no lo dice en serio. Si es verdad que la planta en cuestión le salvaría la vida, enséñeme una declaración firmada por su médico.

—Déjeme que se lo explique. A mi amigo le han envenenado, y este extracto tiene que formar parte del antídoto. De eso no sabe nada ningún médico.

—Me suena a charlatanería.

—Le prometo que…

—De todas formas, aunque estuviera justificado —continuó Jörgensen sin dejarla hablar—, yo nunca dejaría que destruyesen un espécimen de una planta extinta, el último en su género, por un tratamiento médico que se administra una sola vez. ¿Qué valor tiene una vida humana corriente y moliente en comparación con la última muestra que se conserva de una planta que ya no existe?

—Pero…

Margo miró la cara del viejo, surcada por arrugas que expresaban un profundo desagrado. La había dejado estupefacta que Jörgensen dijera que un espécimen superaba en valor a una vida humana. No había nada que hacer con semejante individuo.

Pensó deprisa. La cámara del herbario la había visto hacía años y se acordaba de que básicamente era una caja fuerte con un teclado numérico en la cerradura. Por motivos de seguridad, las combinaciones de aquel tipo de cerraduras eran modificadas cada cierto tiempo. Miró a Jörgensen, que la observaba ceñudo y con los brazos cruzados, esperando que terminase lo que había empezado a decir.

Acababa de comentar que ya no tenía muy buena memoria. Era un dato importante. Margo contempló el despacho. ¿Dónde podía haber anotado la clave de acceso? ¿En un libro? ¿En la mesa? Se acordó de *Marnie, la ladrona* la vieja película de Hitchcock, en la que un hombre de negocios guarda la combinación de su caja fuerte en la mesa de su secretaria, en un cajón cerrado con llave. Podía estar en mil sitios, aunque el despacho fuera tan pequeño. Quizá pudiera engañar a Jörgensen para que le revelase la clave.

—Doctora Green, ¿quería algo más…?

Como no se le ocurriese alguna cosa pronto, no entraría nunca en la cámara… y Pendergast moriría. Así de importante era lo que estaba en juego.

Miró directamente a Jörgensen.

—¿Dónde tiene usted escondida la combinación de la cámara?

Después de un fugaz parpadeo, el científico volvió a mirarla de hito en hito.

—¡Qué pregunta más ofensiva! Ya he perdido demasiado tiempo. Buenos días, doctora Green.

Margo se levantó y se fue. Cuando ella le formuló la pregunta, los ojos de Jörgensen se habían movido sin querer hacia un punto situado por encima y detrás de la cabeza de Margo. Al dar media vuelta para irse, ella observó que ese espacio correspondía a un pequeño grabado de botánica enmarcado.

Abrigó la esperanza de que detrás del grabado hubiera una caja fuerte con la clave secreta para acceder al herbario. Pero ¿cómo sacaría a Jörgensen de su puñetero despacho? Y, aunque encontrase una caja fuerte tras el grabado, ¿de dónde sacaría la combinación de esta? Por otra parte, suponiendo que averiguase la de la cámara del herbario, quedaba en lo más hondo del sótano del museo…

A pesar de todo tenía que intentarlo.

Se detuvo en mitad del pasillo. ¿Y si accionaba una alarma de incendios? No, entonces evacuarían el ala y probablemente se metiera en un buen lío.

Siguió por el pasillo, lleno de despachos y laboratorios a ambos lados. Aún era la hora de comer, y estaba todo bastante vacío. En un laboratorio donde no había nadie vio un teléfono. Entró y se lo quedó mirando. ¿Y si llamaba a Jörgensen haciéndose pasar por una secretaria para pedirle que fuese a una reunión? No, no parecía de los que iban a reuniones… Ni de los que reaccionaban bien a una convocatoria inesperada… Además, seguro que conocía las voces de la mayoría de las secretarias.

Alguna manera tenía que haber de sacarle del despacho. Sí: enfadarle y hacer que saliera como una furia para cantarle las cuarenta a algún colega.

Descolgó el teléfono, pero, en vez de llamar a Jörgensen, lo hizo al despacho de Frisby.

—Llamo del departamento de botánica —dijo cambiando de voz—. ¿Puedo hablar con el doctor Frisby? Es que tenemos un problema.

Frisby se puso al cabo de un rato, sin aliento.

—¿Diga? ¿Qué pasa?

—Hemos recibido la circular sobre aquella mujer, la doctora Green —comentó Margo en un tono bajo y apagado.

—¿Y qué? ¡No habrá estado molestándolos!

—Conoce al doctor Jörgensen, ¿no? El viejo. Pues es muy amigo de la doctora Green, y me temo que piensa dejar que consulte la colección sin hacer caso de sus instrucciones. Lleva toda la mañana despotricando contra la circular. Solo se lo notifico porque no queremos problemas, y ya sabe lo difícil que se pone a veces el doctor Jörgensen…

Frisby colgó de golpe. Margo esperó en el laboratorio vacío, con la puerta un poco abierta. Unos minutos después oyó resoplar a alguien y vio pasar como un energúmeno a Jörgensen, con la cara roja; tenía un aspecto de notable fortaleza para su edad. Seguro que iba al despacho de Frisby para soltarle cuatro frescas.

Se apresuró hasta llegar al fondo del pasillo. Para su alivio, comprobó que con las prisas el doctor se había dejado la puerta abierta de par en par. Entró, cerró sin hacer ruido y descolgó el grabado botánico.

Nada. No había caja fuerte, solo la pared.

Se le cayó el alma a los pies. ¿Por qué había mirado Jörgensen en esa dirección? No había nada. Tal vez hubiera sido una simple mirada al azar, a menos que Margo no la hubiera seguido bien. Justo antes de poner el grabado en su sitio, se fijó en que en la parte trasera había un papelito enganchado con cinta adhesiva. Tenía escrita una lista de números tachados, salvo el último.

56

Aloysius Pendergast se movía lo menos posible en la cama. Hasta el más leve gesto era una agonía. El mero hecho de inspirar bastante aire para oxigenar la sangre le hacía sentir pinchazos al rojo vivo en el pecho. Percibía una presencia oscura que esperaba al pie del lecho, un súcubo dispuesto a trepar por su cuerpo y ahogarle. Sin embargo, cada vez que intentaba mirarlo, desaparecía y no volvía a hacer acto de presencia hasta que apartaba la vista.

Intentó eliminar mentalmente el dolor y distraerse mirando el dormitorio. Se concentró en un cuadro de la pared de enfrente, cuya contemplación le había procurado grandes satisfacciones: una obra tardía de Turner, *Goleta saliendo de Beachy Head*. A veces se había quedado horas enfrascado en las múltiples capas de luz y sombra, y en cómo había plasmado Turner la espuma del mar y las velas azotadas por el viento. Pero ahora el suplicio y el nauseabundo hedor de los lirios putrefactos (pegajoso, dulzón hasta la náusea, parecido a la fetidez de la carne llagada) hacían imposible la huida mental.

Todos sus mecanismos habituales para hacer frente a los traumatismos emocionales o físicos se los había arrebatado la enfermedad. Para colmo no quedaba morfina en el gotero, y no lo rellenarían hasta dentro de una hora. Solo había un paisaje de dolor, que se extendía infinitamente por todas partes.

Incluso en esa situación extrema, Pendergast sabía que la dolencia que le aquejaba tenía sus altibajos. Si lograba sobrevivir a aquel asalto, tarde o temprano remitiría y le granjearía un alivio temporal. Podría volver a respirar y hablar, e incluso se levantaría de la cama y daría algunos pasos. En algún momento, sin embargo, reaparecería el malestar, como siempre, aunque peor y más prolongado que antes. Pendergast intuía que en algún punto, no muy alejado, no habría ya remisión en la escalada de dolor, y llegaría el fin.

Justo en ese instante sintió una ola de dolor y distinguió una insidiosa oscuridad en las lindes de su campo visual, una especie de viñeteado. Era una señal de que dentro de pocos minutos perdería la conciencia. En las primeras ocasiones en las que había experimentado esta situación, se había sentido liberado, pero un giro cruel le había enseñado que en realidad no existía tal redención: la penumbra no desembocaba en el vacío, sino en un submundo alucinógeno de su yo subconsciente, que en algunos aspectos resultaba aún peor que el dolor.

Unos minutos después cayó en las garras de la oscuridad, que se lo llevó de la cama y de la habitación, como una corriente de fondo que da alcance a un nadador exhausto. Tras una breve y angustiosa sensación de caída, las sombras se diluyeron y descubrió otra imagen, como cuando se abre el telón de un escenario.

Estaba al borde de un saliente de lava endurecida, en lo más alto de la falda de un volcán activo. Anochecía. Muy lejos, a su izquierda, la ladera estriada de otro volcán terminaba en una playa tan distante que parecía otro mundo. En la orilla había varios edificios encalados, apiñados y rodeados de espuma; sus luces atravesaban la penumbra. Justo delante de él se abría ahora una sima gigantesca, un tajo monstruoso en el corazón del volcán. Veía agitarse como sangre la lava viva, de un rojo intenso y furibundo bajo la sombra del cráter. Nubes de azufre brotaban de la sima, y por el aire se agitaban partículas negras de ceniza azotadas por un viento infernal.

Pendergast sabía con exactitud dónde se hallaba: en la cresta del volcán de Stromboli, con la famosa Sciara del Fuoco (la Cuesta del Fuego) a sus pies. Ya había estado antes en el mismo sitio, hacía poco más de tres años, y en él había presenciado uno de los dramas más chocantes de su vida.

Ahora, sin embargo, presentaba otro aspecto: si en el mejor de los casos era siempre brutal, en ese estado de alucinación febril se había vuelto algo propio de una pesadilla. El cielo que le rodeaba no estaba teñido del morado oscuro del crepúsculo, sino de un verde enfermizo, como el de los huevos podridos. Los fuertes destellos de los relámpagos, de color naranja y azul, resquebrajaban el firmamento. Ante un sol cetrino y parpadeante corrían henchidas nubes de tonos carmesíes. Una tonalidad tecnicolor iluminaba toda la escena.

Mientras observaba la infernal visión, quedó azorado al distinguir a una persona. A menos de tres metros de él había un hombre en una tumbona. La silla estaba situada sobre un borde de lava endurecida que sobresalía de la cresta, por encima de la Sciara del Fuoco y de sus humaredas. Llevaba gafas oscuras, un sombrero de paja, una camisa de flores y unas bermudas, y bebía en un vaso alto algo que parecía limonada. No le fue preciso a Pendergast aproximarse más para reconocer de perfil la aguileña nariz, la barba bien cuidada y el pelo rojizo. Era su hermano, Diogenes, quien había desaparecido justo ahí, durante la horrible escena acaecida entre él y Constance Greene.

Vio que bebía un largo y lento sorbo de limonada, y contemplaba el furibundo hervor de la Sciara del Fuoco con la plácida expresión de un turista que contempla el Mediterráneo desde el balcón de un hotel en Niza.

—*Ave, frater* —dijo Diogenes sin girarse hacia él.

Pendergast no contestó.

—Te preguntaría por tu salud, pero las actuales circunstancias obvian la necesidad de acudir a la hipocresía.

Pendergast se limitó a observar la extravagante imagen: su hermano muerto en una tumbona al borde de un volcán activo.

—¿Sabes —continuó Diogenes—que me resulta casi abrumadora la ironía (justa, todo hay que decirlo) que encierra el trance por el que estás pasando? Después de todo lo que nos ha ocurrido a ti y a mí, de todas mis estratagemas, no será en mis manos como perezcas, sino en las de tu propia progenie. Nada menos que tu hijo. ¡Piénsalo, hermano! Me habría gustado conocerle; Alban y yo habríamos tenido mucho en común. Podría haberle enseñado muchas cosas.

Pendergast no contestó. No tenía sentido responder a una ilusión febril.

Diogenes bebió un poco más de limonada.

—Pero lo que resulta aún más irónico es que Alban solo ha sido el desencadenante de tu perdición. Tu verdadero asesino es nuestro tatarabuelo Hezekiah. ¡Para que hablen de los pecados de los padres! Su famoso elixir no solo está acabando con tu vida, sino que despertó los ánimos de venganza de una víctima indirecta, el tal Barbeaux. —Diogenes hizo una pausa—. Hezekiah, Alban y yo. Bonito círculo familiar componemos todos juntos.

Pendergast guardaba silencio.

Diogenes, que seguía de perfil, dirigió la mirada hacia el violento espectáculo que se agitaba a los pies de ambos.

—Habría esperado que agradecieses esta oportunidad de expiación.

Esta vez sí habló Pendergast, incapaz de resistirse al acicate:

—¿Expiación? ¿De qué?

—Tú con tu gazmoñería, tu encorsetado sentido de la moral, tu errado deseo de hacer el bien en el mundo… Siempre me ha parecido un misterio que no te torturase el hecho de que siempre hayamos vivido con desahogo gracias a la fortuna de Hezekiah.

—Hablas de algo ocurrido hace más de ciento veinticinco años.

—¿Mitiga en algo el paso de los años la agonía de las víctimas? ¿Cuánto tiempo se necesita para lavar la sangre que esconde todo ese dinero?

—Es un silogismo falso. Hezekiah se enriqueció sin escrúpulos, pero nosotros fuimos herederos inocentes de su fortuna. El dinero es fungible. No somos culpables.

La risa de Diogenes se oyó apenas bajo el fragor del volcán. Sacudió la cabeza.

—Qué irónico que yo, Diogenes, me haya convertido en tu conciencia.

La enervante angustia del yo consciente de Pendergast empezó a abrirse paso en mitad de aquella pesadilla. Perdió el equilibrio al borde del volcán y lo recuperó.

—Yo… —empezó a decir—. Yo… no soy… responsable. Ni pienso discutir con una alucinación.

—¿Alucinación?

Esta vez Diogenes se giró hacia su hermano. El lado derecho de su cara, que Pendergast había visto durante toda la conversación, ofrecía su aspecto habitual, tan elegante como siempre. Por el contrario, el izquierdo presentaba horrendas quemaduras; el tejido cicatrizado, que fruncía la piel desde el mentón hasta el principio del cabello, era como la corteza de un árbol. Sobresalían los pómulos y una órbita desprovista del globo ocular.

—Ve repitiéndotelo, *frater* —dijo por encima del rugir de la montaña.

Y con la misma lentitud con que se había girado hacia Pendergast, apartó nuevamente su vista de él. Al posar de nuevo la mirada en la Sciara del Fuoco, quedó oculto el horror de aquel rostro. En ese momento, la escena empezó a difuminarse y, al desaparecer por completo, Pendergast se halló una vez más en su dormitorio, con las luces bajas, sometido a los flujos y reflujos del dolor.

57

Muy por debajo de la habitación de Pendergast estaba Constance, en una de las últimas estancias del enorme subsótano. Respiraba con fuerza y llevaba en el hombro una bolsa negra de nailon. De su vestido colgaban tracerías de telarañas.

Finalmente había terminado de revisar los frascos que había en el laboratorio del doctor Enoch. Eran las dos y media de la tarde, y desde hacía horas trataba de reunir los elementos necesarios para el antídoto. Dejó la bolsa de nailon en el suelo y volvió a consultar la lista, aunque sabía muy bien qué le faltaba. Cloroformo y aceite de epazote.

De la primera sustancia había encontrado una garrafa grande, pero estaba mal cerrada y, con los años, se había evaporado el contenido. De epazote no había hallado ni rastro. El cloroformo se compraba con receta, pero tardarían demasiado en dárselo, aparte de que no esperaba que fuera fácil convencer al doctor Stone de que les extendiese una receta. Pero el mayor problema era el aceite de epazote, pues su naturaleza tóxica hacía que ya no se usara en las preparaciones de hierbas. Si no lo encontraba en el subsótano, se habría agotado su suerte. Alguna cantidad tenía que haber en las colecciones del doctor Enoch, pues había sido un ingrediente común en los compuestos medicinales...

Constance, sin embargo, no lo había visto.

Rehízo su camino por las salas, cruzando arco tras arco. En su exploración se había saltado los pocos almacenes en ruinas que quedaban. Ahora también los inspeccionaría. Durante los últimos años, ella y Proctor habían emprendido un minucioso proceso de limpieza consistente en tirar montones de cristales rotos y quitar con gran precaución los artefactos dañados o las sustancias químicas vertidas.

¿Y si las botellas de aceite de epazote figuraban entre las que se habían roto y habían acabado en la basura?

Se detuvo en una de las salas que aún no habían restaurado. El suelo estaba sembrado de anaqueles y de millones de fragmentos de cristal teñidos por diversas sustancias de colores, entre charcos pegajosos y resecos. Flotaba en el aire, como un miasma tóxico, un inmundo olor a moho. Sin embargo, no estaba todo roto. Muchas botellas yacían intactas en el suelo, y algunos estantes permanecían en su sitio, cargados de tarros de múltiples colores, todos con sus respectivas etiquetas, que llevaban escrita la elegante caligrafía de Enoch Leng.

Procedió a inspeccionar los frascos de unos cuantos anaqueles que se habían salvado de la destrucción general. Todos pasaron por sus manos; agitó un envase tras otro, en una interminable procesión de compuestos con nombres en latín.

Era para volverse loca. El sistema de catalogación que había usado el doctor Enoch existía tan solo en su cabeza y, después de su muerte, Constance nunca había logrado descifrarlo. Tenía la sospecha de que era aleatorio y de que el doctor en realidad se había limitado a registrar toda la biblioteca de sustancias químicas en su memoria fotográfica.

Fue revisando los estantes. En un momento dado se cayó una botella y se rompió. Apartó los trozos con el pie mientras subía el hedor a su nariz. Con las prisas se derribaron varios frascos más. Consultó su reloj. Las tres.

Se acercó con un siseo de irritación a las botellas intactas del suelo, las que no se habían roto, y prosiguió su búsqueda agachada, pisando cristales. Recogía un recipiente, leía la etiqueta, lo descartaba... Había muchos aceites: de caléndula, de semilla de borraja, de prímula, de verbasco... Pero no de epazote. En un arrebato de frustración dio un golpe a uno de los anaqueles que ya había registrado y tiró al suelo todas las botellas. Cayeron con un estruendo, y entonces la pestilencia sí se volvió horrorosa.

Se apartó. Era lamentable perder así el control. Mediante una serie de respiraciones profundas recuperó su presencia de ánimo y empezó a revisar el último estante. Nada, tampoco.

De golpe vio una botella grande con la etiqueta ACEITE DE EPAZOTE. La tenía justo delante de sus ojos.

La introdujo en la bolsa y reanudó la búsqueda del cloroformo. Prácticamente el siguiente frasco que encontró, un recipiente pequeño y bien sellado, resultó ser lo que buscaba. Lo metió también en la bolsa y se dirigió hacia la escalera que llevaba al ascensor.

Interpretó como una buena señal aquel cambio brusco de su suerte, pero, nada más llegar a la biblioteca y colocar en su sitio el pesado volumen que hacía girar las estanterías, se encontró con la señora Trask, que le tendía el teléfono.

—Es el teniente —puntualizó.

—Dígale que no estoy.

La señora Trask le dirigió una mirada de reproche sin bajar el teléfono.

—Insiste mucho.

Constance lo tomó e hizo un esfuerzo para ser cordial.

—¿Diga? ¿Teniente?

—Quiero que vengan volando usted y Margo a mi despacho.

—Ahora mismo estamos bastante ocupadas —comentó Constance.

—Tengo información vital. Hay gente mala, pero mala de verdad, metida en esto. Lo único que conseguirán usted y Margo es que las maten. Quiero ayudar.

—No puede ayudarnos —afirmó Constance.

—¿Por qué?

—Porque…

Se calló.

—¿Porque están planeando alguna chorrada ilegal?

No hubo respuesta.

—Venga, Constance, mueva el culo y venga a mi oficina. Si no, le juro por Dios que me planto en su casa con una brigada y me la llevo a rastras.

58

—Vamos a repasar cómo está todo —intervino D'Agosta. La tarde tocaba a su fin, y en el despacho del teniente estaban sentadas Margo y Constance—. ¿Dicen que han encontrado una cura para salvar a Pendergast?

—Un antídoto —puntualizó Constance—. Lo preparó Hezekiah Pendergast para contrarrestar los efectos de su propio elixir.

—Aunque no están seguras.

—Del todo no —dijo Margo—, pero tenemos que intentarlo.

D'Agosta se apoyó en el respaldo de la silla. Era de locos.

—¿Y tienen todos los ingredientes?

—Menos dos —respondió Margo—. Son plantas, y sabemos dónde conseguirlas.

—¿Dónde?

Silencio.

D'Agosta miró fijamente a Margo.

—A ver si lo adivino: van a robar en el museo.

Otro silencio. El rostro de Margo estaba blanco y tenso, pero sus ojos brillaban con dureza.

D'Agosta se pasó una mano por el poco pelo que le quedaba y volvió a observar a las dos mujeres que le plantaban cara al otro lado de la mesa.

—A ver. Llevo mucho tiempo siendo poli y no soy idiota. Sé que algo ilegal planean, pero ahora mismo esa infracción no me preocupa. Pendergast es amigo mío. Lo que sí me inquieta es que corran peligro para conseguir las plantas. No quiero que mueran en el intento. ¿Lo entienden?

Finalmente Margo asintió con la cabeza. D'Agosta se giró hacia Constance.

—¿Y usted?

—Lo comprendo —dijo Constance, aunque D'Agosta supo por su expresión que no estaba de acuerdo—. Ha comentado que tenía información vital. ¿De qué se trata?

—Si no me equivoco, Barbeaux es mucho más peligroso de lo que nos habíamos imaginado. Necesitarán refuerzos. Dejen que las ayude a conseguir las plantas, estén donde estén.

Otro silencio. Entonces Constance se levantó.

—¿Cómo podría colaborar con nosotras si ha señalado usted mismo que lo que hacemos es ilegal?

—Constance tiene razón —dijo Margo—. ¿Te imaginas la burocracia? D'Agosta, tu amigo Pendergast se está muriendo. Casi se nos ha acabado el tiempo.

El teniente sintió que perdía los estribos.

—Lo sé perfectamente y por eso estoy dispuesto a saltarme las normas. Maldita sea… Vamos a ver: o dejan que las ayude, o las meto a las dos en el trullo ahora mismo, por su propia seguridad.

—Si lo hace, Pendergast morirá sin remedio —aseguró Constance.

D'Agosta exhaló.

—No pienso dejar que vayan por ahí jugando a polis. Barbeaux o sus hombres se nos han adelantado desde el primer momento. ¿Cómo creen que me sentiría con dos muertes más sobre mi conciencia? Porque es muy posible que Barbeaux intente pararles los pies.

—Eso está por ver —dijo Constance—. Bueno, lo siento, pero tenemos que irnos.

—No tendré más remedio que ordenar que las detengan, se lo juro.

—No lo hará —replicó Constance con calma.

D'Agosta se levantó.

—Quédense aquí. No se vayan a ninguna parte.

Salió del despacho y cerró la puerta. Se acercó al sargento Josephus en la recepción.

—Sargento, las dos mujeres que hay en mi despacho... Cuando se vayan, quiero que las sigan. Las veinticuatro horas y los siete días de la semana, hasta nueva orden.

Josephus lanzó una mirada a la oficina de D'Agosta. El teniente, al hacer lo mismo, vio a través del ventanuco de la puerta que Constance y Margo hablaban entre ellas.

—A sus órdenes —dijo el sargento. Sacó un formulario oficial—. Si me hace el favor de darme los nombres...

D'Agosta pensó un momento e hizo un gesto con la mano.

—No he dicho nada. Tengo otra idea.

—Muy bien, teniente.

Volvió a su despacho y miró fijamente a las dos mujeres.

—Si tienen pensado ir al museo a robar unas plantas, no hace falta que se preocupen por los vigilantes, sino por los hombres de Barbeaux. ¿Lo pillan?

Asintieron las dos.

—Venga, arreando.

Se fueron.

D'Agosta contempló la puerta de su oficina con una rabia impotente. Joder... Nunca había conocido a dos mujeres tan testarudas. Al menos existía una manera de velar por su seguridad o, como mínimo, de reducir las posibilidades de que se topasen con Barbeaux. Consistía en emitir una orden de búsqueda de este último, interrogarle y retenerle en la comisaría hasta que ellas dos hubieran hecho lo que tenían que hacer. Para conseguir la orden, sin embargo, debía reunir las pistas de las que disponía y presentárselas al fiscal del distrito.

Se giró hacia el ordenador y empezó a teclear como un poseso.

Se hizo el silencio en las oficinas de la comisaría. Era la típica calma de finales de la tarde, antes de que volvieran la mayoría de los agentes para tramitar multas o cursar informes. Pasó un minuto. Dos. De pronto se oyeron pasos quedos fuera del despacho de D'Agosta, en el pasillo.

Al cabo de un rato apareció el sargento Slade. Venía de su despacho; si se situaba en el lugar indicado, podía ver desde allí la oficina de D'Agosta. Siguió caminando y se paró en la siguiente puerta, la de la sala donde D'Agosta y otros policías del departamento guardaban los expedientes.

Miró a su alrededor con tranquilidad. No se veía a nadie. Giró el pomo, abrió la puerta de la sala vacía, entró y cerró con llave. Las luces, como era natural, estaban apagadas, pero no las encendió.

Se acercó a la pared que colindaba con el despacho de D'Agosta, procurando hacer el menor ruido posible. Desde ahí lo oía teclear sin tregua. Había varias cajas amontonadas. Se puso de rodillas y las apartó con gran cuidado. Después palpó la pared hasta encontrar lo que buscaba: un diminuto micrófono metido en la mampostería, con un grabador digital en miniatura que se activaba con la voz.

Tras levantarse y meterse en la boca un toffee de regaliz, conectó un auricular al aparato, se lo puso en la oreja y encendió la grabadora para escuchar la conversación que había tenido lugar hacía unos minutos. Oyó un momento y asintió para sus adentros. Escuchó las protestas inútiles de D'Agosta. Después percibió que se abría la puerta y oyó la conversación entre las dos mujeres.

«—¿En qué sitio exacto del museo se encuentra la planta?

—En la cámara del herbario. Sé dónde está y tengo la combinación de la caja fuerte. ¿Y usted?

—La planta que necesito está, como ya comentamos, en la Casa del Agua del Jardín Botánico de Brooklyn. Me apoderaré de ella cuando esté cerrado el recinto y se haya hecho de noche. No podemos dejar pasar más tiempo.»

Slade sonrió. Barbeaux lo recompensarían con creces.

Metió el auricular y el micrófono en su bolsillo, y volvió a poner las cajas en su lugar, con sumo cuidado. Se dirigió a la puerta de la sala, la abrió y, tras comprobar que no le observaba nadie, salió. Emprendió tranquilamente el camino de vuelta a su despacho, con el ruido de las teclas de D'Agosta sonándole en los oídos.

59

El cementerio Gates of Heaven se extendía sobre un acantilado poco frondoso, con vistas al lago Schroon. Al este, en mitad de una verde espesura, el fuerte Ticonderoga vigilaba el río Hudson. Muy al norte se erguía la gran masa del monte Marcy, la montaña más alta del estado de Nueva York.

John Barbeaux caminaba pensativo entre las lápidas, distribuidas sobre un césped impecable. El desnivel del terreno revelaba unas ondulaciones suaves y armoniosas y, de vez en cuando, un sendero de grava dibujaba su curva al pie de los árboles. Las hojas dispersaban los rayos del sol del atardecer y moteaban de sombra el somnoliento y pastoril paisaje.

Llegó finalmente a una parcela familiar pequeña y adornada con buen gusto, compuesta por dos monumentos y una cerca baja de hierro. Entró en el recinto y se acercó a la estatua más grande: un ángel con las manos en el pecho y los ojos llorosos mirando al cielo. En la base del monumento había un nombre grabado: FELICITY BARBEAUX. No constaba ninguna fecha.

Barbeaux llevaba dos flores en la mano derecha: una rosa roja de tallo largo y un jacinto morado. Se arrodilló y depositó la rosa frente a la estatua. A continuación se levantó y contempló el ángel en silencio.

A su mujer la había atropellado hacía menos de diez años un conductor borracho. La investigación policial no había llegado a buen término. La policía no le leyó los derechos al culpable, un ejecutivo de telemarketing, y tampoco respetó la cadena de custodia de las pruebas. Un abogado sagaz logró que su cliente solo cumpliera un año de condena.

John Barbeaux era un hombre para quien la familia estaba por encima de todo. Era también una persona que creía en la justicia, y lo que había vivido con la muerte de su esposa no respondía a ese concepto.

Una década atrás Red Mountain era una empresa mucho más pequeña y menos poderosa, pero aun así Barbeaux ejercía una influencia considerable y tenía muchos contactos en diversos ramos, algunos bastante turbios. Lo primero que hizo para vengar la muerte de su mujer fue lograr que detuvieran otra vez al culpable: encontraron en la guantera de su coche cien gramos de crack. Pese a la falta de antecedentes, el delito se tradujo en una sentencia de prisión de no menos de cinco años, no revocable. Seis meses después, cuando el ejecutivo de telemarketing ya cumplía condena en el correccional federal de Otisville, Barbeaux se ocupó de que (a cambio de diez mil dólares en un solo pago) le clavasen un destornillador mientras estaba en la ducha, para que se desangrase por el desagüe y perdiera la vida.

Se había hecho justicia.

Tras una última y larga mirada a la estatua, respiró hondo y se acercó al segundo monumento. Era mucho más pequeño: una sencilla cruz con el nombre JOHN BARBEAUX JR.

Durante los años posteriores a la muerte de Felicity, Barbeaux se había prodigado en cariño y atenciones a su hijo pequeño. Tras una infancia plagada de problemas de salud, John Jr. había entrado en la adolescencia como un artista prometedor. Incluso algo más que eso, a decir verdad: era un pianista con un auténtico talento, un prodigio como intérprete y compositor. Su padre no había reparado en gastos: los mejores profesores, las mejores escuelas… Veía en John Jr. una gran esperanza para el futuro de su estirpe.

Pero, un día, las cosas empezaron a torcerse de la peor manera posible. El principio no pudo ser más inocente. John Jr. se volvió algo taciturno, a la vez que perdía el apetito y le costaba cada vez más dormir. Barbeaux lo atribuyó a alguna fase de la adolescencia, pero la situación empeoró. El joven comenzó a sentir constantemente un olor que era incapaz de quitarse de encima. Al principio era una fragancia muy agradable, pero con el tiempo se convirtió en un tufo insoportable a flores podridas. El hijo de Barbeaux se volvió débil y propenso a las fiebres; estaba agobiado por los dolores de cabeza y de las articulaciones, que empeoraban a diario. También empezó a tener ideas delirantes y episodios de rabia incontrolable que alternaban con períodos de agotamiento y letargo. Su padre, desesperado, recurrió a los mejores médicos del mundo, pero nadie encontraba el diagnóstico. Entonces Barbeaux fue testigo de cómo caía su hijo en la demencia y sufría dolores insoportables. Al final, aquel joven tan prometedor se vio reducido a poco más que un vegetal. La muerte que se lo llevó a la edad de dieciséis años, tras un fallo cardíaco provocado por una grave pérdida de peso y de fuerzas, fue casi misericordiosa.

De eso hacía menos de dos años. Sumido en las brumas del dolor, Barbeaux se había quedado tan postrado que ni siquiera había podido elegir un monumento fúnebre grande y suntuoso para su hijo, como había hecho con su mujer. Le resultaba insoportable el mero hecho de pensar en la ausencia de su heredero y, por lo tanto, el único recordatorio de la malograda promesa fue una sencilla cruz.

Poco antes del primer aniversario de la muerte de John Jr. ocurrió algo que de ningún modo Barbeaux podría haber predicho. Una tarde recibió la visita de un joven que no podía aventajar a su hijo más que en un par años, pero cuya constitución, energía y magnetismo eran tan distintos que parecía de otro planeta. Tenía acento extranjero, aunque hablaba inglés a la perfección. Aquel joven sabía mucho de Barbeaux. De hecho, sobre la familia de este tenía mucha más información que el propio Barbeaux. Le explicó la historia de sus bisabuelos Stephen y Ethel, que habían vivido en la calle Dauphine de Nueva Orleans, y la de un vecino del matrimonio, Hezekiah Pendergast, creador de una panacea que llevaba el nombre de Elixir y Reforzante Glandular de Hezekiah, un medicamento que había hecho sufrir, enloquecer y morir a miles de personas. Entre las víctimas, dijo el joven para gran sorpresa de Barbeaux, se encontraban Stephen y Ethel; en 1895, cuando contaban con apenas treinta años, sucumbieron a sus efectos.

Pero no quedaba ahí la cosa, tal como señaló el joven. En la familia había otra víctima mucho más próxima a Barbeaux: nada menos que su hijo, John Jr.

Explicó que el elixir había provocado cambios epigenéticos en la familia. Esas modificaciones hereditarias en la conformación genética se habían saltado varias generaciones y, transcurridos más de cien años, habían acabado con la vida de su hijo.

Acto seguido, el joven abordó el verdadero quid de la reunión. La familia Pendergast aún existía. El principal descendiente era un tal Aloysius Pendergast, un agente especial del FBI. La familia no solo se había perpetuado en el tiempo, sino que prosperaba gracias a la riqueza acumulada por Hezekiah y su mortífero elixir.

Fue en ese instante cuando el joven reveló el motivo de su visita. Dijo llamarse Alban... y ser el hijo del superagente Pendergast. Le contó a Barbeaux una historia angustiosa y después le propuso un plan enrevesado y extraño, pero satisfactorio en grado sumo.

Pero Alban hizo una última advertencia. Barbeaux aún tenía grabadas sus palabras: «Podría usted tener la tentación de darme caza a mí también y eliminar así a otro Pendergast, pero no le aconsejo que lo haga. Poseo poderes muy notables, que superan su capacidad de comprensión. Confórmese con mi padre, que es quien vive como un parásito de la fortuna de Hezekiah». Y una vez pronunciadas estas palabras, le entregó a Barbeaux una gran cantidad de documentos que refrendaban su historia y detallaban su plan. Después desapareció en mitad de la noche.

Barbeaux no dio importancia a lo de los «poderes», que interpretó como una jactancia juvenil, así que mandó a dos hombres a ir tras Alban en ese preciso momento. Eran dos veteranos que hacían muy bien su trabajo. Uno de ellos regresó con un ojo fuera de su órbita, y al otro le encontraron degollado. Había sido obra de Alban, que los había atacado con toda la tranquilidad del mundo y a la vista de las cámaras de seguridad de Barbeaux.

«Poseo poderes muy notables, que superan su capacidad de comprensión.» Sí era notable su supremacía, pero no superaba la capacidad de comprensión de Barbeaux, error que Alban había pagado con su vida.

Lo que Alban le había contado parecía demasiado extraño para ser verdad. Sin embargo, al echar una ojeada al paquete de documentos, al examinar los antecedentes familiares y los síntomas de su hijo, y al efectuar sobre todo varios análisis de sangre, Barbeaux se dio cuenta de que era todo cierto. Y fue una revelación; una revelación que convirtió su duelo en odio, y el odio en obsesión.

Dentro del bolsillo de su americana sonó un móvil. Lo sacó sin apartar la vista del monte Marcy.

—¿Diga?

Escuchó a lo largo de un minuto. Durante ese tiempo se le pusieron blancos los nudillos, y una expresión de sorpresa se apoderó de su rostro.

—¿Me está usted diciendo —interrumpió a su interlocutor— que no solo conoce lo ocurrido sino que está tomando medidas para frenarlo?

Volvió a prestar atención, más tiempo que antes.

—Bueno —dijo finalmente—, pues ya sabe qué hacer. Y tendrá que actuar deprisa, muy deprisa.

Colgó y marcó otro número.

—¿Richard? ¿Está preparado el operativo? Muy bien. Tenemos un nuevo objetivo. Quiero que prepares al equipo para un despliegue de emergencia en Nueva York. Sí, enseguida. Deben despegar dentro de media hora como máximo.

Se guardó el teléfono en el bolsillo, dio media vuelta y se marchó del cementerio a toda prisa.

60

Eran las seis de la tarde cuando Constance Greene volvió de la comisaría. Tras atravesar la puerta principal de la mansión de Riverside Drive, recorrió el pasillo del refectorio y cruzó la superficie revestida de mármol de la gran sala de recepciones. El silencio era absoluto, con la única excepción del suave roce de sus pies en el suelo. La mansión parecía desierta. Proctor aún convalecía en el hospital, la señora Trask andaba metida en la cocina y el doctor Stone debía de encontrarse en el piso de arriba, sentado en la habitación de Pendergast.

Siguió por el vestíbulo adornado con tapices, entre hornacinas de mármol que interrumpían a intervalos regulares el papel pintado de color rosa. Al llegar al pie de una escalera, ascendió poco a poco para reducir al mínimo el crujido de los viejos peldaños de madera. Una vez en el largo distribuidor de la primera planta, lo cruzó hasta el fondo. En el trayecto pasó al lado de un oso polar disecado, grande y repulsivo; finalmente se acercó a la puerta de la izquierda. Con la mano en el pomo, respiró, lo giró y empujó con suavidad.

El doctor Stone se levantó sin hacer ruido; estaba sentado al lado de la puerta. A Constance le irritaba su presencia, su traje de petimetre, su corbata a la inglesa de color amarillo, sus gafas de carey y, sobre todo, su incapacidad absoluta de administrar a Pendergast algún cuidado que no fuese meramente paliativo. Sabía que estaba siendo injusta, pero no estaba de humor para justicias.

—Me gustaría un momento a solas con Pendergast, doctor.

—Está durmiendo —dijo el médico cuando salía de la habitación.

Antes del agravamiento de la enfermedad, Constance rara vez había puesto el pie en el dormitorio privado de Pendergast. Incluso ahora observaba la estancia desde la puerta, con curiosidad. No era grande. La tenue luz salía de detrás de una moldura situada justo debajo del techo, y también había una lámpara Tiffany en la mesita. Ventanas no había. El papel pintado era rojo y tenía relieves aterciopelados de color burdeos, que dibujaban suavemente el motivo de una flor de lis. De las paredes colgaban algunas obras de arte: un pequeño estudio de Caravaggio para su *Niño con un cesto de frutas*, una marina de Turner y un grabado de Piranesi. En la estantería había tres hileras de libros antiguos con encuadernación de piel. Las piezas de museo distribuidas por la habitación no estaban solo para ser vistas, sino que se utilizaban: dentro de una urna romana de cristal había agua mineral y en un candelabro bizantino se veían seis candelas blancas. De un antiguo incensario egipcio, de cerámica vidriada, se desprendían densos aromas que en vano trataban de borrar el hedor que día y noche agredía las fosas nasales de Pendergast. No había mayor contraste que el de la elegante decoración del dormitorio con el gotero de acero inoxidable y la bolsa de suero.

En la cama estaba Pendergast, inmóvil. Su pelo claro, oscurecido por el sudor, resaltaba con el blanco impoluto de la almohada. La piel de la cara era incolora como la porcelana y casi igual de traslúcida. Constance distinguía la musculatura y la osamenta del rostro, e incluso las venas azules de la frente. Tenía los ojos cerrados.

Se acercó a la cama. El gotero de morfina estaba graduado en un miligramo cada cuarto de hora. Vio que el doctor Stone había fijado la dosis máxima por hora en seis miligramos. Ya que Pendergast se negaba a dejarse supervisar por una enfermera, era importante que no le permitieran sobremedicarse.

—Constance.

Le sorprendió el susurró de Pendergast. Conque estaba despierto. A menos que le hubieran sacado de su sueño los movimientos de Constance, a pesar de su sigilo...

Rodeó la cama y se sentó junto a la cabecera, acordándose de que solo hacía tres días que había ocupado la misma posición en la habitación del hospital de Ginebra. Aquel deterioro tan rápido le daba un miedo atroz. Aun así, a pesar de su debilidad, saltaba a la vista el terrible y constante esfuerzo de Pendergast para no sucumbir por completo al dolor y la locura.

Vio que su mano se movía por debajo de la sábana y después se retiraba. Tenía sujeto un papel, que levantó temblando.

—¿Qué es esto?

La frialdad y el enfado de su voz impactaron a Constance. Al tomar el papel reconoció la lista de ingredientes que había escrito ella. La había dejado en la mesa de la biblioteca, un espacio que se había convertido en una especie de centro de operaciones para Constance y Margo. Había sido obviamente una imprudencia.

—Hezekiah preparó un antídoto para intentar salvar a su mujer, y ahora vamos a hacer lo mismo... para ti.

—¿«Vamos»? ¿Quiénes?

—Margo y yo.

La mirada de Pendergast se volvió penetrante.

—Os lo prohíbo.

Constance no se arredró.

—No tienes voz en este asunto.

Él levantó la cabeza con un gran esfuerzo.

—Estáis siendo unas insensatas redomadas. No tenéis ni idea de con quién os enfrentáis. Barbeaux logró matar a Alban y me superó a mí. Seguro que os matará.

—No tendrá tiempo. Esta noche me voy al Jardín Botánico de Brooklyn, y ahora mismo Margo está en el museo recogiendo los últimos ingredientes.

Aquellos ojos que se clavaban en Constance parecieron brillar.

—En el jardín te estarán esperando Barbeaux o sus hombres. Y a Margo también, en el museo.

—Imposible —dijo Constance—. La lista la he encontrado esta mañana. Margo y yo somos las únicas que sabemos de su existencia.

—Estaba en la biblioteca, a la vista de todos.

—Barbeaux no puede haber entrado de ninguna manera en esta casa.

Pendergast se incorporó del todo, aunque su cabeza no parecía muy firme.

—Constance, este hombre es el mismísimo diablo. No vayas al jardín botánico.

—Lo siento, Aloysius, pero ya te lo dije: en esta guerra pienso llegar hasta el final.

Pendergast parpadeó.

—Entonces ¿para qué has venido?

—Para despedirme. Por si…

A Constance empezó a fallarle la voz. En ese momento, Pendergast hizo acopio de fuerzas y, mediante un esfuerzo superlativo de su voluntad, se apoyó en un codo. Sus ojos, algo menos turbios, se habían enfocado en Constance. Su mano se introdujo de nuevo por debajo de la sábana y en esta ocasión reapareció con su pistola de calibre 45, que empujó hacia Constance.

—Ya que te niegas a atender a razones, llévate esto al menos. Está cargada.

Constance dio un paso hacia atrás.

—No. Acuérdate de lo que pasó la última vez que intenté disparar un arma.

—Pues entonces tráeme el teléfono.

—¿A quién vas a llamar?

—A D'Agosta.

—No, por favor, que se entrometerá.

—¡Constance, por amor de Dios…!

Pendergast se atragantó con sus propias palabras y se hundió de nuevo lentamente en las sábanas blancas. El esfuerzo le había agotado hasta un extremo acongojante.

Constance vaciló, impresionada y conmovida en lo más hondo por la intensidad de las emociones de Pendergast. No había manejado bien la situación. Su terquedad le estaba provocando un nerviosismo peligroso. Tomó aire profundamente y decidió mentir.

—Te has explicado muy bien. No iré al jardín. Y le diré a Margo que desista.

—Espero con toda mi alma que no me estés engañando.

Pendergast lo dijo en voz baja, sin dejar de mirarla.

—No.

Se inclinó hacia delante y con sus últimas fuerzas susurró:

—No vayas al jardín botánico.

Constance lo dejó con el teléfono en la mano y salió dando tumbos al pasillo, jadeante. Entonces se paró a pensar.

No había tenido en cuenta que Barbeaux pudiera esperarla en el jardín botánico. Era una idea sorprendente, pero no del todo desagradable.

Necesitaría un arma. No una pistola, por supuesto que no, sino algo que cuadrara más con su… estilo.

Cruzó el corredor a toda prisa hasta llegar a la escalera. En el vestíbulo cambió de dirección, entró en la biblioteca, movió el libro secreto y descendió en el ascensor hasta el sótano. Una vez abajo, prácticamente corrió por el largo pasillo hasta alcanzar los rudimentarios escalones que bajaban en espiral hacia lugares aún más profundos, a las estancias habitadas por la sombra y perfumadas por el polvo, en las que desapareció.

Desde la habitación de al lado, convertida en una sala de espera, el doctor Stone oyó que se alejaban los pasos de Constance y salió. Al entrar en el dormitorio de Pendergast y pensar en la joven, tuvo un pequeño escalofrío. Aun siendo una mujer joven, con una elegancia y una belleza exótica indudables, Constance era fría como el hielo y, para colmo, no era del todo normal: tenía algo que a Stone le ponía los pelos de punta.

Vio que su paciente dormía. Se le había caído el teléfono

encima de la sábana; estaba junto a la mano abierta. Lo recogió y miró la pantalla, con curiosidad por saber a quién había intentado llamar Pendergast. Como no había hecho llamada alguna, lo apagó con suavidad y lo dejó otra vez en el escritorio. A continuación volvió a apostarse en la silla de la puerta, a la espera de una noche que prometía ser muy larga… antes del desenlace final.

61

Margo comprendió que entrar en el museo fuera del horario de
visita sería un problema de primera magnitud. Estaba convencida de que Frisby había puesto su nombre en la lista del control
de seguridad situado en la planta baja, el único punto de acceso
al museo cuando estaba cerrado. Decidió entonces esconderse
dentro del recinto hasta la hora de cierre. Se apoderaría de las
plantas que buscaba y saldría con tranquilidad por el puesto de
vigilancia, con la excusa de que se había quedado dormida en el
laboratorio.

Cuando ya faltaba poco para que el museo cerrara, entró en
la sala más apartada y menos concurrida de todas, haciéndose
pasar por una simple visitante. Tenía un peso en el pecho y le
costaba respirar. Cuando los vigilantes empezaron su ronda para
dirigir a la gente a la salida, se escondió en un lavabo y se subió
a la taza, mientras hacía el esfuerzo mental de relajarse. A las seis,
finalmente, ya no se oyó nada. Salió sin hacer ruido.

Las salas estaban vacías, y escuchaba el eco lejano de los zapatos de los vigilantes al pisar los suelos de mármol. Era una
especie de señal que le permitía eludirlos mientras se encamina-
ba al único lugar del cual estaba segura de que no mirarían, el
nicho de los gasterópodos.

¿Iba a hacerlo? ¿De verdad? ¿Sería capaz de continuar? Se
serenó con el recuerdo de lo que le había dicho Constance: «Estas plantas son vitales si queremos salvar a Pendergast».

Se metió en el nicho y se ocultó en una esquina muy oscura, al fondo de la sala. De pronto se dio cuenta, con un escalofrío, de que quizá el asesino de Marsala se hubiera escondido en el mismo lugar. Tal como esperaba, los vigilantes hacían las rondas más o menos cada media hora y en ningún momento se tomaban la molestia de enfocar la linterna en el nicho. Nunca se repetían dos asesinatos en el mismo sitio. Habían vuelto al *status quo ante delicti*. De vez en cuando también pasaba algún empleado del museo que había terminado su jornada de trabajo, pero, a medida que se aproximaban las nueve de la noche, Margo sentía que el museo empezaba a quedarse vacío. Habría sin duda algunos conservadores que aún daban el callo en sus laboratorios y despachos, pero las probabilidades de toparse con ellos eran escasas.

Se le aceleraba el pulso solo de pensar en el lugar adonde tenía que ir y en lo que haría. Estaba a punto de bajar al sitio que más miedo le daba en el mundo y que la hacía despertarse en mitad de la noche, bañada en sudor frío. El temor a ese lugar era la razón de que jamás entrase en el museo sin un frasco de Xanax en el bolso. Se le ocurrió tomarse uno, pero renunció. Necesitaba estar alerta. Respiró despacio y profundamente mientras obligaba a su cerebro a concentrarse en lo más pequeño e inmediato, no en la misión en general. Iría por partes.

Otra serie de respiraciones largas y profundas. Ya era la hora.

Salió del nicho con sigilo justo después de que pasara un vigilante y recorrió deprisa los pasillos que la separaban del montacargas más cercano, donde introdujo su llave maestra en una ranura. Aunque el nivel de acceso fuera bajo, Frisby ya le había pedido por correo electrónico que devolviese la llave. Sin embargo, Margo había recibido la circular que insistía en esa petición aquella misma tarde y supuso que disponía al menos de un día de gracia antes de que aquel pedante insoportable se lo tomara mal.

El ascensor bajó chirriando hasta el llamado «depósito del edificio Seis». Teniendo en cuenta que ahora todos los pabellones del museo estaban conectados entre sí y formaban una especie de laberinto único, ese nombre técnico era un anacronismo. Se abrieron las puertas. El aire olía como siempre, a bolas de naftalina, moho y cosas viejas y muertas; un olor que, al asaltarla de improviso, hizo aumentar de golpe su aprensión, al tiempo que le recordaba la persecución que había sufrido justamente en aquellos pasillos.

De todos modos había pasado mucho tiempo, y ahora el término más indicado para sus temores era «fobia». Abajo ya no había nada que pudiera detenerla, salvo un empleado rezagado que exigiera ver su identificación.

Tras varias respiraciones que la ayudaron a calmarse, salió del ascensor. Después de abrir la puerta que conducía al sótano del edificio Seis, recorrió varios pasillos largos de luz tenue, con bombillas enjauladas que colgaban del techo. Se dirigía al área de botánica.

De momento todo iba bien. Introdujo la llave en el portón de metal abollado que daba acceso a la colección principal de botánica y comprobó que todavía funcionaba. La puerta giró en sus goznes engrasados. Al otro lado estaba todo oscuro. Sacó una linterna frontal LED de gran potencia que llevaba en el bolso, se la puso en la cabeza y entró. Los armarios oscuros acababan diluyéndose en la oscuridad. El aire enrarecido olía a naftalina.

Se detuvo para contener un ataque de miedo irracional. Tenía el corazón tan alborotado que casi no podía respirar. A pesar de todo lo que se había dicho para enfrentar la situación, aquel olor, la claustrofóbica oscuridad y los ruidos extraños despertaron nuevamente el pánico y el pavor que le anudaban la garganta. Hizo un alto para sosegarse, haciendo varias respiraciones, y logró superar el terror con grandes dosis de raciocinio.

«Vayamos por partes.» Se dio fuerzas a sí misma y, dando un paso tras otro, penetró en la penumbra. Ahora tenía que cerrar la puerta. Sería una insensatez dejarla abierta. Se giró y la ajustó sin hacer ruido, hasta que ya no entró la menor luz del pasillo.

Cerró otra vez con llave y miró hacia delante. La cámara del herbario estaba al fondo de la sala. A su alrededor se sucedían numerosas estanterías con plantas conservadas en líquidos, lo que llamaban «las colecciones húmedas», y se vislumbraban estrechos pasadizos que se perdían en las tinieblas.

«Sigue», se dijo, y se adentró en el pasillo que tenía a mano izquierda. Al menos aquellos especímenes no le hacían muecas en la oscuridad, como los esqueletos de los dinosaurios o los animales disecados que había en otros depósitos. Los especímenes botánicos no daban miedo.

No obstante, la monotonía de aquel lugar, la estrechez y el parecido entre todos los pasillos, así como el brillo de los frascos, que a veces parecían ojos atentos mirando desde las sombras, no contribuyeron precisamente a mitigar sus angustias.

Dio algunos pasos rápidos por el corredor, giró a la derecha, siguió caminando y encadenó dos giros más, uno a la izquierda y otro a la derecha, para ir en diagonal hacia la esquina del fondo. ¿Por qué aquellos depósitos los diseñaban así, como para desorientar? Al cabo de un rato, sin embargo, se paró. Acababa de oír algo. Al principio lo había disimulado el eco de sus propios pasos, pero ahora estaba segura.

Esperó con los oídos muy abiertos, procurando respirar con calma, pero solo se escuchaban los crujidos y chasquidos muy suaves que no paraban nunca, debidos sin duda al asentamiento del propio edificio o al sistema de ventilación.

Sintió que crecía su aprensión. ¿Y ahora por dónde debía avanzar? Con el susto se le había olvidado el rumbo que tenía que seguir en esa inmensa red de estanterías. Como se desorientase y se perdiese en aquel laberinto… Se decidió rápidamente y se metió por un pasillo que la llevó hasta la pared del depósito que buscaba. En ese momento se dio cuenta de que sí había tomado la dirección correcta. Caminó a lo largo del muro hasta alcanzar la esquina del fondo.

Ahí estaba la cámara. Parecía una antigua caja fuerte de banco destinada a un nuevo uso, y quizá lo fuese. Estaba pintada de color verde oscuro y tenía una gran rueda y un teclado con una luz roja que parpadeaba. Se acercó de inmediato, suspirando de alivio, e introdujo la secuencia numérica que había memorizado en el despacho de Jörgensen.

La luz del teclado pasó de rojo a verde. «Menos mal.» Giró la rueda y abrió la puerta, que pesaba mucho. Se asomó y enfocó la linterna frontal en varios puntos. Era un espacio pequeño, como de dos metros y medio de alto por tres de ancho, con las paredes recubiertas por estanterías de acero. Echó un vistazo a la puerta maciza. Ni loca la iba a cerrar, pues no correría el riesgo de no poder salir de ahí. Ahora bien, la ajustaría un poco por si entraba alguien en el depósito, aunque esa idea pareciera de lo más improbable.

Se deslizó por la abertura y acomodó la puerta hasta dejar solo un resquicio de unos pocos centímetros.

Sobreponiéndose al pánico, y consciente de que había que ir por partes, se concentró en las etiquetas manuscritas de los cajones, que examinó a la luz de la linterna. La catalogación variaba: había etiquetas bastante antiguas, escritas con una tinta marrón descolorida, y otras mucho más recientes, hechas con impresora láser. En el rincón del fondo, donde se acababan las estanterías, vio un par de cerbatanas antiguas apoyadas en la pared, originarias, a juzgar por la decoración de la talla, del Amazonas o de la Guayana. De una de ellas colgaba un pequeño carcaj de bambú trenzado, con varias flechas. Le extrañó verlos en esa sala porque el veneno de la mayoría de los dardos no se extraía de las plantas, sino de las ranas. Supuso que los habían guardado ahí debido a su carácter venenoso.

Poco después de reanudar la lectura de las etiquetas, encontró el cajón donde ponía MICOHETERÓTROFOS y lo abrió sin hacer ruido. Contenía varias hileras de especímenes cuya disposición se parecía un poco a la de un archivador tradicional de documentos. Las viejas muestras de plantas secas, preparadas hacía muchos años, estaban fijadas a unas hojas de papel amarillento, con unas anotaciones que servían para identificarlas. Los textos estaban escritos con una letra delgada, y todo el conjunto estaba sellado por unas placas de cristal de alta tecnología. No había muchos especímenes. En menos de un minuto encontró la *Thismia americana*.

Parecía increíble que todo estuviera saliendo tan bien. En diez minutos estaría en la calle, a condición de mantener el miedo a raya. Se dio cuenta de que estaba cubierta de un sudor pegajoso y de que no conseguía que su corazón latiera más despacio. Sin embargo, la estrategia de ir por partes le había permitido no perder la cabeza.

Había tres láminas de *Thismia*: una con las raíces, otra con el tallo y la última con flores y semillas.

Se acordó de lo que había dicho Jörgensen: «Yo nunca dejaría que destruyesen un espécimen de una planta extinta, el último en su género, por un tratamiento médico que se administra una sola vez. ¿Qué valor tiene una vida humana corriente y moliente en comparación con la última muestra que se conserva de una planta que ya no existe?». Después miró fijamente la planta, con su pequeña y blanca flor, y estuvo en profundo desacuerdo con esta postura de misántropo. Tal vez no les hicieran falta los tres especímenes. Aun así, se los llevaría todos.

Los metió con cuidado en su bolso, cerró la cremallera y se lo colgó del hombro. Después, con una cautela exagerada, apagó la linterna frontal y empujó la puerta de la caja fuerte. Al salir a la oscuridad escuchó con atención y, como todo parecía estar en silencio, salió. Cerró la puerta a tientas y giró la rueda. La luz del teclado pasó de verde a roja.

¡Listo! Dio media vuelta y encendió de nuevo la linterna.

Tenía delante la silueta oscura de un hombre. De repente una fuerte luz la cegó.

62

D'Agosta se levantó de la mesa y se desperezó. Le dolía la espalda tras estar sentado tantas horas en una silla dura de madera, y la oreja derecha por haberla apoyado en el auricular durante tanto tiempo.

Tenía la impresión de haber pasado varias horas al teléfono hablando con la oficina del fiscal del distrito para conseguir una orden de interrogatorio contra John Barbeaux. Pero ellos lo veían de otra manera: decían que la orden no estaba justificada, y menos tratándose de alguien como Barbeaux, que les amargaría la vida desde el primer momento con sus abogados.

A D'Agosta le parecía obvia la llamada «secuencia de razonamiento»: Barbeaux había contratado a Howard Rudd para que se hiciera pasar por el doctor Jonathan Waldron, y Rudd, a su vez, había utilizado a Victor Marsala para acceder al esqueleto de la señora Padgett. Barbeaux necesitaba un hueso de ese esqueleto para desmenuzar la composición del elixir de Hezekiah Pendergast, lo cual le permitiría resintetizarlo y usarlo contra Pendergast. A D'Agosta no le cabía ninguna duda de que después de dejar a Alban en la puerta de Riverside Drive, una vez el plan estaba en marcha, Rudd había matado a Marsala para no dejar cabos sueltos. Debía de haber llevado al técnico a un rincón apartado del museo so pretexto de pagarle o algo por el estilo. También parecía claro que, a continuación, Barbeaux había usado a Rudd como cebo para conducir a Pendergast a la sala de manipulación de animales del Salton Fontainebleau, donde había recompensado sus desvelos gaseándole con el elixir. El propósito de todo ello: vengar el envenenamiento de sus bisabuelos y la muerte de su hijo.

Por otra parte, aunque no estuviera seguro de ello, también creía que Barbeaux había contratado a Rudd tres años antes. Después de saldar sus deudas, le había dado una nueva cara y una nueva identidad, y le había mantenido a su servicio como un instrumento del que podía aprovecharse para toda clase de encargos nefandos. Entretanto se aseguraba la lealtad de Rudd amenazando con hacer daño a su familia. Todo encajaba.

El fiscal del distrito había desestimado la orden de interrogatorio sin disimular su desprecio, tachando la petición de conspirativa, basada en puras conjeturas y fantasías, y sin datos que la avalasen.

D'Agosta se había dedicado a buscar esos datos durante varias horas, llamando por teléfono a varios expertos en botánica y a especialistas en farmacología, pero se había dado cuenta rápidamente de que para poder sacar conclusiones harían falta pruebas, análisis, estudios ciegos y demás.

Tenía que haber una manera de sacar a relucir alguna prueba para que Barbeaux se quedara en su despacho al menos el tiempo suficiente para que Margo y Constance se pudieran salir con la suya.

«Causa probable. Qué hijos de la gran puta.» En algún sitio tenía que haber alguna pista que se le hubiera pasado por alto e indicase que Barbeaux era un delincuente. Se levantó frustrado de la mesa. Eran las nueve. Necesitaba un poco de aire fresco y despejarse la cabeza caminando. Después de echarse la chaqueta sobre los hombros, se acercó a la puerta, apagó las luces y salió al pasillo. Al cabo de unos pasos se detuvo. Quizá Pendergast tuviese alguna idea de cómo sonsacar información a Barbeaux... Pero no, seguro que estaba demasiado débil para hablar de ello. La enfermedad del agente llenaba a D'Agosta de rabia y de una sensación nauseabunda de impotencia.

En ese momento recordó que los expedientes del caso Marsala estaban en la sala al lado de su despacho. En realidad, lo que tenía que hacer era releerlos por si había tenido algún descuido. Entró en la sala que usaba de almacén suplementario.

Con las luces encendidas empezó a consultar las carpetas apiladas en la mesa de reuniones y contra las paredes. Se llevaría todo lo relacionado con Howard Rudd. Quizá Barbeaux tuviera algún vínculo con Gary, Indiana, que se pudiera…

De repente se quedó muy quieto. Sin querer, se le había ido la vista hacia la única papelera de la habitación, que contenía una sola cosa: un envoltorio arrugado de toffee de regaliz.

Los sempiternos toffees de Slade. ¿Qué leches hacía en aquella sala?

Respiró dos veces seguidas. Solo era un papel de caramelo. Además, Slade tenía autorización para acceder a la sala y consultar los documentos. De pronto, sin saber por qué, se le había despertado el instinto policial. Volvió a mirar a su alrededor con más detenimiento que antes. Había cajas y archivadores apoyados en las paredes. Los expedientes del caso estaban donde los había dejado. Era verdad que Slade debería haberle dicho que había entrado en el almacén, pero quizá Angler no quisiera que lo supiese D'Agosta. Estaba claro que Pendergast no le inspiraba mucha simpatía, y la amistad de D'Agosta con el superagente era algo conocido.

Al ir a recoger los expedientes de Rudd, le llamó la atención un poco de polvo blanco en la moqueta, en un punto cercano a la pared contigua a su despacho. Se acercó para apartar las cajas. Justo encima del zócalo había un agujero pequeño.

Se arrodilló para mirarlo más de cerca y palparlo con un dedo. Tenía aproximadamente un milímetro de diámetro. Metió un clip abierto y descubrió que no llegaba al otro lado.

Examinó de nuevo el polvo blanco de yeso. Hacía poco que habían hecho el agujero.

Un envoltorio de caramelo, un agujero reciente… No tenía

por qué haber ninguna relación. Se acordó, sin embargo, de que Slade había archivado mal la información de la policía de Albany sobre Barbeaux.

¿La carpeta procedía en realidad de la mesa de Angler? ¿Slade había llegado a enseñársela a su superior antes de archivarla mal?

«Albany.» Eso también. ¿No había dicho el sargento que Angler había ido a ver a unos parientes en el norte del estado?

Volvió al trote a su despacho y, sin tomarse la molestia de encender la luz, tecleó su contraseña en el ordenador y accedió a los expedientes sobre el personal del departamento de homicidios. Una vez localizado el de Angler, buscó la declaración exhaustiva de los parientes que tenía, un requisito obligatorio para todos los agentes de la policía de Nueva York. Ya lo tenía: su hermana, Marjorie Angler, vivía en el número 2007 de Rowan Street, en Colonie, Nueva York.

Descolgó el teléfono y marcó el número que salía en la pantalla. Sonó tres veces antes de que respondiera alguien.

—¿Sí? —dijo una voz de mujer.

—¿Marjorie Angler? Me llamo Vincent D'Agosta y soy teniente de la policía de Nueva York. ¿Está el teniente Angler?

—No, en mi casa no está.

—¿Cuándo fue la última vez que habló con él?

—A ver, déjeme que piense… Creo que hace cuatro o cinco días.

—¿Podría decirme de qué hablaron, si no es indiscreción?

—Dijo que vendría por aquí porque estaba haciendo una investigación. No tenía mucho tiempo, pero esperaba pasar a verme durante el viaje de vuelta a la ciudad de Nueva York, aunque no ha venido. Supongo que estaría demasiado ocupado, como siempre.

—¿Le dijo adónde iba?

—Sí, a Adirondack. ¿Ocurre algo?

—Que yo sepa no. Oiga, señora Angler, me ha ayudado mucho. Gracias.

—No hay de… —empezó a decir la voz, pero D'Agosta ya colgaba.

Ahora respiraba más deprisa. Adirondack, donde tenía su sede Red Mountain Industries.

Hacía varios días que Angler había ido a Adirondack. ¿Por qué no había vuelto a la ciudad? Por lo visto había desaparecido. ¿Por qué había mentido Slade sobre su paradero? ¿O se trataba tan solo de un error? ¿Y el agujero? Era justo del tamaño necesario para poner un micrófono en miniatura.

¿Había metido Slade un micrófono en la pared del despacho de D'Agosta? En tal caso habría espiado sus conversaciones telefónicas. Y no cabía duda de que también habría oído la charla con Margo y Constance.

El agujero estaba vacío. La ausencia del micrófono era señal de que el espía consideraba que ya había obtenido toda la información necesaria.

Parecía demasiado increíble para ser verdad. Slade era un corrupto. ¿Y para quién trabajaba? Solo había una respuesta: Barbeaux.

De repente adquirió mucha más fuerza el temor de D'Agosta de que Barbeaux amenazase o interceptase de alguna manera a Margo y a Constance. Barbeaux sabía lo mismo que Slade, es decir, casi todo. Más concretamente, sabría que Margo y Constance se dirigirían al Museo de Historia Natural para robar allí los especímenes de las plantas.

Volvió a echar mano del teléfono, pero titubeó mientras pensaba como loco. La situación era más que peliaguda. Acusar de corrupto a un colega… Pues más le valía tener razón.

¿La tenía? ¿Era Slade un corrupto? Pero ¡si los únicos indicios eran un envoltorio de caramelo y un documento mal archivado! No podía decirse que fueran pruebas contundentes para hundir la carrera de alguien.

En todo caso no podía llamar a la caballería, porque le tomarían por loco: tenía menos evidencias contra Slade que las que ya había rechazado el fiscal del distrito contra Barbeaux. No había vuelta de hoja. Iría personalmente hasta el museo a buscar a Margo y Constance. Podía tener razón o no, pero no había más remedio que actuar, y deprisa. Si estaba en lo cierto, las consecuencias eran tan graves que no se atrevía ni a pensarlo.

Salió volando del despacho hacia el ascensor.

63

Margo se quedó muy quieta, paralizada por aquella luz tan deslumbrante.

—Vaya, vaya… ¿Por qué será que no me sorprende?

La voz que salía de detrás de la luz era la de Frisby.

—Apague de una vez la puñetera linterna, que parece un minero.

Margo obedeció.

—Mírenla a ella, pillada con las manos en la masa, robando uno de los artículos más valiosos de todo nuestro herbario. —El tono era triunfal—. Esto ya no es un asunto interno del museo, doctora Green, sino un delito del que tiene que ocuparse la policía. Estará unos años sin ejercer su profesión, o quizá el resto de su vida.

El resplandor de luz disminuyó, y Margo pudo ver a Frisby con total claridad. El conservador jefe tendió una mano.

—Deme el bolso.

Margo vaciló. Pero ¿qué narices hacía allá abajo aquel hombre? ¿Cómo podía haberse enterado?

—O me da el bolso o me veré obligado a quitárselo.

Miró a ambos lados, buscando alguna escapatoria, pero le cerraba el paso el voluminoso cuerpo de Frisby. Tendría que tirarle al suelo, y él medía cerca de un palmo más que ella.

Frisby dio un paso, amenazante. Margo reconoció que no tenía alternativa y le entregó el bolso. Él la abrió, sacó una de las láminas de cristal y leyó con una voz estentórea:

—«*Thismia americana*». —Volvió a meterla en el bolso con cuidado—. Con las manos en la masa. Está acabada, doctora Green. Voy a decirle lo que pasará. —Sacó su móvil y se lo enseñó—. Llamaré a la policía para que la detengan. Dado que el valor de estos especímenes supera con creces los cinco mil dólares, será acusada de cometer un delito de clase C, un hurto en segundo grado, que se castiga hasta con quince años de cárcel.

Margo a duras penas entendía lo que oía. Se había quedado estupefacta, porque no era solo el final de su vida, sino también de la de Pendergast.

Frisby registró el resto del bolso, en el que hurgaba haciendo uso de su potente linterna.

—Lástima. No hay ningún arma.

—Doctor Frisby —dijo Margo inexpresivamente—, ¿qué tiene contra mí?

—¿Quién, yo? ¿Contra usted? —Abrió los ojos con sorna y volvió a cerrarlos—. Pues que es un estorbo. Con tanto ir y venir siempre molesta en mi departamento. Se ha entrometido en una investigación policial y ha incitado a los agentes a sospechar de la plantilla. Encima ahora me agradece la generosidad de darle acceso a las colecciones con un robo puro y duro. No, qué va, si yo contra usted no tengo nada…

Marcó el 911 en su móvil con una sonrisa gélida, mientras le enseñaba el teléfono a Margo.

Esperó un rato y frunció el ceño.

—La cobertura esta del carajo…

—Oiga —logró decir Margo—, es que la vida de un hombre…

—¡Ahora no me venga con excusas penosas, por amor de Dios! Menuda trampa de mal gusto le ha puesto a Jörgensen. El viejo ha entrado en mi despacho hecho una furia; hasta he tenido miedo de que le diera un infarto. Al enterarme de que usted había ido al laboratorio para pedirle que le dejara consultar una planta rara y extinta, supuse que algo tenía entre ceja y ceja. ¿Qué pensaba hacer, venderla al mejor postor? Vaya, que he bajado, he plantado una silla en el rincón del fondo y la he esperado aquí. —Su voz estaba henchida de satisfacción—. ¡Y aquí está, en el momento justo!

Sonrió de oreja a oreja, victorioso.

—Ahora la llevaré al puesto de seguridad y esperaremos a que venga la policía.

Por la mente de Margo pasaron mil ideas. Podía echar a correr, quitarle a Frisby el bolso, tirarle al suelo y escaparse, suplicar, intentar convencerle, tratar de sobornarle... Sin embargo, no había ninguna opción con posibilidades de éxito. Estaba jodida y punto. Pendergast iba a morir.

Se miraron durante un instante. Por la expresión de Frisby, Margo supo que de un hombre así no podía esperar ninguna compasión.

De golpe se alteró el rostro triunfal de Frisby; primero mostró desconcierto y después un estado de shock. Se le abrieron tanto los ojos que parecía que fueran a salirse de las órbitas; se le contrajeron los labios. Aunque abrió la boca, no articuló ningún sonido, salvo un extraño gorgoteo al fondo de la garganta. Soltó la linterna, que se apagó al chocar contra el suelo. La sala quedó a oscuras. Margo levantó instintivamente la mano y logró recuperar el bolso. Unos segundos después, oyó que el cuerpo de Frisby caía al suelo.

Acto seguido, se encendió otra luz y se hizo visible la silueta de un hombre que había permanecido oculto. Se acercó a Margo y, por cortesía, se iluminó el rostro. Era un individuo más bien bajo, de cara morena y ojos negros, con un vago esbozo de sonrisa que tironeaba las comisuras de los labios.

Exactamente a la misma hora, a las nueve y cuarto, ni un minuto más, apareció ante el número 891 de Riverside Drive un taxi. Entró por el camino de acceso y se paró con el motor en marcha a la altura de la puerta cochera de la mansión.

Pasaron dos minutos hasta que se abrió la puerta de la casa y salió Constance Greene con un vestido plisado de color ébano y toques de marfil. Llevaba en un hombro una mochila negra de nailon balístico. Bajo la tenue luz de la luna, aquel vestido tan formal, por no decir elegante, casi surtía el mismo efecto que uno de camuflaje.

Se asomó a la ventanilla del taxista y le susurró algo inaudible. Después entró a la parte trasera del vehículo y depositó la mochila a su lado. La puerta se cerró. El taxi rehízo su camino por la entrada principal y luego se fundió con el escaso tráfico nocturno que se dirigía hacia el norte.

64

El doctor Horace Stone se despertó bruscamente en la habitación de su paciente. No le gustaba hacer de enfermero, pero aquel hombre le pagaba muy bien, y su caso era insólito, apasionante. Daría para un magnífico artículo en *JAMA*. Podría escribirlo tras la defunción y la autopsia del enfermo, por supuesto, cuando tendría mejores oportunidades para diagnosticar una dolencia tan inusitada.

Un magnífico artículo, sin duda.

Vio por qué se había despertado. Los ojos de Pendergast, abiertos, clavaban en él una mirada penetrante.

—¿Mi teléfono?

—Ahora mismo.

Stone fue a buscarlo al escritorio y se lo dio. Pendergast, muy pálido, lo examinó.

—Son las 9.20. ¿Y Constance? ¿Dónde está?

—Creo que acaba de irse.

—¿«Cree»?

—Bueno —dijo Stone, nervioso—, he escuchado que se despedía de la señora Trask. Luego he oído la puerta, y fuera había un taxi que se la ha llevado.

Stone se quedó de piedra al ver que Pendergast se incorporaba. Estaba claro que empezaba una fase remisiva de la enfermedad.

—Le aconsejo encarecidamente…

—Silencio —ordenó Pendergast mientras apartaba la sábana y se ponía con dificultad en pie. Después se quitó el gotero del brazo—. Apártese.

—Señor Pendergast, no puedo permitir que salga de la cama.

Pendergast enfocó en el doctor Stone sus ojos pálidos y relucientes.

—Si intenta detenerme, le haré daño.

Aquella amenaza tan directa interrumpió cualquier posible réplica de Stone. Era obvio que el paciente tenía fiebre y deliraba. Hasta podía estar sufriendo alucinaciones. En vano había pedido Stone una enfermera. Él solo no podía manejar la situación. Abandonó la estancia mientras Pendergast empezaba a cambiarse.

—¿Señora Trask? —exclamó en voz alta. Maldita casa, tan grande…—. ¡Señora Trask!

Oyó trajinar al ama de llaves, que contestó desde abajo, al pie de la escalera.

—¿Qué pasa, doctor?

Pendergast apareció en la puerta de su dormitorio tras ponerse el traje, meter un papel en el bolsillo y deslizar su pistola en el arnés. El doctor Stone se apartó para dejarle paso.

—¡Señor Pendergast, le repito que no está en condiciones de salir!

El superagente bajó por la escalera sin hacerle caso, con unos movimientos lentos, propios de un anciano. El doctor Stone fue tras él. La señora Trask seguía abajo, asustada.

—Un coche, por favor —le pidió Pendergast al ama de llaves.

—Lo que usted diga.

—¡No puede dejar que suba a un coche! —objetó Stone—. ¿No ha visto cómo está?

La señora Trask se giró hacia él.

—Cuando el señor Pendergast nos pide algo, nunca decimos que no.

Stone dejó de mirarla para fijarse en Pendergast. A pesar de su debilidad, más que manifiesta, respondió a la mirada del médico con un vistazo tan glacial que este, finalmente, se calló. Todo ocurrió muy rápido. La señora Trask colgaba el teléfono cuando Pendergast, algo inestable, se encaminó a la entrada de la puerta cochera. Unos segundos después ya la había cruzado, y al poco rato se acercaban ya las luces del taxi.

Stone se sentó, respirando deprisa. Nunca había visto un paciente con una enfermedad mortal tan firme y resoluto.

Reclinado en el asiento trasero del coche, Pendergast sacó el papel del bolsillo y lo leyó. Era una nota de Constance, con su caligrafía antigua: la lista de los compuestos químicos y de otros ingredientes. Al lado de algunos figuraban los lugares donde podían encontrarse.

Tras leerla dos veces con detenimiento, dobló la hoja, la rompió en trozos pequeños, bajó la ventanilla y soltó los papelitos uno por uno, para que flotasen en la noche de Manhattan.

El taxi se metió por el acceso de la West Side Highway, rumbo al puente de Manhattan y la avenida Flatbush de Brooklyn.

65

Sacudiendo la cabeza, el hombre se agachó para sacar algo clavado en la nuca de Frisby.

—Qué interesante la colección que tienen por aquí —dijo mientras levantaba el objeto, del que caían gotas de sangre.

Margo reconoció un espino cerval gigante, originario de Sumatra, de quince centímetros de longitud y forma curva. Cortaba como un cuchillo y, en algunas partes de Indonesia, se usaba como arma.

—Será mejor que me presente —comentó el hombre—. Soy el sargento Slade, de la policía de Nueva York.

Metió una mano en el bolsillo de su chaqueta y sacó una identificación, que iluminó con su linterna.

Margo se la quedó mirando. La placa y el documento de identidad parecían auténticos, pero ¿quién era aquel hombre y qué hacía allá abajo? Además, ¿no acababa de… apuñalar a Frisby? Cada vez estaba más desconcertada y tenía más miedo.

—Parece que he llegado justo a tiempo —dijo Slade—. El viejo este, el conservador jefe… Frisby, le ha llamado, ¿no? Pues se ve que estaba a punto de llamar a la policía para que se la llevase. Él no sabía que la poli ya estaba aquí. Lo de la condena lo ha dicho sin tener ni idea. Le aseguro que la habrían castigado por un delito de clase E y solo le habrían puesto servicios a la comunidad. A los jurados de Nueva York les importa un bledo que roben unos especímenes mohosos de plantas en un museo.

Se agachó para examinar el cuerpo de Frisby. Rodeó con cuidado el charco de sangre que estaba brotando de la nuca. Volvió a levantarse.

—Bueno, no perdamos más tiempo —concluyó—. Ahora que estoy aquí no tiene nada de que preocuparse. Deme el bolso, por favor.

Tendió la mano, pero Margo seguía petrificada. Frisby estaba muerto. Aquel hombre le había apuñalado nada menos que con un espino cerval. Un asesinato. De repente se acordó de la advertencia de D'Agosta y lo entendió: aunque aquel sujeto fuese de la policía, estaba al servicio de Barbeaux.

El sargento Slade dio un paso con el arma letal en la mano.

—Deme el bolso, doctora Green —repitió.

Margo retrocedió.

—No haga las cosas más difíciles. Si me entrega la bolsa, me conformaré con un tirón de orejas.

Margo dio otro paso hacia atrás, sujetando la bolsa con más fuerza. Slade suspiró.

—No me está dejando alternativa —puntualizó—. Lo siento, pero, si es como quiere que lo hagamos, le esperará algo bastante más drástico que unos servicios a la comunidad.

Se puso la espina en la mano derecha, la apretó con fuerza y se aproximó a Margo. Al girarse, ella se dio cuenta de que estaba en un pasillo sin salida, con unas estanterías a ambos lados y la caja fuerte de las colecciones botánicas al fondo.

Miró fijamente al sargento Slade. A pesar de su corta estatura, se movía con facilidad, como un hombre delgado y fuerte. Vio que, además de la espina gigante, llevaba bajo la chaqueta, en el cinturón reglamentario, una pistola, gas pimienta y unas esposas.

Retrocedió un paso más y sintió en su espalda la puerta metálica de la caja fuerte.

—Será rápido —dijo Slade con un deje casi compungido—. No es que me gusten estas cosas, de verdad.

La mano que asía la espina se colocó en posición de ataque. Slade se cernía sobre Margo, listo para rebanarle el cuello con el arma.

66

—Deténgase aquí, si es tan amable.

El taxista acercó el coche a la acera. Constance Greene introdujo el dinero por la ventanilla y salió a la calle con la mochila. Se paró un momento a pensar. Al otro lado de la avenida Washington había una verja de hierro forjado, tras la que se dibujaban en la oscuridad los árboles del Jardín Botánico de Brooklyn. Aunque ya fueran las nueve y media, pasaban con frecuencia coches y peatones.

Después de colgarse la mochila en un hombro, se alisó el plisado del vestido y se apartó el pelo de la cara. Al llegar a la esquina esperó en el paso de cebra a que cambiara el semáforo y cruzó la calle.

En aquel punto, la reja que delimitaba el jardín llegaba más o menos hasta la cintura y estaba rematada con unos pinchos poco afilados. Como si estuviera dando un paseo, Constance se acercó tranquilamente a un lugar equidistante entre dos farolas, una zona en penumbra que oscurecían aún más las ramas de los árboles que colgaban sobre ella. Dejó el bolso en el suelo, sacó el móvil como si consultase algo y esperó a que no hubiera nadie a la vista. Con un solo y fluido movimiento, se aferró a dos de los pinchos, saltó y aterrizó al otro lado. Recogió la mochila por encima de la verja. Después, corriendo un poco, se escondió entre la vegetación y miró hacia atrás para ver si había llamado la atención de alguien.

Parecía todo normal.

Abrió la mochila y sacó otra más pequeña. La grande la tapó un poco con unas hojas. Luego empezó a moverse por la oscuridad. No traía linterna. La luna creciente ya se alzaba sobre los árboles. Además, después de haber vivido tantos años en los pasillos y los espacios subterráneos del número 891 de Riverside Drive, tenía los ojos particularmente adaptados a la penumbra.

Se había descargado un mapa del Jardín Botánico de Brooklyn a través de la web de la institución y lo había memorizado con pelos y señales. De pronto se encontró con una pared de arbustos muy tupidos. Se abrió camino por ella hasta salir a un rincón aislado del llamado «jardín de Shakespeare». Pisoteando un denso macizo de lirios, que al ser aplastados la inundaron con su aroma, llegó a un camino de ladrillos que discurría sinuosamente entre las plantas. Se paró otra vez a escuchar. Todo estaba oscuro y en silencio. Como no tenía la menor idea del tipo de medidas de seguridad que protegían el recinto, se movía con mucha precaución y recurría por instinto a unas habilidades perfeccionadas durante sus vagabundeos infantiles por el puerto de Nueva York, cuando robaba comida y dinero.

Siguió avanzando al margen de los recorridos principales. Pasó al lado de un macizo de prímulas y de un seto que seguía un muro bajo de piedra. Escaló la pequeña pared y llegó al borde del camino principal que llevaba a la Casa de las Palmeras, un majestuoso edificio de estilo toscano que albergaba la Casa del Agua. Allí encontraría la tristeza de Hodgson, pero el camino de acceso era muy ancho y demasiado iluminado, así que esperó entre los arbustos, sorprendida por la falta de vigilantes. Se le ocurrió que podía ser una prueba de que, tal como le había advertido Pendergast, Barbeaux se le había adelantado y había neutralizado la seguridad.

Era bueno saberlo.

Por otra parte, no era un museo de arte, sino un jardín botánico. Tal vez no hubiera vigilancia nocturna.

Pasó entre el jardín de las Fragancias y el jardín japonés de la

Colina y el Estanque, sin abandonar la oscuridad de las plantas. Corría una brisa nocturna con aromas de madreselva y peonía. Al dirigirse a un espeso macizo de azaleas, vio al fondo la plaza de las Magnolias, con los árboles ya en flor. Al otro lado estaban las aguas del estanque de los Nenúfares, que reflejaban la luz de la luna.

Durante su examen del mapa del jardín botánico había dibujado mentalmente la ruta que debía seguir. La mejor manera de entrar sería por uno de los laterales de la elegante Casa de las Palmeras, que en gran parte había cambiado su función de invernadero por la de espacio que servía para acoger actos sociales. Era un edificio con grandes ventanas sin compartimentar. En cambio, los invernaderos más modernos tenían las aberturas más pequeñas, algunas de doble cristal.

Cruzó a toda velocidad la plaza de las Magnolias para guarecerse en la sombra que proyectaba una de las largas alas de la Casa de las Palmeras. La antigua y majestuosa construcción victoriana se componía de una cúpula central y dos alas acristaladas. Se detuvo a mirar por una ventana. Aquella parte de la Casa de las Palmeras estaba decorada para una boda elegante, que parecía programada para el día siguiente: mesas largas con manteles blancos, cubertería opulenta, candelabros, cristalería y velas. A simple vista no se apreciaba ningún sistema de seguridad. Se puso de rodillas y dejó la mochila en el suelo; sacó de un bolsillo exterior una pequeña cartera de piel, de la que a su vez extrajo un cortavidrios y una ventosa. Tras fijar esta última en el centro de un cristal grande, realizó con cuidado una incisión por el perímetro. Con unos cuantos golpes secos se desprendió el cristal. Lo dejó cuidadosamente en el suelo, dejó la mochila al otro lado del hueco y a continuación se deslizó por él, recogiéndose el vestido para que no se le enganchara.

Después de recoger el bolso se abrió pasó entre las mesas y, cruzando la gran cúpula central de vidrio, así como una pista de baile con parquet, se dirigió al ala del fondo. Vio una puerta y, al acercarse, comprobó que estaba abierta. Había hecho todo el recorrido muy atenta, por si tenía que batirse en retirada a gran velocidad en cuanto se disparase alguna alarma, pero la Casa de las Palmeras seguía oscura y en silencio.

Empujó la puerta entreabierta, escuchó, miró y entró. Era el Museo de Bonsáis, supuestamente el mayor del mundo fuera de Japón. Su destino estaba al otro lado: la Casa del Agua y la colección de orquídeas.

Con los árboles enanos colocados sobre pedestales y dispuestos en hileras a lo largo de la pared frontal y la del fondo, así como con un gran espacio abierto a modo de pasillo, el Museo de Bonsáis brindaba pocos escondites. Constance se detuvo. Seguía sin tener indicios de la presencia de medidas de seguridad o de Barbeaux. La temperatura era algo más baja en el interior. Se oía el suave zumbido de los ventiladores que colgaban del techo.

Caminando deprisa, pasó al lado de los retorcidos arbolillos y se detuvo frente a la siguiente puerta. Tampoco estaba cerrada con llave, y vaciló un poco al abrirla. El silencio era total. Entró y se encontró en un vestíbulo. Tenía a mano derecha el complejo de invernaderos Steinhardt, con un enorme pabellón tropical. Justo enfrente estaba la entrada de la Casa del Agua.

Atravesó con sigilo el oscuro vestíbulo hasta llegar a las dos puertas de cristal que daban acceso a la Casa del Agua. Ambas estaban cerradas. Se acercó a la que tenía más cerca y se agazapó para mirar al otro lado.

Todo estaba en silencio. Después de realizar un minucioso examen del espacio de detrás de las dos puertas, sus ojos distinguieron la silueta casi imperceptible de un hombre que no se movía. Veía su reflejo en una lámina de agua que brillaba a la luz de la luna. En la mano del hombre se dibujaba una pistola.

Así que Pendergast tenía razón. Resultaba chocante que el tal Barbeaux estuviera informado de su llegada. Constance solo le había comentado el plan a Margo. Estaba claro que alguien había dado el chivatazo. Entre ellos había algún traidor. Barbeaux sabía que Constance iría a aquel invernadero en busca de la planta y la estaba esperando.

Pensó en Margo y en su misión en el sótano del museo. ¿Lo sabría también Barbeaux? Por supuesto. Esperó que a Margo la mantuviese fuera de peligro su exhaustivo conocimiento de los rincones más secretos del museo.

Mientras cambiaba muy lentamente de postura divisó otra silueta borrosa. Tenía un rifle de asalto colgado de los hombros.

Saltaba a la vista que eran militares profesionales armados hasta los dientes. Si bien resultaba alarmante, tampoco era de extrañar, habida cuenta de las actividades de Red Mountain... Barbeaux no había dejado nada al azar.

Constance tenía claro que el invernadero de detrás de la puerta era muy grande y se dio cuenta, incluso a oscuras, de que estaba repleto de vegetación. Si desde aquel punto distinguía a dos hombres, seguro que había más; podían ser muchos, aunque ella no les viera. ¿Por qué se concentraban todos en aquel lugar?

Era evidente que Barbeaux estaba resuelto a impedir que alguien se llevase la planta. Quería asegurarse de que Pendergast sufriera la muerte más larga, prolongada, dolorosa y... apropiada. Esto suscitaba otra pregunta: ¿por qué estaban ahí todos esos hombres? Habría sido mucho más fácil extraer de su sitio el espécimen de tristeza de Hodgson, o destruirlo e irse. ¿A qué venía la emboscada?

Solo había una respuesta posible: sabían en qué edificio estaba la planta, pero ignoraban el nombre de esta última. Al margen de cómo hubieran conseguido la información, era incompleta.

Durante un repaso mental del mapa del jardín se acordó de que la Casa del Agua tenía otro nivel al que se accedía por una escalera en el vestíbulo; desde ahí los visitantes podían tener un panorama completo de aquella selva húmeda. Sopesó la posibilidad de subir para hacer un reconocimiento, pero después cayó en la cuenta de que en el entrepiso también habría como mínimo un vigilante.

Eran demasiados. No podía enfrentarse al mismo tiempo con todos. Tendría que entrar furtivamente y llevarse la planta delante de sus propias narices. De Barbeaux ya se ocuparía más tarde. Era una opción desagradable, pero no había otra.

Ahora lo principal era el sigilo, y eso significaba que la mochila se había convertido en un estorbo. Se metió el cortavidrios y la ventosa en un bolsillo del vestido y escondió el bolso debajo de un banco. Acto seguido, regresó en silencio a las dos puertas de cristal e intentó imaginarse dónde estaban escondidos los hombres de Barbeaux. De no ser por la presencia de estos sujetos, podría haber encontrado la planta en cuestión de minutos.

Ahora ya no sería tan fácil.

Volvió al vestíbulo avanzando lo más pegada posible a las paredes. La puerta de la entrada principal estaba cerrada con llave. Rehízo su camino a mayor velocidad por el Museo de Bonsáis, la nave central de la Casa de las Palmeras, el ala del fondo y el cristal cortado. Después rodeó el estanque de los Nenúfares y se resguardó en la oscuridad que le ofrecían unos grandes arboretos. Finalmente se acercó a la pared trasera de la Casa del Agua, esquivando el pabellón tropical. Los cristales de las ventanas eran más pequeños que en la Casa de las Palmeras, pero no tanto como para no poder deslizarse a través de ellos. En esa zona no había ninguna puerta. No se esperarían que entrase por ahí.

Escuchó, agazapada. Nada. Fijó la ventosa a un cristal y empezó a cortarlo. En un momento dado, la cuchilla emitió un sonido agudo. Paró enseguida. Alrededor del Jardín Botánico de Brooklyn había mucho ruido: bocinas lejanas, aviones que sobrevolaban la ciudad… Todo el latir de la gran urbe. Aun así, el chirrido del cortavidrios había sido demasiado llamativo y seguro que dentro de la Casa del Agua había sonado con más fuerza.

Justo entonces vio, tal como esperaba, una silueta oscura que se aproximaba sigilosamente para averiguar la causa del ruido. El hombre miró por todas partes con el arma a punto. Constance sabía que allá fuera, en la oscuridad, no podía verla. Al cabo de un rato, el hombre se confundió otra vez con el follaje, seguro de que no había sido nada.

Mientras esperaba, Constance se replanteó la manera de entrar. Si lo hacía sin romper o cortar ningún cristal, disminuiría mucho el riesgo de que la descubriesen.

Se agachó y avanzó a lo largo de la pared, palpando los cristales. Algunos estaban un poco sueltos. Los marcos de bronce se resentían con la corrosión, sobre todo donde se juntaban con la base de cemento.

Siguió agachada, probando los cristales hasta que encontró uno más suelto que los demás. Al inspeccionar la moldura descubrió que, en el borde inferior, estaba casi toda corroída.

Pasó el cortavidrios por debajo del delgado marco y empezó a hacer palanca hacia fuera. El bronce cedía con facilidad. La capa de herrumbre se caía a trozos. Deslizó el cortavidrios con lentitud, sin apretar demasiado para que el cristal no se rompiera. Varios minutos después, la moldura quedó tan holgada que Constance se arriesgó a aplicar la ventosa. Sin embargo, el cristal se resistía, no podía extraerlo. Solo quedaba una zona del marco por doblar. Cortó durante algunos segundos más, logró retirar el cristal y recibió una corriente de aire húmedo que olía a flores.

Se metió por el hueco.

La separaba de los hombres una espesa pared de orquídeas colgantes. Recordó gracias al mapa que era la colección de orquídeas, que ocupaba el fondo de la Casa del Agua. Detrás había una pasarela curvada con una doble barandilla y, más lejos, el gran estanque interior, donde tenía que estar la tristeza de Hodgson.

Se paró a pensar. El follaje alrededor era muy denso. La elección de un vestido largo y negro con acentos blancos había resultado indicada como camuflaje, pero sería un obstáculo para su próxima labor, que consistía en arrastrarse por unos espacios reducidos. Lo peor de todo, sin embargo, era que podía engancharse en alguna rama y causar un ruido inoportuno. Frunció el ceño, molesta, y se quitó el vestido por los hombros. Debajo llevaba una blusa negra. También se quitó los zapatos y las medias, de forma que se quedó descalza. Acto seguido, hizo una bola con la ropa y la guardó junto con los zapatos detrás de un arbusto. Se acercó a gatas a la espesa cortina de orquídeas, introdujo una mano con extrema lentitud y la apartó un centímetro.

El camino para visitantes recibía la luz de la luna. Sin embargo, como esta no estaba tan alta en el cielo, se extendían negras sombras entre las matas. No había ninguna otra manera de llegar al estanque central. Tendría que cruzar aquel camino. Mientras hacía un alto para analizar la situación, logró identificar a otros tres hombres de pie en la oscuridad. Guardaban un silencio absoluto. Lo único que se movía eran sus cabezas, que giraban hacia ambos lados, atentas y a la escucha.

No sería fácil eludir a aquellos individuos, pero no hacerlo equivalía a que muriera Pendergast.

El suelo estaba húmedo, mojado y embarrado. Aunque la blusa de Constance fuera negra, las partes desnudas de su cuerpo eran pálidas y fáciles de detectar. Se llenó las manos de fango y se embadurnó la cara, los brazos y las piernas. Cuando consideró que ya se había tapado por entero, volvió a avanzar centímetro a centímetro, separando las orquídeas con una cautela infinita. Lo invadía todo un olor a tierra húmeda, flores y vegetación. Después de cada movimiento hacía una pausa. De pequeña, en los muelles cercanos a Water Street, había recurrido muchas veces a la misma estrategia para robar pescado: moverse de forma tan gradual que nadie se fijara. Claro que entonces era muy pequeña y ahora, una mujer adulta.

En pocos minutos logró avanzar tres metros. En ese momento estaba de bruces en medio de unos helechos tropicales. El siguiente paso era cruzar una baranda baja y después la pasarela. Desde donde se encontraba veía a varios de los hombres de Barbeaux, pero no cabía duda de que había más. En algo sí tenía ventaja: en que estos no sabían que ella ya estaba dentro y entre ellos. Parecían muy concentrados en la entrada y en la salida de emergencia situada al fondo.

Una nueva serie de movimientos furtivos le permitió ponerse detrás de una gran placa, igualmente resguardada bajo la oscuridad. El quid sería cruzar la pasarela. No podía hacerlo muy despacio ni arrastrándose. Tendría que lanzarse cuando no mirase nadie.

Se mantuvo atenta y a la espera. De pronto oyó el susurro de una radio y una voz que murmuraba. Le siguió otra voz en otro sitio, y luego una tercera. Eran las diez menos cuarto. Se estaban sincronizando.

En un minuto revelaron sus posiciones, al menos los que estaban en la parte del fondo del invernadero. Constance contó cinco en total, aunque calculó que solo tres estaban bastante cerca como para poder fijarse en ella cuando se deslizase por la pasarela.

Miró hacia arriba. La luna, más alta ya en el cielo, bañaba el invernadero de una luz inconveniente. Tardaría casi toda la noche si decidía alcanzar el estanque sorteando los árboles a escondidas. Por suerte, había algunas nubes, y vio que una de ellas taparía la luna dentro de unos tres minutos.

Cerró los ojos. Si los abría como platos, la membrana blanquecina del globo ocular podía delatarla. Esperó mientras contaba. Pasaron tres minutos. Entreabrió los párpados y vio que la nube se pintaba de blanco al acercarse a la luna. Cayó una sombra en el invernadero. Oscureció.

Había llegado la hora de la verdad. Levantó despacio la cabeza. No podía saber hacia dónde miraban sus adversarios porque se habían confundido con la oscuridad. Ahora el invernadero estaba muy oscuro, más que en ningún otro momento. Tenía que arriesgarse.

Mediante un movimiento ágil y de gran fluidez se puso en cuclillas, pasó por encima de la baranda, cruzó corriendo la pasarela y puso cuerpo a tierra bajo un gran árbol tropical, alfombrado de orquídeas. Se quedó muy quieta, osando apenas respirar. Todo estaba en silencio. Poco después volvió a verse la luna. No se había movido nadie. No la había visto nadie.

Ahora al estanque, a por la planta.

Sintió el roce apenas perceptible de algo frío en la nuca.

—No se mueva —dijo alguien en voz baja.

67

Margo se hizo a un lado en el mismo momento en que se le echaba encima el hombre con el espino cerval, que desgarró su chaqueta y le hizo un rasguño en el hombro. Aterrizó en el suelo y se quedó atascada entre varias estanterías, sin poder moverse; su linterna frontal se había perdido en la oscuridad. Slade dio un paso. Margo permaneció tirada en el suelo, a los pies del policía, que no perdió la calma.

—Lo único que consigue es ponerlo más difícil.

El brazo que tenía apoyado en la espalda estaba en contacto con algo frío. Comprendió que era un tarro de especímenes, uno de los que había en la repisa más baja de la estantería.

—Oiga, que yo solo quiero la planta que se ha llevado. —El hombre procuró adoptar un tono razonable—. No hace falta que se acabe así la cosa. Si me la da, dejaré que se vaya.

Margo no dijo nada. Era un mentiroso. Ella, por su parte, no veía escapatoria, por mucho que se devanara los sesos.

—Será mejor que colabore porque no tiene ninguna posibilidad de librarse de mí.

Miró detrás de Slade, hacia la puerta de la colección de botánica, que era por donde había entrado.

—Ni se le ocurra salir corriendo —intervino él—. Después de acceder al depósito del edificio Seis, he cerrado con llave y he bloqueado la cerradura con una navaja rota para que no entrase nadie más. Estamos solos aquí dentro.

En su rostro alargado se formó una extraña sonrisa.

Margo pensó con todas sus fuerzas, tragándose el miedo. Se acordó vagamente de una salida que había al final del sótano del edificio Seis. Se estrujó las meninges tratando de recordar los pasillos que conducían hasta allí. Si conseguía dejar atrás a Slade, podría ir hacia la salida trasera y, de paso, despistarle. A fin de cuentas, conocía todos los entresijos del museo, y él no…

—Y tampoco se le ocurra intentar llegar a la salida trasera. La verdad es que domino estos pasadizos subterráneos casi tan bien como usted.

Se quedó de piedra. Parecía que le hubiera adivinado el pensamiento, aunque lo de conocer el sótano del museo tenía que ser otra mentira.

—Que sí, que me conozco este museo como la palma de la mano —dijo él—. Ojalá no fuera así, porque eso me destrozó la vida. Verá, no he sido siempre policía. Antes era agente del FBI. Segundo de mi promoción en la academia. Mi primera misión como agente de campo fue ponerme al frente de un puesto de mando avanzado, aquí en el museo, y ayudar a que se inaugurase sin ningún problema una exposición que tenía que ser la bomba. ¿Sabe de qué exposición le hablo, Margo? Debería saberlo, porque usted también estaba.

Margo se lo quedó mirando. Slade… Slade… Tenía el vago recuerdo de haber oído su apellido doce años atrás, durante las secuelas de aquella horrible noche en que el museo se había convertido en un matadero. No había llegado a ver su cara. ¿Podía tratarse de la misma persona?

—¿Es usted… Slade?

Él parecía complacido.

—Exacto. La exposición *Supersticiones*. Tuve la mala suerte de que el contingente del FBI estuviera al mando del agente especial Spencer Coffey. Aquel evento no salió muy bien, ¿verdad? ¿Cuántos murieron? ¿Veintiséis? Fue una de las grandes cagadas de la historia del FBI, tan gorda que el castigo ejemplar no se lo llevó solo Coffey, sino todos los demás. A él le trasladaron a Waco, y a mí y al resto nos destituyeron. Desde entonces llevaba un sambenito. Suerte tuve de entrar en la policía de Nueva York. Pero he seguido cargando con el sambetino. ¿Por qué cree que un hombre con mi antigüedad y mi experiencia todavía es sargento?

El amargo discurso le había dado tiempo a Margo de ordenar sus ideas. Procuró que Slade siguiera hablando.

—¿Y su reacción ha sido dejarse sobornar? —preguntó—. ¿Así de sencillo?

—Yo no tuve nada que ver con aquel desastre de la exposición. En realidad, cuando llegué al lugar de los hechos, ya había pasado todo, pero me echaron igualmente a las fieras sin pensárselo dos veces. Con cosas así se vuelve uno... ¿Cómo se lo diría? Receptivo a mejores ofertas. Con el tiempo me hicieron una, y aquí estoy.

Slade se inclinó, aferrado al espino cerval. Margo se dio cuenta de que intentaría clavárselo otra vez en el cuello. Cerró los dedos alrededor del tarro de especímenes que tenía detrás y, justo cuando Slade se disponía a apuñalarla, le asestó una fuerte patada en el tobillo, que le hizo perder el equilibrio. Slade se echó un momento a un lado para recuperarlo. Entonces Margo alzó el tarro y se lo estampó en la cabeza. Al romperse lo llenó todo de alcohol etílico, y Slade cayó de rodillas. Margo se puso en pie, saltó por encima de él y se fue corriendo por el pasadizo, con el bolso apretado entre el brazo y el pecho. A sus espaldas, Slade se levantó con un alarido de rabia.

A Margo el pánico le daba fuerzas y claridad mental. Corrió entre las estanterías e irrumpió en otro pasillo. Después giró a la izquierda, hacia la salida trasera del edificio Seis. La extraña distribución del sótano del museo hacía que el camino no fuera en línea recta, sino que hubiera que pasar por toda una serie de almacenes. Ya oía a Slade, que corría tras ella jadeando, haciendo mucho ruido con los zapatos en el suelo de cemento. Cada vez le tenía más cerca.

68

Constance se quedó muy quieta, de bruces en el barro. Una luz tenue se movía sobre ella. Oyó el murmullo de los hombres que se comunicaban entre sí y sintió que fraguaba en su interior una extraña mezcla de remordimiento y pena, pero sobre todo rabia; no porque estuvieran a punto de matarla, puesto que nada le importaba su propia vida, sino porque ser descubierta significaba la muerte de Pendergast.

Oyó unas pisadas suaves, seguidas por una voz distinta.

—Levantadla —dijo la voz.

Volvieron a tocarla en la nuca.

—Levántese. Despacio.

Se puso en pie. Tenía delante a un sujeto alto, de porte militar, con un traje oscuro de hombre de negocios. Su cara, iluminada por la débil luz lunar, era grande y severa, con los pómulos marcados y la mandíbula ancha y prominente.

Barbeaux.

Por unos instantes, la concentración de Constance se redujo a un sentimiento feroz, de tan apabullantes como eran el odio y el aborrecimiento que sentía por aquel individuo. Permaneció inmóvil mientras Barbeaux la recorría con la luz.

—Menuda facha —se burló él con una voz ronca.

Entretanto habían aparecido algunos hombres más sin hacer ruido. Se apostaron alrededor de Constance y todos iban muy armados. Tenían controladas todas las salidas. Constance sopesó la posibilidad de arrebatarles uno de sus fusiles, pero habría sido inútil, lo sabía; además, aquellas armas automáticas le eran desconocidas. Por otro lado, Barbeaux no parecía de los que se dejaban sorprender o reducir fácilmente. Le rodeaba un aura cruel de sosiego, inteligencia y atención que Constance solo había encontrado dos veces antes: en su primer tutor, Enoch Leng, y en Diogenes Pendergast.

Finalizada su inspección, Barbeaux tomó de nuevo la palabra:

—Conque este es el operativo que manda Pendergast como ángel vengador. Cuando me lo dijo Slade, no me lo creía.

Constance no reaccionó.

—Quiero saber el nombre de la planta que busca.

Ella siguió sin apartar la vista de él.

—Ha venido en un último y desesperado intento de salvar a su adorado Pendergast, pero ya ve que nos habíamos adelantado. Aun así, me impresiona lo lejos que ha conseguido llegar en esta absurda misión antes de que le hayamos dado caza.

Constance le dejaba hablar.

—Ahora Pendergast está en su lecho de muerte, y no se imagina el placer que me da que sufra. Su enfermedad es algo único: una mezcla de un dolor físico insoportable con la conciencia de estar volviéndose loco. La conozco muy bien porque la he visto.

Barbeaux se calló mientras miraba el cuerpo manchado de barro de Constance.

—Tengo entendido que el agente Pendergast es su «tutor». ¿Qué quiere decir eso exactamente?

Silencio.

—No comenta nada, pero le delatan los ojos. Me doy cuenta de que me odia. El odio de una mujer al asesino de su amado. Qué conmovedor. ¿De cuánto es la diferencia de edad? ¿De veinte o veinticinco años? Qué asco. Podría ser su hija.

Constance no bajaba la vista. La mantenía fija en los ojos de Barbeaux.

—Qué chica más valiente. —Suspiró—. Necesito el nombre de la planta que busca, pero ya veo que hay que convencerle.

Levantó una mano y le tocó la cara. Constance no se inmutó ni se apartó. La mano de Barbeaux bajó por el barro del cuello y se deslizó por la blusa, rozando un pecho a través de la seda.

Con la rapidez de una serpiente al ataque, Constance le dio una fuerte bofetada.

Barbeaux retrocedió, jadeante.

—Sujetadla.

Dos hombres la tomaron de los brazos, uno a cada lado. Uno de ellos tenía la cabeza rapada y el otro, el pelo hasta los hombros. Constance no se resistió. Barbeaux avanzó un paso, volvió a tender la mano y la cerró alrededor de un pecho.

—Lástima que no esté Pendergast para ver cómo maltratan a su juguetito. Bueno, dígame de una vez el nombre de la planta.

Se lo apretó con fuerza. Ella se mordió el labio para aguantar el dolor.

—El nombre de la planta.

Barbeaux le hizo daño una vez más. Constance soltó un breve grito, pero se refrenó enseguida.

—No nos moleste con arranques de histeria, que no le servirán de nada. La poca seguridad que había la hemos neutralizado. Estamos a nuestras anchas.

La mano de Barbeaux bajó un poco más y levantó la blusa.

—Qué cuerpo más joven y terso. Me imagino perfectamente a Pendergast amasándolo a placer como un pretzel.

Soltó la blusa y se quedó mirando a Constance un momento. Después volvió a retroceder y le hizo una señal con la cabeza al rapado, que se giró hacia Constance y le dio dos bofetadas en la cara.

Constance lo aguantaba todo en silencio.

—Traed la picana —ordenó Barbeaux.

El hombre del pelo largo buscó en una bolsa pequeña que llevaba al hombro y sacó un artilugio de aspecto peligroso, de algo más de medio metro de largo, con el mango de goma, un resorte de metal en el centro de la barra y dos pinchos plateados en la punta. Una picana eléctrica para ganado. La acercó a la cara de Constance.

—Amordazadla —dijo Barbeaux—. Ya sabéis que no soporto los gritos.

De la misma bolsa sacaron un rollo de algodón y otro de cinta americana. El sujeto rapado le dio a Constance un puñetazo por sorpresa en la barriga y, aprovechando que su cuerpo se doblaba, le metió el algodón en la boca. Luego sujetó la mordaza con la cinta adhesiva, tras darle un par de vueltas alrededor de la cabeza. Después se apartó, y su compañero preparó la vara eléctrica. El resto de los hombres formaron un círculo oscuro y silencioso alrededor de la escena, que observaban con gran atención.

Mientras el rapado sujetaba a Constance por los brazos, el del cabello largo le hundió la picana en la barriga. Vaciló un poco y, con una sonrisa torcida, pulsó el botón que activaba la corriente eléctrica. Constance se retorció de dolor, con toda la musculatura contraída, mientras el rapado la sujetaba con ambas manos. Le salió por la nariz un ruido sordo de angustia, pese a todos sus esfuerzos por seguir en silencio.

El hombre de la melena apartó la vara.

—Otra vez —dijo Barbeaux—. Cuando esté lista para hablar, ya nos lo hará saber.

Constance trató de incorporarse. El hombre movió provocativamente la picana, lista para otra descarga. De repente se lanzó hacia Constance y le aplicó el aparato entre los pechos, mientras volvía a apretar el gatillo. Ella se agitó, enloquecida de dolor, pero esta vez no emitió ningún sonido. El sujeto volvió a apartar la picana.

Constance hizo lo posible por incorporarse.

—A esta potra hay que domarla a base de bien —puntualizó Barbeaux.

—Quizá —dijo el rapado— necesite que le estimulen alguna zona más sensible.

Barbeaux asintió con la cabeza, tendió la mano y levantó la blusa. El de la vara eléctrica se acercó con una sonrisa.

Justo entonces se oyó un disparo y, un segundo después, la cabeza del hombre de la melena salió volando. Giró por los aires, y la sangre y la materia gris formaron una nube roja y grisácea.

Los otros hombres reaccionaron enseguida arrojándose al suelo; el rapado arrastró consigo a Constance. A la vez que se ponían todos a cubierto, sonaron otras dos detonaciones muy seguidas. Un sujeto se dobló con las manos en la barriga, gritando, mientras otro, que ya estaba en el suelo, recibía un balazo en la espalda y se retorcía con un grito de dolor.

Constance intentó zafarse del hombre con la cabeza rapada, pero aún sufría convulsiones musculares por las descargas eléctricas, y él la sujetaba con mucha fuerza. Vio que Barbeaux era el único que seguía de pie. Se había guarecido sin perder la calma detrás de un tronco grande.

—Un solo tirador —dijo—. En el entrepiso. Maniobra de flanqueo.

Hizo señas a tres sujetos, que se levantaron de un salto y desaparecieron. Permanecieron en la sala Constance, Barbeaux, el rapado y otro individuo, rodeados de los tres cuerpos retorcidos que se desangraban entre las orquídeas. Constance oyó varios disparos más y alzó la vista. Barbeaux sacó una radio de su cintura y dio nuevas órdenes; iban dirigidas a los hombres apostados fuera del invernadero. Al escuchar las voces por la radio, Constance calculó que Barbeaux aún tenía cerca de diez individuos armados tanto dentro como alrededor de la Casa del Agua. Ella le observó con los ojos entornados. ¿Qué estaba sucediendo? ¿El teniente D'Agosta había deducido de alguna manera su paradero y había llegado con la policía?

El rapado la obligó a pegarse al suelo.

—No se mueva, joder —dijo.

Desde detrás del árbol, Barbeaux seguía desgranando órdenes con mucha calma. Durante un momento todo quedó en silencio. Después se oyó otra serie de disparos algo más lejos, dentro del complejo de invernaderos, seguida por un ruido de cristales rotos. En la radio de Barbeaux se escuchaban voces agitadas.

Tendida en el barro, Constance recuperaba poco a poco el aliento. Barbeaux había dicho que era un solo tirador, pero, si se trataba de D'Agosta, habría traído refuerzos. En todo caso era posible que Pendergast, a fin de cuentas, no estuviera perdido…

Más voces atropelladas por la radio, hasta que Barbeaux se giró hacia el hombre rapado.

—Levántala. Ya puedes quitarle la mordaza; han pillado al tirador. Es Pendergast.

69

Margo llegó a la puerta del primer almacén y rezó mientras metía la llave maestra en la cerradura. Giraba. La abrió de par en par
y, sin respiración, entró. Justo cuando iba a dar un portazo, apareció Slade. Él se lanzó contra la puerta y logró entreabrirla, pero
Margo contrarrestó la presión con todas sus fuerzas. Slade repitió la embestida, y ella resistió de nuevo.

Aquella situación no duraría mucho. De aquel pulso saldría
ella perdedora. Además, el sargento podía disparar a través de la
abertura.

Cuando él volvió a atacar, ella abrió la puerta de golpe, y
Slade cayó de bruces a sus pies. Margo le dio una fuerte patada
en la cabeza y se fue corriendo por la oscuridad del almacén. Le
oía a sus espaldas, resoplando de dolor. Ella había perdido la
linterna, pero él aún tenía la suya; la luz pasó de largo en el momento en que Margo derrapó en una de las esquinas de las estanterías. Mientras avanzaba deprisa por un par de pasillos, se fijó
en que las baldas estaban cubiertas por grandes tarros de cristal.
Cada uno contenía un globo reluciente y mucilaginoso, de mirada fija, grande como una bola de bolera: era la legendaria colección de ojos de ballena del museo.

Metió una mano en el bolso sin dejar de correr y sacó el teléfono para mirarlo. Lo que esperaba: no tenía cobertura. Los
gruesos muros del sótano bloqueaban cualquier tipo de cobertura de telefonía móvil.

Margo era una buena corredora y estaba en forma, pero Slade al parecer también. Asimismo comprendió que de aquella competición tampoco saldría vencedora. Tenía que encontrar la manera de detenerle o de lograr que, como mínimo, fuera más despacio. ¿Por qué no disparaba? Tal vez el ruido fuese un riesgo demasiado alto. Era, sin la menor duda, un hombre precavido; nunca se sabía quién podía merodear por el sótano incluso a altas horas de la noche.

Aprovechó que al fondo del pasillo había unos interruptores para encenderlos todos al pasar; se haría visible, era verdad, pero, ya que Slade no usaba la pistola, neutralizaría su ventaja con la linterna. En cuanto parpadearon los fluorescentes, Margo dio media vuelta y corrió en sentido contrario por el pasillo lateral. Oía a Slade al otro lado de las estanterías. De pronto tuvo una idea: se paró frente a uno de los armarios y, con las dos manos, lo empujó hacia delante; logró que se deslizaran un grupo de tarros de especímenes, que cayeron justo frente a Slade. Mientras Margo reanudaba la carrera, sin embargo, oyó que su perseguidor saltaba por encima de los enormes y blandos globos oculares que rodaban por el piso. Solo le había frenado un poco. Quizá pudiera tirarle encima toda la estantería… No, pesaba demasiado y estaba atornillada al suelo.

Eran varias las puertas que comunicaban esa sala, en la que guardaban los ojos de ballena, con otras zonas de almacenamiento, pero solo una llevaba a la salida trasera del edificio Seis. Slade recortaba distancias, mientras que Margo seguía igualmente lejos de la vía de escape. Y, para colmo de males, a esas horas de la noche quizá esa salida de la parte posterior del edificio estuviese bloqueada por dentro. Ella fue derribando más tarros al pasar. ¿Y si prendía fuego al alcohol etílico? No, no llevaba mechero en el bolso; además, podía incendiarse toda la sala, y quemarse ella dentro.

Al final del siguiente pasillo cambió de dirección y derribó más frascos, que cayeron al suelo, a sus espaldas. Los enormes ojos de ballena rodaban por todas partes y dejaban un rastro de alcohol y babas. Slade dijo una palabrota al resbalar con una de las muestras, pero evitó caerse apoyándose en una estantería. Sin embargo, más tarros se cayeron abajo, y toda la sala olía a formol. Slade se incorporó enseguida, pero Margo había ganado unos segundos. Recorrió un par de pasillos más y finalmente, ya sin respiración y con las piernas doloridas, reconoció la puerta que llevaba a la salida del edificio Seis; por desgracia, Slade estaba tan cerca que le daría alcance antes de que pudiera introducir la llave en la cerradura.

Al lado de la puerta había un extintor.

Mientras oía acercarse las pisadas, lo arrancó de su soporte, dio media vuelta y golpeó con él a Slade, que se cayó al suelo tras un impacto en el plexo solar. Cuando el policía empezó a levantarse entre gruñidos, Margo sacó la clavija, apuntó con el tubo y disparó un chorro de espuma hacia la cara del sargento, a bocajarro. Slade intentó apartar el rostro mientras agitaba las manos en un vano esfuerzo por quitarle a Margo el aparato.

—¡Zorra! —exclamó tratando de levantarse y dando manotazos contra el chorro blanco que seguía recibiendo en la cara—. ¡Ahora sí que te mato!

Quiso lanzarse sobre ella, pero resbaló y se cayó otra vez de bruces. Margo aprovechó la oportunidad y le golpeó en la cabeza con el extintor.

Slade gimió y se quedó callado, inconsciente, medio cubierto de espuma, con los ojos en blanco.

Margo se paró a pensar con todas sus fuerzas. Ahora que Slade estaba inmóvil, otro golpe contundente en la cabeza le aplastaría el cráneo. Levantó el extintor..., pero no fue capaz y lo tiró al suelo. Aún tenía el bolso. Menos mal. Se iría corriendo y santas pascuas. Pero ¿por dónde? Si continuaba hacia la salida trasera, tendría que cruzar bastantes salas más. Probablemente las puertas de acceso estuvieran cerradas con llave y, en algún caso, la llave maestra podía fallar. Sería mucho más rápido volver por donde había venido y atravesar la colección de botánica hasta llegar al ascensor. Seguro que lo que había dicho Slade sobre la cerradura bloqueada era una trola. Entonces ¿cómo lo habría hecho él para salir?

Echó a correr hacia la cámara del herbario. Por Dios, que se pudiera salir por ahí… Si no, tendría que regresar y pasar otra vez junto a Slade. Quizá ya estuviera muerto.

Con toda la rapidez que le permitía la tenue luz de emergencia, franqueó la entrada de la colección de botánica y enfiló el pasillo hacia la puerta por donde había accedido al depósito del edificio Seis. Si conseguía subir a la primera planta en ascensor, podría dirigirse a la entrada de seguridad, donde había vigilantes armados. Una vez ahí, estaría a salvo. Podría explicarles que Frisby estaba muerto y que había un poli asesino en el sótano, tirado en el suelo, inconsciente…

Llegó a la puerta y empujó la barra antiincendios. Cerrada. Tampoco cedía el tirador. Intentó meter la llave en la cerradura, pero comprobó que había un trozo de navaja dentro, tal como le había dicho Slade. Soltó una palabrota en voz alta. Al final tendría que probar por la salida trasera. Ahora se arrepentía de no haberle reventado la sesera al sargento. Si al menos le hubiera quitado la pistola… Al pasar otra vez, no cometería el mismo error. Suponiendo que aún estuviese inconsciente…

Volvió sobre sus pasos, deprisa y sin hacer ruido. ¿Y si Slade se había despertado? Más valía tener algún arma. Miró a su alrededor. Estaba una vez más en la entrada del área de botánica. Pensó un momento. ¿Qué tipo de planta podía tener alguna utilidad contra una pistola? Pues ninguna, claro.

De repente se acordó de algo.

Entró corriendo en una de las salas de la colección y, al pasar junto a varios armarios y anaqueles, recuperó la linterna frontal. Finalmente llegó a la cámara del herbario. La lucecita roja del panel frontal le servía como faro. Introdujo el código sin respiración y abrió la pesada puerta.

Ahí estaban. A la luz de la linterna reconoció las cerbatanas, aquellos tubos largos y huecos, y el carcaj con los pequeños dardos de hueso, cada uno de unos cinco centímetros y con un penacho de plumas en el extremo inferior. Las puntas de las pequeñas flechas estaban embadurnadas con una sustancia negra y pegajosa.

Echó mano de una cerbatana, se pasó el carcaj por el hombro donde no llevaba el bolso y cargó uno de los dardos en el canuto, pero con el penacho apuntando hacia el final del tubo. Después salió de la cámara y se movió a la mayor velocidad posible por las colecciones botánicas, con la linterna apagada. Guiándose por la iluminación de emergencia, corrió a toda velocidad hasta llegar a la sala donde almacenaban los ojos de ballena. El impacto de la peste al entrar fue muy parecido a un golpe físico.

Casi se le paró el corazón cuando comprobó que, en el pasillo donde había dejado al poli, había un charco de espuma, pero Slade ya no estaba. Distinguió unas huellas mojadas que se alejaban.

Se quedó petrificada de miedo. El sargento estaba consciente, en pie y tal vez agazapado, esperándola. Miró a su alrededor, pero no vio nada. Aguzó el oído mientras intentaba calmar su corazón. ¿Eran pasos sigilosos lo que oía resonar sin saber muy bien dónde?

Dominada por el pánico, corrió hacia la salida trasera, pero, al girar por un pasillo, se topó cara a cara con Slade. Llevaba desenfundada la pistola. Le hizo una llave y la tiró al suelo. Después se puso encima de ella con el arma en la mano.

—Ya estoy harto —dijo en voz baja—. Como no me dé el puto bolso, le vuelo la cabeza con una bala del calibre 45.

—Adelante, hágalo ya, que con el ruido vendrán corriendo los vigilantes.

Slade no contestó. Su expresión le reveló a Margo que había acertado. Luego, sin embargo, apareció en su cara una pequeña sonrisa.

—Parece que voy a tener que cambiar de arma. Necesito algo silencioso. —Se agachó para recoger la cerbatana y el carcaj de dardos, que con el choque se le habían caído a Margo. Sacó una pequeña flecha y la miró—. Envenenada. Qué bonito. —Examinó el tubo—. Y ya me la ha cargado. Qué oportuno.

La levantó torpemente y se la puso en los labios. Justo en el momento en que soplaba, Margo se echó a un lado y el dardo rebotó en una estantería. Slade había fallado por una cuestión de centímetros. Entonces Margo se arrastró como un gusano y, mientras Slade sacaba otra flecha y la metía en el canuto, ella saltó y se puso en pie. Desesperada, corrió mientras pasaba a su lado el segundo dardo. Oyó que Slade se lanzaba de nuevo en su persecución.

Su única oportunidad era despistarle en alguno de los innumerables almacenes del sótano.

Dobló corriendo dos esquinas seguidas. A medida que avanzaba, veía las estanterías como si fueran una imagen borrosa. Cruzó una puerta y entró en otro almacén. Al llegar al fondo dobló una esquina y se adentró en un pasillo que solo llevaba a una puerta. Estaba cerrada con llave, y esta vez la llave maestra no funcionó. Quiso volver por donde había venido, pero justo entonces oyó la risa de Slade en el otro extremo del corredor.

—Me parece que no hay salida.

Margo miró a su alrededor. No había a donde ir. Slade tenía razón. Se había quedado atrapada.

Sin aliento, con el corazón a mil por hora, observó la sombra del sargento a lo largo del pasillo, negra contra el rojo de la luz de emergencia. Después vio aparecer la cerbatana, que oscilaba cada vez más cerca. Acto seguido, se hicieron visibles la cabeza y las manos de Slade. Precavido, con la cerbatana en los labios, apuntaba sin prisa, listo para disparar un dardo más.

Y esta vez no se arriesgaría a fallar.

70

Con Barbeaux en cabeza, y con el hombre rapado empujando a Constance, atravesaron el Museo de Bonsáis y penetraron en la otra ala de la Casa de las Palmeras, en la sala que estaba adornada para una boda, aunque ahora no se veía tan impecable como antes. En la mesa de los novios, cuatro hombres rodeaban a una persona sentada. Habían puesto una vela encima del tablero, pero el vago resplandor a duras penas despejaba la oscuridad.

Constance se tambaleó al ver a Pendergast derrumbado en la silla, esposado, con la cara sucia y el traje hecho un desastre. Hasta el brillo de sus ojos había desaparecido; dos ranuras de plomo se posaron fugazmente en ella y la dejaron consternada con su mirada desesperanzada.

—Vaya, qué sorpresa —dijo Barbeaux—. Inesperada pero grata. De hecho, ni yo mismo podría haberlo planeado mejor. No solo me entrega a su guapa pupila, sino que se pone en mis manos, enfermo como está.

Contempló un momento a Pendergast, sonriendo con frialdad, y se giró hacia dos de sus hombres.

—Levantadle, que quiero que esté atento.

Pusieron en pie a Pendergast, pero estaba tan débil que apenas podía mantener el equilibrio. Se le doblaban tanto las rodillas que tuvieron que sujetarle. A Constance se le hacía poco menos que insoportable mirarle. Era ella quien le había hecho venir en su búsqueda.

—Tenía pensado hacerle una visita —comentó Barbeaux— para que supiera quién lo había envenenado y por qué. Y también... —Barbeaux sonrió otra vez—. Explicarle sobre todo cómo nació la idea de este pequeño plan.

La cabeza de Pendergast se desplomó hacia un lado. Barbeaux se dirigió a sus hombres:

—Despertadle.

Uno de ellos, que tenía el cuello casi de color azul por estar cubierto de tatuajes, se acercó y le propinó, con la mano abierta, un golpe contundente en la cabeza.

Constance miró fijamente al tatuado.

—Usted será el primero en morir —dijo en voz baja.

El hombre le dio un repaso con una mueca de burla. Tras demorarse en su cuerpo con lascivia, soltó una risa corta, tendió una mano y la agarró del pelo, arrastrándola hacia él.

—¿Qué pasa, que me pegará un tiro con el M16 que lleva escondido debajo del camisón?

—Ya vale —dijo Barbeaux, tajante.

El tatuado se apartó con una sonrisa de suficiencia.

Barbeaux miró otra vez a Pendergast.

—Sospecho que la razón de que le haya envenenado ya la conoce, a grandes rasgos. Y habrá sabido valorar sin duda la justicia poética que subyace en todo esto. Nuestras familias eran vecinas en Nueva Orleans. Mi bisabuelo salía de caza con su tatarabuelo Hezekiah en su propia plantación y varias veces lo invitó a cenar con su mujer. Hezekiah se lo agradeció envenenando a mis bisabuelos con lo que él llamaba su «elixir». Sufrieron una muerte atroz, pero no quedó ahí la cosa, no; mi bisabuela tomaba ese compuesto medicinal estando embarazada y dio a luz antes de sucumbir a sus efectos. Como resultado, el elixir produjo cambios epigenéticos en los descendientes, en el ADN de nuestra familia, y sembró la ruina durante varias generaciones. Por aquel entonces no lo sabía nadie, claro, pero se sucedían las muertes, para desconcierto de los médicos. Mis antepasados la llamaron «la desgracia familiar». La generación de mi padre se la saltó. La mía también. Durante unos años creí que la desgracia familiar se había extinguido por sí sola.

Hizo una pausa.

—Craso error. La siguiente víctima fue mi hijo, que murió despacio, de una manera horrible. Como siempre, los médicos no entendían nada y, una vez más, lo atribuyeron a algún defecto consustancial a nuestros genes.

Barbeaux se quedó callado, fijando en Pendergast una mirada calculadora.

—Era mi único hijo. Mi mujer ya había fallecido, y me quedé a solas con mi pena.

Una respiración profunda.

—Un buen día recibí una visita. De su hijo, Alban.

En ese momento se giró y empezó a caminar, primero despacio y luego más deprisa, mientras hablaba con voz grave y trémula.

—Alban me localizó y me abrió los ojos al mal que había infligido su familia en la mía. Señaló que la fortuna de los Pendergast descansaba en gran parte en el dinero manchado de sangre del elixir de Hezekiah. Todo el lujo del que vive usted rodeado (el apartamento del Dakota, la mansión en Riverside Drive, el Rolls-Royce con chófer, los criados…) se basa en el sufrimiento ajeno. A Alban le repugnaba su hipocresía. Fingiendo aportar justicia al mundo, cuando siempre ha sido usted la encarnación de la injusticia…

A lo largo del discurso, Barbeaux había ido levantando poco a poco la voz. De pronto dejó de caminar. Tenía la cara roja, y en su fornido cuello se veían palpitar las venas.

—Su hijo me contó cuánto le odiaba. ¡Dios mío, qué odio tan magnífico! Y me expuso un plan para hacer justicia. ¿Cómo lo calificó? «Exquisitamente adecuado.»

Siguió caminando más deprisa que antes.

—No hace falta que le diga cuánto tiempo y dinero tuve que invertir para poner en marcha el plan. La mayor dificultad fue reconstituir la fórmula original del elixir. Se dio la afortunada circunstancia de que en los fondos del Museo de Historia Natural de Nueva York figurase el esqueleto de una mujer muerta por culpa del elixir. Me hice con un hueso, y así mis científicos pudieron completar la formulación química. Claro que eso ya lo sabe.

»La siguiente dificultad fue idear y preparar la trampa en el mar de Salton, un sitio que descubrió Alban por sus propios medios. Para mí era importante que sufriese usted el mismo sino que mi hijo y otros miembros de mi familia. Eso lo había previsto Alban. De hecho, aquella noche tan especial, cuando me lo contó todo, en algún momento me dijo que no le subestimase a usted. Sin esta advertencia, mi plan no habría tenido éxito. Acertado consejo, sin duda. Claro que después me dio otro: que no le mandara seguir. Y luego se marchó.

Barbeaux se detuvo y se inclinó hacia Pendergast, que aguantó su mirada con unos ojos que eran como muescas de cristal en su pálido rostro. De la nariz del superagente goteaba una sangre casi morada en contraste con su piel de alabastro.

—Tiempo después ocurrió algo muy curioso. Transcurrido casi un año, justo cuando mi plan llegaba a la madurez, Alban regresó. Al parecer había cambiado de opinión. El caso es que hizo grandes esfuerzos por disuadirme de que me vengara y, ante mi negativa, se marchó, enfadado.

Una respiración profunda, entrecortada.

—Yo ya sabía que él no dejaría así las cosas. Tenía claro que intentaría matarme. Es posible que lo hubiera conseguido… de no ser por las grabaciones de seguridad que habían filmado su primera visita. A pesar de la advertencia de Alban, yo les había ordenado a mis hombres que intentasen evitar que se marchara. Como él se había librado de ellos con gran eficacia y enorme violencia, empecé a visionar sin descanso las fascinantes grabaciones donde se le veía en acción, hasta que al final deduje la única manera que él había podido hacer algo que parecía imposible. Tenía una especie de sexto sentido, ¿verdad? La capacidad de prever lo que estaba a punto de ocurrir. —Barbeaux observó a Pendergast para ver qué efecto tenían sus palabras—. ¿Verdad que sí? Supongo que hasta cierto punto lo tenemos todos, una percepción primitiva e intuitiva de lo que pasará, pero en Alban era más refinada. Él mismo me habló con arrogancia de unos «poderes muy notables». Mediante el examen fotograma a fotograma de las grabaciones de seguridad llegué a la conclusión de que su hijo tenía el don casi sobrenatural de adelantarse a los hechos. En cierto modo casi adivinaba el futuro, aunque solo fuera por unos segundos. No lo hacía en el sentido literal, compréndame, sino previendo las posibilidades. Pero, bueno, también esto lo sabrá usted, sin duda.

Los pasos de Barbeaux volvieron a acelerarse. Parecía poseído.

—No desgranaré uno por uno los sórdidos detalles de cómo le vencí. Baste decir que volví sus poderes en contra de él. Era un gallito. No tenía ningún sentido de la vulnerabilidad. Creo, además, que entre nuestro primer encuentro y el segundo se ablandó un poco. Urdí un plan de ataque elaborado y meticuloso al máximo, y les di todas las instrucciones necesarias a mis hombres. Todo estaba en su sitio. Atrajimos a Alban con la promesa de otro encuentro, esta vez de reconciliación. Cuando llegó, sintiéndose invencible y seguro de que era una trampa, le estrangulé ahí mismo con un cordón de zapato. Fue una improvisación, una decisión repentina, sin premeditación. Precisamente me había abstenido de pensar en cuándo y cómo le mataría, y en ese sentido provoqué un cortocircuito en su don excepcional de previsión. Por cierto, su cara de sorpresa no tenía precio.

Tras una bronca carcajada, se giró.

—Fue lo más irónico de todo. Me había devanado los sesos para encontrar la manera de hacerle caer a usted en la trampa; a usted, receloso y cauto como nadie, pero al final fue el propio Alban quien aportó el cebo. Puse su cadáver nada menos que al servicio de mis fines. Por cierto, yo también estaba en el Salton Fontainebleau. No se imagina el dinero, el tiempo y el esfuerzo que hubo que invertir para dejarlo todo preparado, hasta las telarañas, el polvo intacto y la herrumbre de las puertas. Pero valía la pena, porque era el precio de engañarle. Cuando le vi llegar con todo aquel sigilo, pensando que se había adelantado… ¡Habría pagado diez veces más para verlo! Sepa que el botón lo apreté yo mismo. Solté el elixir, le envenené… Y aquí estamos.

Se giró de nuevo mientras se dibujaba en su semblante otra sonrisa.

—Una cosa más. Por lo visto tiene otro hijo en una escuela suiza. Tristram, si no me equivoco. Cuando ya no esté usted entre nosotros, le haré una pequeña visita. Voy a hacer lo posible por limpiar del mundo la mancha de los Pendergast.

Barbeaux se plantó delante del superagente con la mandíbula en alto.

—¿Tiene algo que decir?

Al principio Pendergast no contestó. Después lo hizo en voz baja, como un balbuceo.

—¿Qué ha dicho? —preguntó Barbeaux.

—Que lo…

Le faltó el aliento y no pudo continuar. Barbeaux le propinó una bofetada seca y brutal.

—¿Usted qué? ¡Dígalo!

—… lo siento.

Retrocedió, sorprendido.

—Siento lo que le pasó a su hijo… y el dolor que usted tiene.

—¿Lo siente? —logró replicar Barbeaux—. ¿Lo siente? Pues no es suficiente.

—Acepto… la muerte que se avecina.

Constance se quedó de piedra. Se hizo un silencio eléctrico en el grupo. Barbeaux, cuyo asombro era obvio, pareció tener que esforzarse por recuperar el ímpetu de su rabia. Durante aquel silencio temporal, los ojos plateados de Pendergast se posaron en Constance. Fue solo un segundo, aunque bastó para que ella adivinase un mensaje en su mirada. Pero ¿cuál?

—Lo lamento…

Constance percibió que el hombre con la cabeza rapada ya

no la sujetaba con la misma fuerza. Estaba tan absorto como los demás en el drama que se desarrollaba entre Barbeaux y Pendergast.

De pronto Pendergast, desmadejado, se cayó al suelo como un saco de cemento. Los dos hombres que le rodeaban saltaron para sujetarle por los brazos, pero, como los habían cogido por sorpresa, perdieron el equilibrio al tratar de levantarle.

En ese instante, Constance supo que había llegado su momento. Con súbita violencia se zafó del rapado y se lanzó hacia la oscuridad.

71

Slade sujetó la cerbatana y apuntó, entornando un poco los ojos.

En un instante de desesperación, Margo se echó encima de él, cogió la punta de la cerbatana y sopló con todas sus fuerzas. Slade soltó el arma con un grito ahogado y tropezó hacia atrás, con las manos en el cuello; empezó a toser y a atragantarse. Mientras escupía el dardo, Margo pasó corriendo a su lado y abandonó el pasillo para adentrarse de nuevo en el laberinto de estanterías de los almacenes.

—¡Me cago en la puta!

Slade corrió tras ella; su voz sonaba ahogada. Al cabo de un rato, Margo oyó una serie de disparos. Las balas rebotaron en las paredes de cemento situadas frente a ella y levantaron unos pequeños surtidores de polvo. El espacio cerrado daba una virulencia increíble a las detonaciones. Slade ya estaba prescindiendo de cualquier cautela.

Se metió corriendo en la sala llena de ojos de ballena y se paró un segundo. Slade había cortado la principal vía de acceso a esa parte del sótano. Para encontrar la salida trasera del edificio, debía recorrer un dédalo de salas que en muchos casos, como ya sabía, podían estar cerradas con llave. Cambió de dirección de forma brusca y abrió una puerta que llevaba a un corredor. Justo entonces vio a Slade. Se tambaleaba un poco en la penumbra y se puso torpemente en posición de tiro. ¿Se había envenenado con la punta del dardo? No parecía encontrarse muy bien.

Margo se echó a un lado mientras una ráfaga de balas horadaba la puerta. La cruzó y echó a correr por el pasillo. Lanzaba miradas a los despachos y almacenes a ambos lados del pasadizo por si veía la manera de quitarse a aquel hombre de encima, aunque era inútil, porque todo eran habitaciones sin salida. Su única esperanza era que los vigilantes hubieran oído los disparos, bajaran a investigar y derribasen la puerta de acceso al depósito del edificio Seis al encontrársela cerrada.

Pero incluso para eso hacía falta tiempo. No, del sótano no escaparía. Tenía que vencer de alguna forma a Slade o, como mínimo, mantenerle a raya mientras esperaba que llegasen los guardias.

El pasillo se acababa en una intersección. Oyó con fuerza las pisadas de Slade a sus espaldas y giró a la izquierda. En el momento de doblar la esquina volvió un poco la vista y le vio pararse para meter más balas en la recámara de la pistola.

Margo sabía que justo delante estaba el laboratorio principal de dinosaurios, un espacio grande y con muchos escondrijos donde poder ocultarse. Por otra parte, seguro que había un teléfono interno del museo que le permitiría pedir ayuda.

Llegó a la puerta del laboratorio. Cerrada. Metió la llave y la giró, mientras rezaba en voz baja. Se abrió. Después de entrar a gran velocidad cerró de nuevo con llave.

Encendió las luces tras tantear el interruptor con la palma de la mano. Era una sala gigantesca. Había al menos una docena de mesas de trabajo con fósiles en diversas fases de restauración o de conservación. En el centro se erguían dos enormes esqueletos de dinosaurio en proceso de montaje; representaban el famoso conjunto fósil «duelo de dinosaurios». El museo los había adquirido hacía poco, en un golpe de efecto muy publicitado. Eran un triceratops y un tiranosaurio unidos en un mortal abrazo.

Escuchó gritos y golpes en la puerta, seguidos por disparos a la cerradura. Miró a su alrededor, pero no vio ningún teléfono. Alguno tenía que haber en algún sitio. O, como mínimo, otra salida.

Pero no, no veía nada. No había teléfono ni salida alternativa. Otra cosa que brillaba por su ausencia eran los esperados escondites.

Adiós al plan.

Una ráfaga de disparos perforó la cerradura a medias. En cualquier momento entraría Slade en el laboratorio. Y en cuanto cruzara la puerta, Margo podría despedirse.

Le oyó gritar de rabia. ¿O de dolor? ¿Estaría surtiendo efecto el veneno?

Los dos esqueletos gigantes se cernían sobre Margo como un grotesco juego infantil. Se acercó por puro impulso al triceratops y, cerrando los dedos alrededor de una costilla, empezó a trepar con las dos manos. El montaje distaba mucho de estar acabado. La ascensión lo hacía temblar todo. Se desprendieron algunos huesos pequeños que al chocar contra el piso hicieron mucho ruido. Era una locura. Allá arriba se quedaría sin escapatoria y sería un blanco fácil. A pesar de todo, su instinto le decía que siguiera escalando.

Se aferró a una protuberancia de la columna para subirse al lomo del triceratops. Una nueva serie de descargas agujereó del todo el cilindro de la cerradura, que salió disparado por el suelo. Slade se lanzaba contra la puerta para que saltaran los tornillos de la placa metálica que contenía la cerradura. Al siguiente empujón se desprendió la placa.

Trepó desesperada y saltó de un dinosaurio al otro. Subió por el lomo del tiranosaurio, más alto y empinado. La enorme cabeza, del tamaño de un coche pequeño y erizada de dientes gigantescos, aún no había sido fijada del todo con hierros soldados, y era tremendo cómo se balanceaba.

Al llegar a ella vio que en realidad se sustentaba por dentro sobre una estructura de metal. La mayoría de los agujeros del armazón aún no tenían los tornillos. Claro, así era normal que se moviera tanto.

Apoyó la espalda en un puntal metálico y se acomodó hasta reposar los pies en la parte lateral del cráneo. Quizá allá arriba no la viera Slade.

Tras un último empujón, el sargento abrió la puerta de golpe. Irrumpió agitando la pistola y dando unos pasos inestables, como de borracho. Después de girarse hacia ambos lados levantó la vista.

—¡Ah, estás allá arriba! ¡Como un gato que no puede bajar del árbol!

Dio unos pasos inseguros y se colocó debajo del enorme esqueleto donde Margo se había refugiado. Seguía agarrando el arma con las dos manos y apuntó con cuidado.

Parecía envenenado, pero no lo suficiente.

Margo hizo mucha presión con los dos pies para desalojar la cabeza de su base. Después de tambalearse un poco en el borde de la estructura, el cráneo se desprendió y rodó a través de la caja torácica del triceratops. Margo tuvo una visión fugaz de Slade paralizado como un ciervo ante los faros de un coche. Primero se le cayó encima el esqueleto del triceratops; una enorme masa de huesos petrificados, que le tiró al suelo. Un segundo más tarde aterrizó sobre él la cabeza del tiranosaurio, con los dientes por delante, y un impacto sordo y húmedo, nauseabundo.

Mientras Margo se aferraba de manera precaria al armazón de metal, que no dejaba de temblar, siguieron desprendiéndose más huesos que fueron chocando ruidosamente contra el suelo. Esperó, respirando con dificultad, hasta que el balanceo de la estructura se asentó. Entonces, extremando la prudencia, y llena de miedo, empezó a bajar.

En el suelo estaba Slade con los brazos abiertos y los ojos saltones. La cabeza del tiranosaurio le había empalado con los dientes. Era una imagen horripilante. Margo se echó hacia atrás para apartarse de aquella carnicería. En ese momento se acordó del bolso. Lo había tenido maquinalmente aferrado contra el pecho durante todo el suplicio. Abrió la cremallera y miró. Las láminas de cristal que contenían los especímenes se habían roto.

Contempló los restos secos de las plantas mezclados con los cristales. «Madre mía… ¿Será suficiente?»

Una voz brusca la hizo girarse. Era el teniente D'Agosta, que contemplaba la escena desde la puerta, con dos vigilantes detrás.

—¿Margo? —exclamó—. Pero ¿se puede saber qué ha pasado?

—Menos mal que has venido —dijo ella con un nudo en la garganta.

El teniente no apartaba la vista de Margo y del cadáver en el suelo.

—Slade —afirmó él.

—Sí. Quería matarme.

—Qué hijo de puta.

—Comentó algo de que había recibido una mejor oferta. ¿De qué narices hablaba?

D'Agosta asintió, muy serio.

—Barbeaux le tenía a sueldo. Slade escuchó la conversación que tuvimos esta tarde en mi despacho. —Observó a su alrededor—. ¿Dónde está Constance?

Margo le miró fijamente.

—Aquí no —titubeó—. Ha ido al Jardín Botánico de Brooklyn.

—¿Qué? ¡Creía que estaba contigo!

—No, no. Ha ido a buscar una planta rara…

Dejó de hablar porque D'Agosta ya había sacado su radio y estaba pidiendo refuerzos policiales a gran escala para que acudieran al jardín botánico, aparte del personal sanitario.

Se giró hacia ella.

—Venga, que hay que darse prisa. Trae el bolso. Espero que no sea demasiado tarde.

72

Constance corrió hacia la pared del fondo de la Casa de las Palmeras, perseguida por dos hombres. Escuchó a sus espaldas las órdenes a grito pelado de Barbeaux. Al parecer quería que la rodeasen para asegurarse de que no huyera por las calles de Brooklyn.

No era esa, sin embargo, la intención de Constance.

Avanzó deprisa hacia el primer agujero que había recortado en el cristal, al final de la sala, y se lanzó a través de él. Los arbustos al otro lado suavizaron la caída. Se levantó enseguida, después de rodar solo una vez, y echó a correr. Al oír el ruido de una barra antipánico, dio media vuelta y vio salir a dos siluetas oscuras por la entrada lateral de la Casa de las Palmeras. Se dividieron para cortarle el paso mientras alguien más irrumpía en el jardín por el mismo boquete que ella acababa de cruzar.

Tenía delante el estanque de los Nenúfares, que brillaba apacible a la luz de la luna. Justo antes de llegar, giró bruscamente a la izquierda y corrió junto al agua, pero no hacia la salida del jardín, como habían previsto sus perseguidores, sino hacia el lado contrario. La reacción de los tres hombres fue pararse, hacer un reconocimiento del terreno y entonces seguirla. Constance había ganado unos segundos muy valiosos.

Rodeó las cúpulas del invernadero Steinhardt y se dirigió hacia la Casa del Agua. Al ser la rapidez lo primordial, no se esforzaba por disimular sus movimientos. Los tres hombres se estaban acercando muy deprisa a ella para acorralarla.

Tras correr a lo largo de la pared de cristal, volvió a escurrirse por el segundo boquete que había hecho y accedió de nuevo al jardín de las orquídeas, rebosante de flores. Se adentró en el follaje a gran velocidad, saltó por encima de los tres cadáveres, rodeó el estanque principal y salió al vestíbulo por la doble puerta acristalada. Después de un alto para recoger la mochila que había escondido debajo de un banco, se lanzó hacia el pabellón tropical. Era el invernadero más grande de todo el jardín, un gran espacio que, bajo una cúpula de cristal de una altura de seis plantas, contenía una densa y húmeda selva.

Con la mochila al hombro, corrió hacia uno de los árboles tropicales gigantes situados en el centro del pabellón y se aferró a las ramas bajas para empezar a trepar. En ese momento oyó entrar a sus perseguidores.

Una vez en la parte alta del árbol, abrió el bolso y sacó una pequeña caja de productos químicos. Quitó el seguro sin hacer ruido. Dentro había cuatro frascos pequeños del ácido tríflico que se había llevado aquella misma tarde del subsótano de la mansión de Riverside Drive, donde estaba el laboratorio de Enoch Leng. Cada recipiente estaba protegido con un envoltorio de gomaespuma colocado por la propia Constance. Cogió un frasco y extrajo el tapón con gran cuidado, manteniéndose alejada del envase, ya que incluso los vapores del ácido podían ser mortales.

Oyó el despliegue de los hombres por el pabellón, acompañado por el movimiento de las linternas, el murmullo de las voces y el chisporroteo de las radios. Los haces luminosos empezaron a proyectarse entre los árboles.

—Sabemos que está aquí —dijo una voz—. Salga ahora mismo.

Silencio.

—Si no se deja ver, mataremos a su amigo Pendergast.

Constance se asomó con precaución al borde de la gruesa rama en la que estaba apoyada. El suelo quedaba a unos diez metros, y el árbol se elevaba otro tanto por encima del punto en el que ella se encontraba.

—Si no sale —añadió la voz—, empezaremos a disparar.

—Saben que Barbeaux me quiere viva —intervino ella.

Sus palabras hicieron que tres hombres la localizaran y enfocaran enseguida el árbol con las linternas, buscándola. Los individuos se movieron por el tupido sotobosque hasta rodear el árbol.

Había llegado el momento de enseñar la cara. Asomó la cabeza y los miró impasible.

—¡Está ahí!

Volvió a esconderse.

—¡Baje ya!

No contestó.

—Como tengamos que subir a buscarla, nos cabrearemos, y no le conviene cabrearnos.

—Al cuerno —dijo ella.

Los hombres debatieron en voz baja.

—Bueno, ricitos de oro, pues allá vamos.

Uno se aferró a la rama más baja y subió a pulso mientras otro iluminaba su escalada con la luz de la linterna.

Constance se asomó. El hombre trepaba muy deprisa, mirando hacia arriba con la cara ceñuda y enfadada. Era el tatuado.

Perfecto.

Esperó a tenerle a menos de tres metros para inclinar uno de los frascos y verter con precisión un chorro de ácido tríflico. El líquido alcanzó el ojo izquierdo del tatuado. Observó con interés que el superácido agujereaba la carne como agua hirviendo sobre hielo seco; una humareda de vapor ascendía por los aires mientras emitía un silbido. Constance escuchó una tos entrecortada, y el escalador desapareció en la nube, cada vez más grande. Al cabo de un rato, ella oyó caer el cuerpo del hombre por entre las ramas, hasta que chocó contra el suelo. Escuchó entonces las protestas sorprendidas de sus compadres.

Asomada a la rama, vio al tatuado boca arriba sobre unas plantas aplastadas. Su cuerpo, convulso y retorcido, ejecutó un enloquecido baile horizontal mientras sus manos trémulas arrancaban hojas y flores al azar. De repente se tensó por completo y se arqueó hacia arriba, hasta que solo quedaron apoyados en el suelo la nuca y los pies. En esta postura se agitó durante unos segundos. Constance creyó incluso haber oído partirse algunas vértebras antes de que el cuerpo volviese a desplomarse en el lecho de vegetación apisonada. Finalmente, por el agujero horadado por el ácido en el cogote, se le salieron los sesos. La masa humeante formó un charco gris y aceitoso.

El efecto en los otros dos sujetos fue gratificante. Constance supuso que eran veteranos de guerra; acostumbrados a la muerte y el asesinato, y aun siendo unos hombres tan tontos, estarían bien formados, serían peligrosos y harían bien su trabajo. Sin embargo, nunca habían visto nada igual. Aquello no era una guerra de guerrillas, ni una operación especial, ni «conmoción y pavor». Aquello se apartaba por completo de su instrucción. Se quedaron como estatuas, enfocando a su compañero muerto con las linternas, paralizados de estupefacción, sin entender nada ni poder, por consiguiente, reaccionar.

Con gran rapidez, Constance avanzó por la rama hasta situarse justo encima de uno de los dos hombres: el rapado. Esta vez vertió el resto del contenido del frasco y soltó el envase con precaución, para que no le tocara la piel ni una sola gota de ácido.

También esta vez fueron sumamente satisfactorios los resultados. La dosis no iba dirigida con la misma precisión que la primera, pero roció la cabeza y uno de los hombros de la víctima, así como las plantas que le rodeaban. Las consecuencias fueron instantáneas. Parecía que se le estuviera derritiendo la cabeza; del extremo superior salía un gas turbio y aceitoso. Con un grito de horror animal, el rapado cayó de rodillas con las manos en el cráneo, que se estaba desintegrando. Los dedos del hombre, movidos por el pánico, se hundieron entre los huesos y la materia gris. Después su cuerpo se volcó y empezó a sufrir las mismas extrañas convulsiones que el tatuado. Mientras tanto, la vegetación salpicada de ácido empezó a desprender humo y a enroscarse, y algunas partes se incendiaban y se apagaban de inmedia-

to, puesto que en aquella húmeda vegetación ningún fuego podía durar mucho.

Constance sabía que el ácido tríflico, como todos los superácidos, generaba una fuerte reacción exotérmica al entrar en contacto con compuestos orgánicos.

El tercer hombre, que había empezado a recuperarse del shock, se apartó de su camarada, sujeto todavía a convulsiones. Miró hacia arriba y, llevado por el pánico, empezó a pegar tiros, pero Constance estaba escondida detrás de una rama, y él disparaba sin ton ni son. Ella aprovechó la oportunidad para escalar un poco más; la copa de ese árbol se enlazaba con la de los otros y creaba un espeso dosel. Circuló con lentitud y parsimonia de rama en rama, siempre con la mochila al hombro. El frenético tirador se guiaba por el ruido para disparar, pero no daba en el blanco. Constance logró pasar a uno de los árboles contiguos y bajó un par de metros antes de esconderse en un recodo formado por una gruesa rama cubierta de follaje.

Se oyó el chirrido de una radio. En ese momento cesaron los disparos y empezó a moverse la linterna, buscando por todas partes. Al mismo tiempo irrumpieron dos hombres más en el pabellón tropical.

—¿Qué pasa? —preguntó uno de los sujetos mientras señalaba los cadáveres rodeados de humo—. ¿Qué carajo ha pasado?

—La loca esa, que les ha tirado algo, no sé si un ácido. Está arriba, en los árboles.

Se unieron más haces de luz a la búsqueda de Constance por el dosel de hojas y ramas.

—Pero ¿quién estaba disparando, joder? Ha dicho el jefe que no la matemos.

Al mismo tiempo que escuchaba la conversación, Constance echó un vistazo al pequeño maletín de sustancias químicas. Quedaban tres frascos más, llenos y bien tapados. También había que tener en cuenta los demás contenidos de la mochila, por supuesto. Repasó mentalmente la situación. Que ella supiera quedaban seis o siete hombres, contando a Barbeaux.

Barbeaux. Se acordó de Diogenes Pendergast. Inteligente. Temible. Con ese ramalazo sádico que solo tienen los psicópatas. Pero Barbeaux era más tosco y militarista, menos refinado. Ahora el odio de Constance a Barbeaux era tan incandescente que sentía su calor en las entrañas.

73

John Barbeaux esperaba en la oscuridad de la Casa de las Palmeras. Los dos hombres que seguían con él habían tendido a Pendergast en el suelo. El agente, esposado, aún estaba inconsciente, a pesar de haber recibido varios bofetones e incluso las descargas de la picana. Barbeaux se agachó y le puso dos dedos en el cuello para buscar el pulso de la carótida. Nada. Apretó un poco más. Sí, latía, pero muy débilmente.

Estaba a las puertas de la muerte.

Sintió una vaga desazón al pensarlo. Había llegado la hora de la victoria, la escena con la que había fantaseado desde hacía tanto tiempo, saboreándola: Pendergast enfrentado a la verdad. El momento que le había prometido Alban Pendergast. Pero no había salido del todo como se lo imaginaba. El superagente estaba demasiado débil para apreciar el aroma de la derrota. Y, para desconcierto de Barbeaux, se había disculpado y, en cierta forma, se había responsabilizado de los pecados de su tatarabuelo. Esto le había quitado gran parte de placer a lo que Barbeaux había conseguido, privándole de la oportunidad de regodearse. Al menos estaba casi seguro de que la raíz de su desasosiego era esa.

Y luego la chica…

Sus hombres estaban tardando mucho más de lo previsto en atraparla. Empezó otra vez a dar vueltas. Sus movimientos hacían temblar la llama de la vela de la mesa, y la cera se corría. La sopló y dejó que solo la luz de la luna iluminase la Casa de las Palmeras.

Oyó otra ráfaga. Esta vez sacó la radio.

—Steiner, informa.

—Sí, señor.

Era la voz del jefe del equipo.

—¿Qué pasa, Steiner?

—La muy zorra se ha cargado a dos hombres. Les ha echado ácido o algo así.

—No le disparéis más —dijo Barbeaux—, la quiero viva.

—Sí, señor, pero...

—¿Dónde está?

—Subida a los árboles del pabellón tropical. Tiene un frasco de ácido y está mal de la cabeza...

—¿Tres hombres con armas automáticas contra una sola mujer acorralada en un árbol, con una blusita de nada y un envase con ácido? ¿Lo he entendido bien?

Un titubeo.

—Sí.

—Perdona, pero... ¿dónde coño está el problema?

Otro titubeo.

—No hay ninguno, señor.

—Me alegro. Si ella muere, lo habrá. Al que la mate lo liquido.

—Señor... Perdone, señor, pero el objetivo... Bueno... O está muerto o se está muriendo, ¿no?

—¿Y eso por qué lo dices?

—¿Entonces qué falta nos hace la chica? Ahora da lo mismo que consiga o no la planta. Sería mucho más fácil barrer el árbol a balazos y cargársela con...

—¿Qué pasa, que no me oyes? La quiero viva, Steiner.

Una pausa.

—¿Qué... hacemos?

«Y lo pregunta un profesional.» Barbeaux no daba crédito. Respiró profundamente.

—Reagrupa al escuadrón y acercaos en diagonal. El líquido cae en vertical.

Un silencio.

—Sí, señor.

Volvió a poner la radio en su sitio. Una chica sola contra varios mercenarios profesionales, algunos de ellos veteranos de las fuerzas especiales. Y aun así, le tenían miedo. Increíble. Hasta ahora no habían quedado en evidencia las limitaciones de sus hombres. ¿Loca? Sí, como un zorro. La había subestimado. No volvería a suceder.

Se agachó para tocarle de nuevo el cuello a Pendergast. Ya no le notaba el pulso en absoluto, por mucho que hurgase o apretase.

—Maldita sea —murmuró apretando los dientes.

Se sentía estafado, traicionado, despojado del triunfo en el que tanto tiempo y esfuerzo había invertido. Le soltó una salvaje patada al cuerpo de Pendergast.

Miró a los otros hombres, uno a uno, y señaló hacia atrás con el pulgar. Ya no hacía falta velar el cadáver. Tenía algo más importante que hacer.

—Id con los demás —les espetó—. A por la chica.

74

Al único superviviente del primer ataque se le habían sumado otros dos hombres y, por las conversaciones radiofónicas, Constance sabía que estaban a punto de llegar otros dos más. Los tres que se encontraban bajo el árbol se estaban reagrupando y tenían un plan. Vio que se dispersaban por el follaje y empezaban a trepar por los árboles que rodeaban el de ella. La intención era cubrir todos los flancos.

Metió el pequeño maletín de productos químicos en la mochila, se la puso a la espalda para tener las manos libres y empezó a subir. El tronco se fue haciendo cada vez más delgado y se balanceaba, al tiempo que las ramas se agitaban. Trepó tanto que al final el tronco se dividió en varias ramas finas que se combaban bajo el peso de sus movimientos. Solo faltaba un metro y medio para llegar a la cúpula de cristal del pabellón.

Mientras Constance trataba de alcanzar la cúpula, empezó a oscilar toda la copa del árbol donde estaba. Los hombres habían escalado hasta la cima y estaban distribuyéndose por las ramas laterales para acorralarla.

La rama a la que se había aferrado Constance se partió ruidosamente. Ella resbaló y solo se salvó de la caída abrazándose a un grupo de pequeños tallos, de los que se quedó colgando.

—¡Está ahí!

Se concentraron en ella todas las linternas. Constance logró subir por las finas ramas hasta que sus pies encontraron un apo-

yo. Cada movimiento originó en el árbol un nuevo paroxismo de las oscilaciones y los chasquidos.

Trató de no agitar la copa mientras maniobraba con suma precaución para llegar aún más arriba. Las ramas más pequeñas se encontraba como a medio metro del techo de cristal, pero eran demasiado delgadas para soportar cualquier clase de peso. Ahora estaba rodeada por los haces de luz.

Una risa grave.

—Eh, señorita, está rodeada. Baje.

Sabía que, si se acercaba uno solo de los hombres, la suma de los pesos haría que se cayeran todos. Se habían quedado estancados.

A través del tupido dosel de las ramas vio que en el pabellón tropical habían entrado otros dos individuos, uno de los cuales sacó una pistola y la apuntó.

—O baja o le pego un tiro.

Constance siguió subiendo con muchísimo cuidado y equilibrio, sin hacerle caso.

—¡Que baje de una puta vez!

Ya había alcanzado el techo de cristal. Las ramas no dejaban de balancearse, y sus pies descalzos habían empezado a resbalar. Lo único que tenía para romper el vidrio era la mochila, que no se atrevía a usar por miedo a que se quebraran los frascos de ácido. Tras afianzarse lo mejor que pudo en los tallos más altos, sacó un trapo del bolso, se envolvió la mano y de un solo puñetazo hizo trizas el cristal de encima.

El entramado de ramas al que se aferraba experimentó una fuerte sacudida. Constance resbaló casi un metro bajo la lluvia de cristales.

—¡Va a salir por la cúpula! —dijo uno de los hombres.

Constance se lanzó un poco más hacia arriba con un movimiento tan desesperado como temerario. Una de sus manos se cerró en la estructura metálica, y se hizo cortes en los dedos. Primero sacó la mochila a través del agujero. Después ella se encaramó de un salto al techo.

Una vez que tuvo apoyados los pies en la estructura de bronce, sin pisar los cristales, se arrodilló, sacó el pequeño maletín de productos químicos y cogió un segundo frasco. Tenía justo debajo a dos de los hombres que se habían subido a los árboles contiguos; ahora iban hacia el cristal roto. El tercer sujeto descendía muy deprisa, con la intención de reunirse con los compañeros que acababan de entrar en el pabellón. Los tres la interceptarían cuando ella bajara de la cúpula al suelo.

Se asomó al boquete que había hecho en el techo para mirar al sujeto que estaba más cerca. Le gritaba a ella, agitando la pistola. Constance quitó el tapón de cristal y, tras verter sobre el hombre el contenido del frasco, se apartó. En ese momento se disparó la pistola, que reventó otro cristal. Justo después se oyó un grito y apareció, bajo la luz de la luna, una nube de gas acre. Sintió el crepitar de las hojas y los tallos, y distinguió una constelación de llamaradas. Oyó como el cuerpo de su atacante partía las ramas durante la caída, hasta que se estampó contra el suelo, con un impacto escalofriante.

La ráfaga de disparos procedentes del otro escalador hizo saltar por los aires varios cristales alrededor de Constance, pero el meneo de las ramas impedía al mercenario afinar la puntería, a menos que intentase intimidarla sin hacerle daño. Lo mismo daba. Ella sacó el tercer frasco y dio unos pasos hasta alcanzar una mejor posición. Quitó el tapón y se asomó a uno de los tragaluces reventados por las balas. Le echó el ácido al último hombre. Por el cristal roto emanó un horrible vapor gris con hilos rojos; Constance lo esquivó echándose hacia atrás. Al aullido desgarrado que cruzó el boquete le siguió el estrépito de la caída del hombre. Sacó el último frasco y lo arrojó por otro de los tragaluces rotos. Quizá surtiera el mismo efecto que una granada y eliminase a alguien más que estuviese en el pabellón. Oyó un ruido raro, como el de un fogón de gas cuando se enciende. Después, a varios metros de distancia, brotó una llama, que ardió con fuerza unos segundos antes de apagarse.

Se hizo un intenso silencio.

Dejando en el techo el maletín vacío, se echó la mochila al hombro y empezó a deslizarse por la cúpula. Se dirigió hacia una escalera curvada que descendía desde el techo del pabellón hasta el jardín.

Justo cuando bajaba, dos hombres salieron corriendo del complejo de invernaderos, seguidos al poco tiempo por un tercero. Constance se metió a toda prisa en la oscuridad casi absoluta que le ofrecían los gigantescos arboretos. Una vez ahí giró noventa grados hacia la derecha para encaminarse a los densos macizos del jardín japonés. Al llegar al arco torii se resguardó en la sombra y miró hacia atrás. Había despistado a sus perseguidores al esconderse entre los árboles. Ahora se estaban desplegando para rodearla mientras se comunicaban por radio. De los edificios contiguos no había salido nadie más.

Eso significaba, pensó, que Barbeaux se había quedado solo con Pendergast en la Casa de las Palmeras.

Los tres hombres se separaron aún más al acercarse al jardín japonés. Tras deslizarse por la penumbra y esquivar el estanque, Constance siguió los estrechos caminos de grava a través de densas plantaciones de cerezos, sauces, tejos y arces japoneses. Al lado del estanque había un pabellón rústico.

A juzgar por el graznido de las radios y el murmullo de las voces, sus enemigos habían adoptado una distribución triangular alrededor del jardín japonés. Como sabían que estaba rodeada, suponían que se habría agazapado.

Había llegado el momento.

Se arrodilló frente a un tupido grupo de retorcidos enebros y dejó caer la mochila al suelo. Abrió la cremallera y sacó una vieja bandolera de cuero grueso, con trabillas para munición. La había tomado de las colecciones militares de Enoch Leng, y se la pasó por el hombro y la cintura. Después volvió a meter la mano en el bolso y de otro estuche extrajo cinco jeringas idénticas, de gran tamaño, que alineó en el suelo blando. Eran viejos «lanzabolos» de vidrio artesanal, una especie de catéteres que se usaban para administrar medicamentos oralmente a caballos y otros animales grandes. Procedían también del estrambótico gabinete de curiosidades de Leng, en este caso de las colecciones veterinarias. Sobre los contenidos que había utilizado Leng en sus experimentos, más valía no especular. Las cinco jeringas estaban llenas de ácido tríflico y podían disparar una carga más abundante y mejor dirigida que los frascos. Medían más de un palmo, tenían el grosor de un tubo de masilla y estaban hechas de vidrio borosilicatado, con metasilicato sódico como lubricante a la vez que como aislante. Estos últimos datos eran de particular importancia, ya que Constance había averiguado que el ácido tríflico atacaba con virulencia cualquier sustancia compuesta de enlaces carbono-hidrógeno.

Fue deslizando las grandes jeringuillas en la bandolera, donde encajaban a la perfección, ya que las trabillas estaban fabricadas para proyectiles de artillería de cincuenta milímetros. Aunque cada jeringa tuviera un tapón de cristal en la punta, las manipuló con mucha precaución, porque el ácido tríflico, además de su gran potencia como superácido, era también una neurotoxina mortal. Tras cerciorarse de que la bandolera hubiera quedado bien sujeta, dejó la mochila vacía en el suelo, se levantó sigilosamente y miró a su alrededor.

«Tres hombres.»

Se apartó de los enebros para ir al pabellón rústico, un edificio de madera con los lados abiertos y un tejado bajo de tejas de cedro. Tras subir a una baranda cercana, se aferró al borde del techo, se encaramó y se asomó de rodillas abajo. Los hombres se estaban internando por el jardín japonés para estrechar el cerco, con las pistolas en la mano. Avanzaban en sentido lateral y recorrían la vegetación con sus linternas. Uno de los tres se aproximaba al pabellón. Constance se agachó un poco más para dejar que el haz de luz pasara de largo.

Sacó una jeringa de la bandolera sin hacer ruido, retiró el tapón protector de cristal, apuntó al hombre en el momento en que pasaba por debajo… y le arrojó un chorro largo y humeante de ácido.

La lluvia de ácido tríflico prendió fuego a la ropa, que se desintegró. Los gritos agudos del hombre se apagaron casi de inmediato al sentir que se asfixiaba. Se tambaleó de un lado a otro mientras agitaba los brazos y se le desprendía literalmente la carne de los huesos en los lugares en que le había rociado el líquido mortal. Al final se dejó caer en el estanque. El contacto del cuerpo con el agua levantó una nube de vapor que se extendió poco a poco por esta. La víctima convulsionó y, en cuestión de segundos, desapareció bajo la superficie, dejando nada más que burbujas.

Los otros dos sujetos se habían metido en los arbustos. Ahora ya sabían que Constance estaba en el techo del pabellón.

Tiró la jeringa vacía sin darles tiempo de recuperarse y corrió hacia el estanque por encima de las tejas. Después se metió con cuidado en el agua, aprovechando que el pabellón se interponía entre ella y los dos hombres, y buceó hasta salir en la otra orilla. Ellos le dispararon poniéndose a cubierto; pero, al estar a treinta metros de distancia, y en cuclillas, distaron mucho de acertar. Constance penetró a gatas en el denso y ancho macizo de azaleas que había en el margen del estanque, y varias ramas sobre su cabeza se partieron por el impacto de las balas. A pesar de las órdenes de Barbeaux, tiraban a matar. Les podían la rabia y el pánico. Aun así, eran temibles, y Constance debía prepararse para el desenlace.

Se imaginó como una leona en la sabana, henchida del odio y salvajismo que le daba la venganza.

Al llegar al centro de las azaleas se quedó en cuclillas en la oscuridad. Con gran sigilo sacó otra jeringa de ácido de la bandolera y la preparó. Después se mantuvo a la espera, tensa y con los oídos muy atentos.

No los veía, pero escuchaba sus susurros. Ya habían rodeado el estanque. Parecían estar apostados al borde de las azaleas, a unos nueve metros. Nuevos murmullos delataron una maniobra envolvente. Se oyó el chisporroteo de una radio y una breve conversación. No tenían tanto pánico como había previsto Constance. Se fiaban de su mayor potencia de fuego.

Encontraron su rastro y empezaron a meterse por las plantas. El ruido que hacían le permitió a Constance seguir con más exactitud su trayectoria. Esperó sin moverse, agachada en lo más tupido de las matas. Cada vez estaban más cerca, abriéndose paso por los arbustos con suma precaución. Seis metros… Tres…

La leona no esperaría. Atacaría.

Se levantó de un salto y se lanzó corriendo hacia los hombres sin hacer ruido. Ellos, tomados por sorpresa, no pudieron reaccionar hasta que la tuvieron encima. Entonces Constance, sin dejar de correr, pero apartándose para evitar cualquier salpicadura, descargó en uno de los sujetos el contenido de la jeringa, un torrente letal incoloro. Luego la tiró en plena carrera, sacó otra y se giró para impregnar al segundo hombre. Después de arrojar la última jeringa vacía, se dirigió a uno de los extremos del macizo de arbustos y se detuvo para inspeccionar su obra.

Se había incendiado una gran franja del jardín de azaleas, que coincidía con la trayectoria que ella acababa de seguir; había plantas que explotaban como palomitas de maíz, columnas de fuego, hojas que se desintegraban, ramas que estallaban con grandes fogonazos rojos y naranjas… En cuanto a los hombres, se habían puesto a gritar. Uno disparaba como loco sin apuntar a nada; el otro giraba como una peonza, con las manos en la cara. Cayeron ambos de rodillas, y de las carnes desintegradas emanaba una bruma de color gris y rojo. Constance vio que las dos figuras convulsionaban y se derrumbaban mientras los arbustos se ponían negros y se deshacían.

Tras contemplar un poco más la horripilante escena, dio media vuelta y corrió por el césped mojado de rocío, hasta tomar el camino de la Casa de las Palmeras, cuyos cristales hacía brillar la luna.

75

—He vuelto —dijo detrás de Barbeaux una voz extrañamente antigua.

Se giró y se la quedó mirando, estupefacto. Era la menuda silueta de Constance Greene, que había conseguido acercarse en el más absoluto silencio.

La contempló con gran sorpresa. Tenía la blusa negra desgarrada, y el cuerpo y la cara sucios, embadurnados de barro, con una decena de cortes que sangraban. El pelo estaba apelmazado con tierra, trozos de ramas y hojas. Presentaba un aspecto más animal que humano, pero su voz y su mirada eran frías e impenetrables. Iba desarmada, con las manos vacías.

Tambaleándose un poco, miró primero a Pendergast, que yacía inmóvil a los pies de Barbeaux, y luego a este.

—Está muerto —le dijo él.

Constance no reaccionó. Si aquella loca experimentaba alguna emoción, Barbeaux no la veía, cosa que le desquiciaba.

—Quiero el nombre de la planta —exigió levantando la pistola.

Nada, ni el menor indicio de que le hubiera oído.

—Si no me lo da, la mato. Y de la manera más horrible que pueda imaginarse. Dígame el nombre de la planta.

Esta vez fue ella quien habló:

—Ha empezado a oler a lirios, ¿verdad?

«Lo ha adivinado.»

—¿Cómo…?

—Es evidente. Si no, ¿por qué me querría usted con vida? ¿Y por qué necesitaría la planta si él está muerto?

Constance señaló con un gesto el cuerpo de Pendergast. Barbeaux se rehízo con la autodisciplina que le daban muchos años de práctica.

—¿Y mis hombres?

—Los he matado a todos.

Aunque ya hubiera supuesto por las conversaciones radiofónicas que la situación se había torcido mucho, no dio crédito a la respuesta. Miró de los pies a la cabeza al ser demente a quien tenía delante.

—Pero ¿se puede saber cómo…? —empezó a preguntar.

Ella no respondió. Después añadió:

—Tenemos que llegar a un acuerdo. Usted quiere la planta. La necesita. Y yo deseo recoger el cadáver de mi tutor para enterrarle como es debido.

Barbeaux observó un momento a la joven, que esperaba ladeando un poco la cabeza. Constance volvió a tambalearse como si estuviera a punto de caer.

—Vale —dijo Barbeaux moviendo la pistola—. Iremos juntos a la Casa del Agua y, cuando haya comprobado que dice la verdad, dejaré que se vaya.

—¿Es una promesa?

—Sí.

—No estoy segura de poder ir sola. Sujéteme del brazo, por favor.

—Nada de trucos. Usted primero.

La empujó con la pistola. Era una chica inteligente, pero no lo suficiente. Moriría en cuanto Barbeaux tuviera la planta en sus manos.

Constance pasó por encima del cuerpo de Pendergast y caminó hasta el Museo de Bonsáis, donde se cayó al suelo y precisó la ayuda de Barbeaux para ponerse en pie. Entraron en la Casa del Agua.

—Dígame el nombre de la planta —le exigió Barbeaux.

—*Phragmipedium*. Fuego andino. El compuesto activo se encuentra en el rizoma subacuático.

—Enséñemela.

Constance, apoyada en la baranda, rodeó con paso inestable el gran estanque central.

—Dese prisa.

Al final, en una pendiente, había una serie de embalses más pequeños. Según un cartel, uno de ellos contenía una planta acuática llamada «fuego andino».

Constance señaló el estanque tambaleándose.

—Allá.

Barbeaux escrutó las aguas negras.

—En el agua no hay nada —dijo.

Constance cayó de rodillas.

—En esta época del año, la planta está aletargada —habló despacio y con dificultad—. La raíz está al fondo, en el fango.

Barbeaux agitó la pistola.

—Levántese.

Constance lo intentó.

—No puedo moverme.

Con una palabrota, Barbeaux se acercó al embalse señalado, se quitó la chaqueta y se puso de rodillas para meter el brazo en el agua, con camisa y todo.

—No olvide su promesa —murmuró Constance.

Barbeaux empezó a remover el cieno del fondo sin hacerle caso. Al cabo de unos segundos retiró el brazo con un gruñido de sorpresa. Pasaba algo raro. No, raro no, malo. La tela de algodón de la manga se estaba deshaciendo y se caía a trozos, desprendiendo un poco de humo.

Comenzaron a oírse a lo lejos las notas estridentes y nerviosas de varias sirenas de la policía.

Se levantó con un rugido de furia, sacó la pistola con la mano izquierda y se puso de pie, tambaleándose hacia atrás, pero Constance Greene había desaparecido en la maraña vegetal.

En ese momento le invadió un dolor insoportable, que pasó del brazo a la cabeza. Sintió una especie de calambre eléctrico en el cerebro, seguido por otro aún más intenso. Tropezando sin rumbo, agitó con fuerza el brazo del que salía humo y observó que la piel se ennegrecía y se agrietaba, y dejaba la carne a la vista. Empezó a pegar tiros como un loco hacia la selva mientras se le empañaba la vista y le costaba respirar. En su cabeza se sucedían cada vez más deprisa las descargas, hasta que un espasmo le hizo caer primero de rodillas y luego de bruces.

—No sirve de nada resistirse —dijo Constance, que había reaparecido sin que se supiera de dónde. Con el rabillo del ojo, Barbeaux vio que recogía la pistola y la arrojaba a los arbustos—. El ácido tríflico, que es lo que he derramado en este pequeño estanque, no solo es muy corrosivo, sino extremadamente venenoso. Una vez que penetra en la piel empieza a tener efectos en todo el organismo. Es una neurotoxina. Morirá usted entre convulsiones y tras un fuerte dolor.

Se giró y volvió a marcharse.

En un paroxismo de furor, Barbeaux logró ponerse en pie y salió tropezando en pos de ella. Solo pudo llegar a la otra ala de la Casa de las Palmeras; allí se desmoronó y, cuando quiso volver a levantarse, descubrió que había perdido todo el control de sus músculos.

Ya se oían con mucha más fuerza las sirenas. Aunque sumido en un suplicio, reconoció a lo lejos los gritos y las pisadas de gente que corría. Constance se lanzó a toda velocidad hacia el lugar de donde provenía el ruido. Barbeaux apenas se dio cuenta. Le ardía el cerebro y, aunque su boca convulsa ya no pudiera articular ningún sonido, chillaba por dentro. Su cuerpo empezó a dar brincos en el suelo. La musculatura de su estómago se contrajo hasta el punto de que temió que se le desgarrase. Cuando intentó gritar, lo único que salió fue un poco de aire.

Esta vez el tumulto se escuchaba más cerca. Reconoció algunas palabras sueltas.

—¡… Desfibrilador!

—¡... Cargado!

—¡... Noto el pulso!

—¡... Ponedle suero!

—¡... A la ambulancia!

Transcurridas unas horas, o tal vez unos instantes, un policía y un técnico de urgencias se inclinaron sobre Barbeaux, con el horror presente en sus caras. El hombre notó que le subían a una camilla. Después apareció entre ellos Constance Greene, que no le quitaba la mirada de encima. A pesar del dolor y de las convulsiones que le atenazaban, Barbeaux intentó decirles que ella mentía, que había incumplido el pacto, pero ni un solo suspiro salió de entre sus labios.

Aun así, Constance dedujo cuál era su intención y se agachó para comentarle algo, susurrando para que no la oyera nadie más.

—Es verdad. No he cumplido. Llegado el caso, usted tampoco lo hubiera hecho.

El personal sanitario se disponía a levantar la camilla. Constance habló más deprisa:

—Una cosa más. Su gran error, Barbeaux, ha sido creer, y perdone lo malsonante de la jerga actual, que tenía usted más huevos.

En medio de un dolor inaguantable y abrumador, y aunque ya empezaba a fallarle la vista, Barbeaux distinguió que Constance se levantaba y se iba corriendo mientras la camilla de Pendergast era llevada a la ambulancia.

76

En unos cinco minutos, el Jardín Botánico de Brooklyn había pasado de la simple locura a los extremos de lo demencial. Por todas partes había personal sanitario, policías, bomberos y técnicos de urgencias que lo acordonaban todo, gritaban por sus radios y se prodigaban en exclamaciones de sorpresa al encontrarse con nuevos y horrendos hallazgos.

Mientras D'Agosta corría hacia el pabellón central, se le acercó a toda velocidad un personaje extraño, una mujer sucia que solo llevaba una blusa rota y tenía el pelo lleno de trozos de ramas y flores.

—¡Por aquí! —exclamó aquella figura.

D'Agosta dio un respingo al reconocer a Constance Greene. Empezó maquinalmente a quitarse la chaqueta para taparla, pero ella pasó de largo y fue hacia un grupo de sanitarios.

—¡Aquí! —les dijo ella a grito pelado, llevándolos hacia una enorme construcción victoriana de metal y vidrio.

Margo y D'Agosta la siguieron. Tras cruzar una puerta lateral, se encontraron en una larga sala que parecía preparada para un banquete de boda, aunque era como si la hubiera arrasado una horda de moteros: mesas por el suelo, copas rotas, sillas volcadas... Al fondo, sobre la tarima de la pista de baile, había dos cuerpos. Constance llevó a los auxiliares médicos hacia uno de ellos. Viendo que se trataba de Pendergast, D'Agosta se tambaleó y tuvo que aferrarse al respaldo de una silla. Se giró hacia los sanitarios.

—¡Empezad por este! —les gritó.

—Oh, no —dijo Margo tapándose la boca, llorosa—. No.

Los enfermeros rodearon a Pendergast e iniciaron una rápida exploración ABC: vías respiratorias, función pulmonar y circulación.

—¡Desfibrilador! —gritó uno por encima del hombro.

Se acercó un sanitario con el aparato mientras los otros le arrancaban la camisa a Pendergast.

—¡Cargado! —exclamó otro auxiliar.

Aplicaron las palas. El cuerpo dio un salto. Volvieron a aplicárselas.

—¡De nuevo! —ordenó el sanitario.

Otra sacudida. Otra convulsión galvánica.

—¡Noto el pulso! —dijo el enfermero.

Hasta el momento en que pusieron a Pendergast en la camilla, D'Agosta no se fijó en el segundo cuerpo supino, sujeto a violentas convulsiones, con la mirada fija y la boca en movimiento, aunque no se oyera nada. Era un individuo en mangas de camisa, bastante maduro y de constitución robusta, a quien reconoció por las fotos de la web de Red Mountain como John Barbeaux. Uno de sus brazos, cubierto de ampollas, desprendía humo. Se le veía el hueso, como si se hubiera quemado en un incendio, y tenía la manga consumida casi hasta el hombro. Se acercaron varios sanitarios que acababan de llegar y se situaron alrededor del herido para empezar a trabajar.

D'Agosta vio que Constance se aproximaba al cuerpo convulso de Barbeaux. Tras apartar con el codo a uno de los enfermeros que habían traído una camilla, ella se agachó. El teniente observó que movía los labios para susurrarle algún mensaje. Después se levantó y se giró hacia los sanitarios.

—Es todo suyo.

—Usted también necesita que le hagamos unas pruebas —dijo acercándose a ella otro auxiliar.

—No me toque.

Constance retrocedió, dio media vuelta y avanzó hasta desaparecer en las oscuras entrañas del complejo de invernaderos. Al ver que se alejaba, los sanitarios centraron de nuevo su atención en Barbeaux.

—Pero ¿se puede saber qué le ha pasado? —preguntó D'Agosta a Margo.

—No tengo ni idea. Aquí hay… muchos muertos.

D'Agosta sacudió la cabeza. Ya habría tiempo de ocuparse de todo. Miró otra vez a Pendergast. Los auxiliares médicos estaban levantando la camilla, y uno de ellos sujetaba en alto una botella de suero. Fueron hacia las ambulancias, seguidos por D'Agosta y Margo.

Mientras caminaban deprisa reapareció Constance. Llevaba en la mano un gran nenúfar rosa, del que caían gotas.

—Ahora sí acepto la chaqueta —le dijo a D'Agosta, que se la puso encima de los hombros.

—¿Se encuentra bien?

—No. —Constance se giró hacia Margo—. ¿Lo ha encontrado?

La respuesta de Margo fue tocar el bolso que llevaba colgado del hombro.

En la esquina más cercana del aparcamiento para visitantes había dos ambulancias con las luces encendidas. Mientras se dirigían hacia ellas, Constance se paró a recoger una mochila grande que había escondido entre los arbustos después de saltar la verja del jardín botánico. Los sanitarios abrieron la puerta trasera de la ambulancia más cercana, cargaron la camilla de Pendergast y subieron. D'Agosta hizo lo mismo, seguido por Margo y Constance.

Los enfermeros miraron a las dos mujeres.

—Lo siento —intervino uno de ellos—, pero tendrán que usar otro transporte.

D'Agosta le silenció enseñándole la placa. El sanitario se encogió de hombros y cerró la puerta. Pusieron en marcha la sirena. Constance le dio a Margo la mochila y el nenúfar.

—¿Qué es todo esto? —dijo enfadado el otro auxiliar—. No está esterilizado. ¡Aquí no pueden meterlo!

—Apártese —le ordenó Margo bruscamente.

D'Agosta le puso al hombre una mano en el hombro y señaló a Pendergast.

—Ustedes dos ocúpense del paciente, que del resto me responsabilizo yo.

El sanitario frunció el ceño, pero no dijo nada.

D'Agosta vio que Margo se ponía manos a la obra. Extrajo una balda del fondo del compartimento de la ambulancia, abrió la mochila de Constance y empezó a sacar varias cosas: frascos viejos llenos de líquido, ampollas, sobres de polvo, un tarro adicional... Lo ordenó todo. Después cogió el nenúfar que le había dado Constance y unos cuantos especímenes de su bolso; sacó las plantas secas mezcladas con los pedazos de cristal, que limpió con sumo cuidado. Junto a todo ello alisó un papel arrugado: la lista de ingredientes que había escrito cuando vio el diario de Hezekiah junto con Constance. Cuando la ambulancia enfiló la avenida Washington con la sirena a tope, tuvo que aferrarse a toda prisa a una manija.

—¿Qué haces? —inquirió D'Agosta.

—Preparar el antídoto —contestó ella.

—¿No deberías hacerlo en un laboratorio o algo así?

—¿Te parece que tenemos tiempo?

—¿Cómo está el paciente? —le preguntó Constance al sanitario, que miró primero a D'Agosta y luego a ella.

—No muy bien. Presión baja y pulso irregular. —Desplegó una bandeja de plástico de un lateral de la camilla—. Voy a ponerle una vía de lidocaína.

Mientras la ambulancia salía disparada por la Eastern Parkway, D'Agosta vio que Margo sacaba una bolsa de suero de un cajón y, de otra gaveta, un escalpelo de traqueotomías, al que le quitó el envoltorio protector plateado. Hizo un corte en la bolsa, vertió el suero en un vaso de laboratorio de plástico y tiró al suelo el saco perforado.

—Eh —dijo el sanitario—, pero ¿qué hace?

Le silenció de nuevo un gesto de advertencia de D'Agosta.

La ambulancia pasó al lado de Prospect Park con la sirena a tope y cruzó Grand Army Plaza. Protegiéndose del vaivén del vehículo, Margo cogió de la mochila de Constance un pequeño frasco de cristal que calentó un momento con las manos, antes de destaparlo y verter un poco en el vaso de plástico. La ambulancia se llenó enseguida de un olor dulzón y químico.

—¿Qué es eso? —preguntó D'Agosta agitando las manos.

—Cloroformo.

Margo cerró el frasco y troceó con el escalpelo el nenúfar. Después lo trituró, incorporó la pulpa a los trozos de planta que había sacado de su bolso y lo echó todo en el líquido. Finalmente tapó el vaso de laboratorio y lo agitó.

—¿Qué pasa? —inquirió D'Agosta.

—El cloroformo hace de disolvente. En farmacología se usa para extraer compuestos de materiales vegetales. Después tendré que evaporarlo casi todo porque inyectado es tóxico.

—Un momento —dijo Constance—. Si lo hierve, cometerá el mismo error que Hezekiah.

—No, no —repuso Margo—. El cloroformo hierve a una temperatura mucho más baja que el agua, a unos sesenta grados. No desnaturalizará las proteínas ni los compuestos.

—¿Qué compuestos estás extrayendo? —quiso saber D'Agosta.

—No tengo ni idea.

—¿Que no lo sabes?

Margo se giró hacia él.

—Los ingredientes activos de estas plantas no los conoce nadie. Voy trabajando sobre la marcha.

—Madre mía —dijo D'Agosta.

La ambulancia se metió por la Octava Avenida y se acercó al New York Methodist Hospital, mientras Margo consultaba la lista, añadía más líquido, rompía una ampolla y sacaba dos tipos de polvo de sus envoltorios de papel traslúcido, para incorporarlos.

—Teniente —dijo por encima del hombro—, cuando lleguemos al hospital, necesitaré enseguida unas cuantas cosas. Agua helada. Un trozo de tela para colar. Una probeta. Media docena de filtros de café. Y un mechero. ¿Vale?

—Toma, el mechero —comentó D'Agosta metiendo la mano en el bolsillo—. Ya me encargaré del resto.

La ambulancia frenó en la entrada de urgencias del hospital y apagó la sirena. Los sanitarios abrieron la puerta trasera y bajaron la camilla para que se la llevase el equipo de urgencias, que ya estaba esperando. D'Agosta observó a Pendergast, cubierto por una fina sábana. El agente tenía la palidez y la inmovilidad de un cadáver. La siguiente en salir del vehículo fue Constance, que avanzó tras la camilla mientras el personal del hospital la miraba raro, por su atuendo y por lo sucia que iba. D'Agosta, a su vez, saltó al suelo y se dirigió rápidamente a la entrada. En ese momento miró hacia atrás y vio a Margo en la parte trasera de la ambulancia, iluminada por las luces de emergencia y enfrascada por completo en su trabajo.

77

El box 3 de la UCI del New York Methodist Hospital daba la impresión de ser un caos controlado. Llegó un interno con un carro de parada de color rojo mientras una enfermera preparaba una bandeja de instrumentos de otorrinolaringología y otra le enchufaba todo tipo de cosas al cuerpo inmóvil de Pendergast: tensiómetro, electrocardiógrafo, oxímetro de pulso, una nueva vía… Los sanitarios de la ambulancia habían transmitido toda la información sobre el estado del superagente al personal del hospital y se habían ido. Ya no podían hacer nada.

Entraron dos médicos con ropa quirúrgica y empezaron enseguida a examinar a Pendergast mientras hablaban en voz baja con las enfermeras y los internos.

D'Agosta miró a su alrededor. Al fondo de la sala, sentada en un rincón, estaba Constance, menuda y ahora vestida con una bata de hospital. Hacía cinco minutos que D'Agosta le había llevado a Margo los materiales solicitados. Ella seguía trabajando como una posesa en la ambulancia, calentando un líquido con el mechero en la probeta mientras se propagaba una peste dulzona por el aire.

—¿Constantes vitales? —preguntó uno de los médicos.

—Tensión, de sesenta y cinco a cincuenta; bajando —contestó una enfermera—. Oxígeno en sangre, setenta.

—Preparadle para una intubación endotraqueal —dijo el médico.

D'Agosta vio que traían un carrito con más instrumental. Le corroía una tremenda mezcla de rabia, desesperación y una remota esperanza. Como no podía estarse quieto, empezó a dar vueltas por la sala, ignorando la mirada hostil del mismo médico que hacía un rato había intentado echarlos a él y Constance. ¿De qué servía todo aquello? Lo del antídoto parecía muy rocambolesco, por no decir que era un despropósito. Pendergast llevaba días o semanas muriéndose, y ahora se acercaba el final. Todo aquel trajín, aparte de lo inútil que era, solo le ponía más nervioso. No podían hacer nada. Ni ellos ni nadie. A pesar de todos sus conocimientos, Margo estaba preparando un elixir con dosis aproximadas, un medicamento que ya había fallado anteriormente. Por otra parte, ya era irrelevante. Tardaba demasiado. Ni siquiera los médicos, con tantos aparatos, podían hacer nada para salvar a Pendergast.

—El ritmo cardíaco es letal —dijo un interno que controlaba una de las pantallas al pie de la cama del paciente.

—Parad la lidocaína —pidió el segundo médico apartando a las enfermeras—. Preparad un catéter venoso central. Dos miligramos de epinefrina.

D'Agosta se sentó en la silla vacía que había al lado de Constance.

—Están fallando las constantes —aseguró uno de los internos—. El paciente está sufriendo un paro cardiorrespiratorio.

—¡Ponedle ya la epinefrina! —exclamó el médico.

D'Agosta se puso en pie de un salto. ¡No! Algo tenía que hacer, lo que fuese…

Justo en ese momento apareció Margo Green en la entrada de la UCI. Descorrió de golpe la cortina para entrar. Llevaba en una mano un pequeño vaso de laboratorio que contenía un líquido acuoso de un color verde amarronado. Sobre el recipiente había unas capas alternas de filtros de café y del algodón que D'Agosta había encontrado en un armario de urgencias. Por último, el vaso había sido envuelto con un plástico fino y reforzado con una goma elástica.

Uno de los médicos la miró.

—¿Y usted quién es?

Margo observó en silencio el cuerpo inmóvil que yacía en la cama. Después se acercó a un grupo de enfermeras.

—Pero ¡bueno! —exclamó otro médico—. ¡Aquí tanta gente no puede haber! Es un entorno estéril.

Margo se giró hacia una de las auxiliares.

—Tráigame una jeringuilla —dijo.

La enfermera parpadeó de sorpresa.

—¿Perdón?

—Una jeringuilla. De las de tubo ancho. Ya.

—Hágale caso —dijo D'Agosta enseñando la placa.

La enfermera miró sucesivamente a Margo, a los médicos y a D'Agosta. Después abrió un cajón sin decir nada. Dentro había varios objetos largos envueltos en papel estéril. Margo tomó uno y arrancó el envoltorio, bajo el que apareció una larga jeringuilla de plástico. En el mismo cajón eligió una aguja, que ajustó al extremo de la jeringa. Acto seguido, se acercó a D'Agosta y Constance, respirando deprisa y con las sienes perladas de sudor.

—¿Qué pasa? —preguntó uno de los médicos apartando la vista de lo que estaba haciendo.

Margo observó primero a Constance y después a D'Agosta, y luego a la inversa. Tenía en una mano la jeringa y en la otra el vaso de laboratorio. Flotaba en el aire la pregunta de si debía actuar.

Constance asintió despacio.

Tras una mirada al antídoto, bajo la intensa luz de la UCI, Margo destapó el vaso, metió la aguja en el líquido y extrajo una parte. Tras sacar la jeringa, la levantó y le dio unos golpecitos para eliminar las burbujas de aire que pudieran haberse colado. Después respiró profundamente y se acercó a la cama.

—Ya está bien —comentó el médico—. Apártese de una puñetera vez de mi paciente.

—Le ordeno que la deje —dijo D'Agosta—. Se lo exijo como teniente de la policía de Nueva York.

—Usted aquí no tiene ninguna autoridad. Estoy harto de que se entrometan. Voy a llamar a seguridad.

Tras ponerse en jarras, D'Agosta extendió los dedos hacia la funda de su pistola y se llevó una enorme sorpresa al descubrir que estaba vacía.

Se giró y vio que Constance apuntaba a los médicos y las enfermeras con el arma de calibre 38. Pese a haberse limpiado casi todo el barro, y haber sustituido la blusa de seda destrozada por una larga bata de hospital, seguía cubierta de cortes y arañazos, y su expresión se caracterizaba por una intensidad espeluznante. De repente se hizo un gran silencio en la UCI. Todo el mundo dejó de trabajar.

—Vamos a salvarle la vida a su paciente —dijo Constance en voz baja—. Apártese de la alarma.

Tanto su rostro como el arma que empuñaba hicieron que todo el personal hospitalario se echara hacia atrás.

Aprovechando la estupefacción de los médicos, Margo introdujo rápidamente la aguja en el tubo del gotero, justo encima de la cámara de goteo, y expulsó unos tres centímetros cúbicos de líquido.

—¡Va a matarle! —exclamó uno de los doctores.

—Ya está muerto —comentó Margo.

Durante un momento se quedaron todos quietos, impresionados. El cuerpo de Pendergast yacía inmóvil en la cama. Los múltiples pitidos de los aparatos de control componían una especie de fuga fúnebre, en la que se inmiscuyó de pronto un tono grave, como una alarma.

—¡Vuelve a sufrir un paro cardiorrespiratorio! —intervino el médico que se inclinó hacia un extremo de la cama.

Después de un rato sin moverse, Margo levantó otra vez la jeringuilla hacia el tubo del gotero.

—A la mierda —dijo mientras inyectaba el doble de dosis que la primera vez.

Médicos e internos se agolparon todos al mismo tiempo alrededor del cuerpo, ignorando la pistola. Margo se vio rodeada y no protestó cuando le arrebataron la jeringa. Se oyeron varias órdenes atropelladas y estridentes. Se disparó una alarma de seguridad. Constance bajó el arma, con la mirada fija y el rostro pálido.

—¡Taquicardia ventricular sin pulso! —intervino una voz más fuerte que las otras.

—¡Se nos va! —exclamó el segundo médico—. ¡Compresión cardíaca ahora mismo!

Paralizado por la impresión, D'Agosta se limitó a mirar las figuras con bata que se agitaban febrilmente alrededor de la cama. Observó que la línea en el monitor del electrocardiograma se había quedado plana. Se acercó a Constance para quitarle la pistola de la mano y enfundársela de nuevo.

—Lo siento.

Contempló la vana actividad mientras trataba de acordarse de la última vez que había hablado Pendergast con él. Pensó en la última conversación que habían tenido, personalmente, cara a cara, no el intercambio medio delirante en la sala de armas de fuego en Riverside Drive. Le pareció muy importante recordar sus palabras. Si no le fallaba la memoria, había sido fuera de la cárcel de Indio, justo después de intentar interrogar a Rudd. ¿Qué le había dicho Pendergast en el aparcamiento, bajo un sol de justicia?

«Porque nuestro prisionero, querido Vincent, no es el único que de un tiempo a esta parte huele a flores.»

Pendergast había entendido lo que le pasaba desde el principio. Y pensar que eso fue lo último que le había dicho el agente…

De pronto los sonidos y las voces exaltadas que le rodeaban cambiaron de tono y de urgencia.

—¡Tengo pulso! —exclamó un médico.

La línea del electrocardiograma empezó a agitarse, volviendo a la vida.

—Presión sanguínea en alza —dijo una enfermera—. De setenta y cinco y cuarenta.

—Parad la compresión cardíaca —ordenó el otro médico.

Transcurrió un minuto durante el que los médicos siguieron con sus tareas y las constantes del paciente se fueron reavivando. De pronto, en la cama, Pendergast entreabrió un ojo; fue como una ranura luminosa. D'Agosta quedó impresionado al ver que la pupila giraba a medida que el superagente observaba la sala. Constance se inclinó y tomó a Pendergast de la mano.

—¡Está usted vivo! —exclamó D'Agosta.

Los labios de Pendergast se movieron, y salió de entre ellos una corta frase.

—Alban… Adiós, hijo mío.

Epílogo

Dos meses después

Beau Bartlett abandonó la carretera del condado al volante de su Lexus plateado. Recorrió lentamente, entre robles negros cubiertos de musgo negro de Florida, un largo camino de grava blanca que desembocaba en una vía de acceso circular. Después vio aparecer la casa de una plantación; un edificio neoclásico de gran tamaño y majestuosidad que, como siempre, le dejó sin habla. Era una tarde calurosa en la parroquia de Saint Charles. Bartlett iba con las ventanillas cerradas y el aire acondicionado a tope. Apagó el motor, abrió la puerta y se apeó de un salto, con un buen humor exagerado. Llevaba un polo de color lima, unos pantalones rosas y unos zapatos de golf.

En el porche había dos personas. A una la reconoció enseguida: era Pendergast, con su sempiterno traje negro y su acostumbrada palidez. La otra era una joven de singular belleza, delgada, con el pelo corto de color caoba y un vestido blanco plisado.

Se detuvo un momento antes de dirigirse hacia la espléndida mansión. Se sentía como un pescador a punto de cobrar la pieza de su vida. Tuvo que hacer un esfuerzo para no frotarse las manos, lo que habría sido una chabacanería.

—¡Vaya, vaya! —exclamó—. ¡La plantación Penumbra!

—Así es —murmuró Pendergast, que fue a su encuentro seguido por su acompañante.

—He sido siempre de la opinión de que es la finca más bonita de Luisiana —dijo Bartlett en espera de que se le presentase a tan guapa joven, cosa que sin embargo no ocurrió.

Pendergast se limitó a inclinar la cabeza. Bartlett se secó la frente.

—Tengo curiosidad. Hace años que mi empresa intenta convencerle de que la venda, y no somos los únicos. ¿Qué le ha hecho cambiar de parecer? —El rostro regordete del promotor reflejó un nerviosismo repentino, como si el mero hecho de hacer la pregunta sembrase alguna duda acerca de la operación, aunque ya estuvieran firmados los primeros papeles—. Nosotros encantados, por supuesto. Encantadísimos. Lo comento solo… por curiosidad.

Pendergast miró lentamente a su alrededor, como si lo grabase todo en su memoria: las columnas griegas, el porche cubierto, los bosques de cipreses, los grandes jardines… Después se giró hacia Bartlett.

—Digamos que la finca se ha convertido en un… estorbo.

—¡No me extraña! ¡Estas viejas plantaciones son un pozo de gastos! En cualquier caso, Southern Realty Ventures le agradece mucho que haya depositado en nosotros su confianza. —Bartlett hablaba a tontas y a locas. Se sacó un pañuelo del bolsillo y se secó la cara húmeda—. Tenemos unos planes fantásticos para la finca. ¡Fantásticos! Dentro de unos veinticuatro meses, todo esto se habrá convertido en Cypress Wynd Estates: sesenta y cinco casas grandes y elegantes, hechas al gusto de los compradores, y todas con su media hectárea de terreno. ¡Imagínese! Las llamamos «palacetes».

—Me lo imagino —dijo Pendergast—. Lo visualizo con bastante claridad.

—Espero que no descarte usted la compra de un palacete para su propio uso en Cypress Wynd. Tendrá muchas menos molestias que esta vieja casa y mucha más comodidad. Encima viene con el carnet del club de golf incluido. ¡Verá qué buen precio le hacemos!

Beau Bartlett le dio a Pendergast un empujoncito amistoso con el hombro.

—Muy generoso —comentó Pendergast.

—Cómo no, cómo no —dijo Bartlett—. Le prometo que cuidaremos bien las tierras. La casa no puede tocarse porque está catalogada como edificio histórico. Quedará genial como club, restaurante, bar y oficinas. Cypress Wynd Estates se construirá respetando el medio ambiente. ¡Todo tendrá el certificado LEED! Y, siguiendo sus deseos, el pantano de cipreses se conservará como reserva de fauna. De todos modos, la ley obliga a dedicar un determinado porcentaje de la urbanización…, perdón, de la finca, al cuidado medioambiental y al tratamiento de los residuos. El pantano se ajusta de perlas a los requisitos. Por otro lado, habrá nada menos que treinta y seis hoyos de golf, que serán un atractivo añadido para Cypress Wynd.

—No me cabe duda.

—Para mí será un honor invitarle siempre a jugar golf. Bueno… ¿La semana que viene empezará a trasladar el panteón familiar? —preguntó Bartlett.

—Sí. Me encargaré personalmente de todos los detalles. Y correré con todos los gastos.

—Es muy encomiable, por su parte, el respeto a los muertos. Digno de elogio. Y muy cristiano.

—También está Maurice —dijo Pendergast.

Al oír el nombre del anciano sirviente que había velado durante años por el buen estado de Penumbra, la expresión risueña de Bartlett se ensombreció un poco. El tal Maurice era más viejo que Matusalén; un hombre no solo decrépito, sino adusto y silencioso. Pero, sobre este punto, Pendergast había demostrado que no estaba dispuesto a transigir.

—Sí, Maurice.

—Le mantendrán ustedes en el cargo de sumiller todo el tiempo que él desee.

—Es lo acordado. —El constructor volvió a mirar la gran

fachada—. Nuestros abogados se pondrán en contacto con los suyos para pactar la fecha definitiva del cierre.

Pendergast asintió con la cabeza.

—Perfecto. Bueno, le dejo a usted con… la señora… para que puedan despedirse de este lugar. ¡No tengan prisa, se lo ruego! —Bartlett se apartó cortésmente de la casa—. ¿O necesitan que los lleve al centro de la ciudad? Habrán venido en taxi, porque coche no veo…

—No, gracias, no hace falta que nos lleve.

—Ah. Ya. Bueno, pues entonces buenas tardes. —Bartlett le dio la mano a Pendergast y después a la joven—. Gracias otra vez.

Tras usar de nuevo el pañuelo, regresó al coche, arrancó y se fue.

Pendergast y Constance Greene accedieron al porche cubierto a través de unos añejos tablones de madera. Después él sacó de su bolsillo un pequeño manojo de llaves, con el que abrió la puerta principal de la mansión, y dejó que entrase ella primero. El interior olía a abrillantador de muebles, a madera envejecida y a polvo. Recorrieron en silencio las múltiples estancias de la planta baja: la sala de estar, el bar, el comedor…, fijándose en la decoración y el mobiliario. Todo llevaba una etiqueta con el nombre de un anticuario, un agente inmobiliario o una casa de subastas, para cuando viniesen a buscar los objetos adquiridos.

En la biblioteca, Constance se paró frente a una estantería con puertas de cristal. Contenía una auténtica fortuna: el *First Folio* de Shakespeare, una de las primeras copias miniadas de *Las muy ricas horas del duque de Berry* y una primera edición del *Quijote*. Sin embargo, lo que más le interesaba eran los cuatro enormes volúmenes del fondo. Sacó uno con veneración, lo abrió y empezó a hojearlo; admiró las representaciones de aves que contenía, de una viveza y un realismo inverosímiles.

—La edición de *The Birds of America*, de Audubon, en formato grande —murmuró—. Los cuatro tomos. Comprados por tu tataratatarabuelo al propio Audubon a través de una suscripción.

—El padre de Hezekiah —dijo Pendergast inexpresivamente—. Como tal, es una de las ediciones que puedo conservar, junto con la Biblia de Gutenberg, que pertenece a la familia desde Henri Prendregast de Mousqueton. Ambos son anteriores a la mancha de Hezekiah. Todo lo demás debe desaparecer.

Regresaron al vestíbulo y subieron por una ancha escalera. La sala de estar del primer piso quedaba justo enfrente. Al entrar en ella pasaron junto a los dos colmillos de elefantes que enmarcaban la puerta. Dentro, aparte de una alfombra de cebra y media docena de cabezas disecadas de animales, había una vitrina con escopetas de caza muy raras y de enorme valor. Llevaban todas la etiqueta correspondiente, como las pertenencias de la planta baja.

Constance se acercó al escaparate.

—¿Cuál era la de Helen? —preguntó.

Pendergast metió la mano en el bolsillo y volvió a sacar el llavero. Una vez abierta la vitrina, extrajo una escopeta de dos cañones, cuyos laterales estaban adornados con grabados e incrustaciones de metales preciosos.

—Una Krieghoff —puntualizó. La contempló un buen rato, perdida la mirada, hasta que respiró profundamente—. Fue el regalo de bodas que le hice.

Se la tendió a Constance.

—Si no te importa —dijo ella—, prefiero no tocarla.

Pendergast dejó la escopeta en su sitio y cerró la vitrina con llave.

—Va siendo hora de que prescinda de esta escopeta y de todo lo relativo a ella —comentó en voz baja, como para sus adentros.

Tomaron asiento ante la mesa central del salón.

—Así que es verdad. Lo vendes todo —intervino Constance.

—Todo lo que directa o indirectamente se compró con dinero procedente del elixir de Hezekiah.

—¡No me estarás diciendo que crees que Barbeaux tenía razón!

Pendergast vaciló antes de responder.

—Hasta mi... enfermedad nunca me había planteado la cuestión de la fortuna de Hezekiah. Dejando a Barbeaux al margen, me parece que lo más correcto es desprenderme de todas mis pertenencias en Luisiana y purgarme del fruto de las obras de Hezekiah. Ahora todos estos bienes son para mí como un veneno. Ya sabes que el dinero de la venta lo dedicaré a una nueva fundación sin ánimo de lucro.

—Vita Brevis. Imagino que será un nombre apropiado.

—Muy apropiado. El objetivo de la fundación es a la vez insólito y muy oportuno.

—¿De qué se trata?

Los labios de Pendergast esbozaron una sonrisa.

—Ya lo verá el mundo.

Se levantaron para realizar un breve recorrido por el piso superior de la mansión, donde Pendergast señaló diversos puntos de interés. Tras demorarse un poco en lo que había sido su habitación cuando era niño, descendieron de nuevo a la planta baja.

—Aún falta la bodega —dijo Constance—. Me habías comentado que era magnífica: la fusión de todas las bodegas de las distintas ramas de la familia, a medida que fueron extinguiéndose. ¿La visitamos?

El rostro de Pendergast se ensombreció.

—Si no te importa, no me veo del todo capaz.

Llamaron a la puerta principal. Pendergast fue a abrir. Apareció un curioso personaje en el umbral: un hombre bajo y entrado en carnes, con un chaqué negro y un clavel blanco en el ojal. Llevaba, en una mano, un maletín caro y, en la otra, pese a que era un día de sol, un paraguas meticulosamente enrollado. Lucía un bombín cuya inclinación rozaba el desenfado. Parecía un cruce entre Hercule Poirot y Charlie Chaplin.

—¡Ah, señor Pendergast! —dijo con una gran sonrisa—. Tiene usted buen aspecto.

—Gracias. Adelante, por favor. —Pendergast se giró para

hacer las presentaciones—. Constance, este es Horace Ogilby. Su despacho vela por los intereses de los Pendergast aquí, en Nueva Orleans. Señor Ogilby, le presento a Constance Greene. Mi pupila.

—¡Encantado! —exclamó el señor Ogilby, que tomó la mano de Constance y la besó con teatralidad.

—Supongo que están todos los papeles en orden —comentó Pendergast.

—Sí. —El abogado se acercó a una mesa, abrió su maletín y sacó unos documentos—. Esta es la documentación para el traslado del panteón familiar.

—Muy bien —dijo Pendergast.

—Firme aquí, por favor. —El señor Ogilby observó la firma—. No hace falta que le diga que, aunque se traslade el panteón, seguirán vigentes los... requisitos de su abuelo.

—Lo sé.

—Eso significa que usted regresará al cementerio dentro de... —El abogado se tomó un momento para calcular el tiempo—. Tres años.

—Lo haré con sumo gusto. —Pendergast se giró hacia Constance—. En su testamento, mi abuelo exigió que todos los beneficiarios de su legado (hoy somos pocos los que estamos vivos, por desgracia) debían peregrinar cada cinco años a su tumba, so pena de que se les revocara el fideicomiso.

—Era un caballero de lo más original —dijo Ogilby mientras consultaba los papeles—. Ah, sí. Por hoy solo queda un trámite importante. Se trata del aparcamiento privado que ha puesto usted a la venta en la calle Dauphine.

Pendergast arqueó las cejas de manera inquisitiva.

—Tenemos que hablar de las restricciones que añadió al contrato de venta.

—¿De qué se trata?

—Bueno... —El abogado carraspeó unas cuantas veces—. Digamos que las condiciones que usted puso no son muy... ortodoxas. Por ejemplo, las cláusulas por las que se prohíbe cualquier excavación. Con ello queda descartada la opción de construir un edificio y se reduce en grado sumo el precio que le pagarán por el solar. ¿Está seguro de que es lo que desea?

—Lo estoy, sí.

—De acuerdo, pues. Por otra parte… —Dio una suave palmada con sus manos regordetas—. Nos han ofrecido un precio espectacular por el Rolls-Royce. Casi me da miedo decirle cuánto.

—Prefiero que no lo haga. —Pendergast leyó el papel que le tendía el abogado—. Parece todo correcto, gracias.

—En tal caso me marcho. Le sorprendería a usted la cantidad de papeleo que genera una liquidación de bienes de esta magnitud.

—Le acompañamos a la puerta —añadió Pendergast.

Bajaron por los escalones de la entrada y se detuvieron junto al coche del abogado. Ogilby dejó el paraguas y el maletín en el asiento trasero, e hizo una pausa para mirar a su alrededor.

—¿Cómo me dijo usted que se llamaría la urbanización? —inquirió el abogado.

—Cypress Wynd Estates. Sesenta y cinco palacetes, y treinta y seis hoyos de golf.

—Qué atrocidad. Me pregunto qué diría el viejo fantasma de la familia.

—Cierto, cierto —afirmó Pendergast.

Ogilby se rió entre dientes. Después abrió la puerta izquierda del vehículo y volvió a mirar a su alrededor.

—Perdonen, ¿quieren que les lleve al centro de la ciudad?

—No, gracias, ya me he organizado.

Pendergast y Constance vieron cómo subía al coche y, tras despedirse con la mano, se alejaba por el camino de acceso. Acto seguido, Pendergast encabezó la marcha para bordear la casa. Detrás había un viejo establo pintado de blanco y reconvertido en un garaje de varias plazas. A escasos metros había un Rolls-Royce Silver Wraith de época, pulido hasta adquirir el brillo propio de una gema; esperaba en un remolque a que se lo llevase su nuevo propietario.

La mirada de Constance fue de Pendergast al Rolls y después a la inversa.

—La verdad es que dos coches así no me hacen falta —dijo él.

—No es por eso —contestó ella—. Les has dejado muy claro tanto al señor Bartlett como al señor Ogilby que ya has organizado nuestro viaje de regreso al centro de Nueva Orleans. ¡No vamos a montarnos en la grúa!

La respuesta de Pendergast fue ir hacia el garaje, abrir una de las plazas y acercarse a un vehículo tapado con una lona, el único que quedaba dentro. Tomó un borde de la tela y la retiró.

Debajo había un descapotable rojo, de dos plazas, con una carrocería baja, que casi rozaba el suelo. El coche despedía vagos brillos en la penumbra de la cochera.

—Esto lo compró Helen antes de que nos casáramos —explicó—. Un Porsche 550 Spyder de 1954.

Le abrió a Constance la puerta derecha antes de ponerse al volante, meter la llave de contacto y arrancar. El coche despertó con un rugido.

A la salida del garaje, Pendergast bajó y cerró el portón con llave.

—Interesante —dijo Constance.

—¿El qué? —preguntó él mientras se ponía de nuevo al volante.

—Te has despojado de todo lo que se compró con el dinero de Hezekiah.

—Sí, en la medida en que me ha sido posible.

—Pero está claro que aún posees muchas cosas.

—Cierto. En buena parte las adquirí independientemente de mi abuelo, el de la tumba que debo visitar cada cinco años. Gracias a ello podré conservar el apartamento del Dakota y mantener en general el tren de vida al que me he acostumbrado.

—¿Y la mansión de Riverside Drive?

—La heredé del hermano de mi bisabuelo, de Antoine, tu «doctor Enoch». De él recibí también, como es lógico, sus amplias inversiones.

—Es lógico pero curioso al mismo tiempo.

—Quisiera saber, Constance, cuál es el objeto de tus preguntas.

Constance sonrió con picardía.

—Has rechazado los bienes de un asesino en serie, Hezekiah, al mismo tiempo que aceptas los de un estafador, Enoch Leng. ¿No es así?

Pendergast hizo una pausa para pensar.

—Prefiero la hipocresía a la pobreza.

—Dicho así, no carece de lógica. Leng no se hizo rico matando, sino especulando en el ferrocarril, el petróleo y los metales preciosos.

Pendergast arqueó las cejas.

—No lo sabía.

—Aún te queda mucho por saber acerca de él.

Esperaron en silencio y con el motor en marcha. Después de un momento de vacilación, Pendergast se giró hacia Constance y habló con algo de incomodidad:

—No estoy seguro de haberte dado las gracias por salvarme la vida, ni tampoco se las di a la doctora Green. Corristeis tan grave riesgo, además…

Constance le puso un dedo en los labios para que no continuase.

—Por favor. Ya sabes lo que siento por ti. No me avergüences haciendo que me repita.

Pendergast parecía a punto de decir algo, pero al final se limitó a añadir:

—Cumpliré tu petición.

Hizo avanzar el coche por el camino blanco de grava mientras se oía el runrún del motor. La gran mansión quedó lentamente a sus espaldas.

—Es un modelo bonito, pero no es muy cómodo —comentó Constance mirando la cabina—. ¿Nos llevará hasta el centro de Nueva Orleans o todo el viaje a Nueva York?

—¿Qué tal si dejamos que lo decida el coche?

Y al llegar al final del camino manchado de sombras, entre robles de buen porte, Pendergast tomó la carretera principal pisando el acelerador con un rugido que reverberó por los manglares soñolientos, llenos de meandros, de la parroquia de Saint Charles.